한국전쟁 체험담 연구

- 상처와 치유 -

저자 소개

신동훈 : 건국대 국어국문학과 교수
김경섭 : 을지대 교양학부 교수
김정은 : 건국대 강사
김종군 : 건국대 통일인문학연구단 HK교수
박경열 : 호서대 전임연구원
박현숙 : 건국대 전임연구원
심우장 : 국민대 국어국문학과 교수
정진아 : 건국대 통일인문학연구단 HK교수

한국전쟁 체험담 연구

초판 인쇄 2016년 11월 25일
초판 발행 2016년 11월 30일

지은이 신동흔 외 **l 펴낸이** 박찬익 **l 편집장** 권이준 **l 책임편집** 강지영
펴낸곳 ㈜**박이정 l 주소** 서울시 동대문구 천호대로 16가길 4
전화 02) 922-1192~3 **l 팩스** 02) 928-4683 **l 홈페이지** www.pjbook.com
이메일 pijbook@naver.com **l 등록** 2014년 8월 22일 제305-2014-000028호

ISBN 979-11-5848-265-7 (93810)

*책값은 뒤표지에 있습니다.

이 책은 2011년도 정부(교육과학기술부)의 재원으로 한국학중앙연구원의 지원을 받아 수행된 연구임.
과제번호: AKS-2011-EBZ-3101. 과제명: 한국전쟁 체험담 조사연구

한국전쟁 체험담 연구

●

상처와 치유

신동혼

김경섭

김정은

김종군

박경열

박현숙

심우장

정진아

(주)박이정

　길고도 뜻깊은 여정이었다. 한국전쟁 체험담 조사에 본격적으로 나선 것이 2011년. 2014년까지 만 3년 동안 약 스무 명의 연구진이 전국 각지를 돌아다니며 한국전쟁이 남겨놓은 무수한 이야기에 대한 대단위 조사 작업을 진행했다. 특별한 전쟁체험을 지니고 있으며 이야기 구술능력이 뛰어난 화자가 있는 곳이면 어디로든 찾아가서 이야기를 조사했다. 믿기 힘든 기막힌 이야기들의 연속이었다. 수백 명 화자가 구연한 방대한 분량의 이야기들은 전사 정리 과정을 거쳐 2015년에 DB로 제출되어 전용 사이트가 개설되었다 (http://koreanwarstory.net). 이는 향후 한국전쟁에 대한 역사적 이해는 물론 구술자료 조사정리 작업의 다변화를 위한 중요한 이정표가 될 것으로 믿고 있다.

　조사연구를 진행하는 과정에서, 그리고 조사연구가 일단락된 뒤에 본 연구사업과 관련한 여러 연구논문들이 제출됐다. 연구과제의 공동연구원들 외에 연구보조원들도 적극 연구작업에 참여해서 성과를 냈다. 현장으로 수많은 제보자들을 찾아다니며 온몸으로 느낀 경험을 바탕으로 산출된 생생한 연구성과들이다. 전쟁체험담 자료는 방대하고 복잡다단하여 어떻게 접근해야 할지 방향을 잡기가 쉽지 않았으나, 여러 연구자들이 폭넓은 현장경험을 바탕으로 흥미롭고 의미심장한 논제들을 찾아내서 뜻깊은 연구분석을 수행했다. 역사체험에 대한 문학적 연구가 이렇게 깊고 다양한 형태의 공동연구로 이루어진 일은 전례를 찾기 어려울 것이다.

처음에 설정한 연구 방향은 보통사람들이 구연하는 다양한 한국전쟁 체험을 문학적·역사적 관점에서 다각적으로 분석한다고 하는 포괄적인 수준의 것이었다. 하지만 현지조사와 자료분석을 진행하다 보니 자연스럽게 연구가 초점화되어 갔다. 그 참혹한 전쟁을 겪은 사람들은 무엇을 어떻게 기억하며 그 기억은 삶에서 어떤 의미를 지니는지, 그리고 60년이 지난 현 시점에서 그 전쟁 기억을 되새겨서 이야기한다는 것은 어떤 의의를 갖는지 탐구하는 데 관심이 모아졌다. 갈등과 고난과 상처, 이것이 전쟁을 설명하는 핵심적인 키워드로 떠올랐다. 체험의 구술과 관련되는 주요 화두는 치유와 극복이었다. 사람들이 아픈 과거를 기억하고 구술하는 것은, 그리고 전쟁을 경험하지 않은 이들에게 어떻든 그 기억을 전하려 하는 것은 상처를 덧내고 세상을 공격하기 위해서가 아니라 그것을 감당하고 치유하기 위해서였다. 경험의 성격이나 방향과 상관없이, 그들은 우리 조사자들한테 끝없이 '함께 기억하면서 풀어나가자'고 얘기하고 있었다. 그간 그 간절한 목소리에 진정성 있게 귀를 기울이지 않았었다는 사실이 새삼 죄송스럽고 부끄러웠다.

한국전쟁의 역사는 그것을 직접 경험한 이들한테만 의미를 지니는 것이 아니다. 그 경험과 기억이 중요한 뿌리가 돼서 오늘날 한국사회의 빛과 그림자가 함께 생겨난 것이라 할 수 있다. 그 빛을 오롯이 살려내고 그림자를 제대로 걷어내기 위해서 우리는 아프고 처참하며 황망했던 그 역사의 이면을 똑바로 응시할 필요가 있다. 갈등과 상처는 덮는다고 덮어지는 바가 아니다.

드러내서 감당하고 극복하는 것이 맞는 일이다. 이 책에 실린 여덟 편의 논문이 그 드러냄과 극복을 위한 의미있는 디딤돌이 되기를 기대한다. 아주 작은 시작일 뿐이며, 함께 관심을 가지고 길을 찾아야 할 과업이다. 체험담 DB만 하더라도 직접 현지조사를 하지 않은 사람도 전쟁의 경험과 기억을 오롯이 실감할 수 있도록 생생하고 짜임새있게 드러내려고 노력한 상황이다. 그 노력이 헛되지 않아서 본서를 잇는 발전적인 연구성과들이 속속 산출되기를 기대한다.

한국학중앙연구원 한국학진흥사업 연구지원이 적시에 이루어져서 이 조사연구를 수행할 수 있었다. 몇년만 더 늦었어도 많은 자료들이 영원히 유실됐을 것이다. 이에 깊은 감사의 뜻을 밝힌다. 소중한 연구지원이 헛되지 않도록 하기 위해 열심히 노력했다고 자부하고 싶다. 그 공은 연구참여자들 전부의 몫이었다. 다년간에 걸친 현지조사와 정리작업을 성실하게 수행해준 여러 공동연구원과 연구보조원들께 깊이 감사드린다. 그들의 노력이 없었다면 한국전쟁 체험담 DB는 물론 본 연구서도 나올 수 없었을 것이다. 앞으로 더 힘내달라고 말하고 싶다. 끝으로, 책의 출간을 기꺼이 맡아서 좋은 책으로 만들어주신 박이정 출판의 박찬익 사장님과 편집자들께도 이 자리를 통해 깊은 감사의 뜻을 전한다.

2016년 11월

저자를 대표하여 신 동 흔

차례

한국전쟁 체험의 구술과 세계관적 의미화 양상

신 동 흔

1. 전쟁 체험과 이야기

사람들이 살아가면서 겪는 여러 경험은 문학적·예술적 상상력의 중요한 원천이다. 세상에는 허구로 꾸민 것보다 더욱 놀랍고 감동적이며 가슴 아픈 경험들이 많다. 그 경험과 사연을 이야기 형태로 엮어서 전할 때 그것은 그 자체로 훌륭한 '이야기'이자 문학이 된다.[1]

사람들이 살아가는 삶의 과정에는 개인적 또는 사회적으로 특별히 의미 있는 국면이 있기 마련이다. 그리고 그 지점에서 다양하고 풍부한 이야기가 산출된다. 특히 사회적 사건에 얽힌 체험은 공동의 깊은 관심과 공명 속에 소통될 수 있는 많은 이야기들을 산출하는 원천이 된다. 사회적·역사적 체험을 풀어낸 그와 같은 이야기들을 역사경험담이라 할 수 있다.[2]

---

1) 신동흔, 「경험담의 문학적 성격에 대한 고찰 : 현지조사 자료를 중심으로」, 『구비문학연구』 4, 한국구비문학회, 1997, 159-166쪽.

2) 신동흔, 「역사경험담의 존재양상과 문학적 특성 - 6.25체험담을 중심으로」, 『국문학연구』 제23호, 국문학회, 2011. 이하 역사경험담으로서 한국전쟁 체험담이 지니는 문학적 성격에 대한 기초적인 이론적 논의는 이 논문의 내용을 원용하게 될 것임을 밝혀 둔다.

한국의 현대사에서 역사경험담을 산출해온 사건에는 여러 가지가 있지만, 특히 광범위하면서도 강렬한 기억을 남긴 역사적 사건으로 6.25 한국전쟁을 첫손에 꼽을 수 있다. 3년간 이 땅을 휩쓴 참혹한 전쟁으로부터 자유로울 수 있는 사람은 그 당시 아무도 없었다. 그때의 경험은 잊을 수 없는 기억으로 각인되어 수많은 이야깃거리를 낳고 있으며 역사와 현실을 보는 프리즘 역할을 하고 있다.

한국전쟁 체험에 대한 조사 연구는 그간 역사나 사회학의 영역에서 주로 정치사회적인 맥락을 중심으로 하여 수행되어 왔다. 최근 들어 민간의 증언을 축으로 한 구술사 연구가 활발하게 추진되어 많은 성과를 산출되고 있는 사실이 눈에 띈다.[3] 이들 연구는 현장에 기초한 아래로부터의 역사 이해의 길을 연 소중한 것이지만, 문학 연구자 입장에서 아쉬움을 갖게 되는 것도 사실이다. 정보 중심의 조사연구로는 전쟁체험의 실상을 생생하고 입체적인 형태로 복원하기에 일정한 난점을 지닌다는 것이 우리의 판단이다.

전쟁이라는 역사적 체험을 총체적으로 복원하여 재조명을 위해서는 '이야기'에 초점을 맞춘 조사연구가 필요하다고 할 수 있다. 이야기 형태의 체험담은 인물과 사건, 배경을 포괄하여 당시 상황을 살아 있는 형태로 반영한다.

---

3) 신동흔, 앞의 논문(2011)에서 이와 관련되는 연구에 대해 간략히 살핀 바 있다. 연구논문이 수십 편에 이르며 단행본으로 출간된 성과도 여럿이다. 다음은 그 중 단행본으로 제출된 것들을 정리한 것이다. 김귀옥, 『월남민의 생활 경험과 정체성—밑으로부터의 월남민 연구』, 서울대 출판부, 1999; 표인주 외, 『전쟁과 사람들 : 아래로부터의 한국전쟁연구』, 한울아카데미, 2003; 윤택림, 『인류학자의 과거여행 : 한 빨갱이 마을의 역사를 찾아서』, 역사비평사, 2003; 이임하, 『여성, 전쟁을 넘어 일어서다』, 서해문집, 2004; 김경학 외, 『전쟁과 기억 : 마을 공동체의 생애사』, 한울아카데미, 2005; 김귀옥 외, 『전쟁의 기억 냉전의 구술』, 선인, 2008; 최정기, 『전쟁과 재현 : 마을 공동체의 고통과 그 대면』, 한울아카데미, 2008; 이임하, 『전쟁미망인, 한국현대사의 침묵을 깨다』, 책과함께, 2010; 박찬승, 『마을로 간 한국전쟁 - 한국전쟁기 마을에서 벌어진 작은 전쟁들』, 돌베개, 2010; 한국구술사학회 편, 『구술사로 읽는 한국전쟁』, 휴머니스트, 2011; 강택심 외 구술, 『전쟁의 상처와 치유: 전쟁 미망인과 상이군인의 전후 경험』, 국사편찬위원회, 2014.

객관적 상황 외에 주관적 · 심리적 측면을 밀도 있게 드러낸다는 점과 보통사람들의 역사체험을 폭넓게 반영한다는 점도 주목할 만하다. 이렇게 수집 정리한 전쟁체험의 서사는 살아있는 현장문학이자 역사문학으로서 한국 현대사의 핵심 국면을 입체적으로 재구할 수 있는 바탕이 된다.[4]

2011년부터 2014년까지 진행해온 한국학진흥사업 '한국전쟁 체험담 조사연구'는 이와 같은 관점에서 추진된 새롭고도 종합적인 현지조사 연구사업이다. 본 조사연구의 기본 목적은 한국전쟁 체험담을 구비문학 관점에서 체계적으로 조사하여 양질의 경험담 자료를 집대성하는 것이었지만, 그 의의는 단순히 문학적 연구대상을 확보하는 데 있지 않다. 한국전쟁 체험담은 개인적 · 사회적 삶의 우여곡절을 응축하고 있는 살아있는 사료(史料)로서 특징을 지닌다. 체험담 자료들 하나하나가 역사를 구성하는 실체로서 한몫을 할 수 있다.

---

4) '이야기'에 관심을 둔 구비문학적 맥락의 전쟁체험담 연구가 최근 몇 년 사이에 활성화되고 있다. 다음은 이와 관련된 주요 논의를 정리한 것이다. 김종군, 「지리산 인근 여성 생애담에 나타난 빨치산에 대한 기억」, 『인문학논총』 제47집, 건국대 인문학연구원, 2009; 한정훈, 「한 여성 빨치산의 구술생애담을 통해서 본 정체성의 서사」, 『한국문학이론과 비평』 제50집, 한국문학이론과비평학회, 2011; 신동흔, 「역사경험담의 존재양상과 문학적 특성-6.25체험담을 중심으로」, 『국문학연구』 24집, 국문학회, 2011; 신동흔, 「한국전쟁 체험담을 통해 본 역사 속의 남성과 여성」, 『국문학연구』 26집, 국문학회, 2012; 김종군, 「전쟁 체험 재구성 방식과 구술 치유 문제」, 『통일인문학』 제56집, 건국대 인문학연구원, 2013; 김종군, 「한국전쟁 체험담 구술에서 찾는 분단 트라우마 극복 방안」, 『문학치료연구』 제27집, 한국문학치료학회, 2013; 김정은, 「완장 단 사람'의 특성으로 본 '지역빨갱이'의 모방서사와 트라우마」, 『인문과학연구』 제39집, 강원대 인문학연구소, 2013; 한정훈, 「빨치산 구술생애담에서 나타난 '산'의 장소화 연구」, 『남도문화연구』 제25집, 순천대 남도문화연구소, 2013; 박현숙, 「여성 전쟁체험담의 역사적 트라우마 양상과 대응방식」, 『통일인문학』 제57집, 건국대 인문학연구원, 2014; 김경섭, 「전쟁의 기억'과 '기억의 전쟁'」, 『통일인문학』 제57집, 건국대 인문학연구원, 2014; 박현숙, 「좌익가문 여성의 삶을 통해 본 통합서사」, 『통일인문학』 제64집, 2015; 심우장, 「전쟁체험담 구술에서 '눈물'의 위상」, 『통일인문학』 제64집, 건국대 인문학연구원, 2015; 참고로, 이 연구들 중 상당수는 본 논의에서 다루게 될 조사연구 사업의 결과물을 바탕으로 작성된 것들이다.

이제 3년에 걸쳐 진행돼온 조사연구를 통해 확인된 전쟁체험의 구술 양상을 종합적으로 점검하는 가운데 그 담화적 성격과 인식적 의의를 살펴보고자 한다. 본 사업의 결과로 수집된 자료는 양적으로 매우 방대해서 특성과 의미를 총괄적으로 드러내기가 쉽지 않거니와, 이 글에서는 구술자들이 전쟁 체험을 인생관 형태로 집약한 지점에 초점을 맞추어 이를 단면적으로 살펴볼 예정이다. 체험담 구술에 수반되는 논평적 언술은 사람들이 삶의 제반 경험을 통해 갖게 된 현실인식을 단적으로 함축하는 것으로서 의의를 지닌다. 한국의 노년층 세대에게 있어 한국전쟁은 일생일대의 집단적인 역사 체험이었던 바 전쟁을 체험하고 의미화하는 과정에서 각인된 인식적 특성을 살피는 일은 한국사회 저층에 내재한 세계관적 특성을 드러내기 위한 의미 있는 디딤돌이 되어 줄 것이다.

2. 한국전쟁 체험담 조사 결과와 자료 특성

한국전쟁 체험담 조사연구는 한국근대사의 비극적 사건인 한국전쟁에 얽힌 구술체험담 자료를 구비문학적 관점에서 조사하여 DB화하는 것을 기본 목적으로 하여 수행되었다. 보통사람들이 전하는 다양한 형태의 체험담을 집성함으로써 한국전쟁으로 표상되는 한국 현대사의 이면을 일반 국민의 입장에서 생생한 이야기 형태로 재구할 수 있는 기반을 마련하고자 하였다.

조사연구 프로젝트의 기본 정보는 다음과 같다.

- 과 제 명 : 한국전쟁 체험담 조사연구
  - 현지답사를 통한 한국전쟁 관련 구술담화의 집대성과
    DB 구축
- 과제번호 : AKS-2011-EBZ-3101
- 사 업 명 : 2011년도 한국학분야 토대기초연구 지원사업

- 사업기관 : 한국학중앙연구원 한국학진흥사업단
- 연구기간 : 3년 (2011.12~2014.11)
- 총 예 산 : 8억 4천만원 (연간 2억 8천만원. 간접비 포함)
- 참여인원 : 25명
  - 연구책임자(1명) : 신동흔
  - 일반 공동연구원(5명) : 김귀옥 김종군 심우장 정진아 김진환
  - 전임연구인력 (2명) : 김경섭 박경열
  - 연구보조원 (17명) : 박현숙 오정미 김정은 조홍윤 박혜진 유효철 김효실 이원영 황승업 김명자 남경우 김명수 한상효 이부희 박샘이 김민수 이승민

본 조사 연구에서는 현장적 · 총체적 접근을 통해 전쟁체험담의 실체를 다각적이면서도 생생하게 포착하고자 노력했다. 체험의 다양성을 확보할 수 있는 광범위하고 입체적인 현지조사를 수행한 뒤, 구술 자료를 구연 그대로 충실히 전사하여 그 내용이 독자에게 생생하게 다가가도록 정리하는 작업을 진행했다.

전쟁 체험은 지역과 나이, 성별, 신분, 직업, 세대, 교육수준 등에 따라 그 양상이 다르며, 개인 · 가족 · 마을의 처지나 성향, 이념 등에 따라서도 상이한 결과를 낳는다. 그 이야기들을 효과적으로 포괄할 때 자료의 신뢰도와 활용성을 높일 수 있다. 본 조사연구에서는 제주도를 포함한 전국을 조사 지역으로 삼는 가운데 여러 유형의 전쟁경험을 가진 제보자들을 아우르는 자료 수집을 추구했다. 남성들 외에 여성들을 기본 조사대상으로 삼았으며, 그리 특별하다고 볼 수 없는 일반적 체험을 한 화자들까지도 포함하여 현지조사를 진행했다.

본 조사연구에서 관심을 둔 것은 정보보다 '이야기'였다. 구체적 사건과 상황이 있고 앞뒤의 서사적 맥락을 갖춘 길고 생생한 구술 자료를 확보하는 데 주력했다. 경험도 경험이지만, 남다른 기억력과 함께 체험내용을 생생하게 전해줄 구연능력을 갖춘 제보자를 집중 탐문해서 이야기를 들었다. 조사 과

정에서는 제보자들이 하고 싶은 이야기를 마음껏 구연할 수 있는 분위기를 조성하는 데 신경을 썼다. 조사자들은 인터뷰 진행 과정에서 '성실한 청자' 입장을 취하였으며, 어떤 관점의 어떤 경험담이든 선입견 없이 존중하여 청취하고자 했다.

총 3년에 걸친 조사연구 기간 동안 본 연구팀은 300곳이 넘는 이야기판에서 400명 가량의 제보자를 대상으로 전쟁 체험담 구술을 녹음했다. 녹음한 자료의 총량은 약 330시간 분량에 이른다. 구술 자료는 대부분 동영상으로 녹화하였으며 구연현장 사진을 폭넓게 확보했다. 자료적 가치가 있는 구술 자료는 전문을 제보자의 구술대로 전사하였으며, 이야기마다 필요한 정보들을 갖추고 유형을 분류한 상태로 DB화하였다.

최종적으로 공개 대상 DB로 삼은 이야기 자료는 총 194편이다. 복수의 제보자가 함께 구연한 자료가 있어 제보자 총수는 238명이며, 구술 시간은 약 230시간이다. 자료를 녹취하여 전사한 분량은 200자 원고지 20,000매 이상, A4 용지 기준 2,500여 쪽에 이른다. 그 목록은 아래와 같다.

번호	조사일	조사지역	제보자	자료 제목	유형분류	영상
1	2012.01.10	경남 하동	권기선 외	칠불사와 빨치산, 이현상 이야기	빨치산체험담	O
2	2012.01.10	경남 하동	이귀례	빨치산 치하의 힘들었던 날들	빨치산체험담	
3	2012.01.10	경남 하동	이몽실 외	노부부의 빨치산·한국전쟁 체험기	빨치산체험담	O
4	2012.01.10	경남 하동	최태종 외	한국전쟁 전투체험과 북진의 경험	참전담	
5	2012.01.11	경남 하동	김옥금 외	할머니들의 빨치산 체험기	빨치산체험담	
6	2012.01.26	경기 성남	김창배	만석꾼 아들이 허드렛일을 하다	전쟁고난담	O
7	2012.01.28	강원 철원	김연중	지금도 생생한 4년간의 원주 수용소의 기억	피난담	
8	2012.01.28	강원 철원	안숙옥	철원 본토박이로 견딘 6년 세월	피난담	
9	2012.01.30	전남 담양	오영선 외	반란군과 인민군에게 시달린 이야기	군치하생활담	
10	2012.02.06	제주	김성원	해병대에 자원입대해 참전한 이야기	참전담	
11	2012.02.06	제주	김성원	한국전쟁 참전기와 제대 후 생활기	참전담	
12	2012.02.06	제주	이복녀 외	제주의 전쟁을 말하다	이념갈등담	

번호	조사일	조사지역	제보자	자료 제목	유형분류	영상
13	2012.02.06	제주	강두봉 외	제주도의 4.3과 6.25	이념갈등담	
14	2012.02.07	제주	고기원	거제도 포로수용소 헌병 시절의 기억	참전담	○
15	2012.02.07	전남 함평	박정순	피난 중에 군인 덕에 목숨을 건지다	피난담	
16	2012.02.07	전남 함평	임판례	경찰 가족임을 숨기고 힘겹게 살아가다	군치하생활담	
17	2012.02.07	전남 나주	김민애 외	친정 오빠와 시아주버니로 인해 고초를 당하다	이념갈등담	
18	2012.02.13	전남 나주	허화행 외	경찰 아버지와 좌익 숙부간의 비극	이념갈등담	
19	2012.02.14	경기 안산	김정희	1.4 후퇴 때 피난 나온 이야기	피난담	
20	2012.02.19	전남 함평	김석주	빨치산 토벌대에서 활약하며 여러 번 죽을 고비를 넘다	빨치산체험담	
21	2012.02.19	전남 함평	안종운	나무하러 간 아버지가 반란군으로 몰려 죽임을 당하다	이념갈등담	
22	2012.02.19	전남 함평	임판례	죽고 죽이는 와중에서 살아남기	군치하생활담	
23	2012.02.20	전남 나주	박인애	피난 중에 동생을 버리려고 하다	전쟁고난담	
24	2012.02.20	전남 나주	박현자 외	여성들이 겪은 후방전쟁	빨치산체험담	
25	2012.02.20	전남 나주	배복순	소 판 돈을 빨갱이 돈으로 오해 받다	빨치산체험담	
26	2012.02.20	전남 나주	황동임	잿더미가 된 마을과 집	전쟁고난담	
27	2012.02.21	전남 장성	정기판 외	전쟁통에 피어난 많은 이야기	이념갈등담	
28	2012.02.21	전남 장성	김주영	피난 중에 동생을 버리려 하다	피난담	
29	2012.02.23	강원 원주	원청의	악랄한 상사 때문에 적군의 귀를 자른 사연	참전담	○
30	2012.03.09	경북 문경	이국희	비행기 폭격의 공포와 포로가 된 오빠의 탈출기	피난담	○
31	2012.03.09	경북 문경	채홍달	국군에 의한 문경 석봉리 양민학살	이념갈등담	
32	2012.03.09	경북 문경	채홍문	초등학교 방학날 당한 학살의 날벼락	이념갈등담	
33	2012.03.10	경북 문경	채홍연	집단 학살에서 구사일생으로 살아났지만	이념갈등담	
34	2012.03.23	경기 양평	김영훈	체신부 상관의 가족을 피난시키다	특수체험담	○
35	2012.04.19	서울	이복만	국군과 인민군 사이에서 살아남기	군치하생활담	
36	2012.04.26	서울	장옥순	황해도 연변에서 강화도로 월남한 사연	전쟁고난담	○
37	2012.05.29	경기 양평	박태순	인민군과 미군치하에서 군복을 만들다	특수체험담	
38	2012.06.08	경북 상주	박인순 외	인민군, 국군, 미군에 대한 경험	군치하생활담	
39	2012.06.08	경북 상주	송규섭	피난 갔으면 1등 국민, 피난 가지 않았으면 2등 국민	피난담	○

번호	조사일	조사지역	제보자	자료 제목	유형분류	영상
40	2012.06.09	경북 상주	김대명	피난과 입대 그리고 부상 제대	참전담	
41	2012.06.09	경북 상주	이제화	압록강까지 진격했다가 중공군의 포로가 되다	참전담	O
42	2012.06.15	경기 인천	김주하	마을 사람들의 억울한 죽음을 목격하다	군치하생활담	
43	2012.06.21	충남 공주	안창순	자식 목숨보다 내 모습이 귀했던 사연	전쟁고난담	O
44	2012.06.21	충남 공주	유지춘	전쟁보다 무서웠던 배고픈 설움	참전담	O
45	2012.06.22	충남 공주	변영식	보상받지 못한 전쟁	참전담	
46	2012.07.04	강원 인제	최종권 외	전쟁보다 더한 부모 없는 설움	전쟁고난담	
47	2012.07.13	강원 강릉	김시진	피난처에서 일군 또 다른 삶	피난담	
48	2012.07.17	충남 금산	길병락	전방에서 겪은 피비린내 나는 전쟁	참전담	O
49	2012.07.24	전남 담양	고영	부친을 잃고 힘겨웠던 피난 생활	빨치산체험담	O
50	2012.07.24	전남 담양	이희순 외	남편은 전쟁터로 떠나고 홀로 가족을 지키다	전쟁고난담	O
51	2012.07.25	전북 전주	김영옥	보복으로 물든 마을의 다양한 사연	이념갈등담	
52	2012.07.25	강원 횡성	배현정	월남으로 고아가 되 삶의 이야기	피난담	
53	2012.07.25	강원 횡성	임순연	'색시'하며 쫓아온 흑인이 전쟁보다 무섭더라.	군치하생활담	
54	2012.07.26	강원 횡성	한용분	네 살 난 자식을 눈 속에 묻어야만 했던 사연	피난담	O
55	2013.01.17	충남 금산	전창수	포로로 잡힌 인민군 여성을 두 번 시집 보내다.	전쟁미담	O
56	2013.01.17	충남 금산	한상종	공산당원이 되기를 거부하자 고생한 아버지	이념갈등담	
57	2013.01.18	서울	박춘자	황해도 해주에서 아구리배 타고 나온 피난	피난담	O
58	2013.01.20	경기 파주	박정순	고생이었지만, 재미있었던 추억의 피난살이	피난담	
59	2013.01.20	경남 산청	손성환 외	지리산 빨치산 토벌대 이야기	참전담	
60	2013.01.21	경기 파주	황도흠	어린아이가 겪은 파주의 6.25전쟁	전쟁고난담	
61	2013.01.21	경남 산청	진필순	마지막 빨치산 정순덕과의 추억	빨치산체험담	
62	2013.01.23	서울	이상태	토벌대로 활동하면서 다양한 전투를 치르다	참전담	O
63	2013.02.14	충남 홍성	강태헌	군대에서 경험한 엉덩이 찜질의 기억	참전담	
64	2013.02.14	충남 홍성	김기용	군대 간지 3개월 만에 태어나 죽은 첫아들이 효자인 이유	참전담	

번호	조사일	조사지역	제보자	자료 제목	유형분류	영상
65	2013.02.14	충남 홍성	최광주	인민재판으로 처참하게 돌아가신 아버지	이념갈등담	O
66	2013.02.15	충남 홍성	최광윤	결성초등학교 일어난 보복사건	이념갈등담	
67	2013.02.17	강원 춘천	김옥순 외	바위굴 피난생활과 친척집 피난생활	피난담	
68	2013.02.17	강원 춘천	이상현 외	할아버지들의 6.25 이야기	참전담, 피난담, 군치하생활담	
69	2013.02.17	강원 춘천	송옥례	버릴 수 없었던 눈 먼 남편	피난담	
70	2013.02.17	강원 춘천	전상국	어린 눈으로 전쟁을 보다.	특수체험담, 논평	
71	2013.02.18	강원 춘천	신경숙	지금도 기억하는 아군들의 여자짓	피난담	
72	2013.02.16	강원 춘천	유도재	일제 강점기와 6.25 전쟁을 모두 치르 못된 세대	참전담	
73	2013.02.17	경기 가평	이순홍	제2국민병으로 끌려간 형님을 알아보지 못한 사연	참전담	
74	2013.02.17	경기 가평	현종옥	열여섯 명의 일가족이 자신이 죽을 구덩이를 스스로 파다.	전쟁설화	
75	2013.02.18	강원 춘천	송상규	전쟁준비를 시킨 선생님과 무시한 아버지	피난담	O
76	2013.02.18	강원 춘천	이동천	열두 살짜리의 군치하 생활	군치하생활담	O
77	2013.02.18	강원 춘천	이승근	기차 피난과 피난민 수용소 생활의 추억	특수체험담, 피난담	O
78	2013.02.18	경기 가평	임달행	전쟁 통에도 가족을 책임져야 했던 사연	전쟁고난담	O
79	2013.02.18	강원 춘천	정미순	전쟁 중에도 보고 싶던 남편	피난담	
80	2013.02.18	강원 춘천	조동하	중공군과 함께 생활한 사연	군치하생활담	O
81	2013.02.19	강원 춘천	민순근	북쪽 신의주로 피난 간 사연	피난담	
82	2013.02.19	강원 춘천	박명자	청주 피난민 수용소의 추억	피난담	
83	2013.02.19	강원 춘천	박수남	잊지 못할 무서운 난리	군치하생활담	
84	2013.02.19	강원 춘천	승순길	산속 피난생활과 겨울 난리	군치하생활담	
85	2013.03.02	강원 홍천	이규춘	하우스보이로 마을을 배부르게 하다!	특수체험담	O
86	2013.03.03	강원 홍천	강정식	홍천의 6.25전쟁	전쟁고난담	
87	2013.03.03	강원 홍천	김태진	홀로 겪어낸 전쟁	전쟁고난담	
88	2013.03.03	강원 홍천	안정순	평범한 일상에 찾아온 6.25 전쟁	전쟁고난담	
89	2013.03.03	강원 홍천	이훈영	전쟁이 선물한 새로운 인생	특수체험담	O
90	2013.03.04	강원 홍천	임근석	북한 정보원으로 지냈던 시간	참전담	
91	2013.03.14	충북 청주	김항중	피난민이 부른 '비 내리는 고모령'이 슬펐던 이유	군치하생활담	O

번호	조사일	조사지역	제보자	자료 제목	유형분류	영상
92	2013.03.15	충북 영동	김준임	인민군에게 끌려가 부역하고 경찰서에 자수한 사연	군치하생활담	
93	2013.03.15	충북 영동	박두성	미군 지나간 자리에 껌, 인민군 지나간 자리에 밀똥	이념갈등담	○
94	2013.03.24	경북 김천	이영근	경찰로 참전한 한국전쟁	참전담	
95	2013.03.24	경북 김천	이택기	가족과 헤어진 피난, 비행기 폭격의 공포	피난담	
96	2013.03.27	전북 순창	심효순 외	소가 뒷걸음질로 반란군을 일곱을 잡다	전쟁설화	
97	201304.04	경기 인천	유상호	전쟁 중에 군에서 맺은 특별한 인연	참전담	○
98	2013.04.07	강원 홍천	김대순	홍천 야시대리의 비극적 사건	피난담, 이념갈등담	
99	201304.16	경기 인천	김기춘 외	바다 위 피난생활과 지나가는 피난민 돕기	특수체험담	
100	2013.04.25	경기 파주	임정환 외	모든 바깥 전쟁을 섭렵하다	참전담	○
101	2013.04.30	서울	최준식	인민군으로 참전해 포로가 되다	참전담, 특수체험담	○
102	2013.04.30	서울	최준식	거제도 포로수용소 생활기	특수체험담	
103	2013.05.09	충남 당진	김형규	1.4 후퇴 때 벌어진 보복사건	군치하생활담	
104	2013.05.10	충남 당진	김영태	한국전쟁 전쟁일지	참전담	
105	2013.05.10	충남 당진	유정숙	귀한 목숨이라 명이 긴 사연	피난담	
106	2013.05.11	강원 인제	김희준	강원도 인제의 6.25 전쟁 풍경	피난담	○
107	2013.05.12	강원 인제	유옥순	배고프 힘들었던 수용소 생활	피난담	
108	2013.05.13	강원 인제	김수남	인간의 도리를 아는 사람과 그렇지 않은 사람	전쟁미담	
109	2013.05.13	강원 인제	김순희	북에 두고 온 남편과 남에서 만난 남편	전쟁미담	
110	2013.05.22	전남 보성	윤점순	이념 갈등으로 혈육을 잃다	이념갈등담	○
111	2013.05.22	전남 보성	정석인	인민의용군에서 탈영하여 국군으로 자원하다	참전담	○
112	2013.05.22	전남 보성	한경준	보고 들은 전쟁을 전하다(1)	이념갈등담, 전쟁미담	
113	2013.05.22	전남 보성	정석인 외	인민의용군의 탈출과 국군으로 참전한 전쟁의 기억	참전담	
114	2013.05.23	전남 광주	이복순	여성 빨치산이 되다	빨치산체험담	○
115	2013.05.23	충남 공주	이삼주	금강 다리를 사이에 두고 어머니와 이별하다.	피난담	
116	2013.05.24	충남 공주	이상용	인민군 덕에 이밥을 먹어보다.	군치하생활담	

번호	조사일	조사지역	제보자	자료 제목	유형분류	영상
117	2013.06.16	경기 남양주	차봉순	강화도, 그곳에서 전쟁을 이겨내다.	전쟁설화	
118	2013.06.27	충북 제천	강춘옥	더 절박할 수밖에 없었던 서로의 다른 선택	피난담	○
119	2013.06.28	충북 제천	신용여	전쟁 중에도 여자라 괄시받은 사연	전쟁고난담	○
120	2013.06.30	강원 인제	곽창섭 외	가족 찾아 삼만리	전쟁고난담	
121	2013.07.11	충북 단양	김우희	딸을 구하기 위해 50리 길을 걸어 온 부정 (父情)	전쟁미담	
122	201307.11	충북 단양	이우명	천한 목숨이라 피난 가지 못하고 집에 홀로 남겨진 사연	전쟁고난담	
123	2013.07.17	서울	김예순 외	전쟁과 휴전으로 고향을 잃다	피난담	
124	2013.07.31	경남 진주	김성호	징발된 부친의 배를 타고 바다 피난생활	특수체험담	○
125	2013.07.31	경남 진주	장재웅	빨치산과 6.25에 대한 어린 시절의 기억	특수체험담	
126	2013.08.01	경기 인천	김영승	소년 빨치산에서 비전향장기수가 되다.	빨치산체험담	○
127	2013.08.01	경남 창원	정광자	거제도로 피난 온 북한 사람들	전쟁미담	○
128	2013.08.08	강원 횡성	김동석	전쟁 참전담과 횡성의 전쟁 풍경	참전담, 피난담	
129	2013.08.08	강원 횡성	배영분	도시처녀를 시골새댁으로 만든 전쟁 이야기	전쟁미담	○
130	2013.08.08	강원 횡성	이정미	어머니와 단둘이 겪어낸 전쟁담	전쟁고난담	
131	2013.08.19	전북 장수	김중식	백 명의 빨치산 귀를 자른 '강백규'	전쟁설화	○
132	2013.08.19	전북 장수	양인철	치안대원으로 여러 번 죽을 고비를 넘다	참전담	○
133	2013.08.20	전북 무주	김용성	이념의 피해자와 인민재판	이념갈등담	
134	2013.08.20	전북 무주	신점순	소녀의 몸으로 가족을 부양하다	전쟁고난담	
135	2013.08.20	전북 무주	이병상	반란군으로 몰려 총살 위기에 처하다	이념갈등담	○
136	2013.08.20	전북 무주	이진홍	전쟁이 끝난 후 더욱 치열해진 동네 빨갱이들의 횡포	빨치산체험담	○
137	2013.08.20	전북 무주	임병순	의용군에 끌려갔다가 살아온 사연	전쟁고난담	
138	2013.08.20	전북 무주	조남환	시체더미에 묻혀 운 좋게 살아나신 아버지	이념갈등담	
139	2013.08.20	전북 무주	조명순	남편에 대한 원망과 죄책감으로 눈물짓다	전쟁고난담, 후일담	
140	2013.08.30	강원 속초	노순현 외	속초에서 만난 다섯 할머니의 전쟁이야기	전쟁고난담	
141	2013.08.30	강원 속초	박명옥	세상을 나와 전쟁을 이긴 소녀	전쟁고난담	○
142	2013.08.31	강원 속초	어재동	어린 아이가 바라 본 6.25 전쟁의 참상	특수체험담	○
143	2013.11.16	강원 속초	김부옥	전쟁으로 헤어진 가족들	피난담	

번호	조사일	조사지역	제보자	자료 제목	유형분류	영상
144	2013.11.16	강원 속초	안미순	전쟁으로 남편을 잃고 홀로 아들을 키워내다.	전쟁고난담	
145	2013.12.16	경기 인천	서성석	국민 방위군 사건의 실상	참전담	
146	2014.01.20	제주	홍성하	6.25전쟁 때문에 처음으로 제주도를 떠나다.	참전담	○
147	2014.01.21	제주	이용배	항상 최전방 제일 앞에서 싸우다	참전담	
148	2014.01.21	제주	한희규	다리부상으로 살려준 목숨	전쟁고난담	○
149	2014.01.21	제주	현덕선	집단학살 현장에서 오빠 시신을 찾다	이념갈등담	
150	2014.01.21	제주	오선미	4.3 사건과 죽음의 소용돌이	이념갈등담	
151	2014.01.22	제주	양용해	예비검속 때 억울하게 아버지를 잃다	이념갈등담	○
152	2014.02.12	경기 구리	방호덕 외	후방에 선 남성들의 전쟁 경험	전쟁고난담	○
153	2014.02.12	경기 구리	이순희	인민군, 연합군, 중공군에 얽힌 기억	군치하생활담	
154	2014.02.12	경기 구리	허이쁜	아이 일곱을 피난처에 묻다	피난담	
155	2014.03.16	충남 서산	손동수 외	의용군에서 빼 준 고마운 옛 동료	참전담, 이념갈등담	○
156	2014.03.26	전남 진도	조진래	인민군 탈영해서 군인이 된 사연	참전담	
157	2014.03.26	전남 진도	강영봉	곁방살이 피난민으로 서러움을 겪다	피난담	○
158	2014.03.26	전남 진도	안재영 외	피난민의 설움을 겪다	피난담	
159	2014.03.27	전남 강진	윤순걸	한국의 모스크바 '강진 수동마을'의 비극	이념갈등담	
160	2014.03.30	충남 태안	변길성	생사를 초월한 탈출과 운명적인 만남	피난담	○
161	2014.03.31	충남 태안	김수찬	베 짜는 기술로 가족을 부양하다.	피난담	
162	2014.04.07	강원 정선	신영길	혼자서 당차게 이겨낸 전쟁이야기	피난담, 전쟁후일담	
163	2014.04.07	강원 정선	신원교	부모가 없는 고아의 피난살이	참전담	
164	2014.04.07	강원 정선	전옥매	정선에서 6.25 전쟁을 겪다.	전쟁고난담	○
165	2014.04.08	강원 정선	임순복	감자 구덩이에서 보낸 6.25 전쟁	전쟁고난담	
166	2014.04.11	충남 보령	차형돈	형을 대신해 가장으로 산다는 것	피난담	
167	2014.04.16	전남 영암	김영순	인민군보다 지방 빨갱이가 더 무섭던 시절	이념갈등담	○
168	2014.04.18	충남 서천	임광석	돼지고개 사건의 산 증인	이념갈등담	○
169	2014.04.21	경기 인천	김기주	미군부대에 배속되어 첩보수집 활동을 하다	참전담	
170	2014.04.21	경기 인천	방성배	해군으로 한국전쟁에 참전하다	참전담	
171	2014.04.21	서울	현진호	할머니한테 들은, 아버지 살아난 사연	이념갈등담	

번호	조사일	조사지역	제보자	자료 제목	유형분류	영상
172	2014.04.28	경북 의성	김금예	소를 몰고 떠났던 피난길	피난담	
173	2014.04.28	경북 의성	노수암 외	인민군의 횡포, 아버지의 부재	전쟁고난담	
174	2014.04.28	경북 의성	신순이	아이를 잃어버린 사람들, 아이를 버린 사람들	피난담	
175	2014.04.28	경북 의성	이점례	대구까지 걸어 간 피난길	피난담	
176	2014.04.29	경북 예천	권오분	비행기 폭격에 소가 죽을까봐 미리 소를 잡아먹다	군치하생활담	
177	2014.04.29	경북 예천	김한분	징용, 의용군, 국군을 거쳐 살아 돌아온 남편	전쟁고난담	
178	2014.04.29	경북 예천	이석순	어머니의 재치로 아버지를 치료하다	전쟁고난담	
179	2014.05.19	강원 평창	김계석	경상도에서의 피난살이	피난담	
180	2014.05.19	강원 평창	김순희	군인에게 겁탈당한 시누이 이야기	군치하생활담	○
181	2014.05.15	충남 당진	김용세	전쟁치하, 종손으로서의 운명	군치하생활담	
182	2014.05.19	충남 당진	손종기	죽을 사람은 죽고 살 사람은 사는 인생	참전담	○
183	2014.05.19	강원 평창	유수명	남편의 꾀병으로 피난 한번 가지 않은 전쟁살이	전쟁설화	○
184	2014.05.19	강원 평창	이숙희	어른은 둘인데, 애는 셋 인	군치하생활담	○
185	2014.06.23	충남 대전	김병옥	피난 중에도 할머니가 놓지 않았던 요강	전쟁고난담	
186	2014.06.24	경기 평택	김완수 외	한 발 앞선 정보로 목숨을 구한 사연	군치하생활담	
187	2014.06.24	경기 평택	박우근	피난을 거쳐 평택에 정착한 사연	피난담	
188	2014.07.11	전남 순천	정해열	아들 눈에 비친 부친의 집안과 삶	전쟁고난담, 전쟁후일담	
189	2014.07.11	전남 보성	한경준	보고 들은 전쟁을 전하다(2)	이념갈등담	
190	2014.07.12	전남 보성	정장옥	좌익활동 가족으로 인해 고초를 겪다	이념갈등담	○
191	2014.08.25	경남 거제	한장빈 외	장본인들이 이야기 히는 흥남 철수	피난담	
192	2014.08.26	경남 거제	김정희	흥남의 간호사가 통영의 조산원 원장이 되다	특수체험담	
193	2014.08.26	경남 거제	한채남	교사 남편을 대신해 생계를 책임진 피난살이	피난담	
194	2014.08.27	경남 거제	조영자	의사 부인이었지만 가난했던 피난살이	피난담	
합계		194 건	238명	전시분량 : A4 기준 2,562 페이지		66 건

조사한 자료는 총 10개 주제유형 별로 분류하였으며, 각 자료마다 음원과 동영상, 전사자료 원문, 자료 정보, 현장사진 등을 함께 갖춘 입체적 DB 아카이브를 구축하였다. 음원과 동영상까지 두루 갖춘 원 자료는 보관용으로 서버 시스템에 탑재하였으며, 공개용 DB 자료를 자체 구축한 웹서비스 시스템에 업로드하여 일반 사용자들이 자유롭게 검색하고 활용할 수 있도록 했다. 공개용 DB는 각 자료마다 이야기 원문을 주축으로 제목과 기본 정보, 구연자 정보, 이야기 개요, 키워드, 중간제목, 주요 현장사진 등을 갖춘 PDF 파일로 업로드함으로써 활용성을 높였다. 자료 가운데 66편에 대해서는 주요 구연 내용을 동영상으로 올려서 누구라도 자유롭게 볼 수 있도록 했다. 위 목록에서 영상 항목에 ○ 표시가 있는 자료들이 이에 해당한다. 아카이브의 명칭은 '한국학진흥사업 한국전쟁체험담 대국민서비스'이며, 웹사이트 주소는 http://koreanwarstory.net 이다. 사이트는 조사연구 사업을 주관한 건국대학교 인문학연구원의 통일인문학연구단 홈페이지(http://tongil.konkuk.ac.kr)에 연동되어 있다.

본 조사연구 사업의 결과로서 우리는 양적으로 방대하고 담화적 충실성을 갖추고 있으며 다양한 경험내용과 역사인식을 갖춘 한국전쟁 체험담 DB를 확보할 수 있게 되었다. 자료는 전체적으로 지역별 균형과 성별 균형을 갖추고 있다. 특히 성별로 남녀 비율이 거의 비슷한데, 이는 본 조사연구의 취지를 반영한 결과다. 그간 남성이나 참전자 중심으로 전쟁체험에 대한 조사연구가 이루어져 왔던 데 대하여 본 연구에서는 여성을 포함한 보통사람들이 겪은 전쟁을 널리 조사하고자 했다.

본 조사연구에서는 자료를 주제유형 별로 분류함으로써 전쟁체험의 여러 국면이 특징적으로 드러날 수 있도록 하였다. 주제유형으로는 다음 10가지 항목을 설정하였다.

1. 참전담 : 전투와 군사 작전에 얽힌 사연. 포로생활 체험, 기타 군생활 사연.
2. 피난담 : 피난 과정 및 피난처 생활에 얽힌 이야기. 월남에 얽힌 사연.
3. 군치하생활담 : 인공치하 및 군경치하 생활담. 중공군이나 미군에 얽힌 사연
4. 빨치산체험담 : 빨치산 활동담, 빨치산 겪은 사연, 빨치산 토벌 관련 이야기
5. 이념갈등담 : 좌익이나 군경에 의한 피해담. 기타 좌우갈등에 얽힌 사연들
6. 특수체험담 : 교사나 의료인 등 여러 직업적 체험담. 어린아이의 전쟁체험
7. 전쟁고난담 : 가족 간수에 얽힌 사연, 경제적 고난담, 기타 여러 고난담
8. 전쟁미담 : 죽을 사람 구한 사연, 어려움 속에 서로 도운 사연 등 각종 미담.
9. 전쟁설화 : 전쟁에 얽힌 신이하고 경이로운 사연, 전쟁에 얽힌 희극적 일화
10. 전쟁후일담 : 전쟁의 후유증과 상처, 전쟁에 대한 해석과 평가

수집한 모든 자료를 상기 10개 유형으로 분류하는 작업을 진행했는데, 유형을 정확하게 나누기는 쉽지 않았다. 전쟁에 얽힌 여러 사연을 다양하고 복합적인 형태로 진술한 경우가 많았기 때문이다. 한 사람이 아닌 여러 제보자가 함께 구연한 경우에는 더 그러했다. 전체적으로 사연에서 가장 핵심적이고 인상적인 내용에 초점을 맞춰 유형을 분류했으며, 하나의 유형으로 나타내기 어려운 경우는 2개, 또는 3개 유형에 동시에 소속시켰다.

유형별로 자료를 분류한 결과를 보면, 피난담이 46건으로 가장 많고 참전담(36건), 전쟁고난담(31건), 이념갈등담(30건), 군치하생활담(24건) 순으로 비중이 높다. 전쟁후일담(4건), 전쟁설화(5건), 전쟁미담(7건), 빨치산체험담(12건), 특수체험담(13건) 등은 비중이 낮은 쪽이다. 전쟁체험담이라고 하면 '참전담'을 우선 떠올리게 되는 것과 달리 피난담의 비중이 더 높은 것이 특징이다. 전쟁고난담과 이념갈등담, 군치하생활담 등도 전선이 아닌 후방의 일반적 생활공간의 힘들었던 사연을 내용으로 삼는 것이어서, 전체적으로 전쟁이라는 혼란기의 고난 체험을 전하는 내용이 우세하다. 조사 과정에서 특수체험담이나 전쟁미담, 전쟁설화에 해당하는 이야기들을 적극 찾아보려 했으나 그리 많은 자료를 확보하기는 어려웠다. 전쟁에 대한 기억은 수난과 고통을 주조로 삼는다는 것을 확인시켜 주는 결과였다. 논평을 포함한 전쟁후

일담의 수량이 적은 것은 이를 구술상의 기본 화두로 삼는 경우가 많지 않았기 때문이다. 하지만 전쟁에 이은 뒷이야기 및 전쟁에 대한 해석과 평가는 이야기를 전하는 과정에서 다양한 형태로 수반되었으며 그 중에는 눈여겨볼 만한 사항들이 많았다.

한국전쟁 체험담 구술자료를 방대하게 채록하여 DB화한 결과는 앞으로 학술적 · 교육적 · 문화적 제 방면에서 폭넓게 활용될 수 있을 것이다. 먼저 문학연구의 측면에서 구비문학 및 산문문학 연구의 범위와 대상을 새롭게 확장할 수 있다. 특히 그간 저조했던 '사실성을 지니는 구비문학'에 대한 연구가 활성화될 수 있을 것이다. 다음으로, 문학 연구에서 역사 연구로, 역사 연구에서 문학 연구로 상호 지평을 넓히는 기반이 될 것이다. 역사가 어떻게 문학적으로 담화화되며, 그것은 어떠한 미적 · 사회적 의미를 지니는지를 통합적으로 살필 수 있다. 아울러 본 자료는 민중사와 생활사 분야의 유의미한 기초자료로 활용될 수 있다. 여성들을 포함하여 기존 연구에서 소외됐던 일반 민중들이 전하는 전쟁에 관한 체험과 기억을 통해 '일상의 전쟁'이라는 민중생활사적 국면을 새롭게 살필 수 있을 것이다. 본 연구결과물은 교육적 측면에서도 다양하게 활용할 수 있다. 역사를 보다 생생하게 느끼고 공감할 수 있는 자료가 될 수 있으며, 체험을 바탕으로 한 자기표현과 의사소통 방식을 교육하는 데도 좋은 선례가 될 수 있다. 끝으로 이들은 문화콘텐츠 원천자료로서도 널리 활용될 수 있다. 소설과 만화, 웹툰, 영화, 드라마, 다큐멘터리, 게임 등 다양한 문화콘텐츠 분야에 흥미롭고 의미 있는 기반이 될 수 있을 것이다. 본 조사연구를 통해 보고된 자료를 바탕으로 하는 웹툰 개발 작업이 진행된 사실[5]은 그 실제적 활용 가능성을 잘 보여준다. 결과물이 방대한 만큼 콘텐츠화 작업이 다양한 방향으로 진행될 수 있을 것이다.

---

5) 한국연구재단 2014년 인문브릿지 사업으로 채택된 "통합서사 구술 아카이브 구축 및 통일문화콘텐츠(웹툰) 개발"(건국대 인문학연구원) 사업이 본 조사사업에서 보고된 구술담 자료를 주요 바탕으로 삼고 있다. 그 과정과 결과에 대해서는, 정진아 외, 『통일문화콘텐츠 희(希)스토리』, 박이정, 2015 참조.

3. 생생한 경험과 의미의 담화로서의 전쟁체험담

3년에 걸쳐 전쟁체험담 현지조사 사업을 진행하면서 확인한 사실은 한국전쟁 체험이 노인세대의 구술현장에서 막대한 중요성을 지니는 담화라고 하는 것이다. 이전에 설화조사를 수행하는 과정에서도 옛이야기를 청할 때 전쟁체험담을 구술하려는 제보자들이 많았거니와, 전쟁 당시의 경험담을 본격적으로 청하자 여러 제보자들이 큰 관심과 함께 구연에 대한 열의를 나타냈다. 전쟁을 몸으로 겪은 입장에서 당시 상황을 후속세대에 제대로 알려야 한다는 책임감을 나타내는 제보자들이 많았다.

한국전쟁 체험담은 오늘날의 구비문학 전승현장의 중요한 실체라고 단언할 수 있다. 담화의 현장에서 전통적 설화의 전승은 막바지 단계에 이른 상황이다. 설화를 오롯이 기억하여 구연하는 화자가 거의 없으며 양질의 설화를 새로 찾아내기가 무척 어렵다. 이는 노년층의 세대교체가 가져온 현상이라 할 수 있다. 1920년대 후반이나 1930년대 이후에 출생하여 근대의 삶을 살아온 세대는 성격상 '설화 이후 세대'에 해당한다.[6] 그들이 가치를 두는 것은 상상이 아닌 '경험적 현실'이며 서사보다는 '합리적 사고'이다. 근대 교육과 시대정신이 반영된 결과이며, 일제강점기와 6.25전쟁 등을 겪으며 몸에 밴 성향이다. 그들은 설화보다 경험담, 서사적 이야기보다 세태나 시국에 대한 논변을 선호하거니와, 그러한 성향에 딱 들어맞는 이야기 종목이 한국전쟁 체험담이라 할 수 있다.[7]

전쟁체험담을 포함한 경험담은 설화와 질적으로 성격이 다르다. 설화가 허구적 상상에 입각한 자족적이고 향유적인 담화인 데 비하여 전쟁체험담은 실제적인 역사 체험에 기초한 교설적인 교설적인 담화로서의 성격을 지닌다.

---

6) 신동흔, 「이야기문화의 세대별 양상과 경험적 담화 : 경기도 양주 지역의 사례를 중심으로」, 『구비문학연구』 17, 한국구비문학회, 2003, 49-50쪽.

7) 신동흔, 앞의 논문, 2011(역사경험담의 존재양상과 문학적 특성), 17쪽.

중요한 것은 한국전쟁 체험담이 일반적인 경험담이나 생애담과 비교하더라도 특수한 정체성이 있다는 사실이다. 다음과 같은 몇 가지 맥락에서 그 특성을 가늠해 볼 수 있다.

첫째, 한국전쟁 체험은 특정 개인에 국한된 경험이 아니라 당시 삶을 살았던 사람들 모두에게 해당하는 공통의 역사적 경험이며, 그리하여 한국전쟁에 대한 담화는 '사적 담화'가 아닌 '공적 담화'의 성격을 띠는 경우가 많다. 한 개인이 겪은 경험조차도 공적이고 역사적인 맥락에서 되새겨지면서 의미화가 이루어지는 양상을 보게 된다. 마을과 같은 집단 차원에서 겪은 체험은 한 개인이 자기 잣대로 내용을 구술하거나 평가하는 데 제한이 따르기도 한다. 마을의 공적인 역사를 특정인이 함부로 재단할 수 없다고 하는 의식이다. 크게 보면 한국전쟁은 우리 민족 전체의 공적 체험이어서 그 경험내용이나 의미맥락은 언제든 공적 평가와 논쟁 앞에 노출되는 것이 일반적 양상이 된다. 요컨대 한국전쟁 체험담은 사적 체럼의 이야기이면서도 매우 공적인 이야기라고 하는 양면성을 지닌다.

둘째, 한국전쟁 체험담은 '전쟁'이라는 극한의 상황을 전하는 이야기라는 점에서 여타의 역사적 경험에 대한 언술과 구별되는 특수성을 지닌다. 전쟁은 삶의 모든 조건을 한꺼번에 뒤흔들어놓는 엄청난 사건으로서 사람들의 물리적 삶과 사유방식에 공히 커다란 영향력을 행사한다. 한 순간에 삶과 죽음이 엇갈린다고 하는 긴장감은 강력한 기억의 요인으로 작용하기도 한다. 그 경험은 몇십년의 시간적 간격을 훌쩍 뛰어넘어서 엊그제의 일처럼 생생하게 되살아나는 경우가 많다. 화자들은 전쟁 당시에 겪은 일에 대해 매우 세부적인 정황에 이르기까지 정확하고 리얼하게 묘사하곤 한다. 그리고 그 언술에는 긴장이나 흥분 같은 정서적 요소가 짙게 개입하곤 한다. 전쟁체험담을 특별한 의의를 지니는 문학적 담화로 살려내는 요소가 된다.

어떻게 했냐믄는 배가 요만헌 또딱배 뽀드배, 고기 잡는 뽀드배 있잖아. 고런 거 하나를 자리매기 자리 밑으로다시니 건네주고 건너오는 할아버지가 있는데, 고거를 타고 건너갔다 건너오고 하는데. 아주 그것도 서로 탈라고 며지지. 그렇게 건너서 자리매기를 오며는 여기다 [청자 : 팔목] 도장을 찍어 줘. 시퍼런 도장을 여기다 꽉 찍어주는 거야. 줄을 서 가지구 들어가며는 뭘 로다 주느냐면은, 항구, 항구 뚜껑 있잖아. 군인들 항구 뚜껑 있잖아. 밥해먹 는 거. 항구라 그래. 군인들 옛날에는 그게 밥그릇이에요. 밥하구 국하구. 그 20리길을 걸어서 갔다 걸어와야 되는데, 또 다시 들어가서 탈래야 탈 수가 없어. 여기다 도장을 찍어주고 지질 않으니까는. 뭐시 시퍼런 걸 탁 찍어주 드라구. 그거 보구설랑에 항구 뚜껑에 쌀 주는 거야. 그걸 타러 20리길을 오 는 거야. 그 배를, 위험스럽지 아주. 항구 뚜껑으로 하나 주는 거야. 그걸 타러 날마다 오는 거야 날마다.

한번은 기차다리를, 시방 자리매기에 기차다리 있잖아요. 시방은 신작로 가 밑에 나서 다 폐지가 됐지만. 거기를 한번은 걸어서 거길 건너왔어 거기 를. 걸어서 건너오는데, 중간쯤 오니까 기차가 와 기차가. 그때는 사람 타는 기차가 아니고 화물차야. 짐 싣고 대니는 화물차야. 거기서 끽 소리 지르고 서 오는 거야. 세상에 그냥, 사람 비켜 스는 데가 요런 데가 두어군데 있어 요. 요렇게 철길 지내라고 사람 비켜 스는 데가. 거기를 아주 죽겠다고 엉추 랑당 뛰어설랑에 가서, 거기 가서 발을 척 들여노니까 차가 그냥 내미는 거 야. 이만큼만 있었으믄 죽었어 차에 밀려서. 그런 일도 다 적고. 말도 못했죠 뭐. [청자 : 기억력이 대단허네.] 하나또 안 잊어먹어요 아주.[8]

이 화자는 열두 살 때 전쟁을 겪었음에도 불구하고 당시 상황을 위와 같이 구체적이고도 생생하게 전하고 있다. 이야기 끝부분에 보면 그때 조금만 잘 못했으면 차에 치여서 죽을 뻔했다고 말하고 있거니와, 전쟁 상황에서 생사 의 기로는 전쟁터에만 있는 것이 아니라 후방이나 피난처 어디에나 가로놓여 있는 것이었다. 당시 세상을 보편적으로 뒤덮고 있었던 공포와 죽음의 기운

---

8) 자료 76. "열두 살짜리의 군치하 생활." 2013.2.18. 경기도 가평군 하색1리에서 이동천 (여·1939년생) 구연.

은 사람들로 하여금 팽팽한 긴장을 불러 일으켰으며, 이는 당시 상황을 생생한 기억으로 간직하게 한 것이라 할 수 있다.[9]

셋째, 한국전쟁 체험담은 이념 차이에 의한 동족간 전쟁에 대한 이야기라는 데 따른 민감성을 지닌다. 전쟁의 당사자였던 남한과 북한의 사람들은 생긴 것도 같고 말도 통하는 같은 민족이다. 이렇게 같은 나라 사람끼리 서로를 공격하고 죽이는 상황이란 그만큼 충격적이며 받아들이기 어려운 것이었다고 할 수 있다. 특히 그 전쟁이 최전방 전선뿐만 아니라 후방 곳곳에, 예컨대 한 마을이나 가족 안에도 있었다는 사실은 한국전쟁 체험의 성격을 규정하는 핵심 요소가 된다. 전쟁이 발발하자 각 지역 각 마을마다, 심지어 가족 안에서조차 이념적 입장이 엇갈려서 극심한 분란과 갈등이 발생하게 되었다. 서로를 지켜줘야 할 가까운 사람들이 서로 죽고 죽이는 일이란 극단적인 모순과 부조리의 상황이라 할 수 있다. 실제로 그렇게 수많은 사람이 죽어가고 한 마을이 피로 물드는 비극이 곳곳에서 벌어졌거니와, 감당하기 어려운 충격이었다고 할 수 있다.

이러한 상황과 관련하여 한국전쟁 체험담에는 주목할 만한 두 가지 특징적인 현상이 있다. 하나는 이념적 대립에 따른 긴장이 여전히 현재형으로 이어지고 있다는 사실이며, 또 하나는 사람들이 자신들이 처한 입장에 따라 의식 무의식중에 전쟁에 대한 기억을 왜곡한다는 사실이다. 생존본능 내지 자기보호 본능이라는 극히 현실적인 이유에 의하여, 사람들은 자신에게 불리한 것은 잊거나 덮어버리고 기억하고 싶은 것만 기억하여 강조하곤 한다. 또는 자신에게 유리한 방향으로, 곧 자신을 정당화하고 보호할 수 있는 방향으로 기억을 재구성하거나 왜곡하곤 한다. 중요한 점은 사람들이 마치 그것이 분명한 사실이고 진실이라고 하는 착각 속에서 그런 일을 행한다는 것이다.

이에 대해 한국의 대표적인 전쟁문학 작가이기도 한 전상국 선생은 그 자

---

9) 한국전쟁 체험담이 지니는 생생한 리얼리티에 대해서는 신동흔, 앞의 논문(2011), 22-29쪽에서도 구체적 예를 들어 자세히 살핀 바 있다.

신 전쟁체험 제보자로서 다음과 같은 의미심장한 이야기를 들려주었다.

이 지금, 이 뭐에, 국군 유해 파다 보면은, 인민군들 유해도 나온다고, 더러. 지금도 가보면은, 나오면은 그거 파주로 가져간다구. 파주에 그 '인민군의 묘'가 있어요, '인민군의 묘'. 내 거기를 그, 갖다 묻는 데가 있는데, 거기도 그 엄청난 얘기죠. 그게 나는 그렇게 죽은 사람들을 우리 골짜기에, 군인들이 어서 얼마나 죽었다는 기억들만 해도 파놓으라는데, 인민군 죽은 기억들은 지금 전부 잊었다고 생각하고 얘길 안하거든. 나는 그 어렸을 때 본 그구덩이에, 인민군들을 한번 파줬으면 하는 거, 이 함부로 얘기는 못하지만은, 그 함부로 얘긴 못하지만은, 그들이 거기서 묻혀있다는 걸 생각하믄은, 분명한 건데 그거는, 근데 이걸 뭐 다 함구하고 있어야 되잖아. 이걸 얘기하면 안 되는, 우린 아직 그 시대에 살고 있기 때문에, 그래서 나는
'전쟁은 진행형이다.'
그게 뭐 왜냐면, 그게 지뢰밭으로 남아 있으니까. 그것 그 건드리면 안 되니까. 자기 안에, 저 바깥에 있는 지뢰밭이 문제가 아니라.[10]
근데 인제 그렇게 내가 6·25 겪은 얘기 외에는, 뭐 전쟁, 뭐 얘기를 그 다음에 수없이 들잖아요. 에- 수없이 사람들한테 별 얘기, 뭐 국군 뭐 포로로, 저 인민군 포로로 잡혀가지고, 포로 된 사람들 얘기, 참 그 실감나고 그러는데, 나는 그걸 겪지 못했지만은 그들이 겪은 얘기 속에는, 에- 그 인제 당대에는, 그 어른들이 얘기해 보믄 어느 쪽을 분명히 선택해가지고 있다구. 자기가 그 뭐 피해자라는 거, 그리고 자기는 잘못해서 뭐, 자기 잘못이 아니라, 어떻게 했든 자기는 했고, 자기가 죽인 건 아무것도 아니고, 에- 인제 죽인, 적이 된 그것만 기억들 할려고 하고.[11]

전상국 선생은 수많은 전쟁관련 면담 경험을 바탕으로 한국전쟁이 사람들 마음속에 현재형으로 남아 있다는 사실을 강조한다. 세상은 앞으로 또 바뀔 수 있으며 그렇기 때문에 전쟁이나 이념과 관련한 행동을 섣불리 행하게 되

10) 자료 70. "어린 눈으로 전쟁을 보다." 2013.2.17. 강원 춘천시 김유정문학관에서 전상국(남·1940년생) 구연.
11) 위와 같음.

면 후환이 미칠 수 있다는 생각이 사람들 내면 깊이 담겨 있다는 말이다. 그래서 뻔히 아는 사실도 짐짓 모른 척하고 넘어가는 현상이 생겨난다고 한다. 전쟁 중에 세상이 좌에서 우로, 우에서 좌로 거듭 바뀌는 가운데 사람들이 죽어가는 모습을 생생하게 본 경험이 깊이 각인되어 수십 년의 세월이 흘렀음에도 여전히 긴장감을 낳고 있는 상황이다. 이는 특히 전쟁의 갈등과 상처를 크게 겪은 이들에게 자주 발견되는 특징이다. 실제로 본 조사연구 과정에서도 일부 제보자들, 특히 전쟁 당시 좌익 쪽에 속해 있었던 제보자들이 당시 상황에 대해서 이야기하기를 꺼리는 상황과 여러번 만나곤 했다. 당시 가해자가 아닌 피해자였음에도 불구하고 이러한 반응을 보이는 사례들이 많았다. 이러한 현상은 한국전쟁 체험과 그에 대한 담화가 지니는 긴장감과 문제성을 단적으로 보여준다.

전상국 선생은 이와 함께 사람들이 자기가 기억하고 싶은 것만 기억한다는 사실을 정확히 지적하고 있다. 많은 사람들이 전쟁 당시에 남에게 해를 입힌 일이 있었음에도 불구하고 자기가 남한테 당한 일만을 기억하고 말함으로써 자신을 피해자로 위치시키는 양상을 보인다고 한다. 흥미로운 것은 그러한 태도가 의도적으로 그리 하는 것이 아니라 진실인 양 각인되어 실제로 그랬던 것처럼 말해진다는 사실이다. 그러니까 사람들이 전하는 전쟁체험담은 은연중에 자기한테 유리한 방향으로 재구성되고 해석된 것일 가능성이 상존한다고 할 수 있다. 모든 기억이 다 그럴 수 있다고 하지만, 전쟁체험은 그 상황적 극단성과 민감함 때문에 이러한 면모가 더욱 문제시된다고 할 수 있다.[12]

넷째, 전쟁 체험담 구술은 체험 자체의 전달에 그치지 않고 그 경험을 적극적으로 의미화하는 가운데 인간과 세상에 대한 관념을 표출하는 경향을 짙게

---

12) 이와 맥락은 조금 다르지만, 김경섭 또한 전쟁체험담 구술에서 '재구성된 기억'의 중요성을 강조한 바 있다. '전쟁의 기억'보다 '기억 속의 전쟁'이 더 큰 의미를 지닌다는 것이다. 김경섭, 「전쟁의 기억'과 '기억의 전쟁」, 『통일인문학』 제57집, 건국대 인문학연구원, 2014.

나타낸다. 자기 경험에서 의미요소를 찾아서 언술로 나타내는 것은 경험담 일반에서 나타나는 현상이지만, 한국전쟁 체험을 전하는 이야기에서 그러한 의미화의 진폭이 더욱 크고 뚜렷한 쪽이다. 한국전쟁 체험이 오늘날까지도 여파가 이어지는 민족 전체의 크나큰 역사적 경험이었다는 점, 그리고 그 안에 좌우 이념을 포함한 민감한 갈등 요소가 다층적으로 담겨 있다는 점 때문에 이러한 경향이 나타나는 것이라 할 수 있다. 많은 화자들이 자신의 전쟁경험을 전하면서 인간과 세상에 대한 논평적 발언을 덧붙였거니와, 일부 화자는 경험에 관한 전언보다 이러한 논평식 담화를 더 강조해서 구연하는 모습을 보이기도 했다. 경험에 대한 자기 식의 해석에 일종의 확신을 나타내는 가운데 듣는 이의 동의를 구하는 모습을 나타낸 경우도 많았다. 하지만 그 관점과 해석이란 각자의 처지와 경험내용, 가치관 등에 따라서 커다란 편차를 나타내는 것 또한 사실이다. 한국전쟁 체험담을 살핌에 있어 화자들이 스스로 부여하는 의미와 실제적 의미 사이의 거리 내지 편차를 세심하게 살펴서 변증하는 과정이 필요하다고 할 수 있다.

전쟁체험 세대가 나타내는 역사와 현실에 대한 관심과 표현 욕구는 매우 강력하다. 세대의 특징적 경향이라 할 수 있을 정도다. 중요한 사실은 그것이 단순히 이념이나 논리 차원의 지향성이 아니라는 사실이다. 그것은 몸으로 겪은 전쟁이라고 하는 일종의 '인생적 경험'과 긴밀히 맞물리는 가운데 '체화된 신념'의 형태를 취하고 있다. 많은 사람들에게 있어 그것이 인생관 내지 세계관으로서 깊이 내면화되어 있다. 더 구체적으로 들여다볼 필요가 있는 화두다.

4. 한국전쟁 체험의 세계관적 신념화 양상

한국전쟁을 체험한 노인층 세대에게 옛날이야기나 살아온 이야기를 해달라고 청할 때 그들이 우선적으로 떠올리는 대표적 경험이 바로 6.25 한국전쟁 체험이다. 전쟁체험은 물리적으로나 정신적으로 가장 힘들고도 무거웠던, 인생의 강렬한 경험으로 남아 있다. 그것은 사람들에게 '세상이란 이런 것이다' 하는 신념적 의식을 다양한 형태로 각인시킨 것으로 나타난다. 그것이 60년이 훌쩍 지난 오늘날까지도 사람들의 내면 깊은 곳에 남아서 세계관적 영향력을 행사하고 있음을 보게 된다. 전쟁체험을 통해 의미화하고 내면화한 현실인식들이 전후 한국사회를 움직여온 일종의 '시대정신' 구실을 했다고 보아도 좋을 것이다.

인생경험으로서의 전쟁체험이 인생관 내지 세계관 형태로 의미화된 양상은 어떤 처지에서 어떤 전쟁을 어떻게 겪었는가에 따라 차이를 나타낸다. 그것을 두루 포괄해서 살피는 것은 거의 불가능한 일이라 할 수 있다. 여기서는 조사연구 과정에서 특징적으로 확인할 수 있었던 몇 가지 특징적 의미요소를 포괄적 일반론 차원에서 단면적으로 짚어보는 방식으로 논의를 진행하려 한다. 개인적 특수성을 반영한 인식보다 집단적 일반성을 띠는 인식에 좀 더 주목하고자 한다.

1) 전쟁을 겪어봐야 세상을 안다.

한국전쟁을 겪은 사연을 전하는 많은 제보자들이 이구동성으로 하는 말은 "겪어보지 않으면 모른다"고 하는 것이다. 사람들이 전쟁을 겪은 방식은 처지나 성격 등에 따라 다양하지만, 전쟁 체험이 인간과 세상을 보는 관점에 커다란 영향을 미친 결정적인 경험이었다는 점은 공통적이다. 어느 날 갑자기 모든 일상이 깨지는 가운데 생사의 기로에 직면하면서, 그리고 그 극한의 상황에서 사람들이 저마다 '살기 위해서' 움직이는 것을 보면서 "세상이란 게 이런 것이구나" 하는 뼈저린 경험을 내면화한 것으로 나타난다. 이를테면 전쟁을 겪는다는 일은 저 밑바닥 깊은 곳에서 '인간'을 겪는 일이고 '세상'을 겪는 일이라 할 수 있다.

다음과 같은 발언들은 전쟁을 겪는다는 것이 어떤 일인지를 단적으로 말해
준다.

(1) 6.25가 더 무서웠던게벼 일정 때보다. 그런게 그때는 죽냐 사냐 두 가
지여, 생각할 여지가 없어. 우리집 아저씨도 붙잡혀 가는데 내가 저녁에 들
어오면서 '그새 총살이나 안 당했나?' 으잉, 그런 생각이 들더라구. 그때는
그렇게 극악했어.[13]

(2) 아이 그 전투 시대는 그때는 무서워, 말 안 들으면 한 놈 쏘고 그냥
들어가면 그걸로 끝나, 그거 무슨 지금마냥, 군사재판 하는 게 아니고 내가
길이 틀려서 저에다 쏘았다고 가정하면 그냥 부대로 가면 그만이여, 휴가 가
지 말고 이 부대 복대로 가면, 그면 몰르지, 그런게 전투 때는 그렇게 무섭다
는겨.[14]

(3) 전차 그거 폭탄 그걸 밟아서. 노인네 하나 그렇게 해서 참혹하게 죽었
어. 우리 동네서. 도망갈 때 여기서 전차를 그걸 폭탄이라는게 전차 폭탄.
전차 뒤집히는 거. 그걸 묻은 놈을 할머니가 모르고 이렇게 얘기 얘기 허다.
바로 갔으면 이상하면 이렇게 피해가면 되잖아. 그런데 뒤로 물러서다 그걸
밟아서. 손은 손대로 머리는 머리대로 다 흩어져가지고. 그거 참혹하기가.
사흘 만에 집게 갖다 주워가는 걸 내가 봤어. 전쟁이 그렇게 무서운 거야.[15]

(4) 또 우리 그 친구 아버지는 또 전쟁터에서 싸우다가 다리가 여 발 있는
쪽에 양쪽이 다 이렇게 뒤꿈치만 있고 잘려 나갔어요. 근데 그 친구 이름이
순잔데. 지금 어디서 살구 있을 거예요. 몰라, 지금. 근데 그런 거 그런 거

---

13) 자료 138. "시체더미에 묻혀 운 좋게 살아나신 아버지." 2013.8.20. 전북 무주군 무주읍
   신교리에서 조남환(여 · 1931년생) 구연.
14) 자료 97. "전쟁 중에 군에서 맺은 특별한 인연." 2013.4.4. 인천시 동구 선화동에서
   유상호(남 · 1932년생) 구연.
15) 자료 60. "어린아이가 겪은 파주의 6.25전쟁." 2013.1.21. 경기도 파주시 금촌 2동에서
   황도흠(남 · 1938년생) 구연.

다 가슴 아프지. 그리고 집에 들어오면 또 인민군들이 잡으러 내려와 있으니까 산에서 못 내려오고 굶고 막 이렇게 있고, 그런 거 그게 가슴 아프지 (…) 그런 아주 아픈 전쟁을 겪었기 때문에 전쟁을 안 겪은 사람 모르고.16)

사람들이 전쟁에서 겪은 것은 생과 사가 한순간에 엇갈리는 공포였다. '죽느냐 사느냐'가 경각에 달린 상황에서 그 밖의 다른 일들은 의미가 무화되는 것이었다. 화자들 말대로 극악한 상황이며, 안 겪은 사람은 모르는 무서운 상황이다. 사람이 처참하게 죽어 나가는 모습을 눈앞에서 생생히 경험한 일은 잊을 수 없는 충격으로 내면 깊이 각인되어 있다. 하지 않았으면 좋을 참혹한 경험이지만, 그들은 전쟁을 통해 세상살이의 밑바닥 모습을 겪음으로써 세상을 보는 새로운 눈을 얻었다고 여긴다. 그리하여 그것을 직접 겪지 않은 사람들에게 자신이 했던 경험과 그로부터 얻은 인식을 공유하려고 애쓰는 것이다.

전쟁을 몸으로 겪은 사람들에게 있어 그 경험이란 인간과 세상의 극악한 밑바닥을 본 일에 해당한다. 평소에 드러나지 않았고 그래서 생각도 못했던 인간의 이면을 생생하게 들여다보게 된 것이다.

(5) 그 사람들이 너무 참, 참혹한 짓을 했어. 어째가지고. 우리가 참말로 너무 참, 박복해요. 그런지, 동네 사람들을 그렇게 세 살난 애고 뭐 갓난 애고 뭐. 그 사람들은 사람으로 그라고 생각을 안 하고 그 사람들은 그만, 노인이고 뭐 무조건 그만, 무조건 고만해. 짐승으로 생각했는지 어쨌는지 그만, 그 사람들 생각이 어째, 어째 들어가 그랬는지 너무 참혹하게 참, 입이 말같이 말 할 수도 없고.17)

(6) 그 방이 있는데 문 열어 놓고 군인들이 잔뜩 들어가 앉았는데 거기 가

---

16) 자료 57. "황해도 해주에서 아구리배 타고 나온 피난." 2013.1.18. 서울 성북구 수유동에서 박춘자(여 · 1942년생) 구연.

17) 자료 33. "집단 학살에서 구사일생으로 살아났지만." 2012.3.10. 경북 문경시 산북면에서 채홍연(여 · 1938년생) 구연.

이렇게 드리따 봤다 마당에 가서. "야 거기 애기 일루와." "안 들어가요." 이래. 그래 이렇게 본게 그 아가씨들을 글쎄 홀딱 베껴놓고 바짝 요렇게 앉혀 논거야. 옷도 안 입히고 홀딱 베껴놓고, 빤스도 안 입히고. 내가 보니까 젖만 이렇게 감추더라고. 못 나가게 하니야 그러지, 나간다고. 그 짓하다 이젠 화장실에 간다 그러면 옷을 좀 입히는 거여. 막 울어. 날 보더니, 이렇게 날 보더니, 아주 막 우는 거야. 그러니 또 운다고 주둥이 확 깔리더라고. 울지 말라고.18)

(7) 전쟁이 일어나면은, 안 당해본 사람은 몰라요. 당한 나는 엄청 피해자거든. (…) 아이 동네에서 그만 딱 달라졌어. 저 이게 공직, 말하자믄 공무원 있는 사람만 쏙 빼고 그 나머지는 다 그만 마을에서 덮어 지내. 암암리로 다 그래. 노골적으로 막 이렇게는 못 해도, 그래갖고 시뜩시뜩 하고 말도 잘 안 하고 완전히 그냥 이 막 달라져서, 태도가 달라져버려. "아씨- 아씨." 하고 막 굽신굽신하다가 막 어느 날 딱 달라져버려.19)

사람들이 전쟁에서 본 것은 인간이 어찌 저럴 수 있는가 하는 추악한 모습이었다. 아이와 노인을 짐승처럼 다루고, 겁에 질린 처녀들을 겁탈하며, 갑자기 낯을 바꾸어 자기가 모시던 사람을 죽이려 드는 모습이다. 그런 일이 다반사로 벌어지는 것이 전쟁이었다. 전쟁이라는 극한의 상황에서 사람들이 드러낸 맨얼굴은 그렇게 충격적인 것이었다. 인간이라는 게 무엇인지를 되묻게 하는 면모다.

문제는 그것이 타인들만이 아닌 자기 자신의 모습이기도 하다는 사실이다.

(8) 그러고, 하이고 그때도 거시기 울아부지가 저 막내를 낳는디 뭐, 인제 젖이 없어, 그전에는. (…) 그 막 울고 고로고 했싸코 헌게, "그러고허다 깐딱

---

18) 자료 140. "속초에서 만난 다섯 할머니의 전쟁이야기." 2013.8.30 강원 속초시 부월마을에서 남복엽(여) 구연.
19) 자료 51. "보복으로 물든 마을의 다양한 사연." 2012.7.25. 전북 전주시에서 김영옥(여 · 1936년생) 구연.

하다 그저 자네조차 죽겠네." 그래갖고 애기를 방죽에다 던져분지라 했어,
아버지가. 응, 던져라고 고로고 거시기 헌게, 엄니가 그양 기어시 업고 가부
렀어. 그러니까 거기 거시기 허니까, "자네조차 죽으면 뭣 헐 것인가? 긍게
애기는 그양 던져번지라."20)

(9) 그양 문에다가 우리가 또 집이 가양집이 되야가꼬 인공새끼들이 들와
서 말썽부릴까 무성게 문에다가 불 안 나가게 애기 젖줄라믄 담요를 이렇게
딱 쳐가꼬 가만히 젖 줘서 눕히고 인자 불 안 나가게. (…) 담요로 개리고
젖도 주고 그랬당게. 긍게 내가 철이 없이 있겠소? 이놈으 애기가, 담요를
개리고 애기 젖을 준디 이놈으 애새끼가 막 울어. 웅게 그냥 막 이 뺨 때리고
저 뺨 때링게 그양 더 운다. 귀가 애링게 그놈을 그냥 내가 그놈을 그 지랄허
고 쳤어. 그 애린 놈을 갖다가. 내가 디져야 허는디 안 죽고 야든세 살 되도
록 살고 자빠졌당게.21)

(8)에서 아기를 방죽에 던져버리라고 말한 사람은 아기의 아버지이자 화자
의 아버지였다. 다른 사람도 아닌 '나의 아버지'가 저런 모습을 하고 있는 것
이다. 평생 충격적인 기억으로 남을 일이 아닐 수 없다. 어찌 아버지와 가족
뿐일까. 그것은 자기 자신의 일이기도 했다. (9)의 화자는 아기 젖을 주다가
아기가 울자 사정없이 아이를 때렸던 일을 아프게 기억하며 자책했다. 전쟁
이라는 극한상황에서 확인했던 자기 자신의 밑바닥 모습이 기억에 길이 남아
마음의 상처가 된 상황이다.

전쟁을 겪는다는 것은 단지 생사의 기로를 넘나들며 많은 고생을 했다는
정도의 일이 아니다. 그것은 인간과 세상의 밑바닥을 보는 일에 해당한다.
기막히고 참혹한 일들이 한둘이 아니지만, 잊고 싶고 지우고 싶은 기억이지
만, 그것이 인간의 진실임을 부정할 수 없다. 그래서 전쟁을 겪은 사람은 너

---

20) 자료 28. "피난 중에 동생을 버리려 하다." 2012.2.21 전남 장성군 진원면에서 김주영
(가명; 여 · 1934년생) 구연.

21) 자료 50. "남편은 전쟁터로 떠나고 홀로 가족을 지키다." 2012.7.24. 전남 담양군 수북
면 수북리에서 이희순(여 · 1930년생) 구연.

나없이 그렇게 말하는 것이다. 겪어보지 않으면 모른다고. 전쟁을 겪어봐야
세상을 알게 된다고.

2) 총 쏘고 죽이는 것만이 전쟁이 아니다.

전쟁이라 하면 사람들은 군인들이 대치하여 군사작전을 펼치는 가운데 사
람들이 죽어나가는 모습을 떠올리게 된다. 그것이 전쟁의 전형적인 모습인
것은 사실이지만, 그것만이 전쟁인 것은 아니다. 많은 화자들이 전쟁 때 가장
힘들었던 일은 적군과 싸우는 일보다 '생활'을 감당하는 일이었다고 말하곤
한다. 삶의 기반과 체계가 뒤엎어진 상황에서 나날의 일상을 감당하는 것이
그 자체로 하나의 힘겨운 전쟁이었다는 것이다.

사람들은 흔히 전쟁 당시 가장 힘들었던 일이 춥고 배고픈 일이었다고 말
하곤 한다. 다음과 같은 식이다.

(10) 우리 고생한 건 이 나이에 배고픈 설움이 제일 첫째고. 그럼 죽고 사
는 운명이지. 또 재수 없으면 폭격에 맞아 죽고 그렇지만 그래도 배고픈 설
움이 제일 고생했다 이거야.22)

(11) 그냥 그렇게. 그 그른 데서 물이 질질 흘르잖어. 금 목이 말르잖어.
그 위에서 시체가 그 어디로 물 흘러도 막 먹는 거야. 그럼 도리가 없어요.
막 먹는 거야. 그래서 아까두 얘기해. 거거 저게 빠졌네. 창녕에서 훈련받을
때두 그 쌀만 그렇게 헌 게 아니라 그 수채구녕에다 그 물 내려가는 데, 나
는 데 그 저, 하수구가 있어. 하수구에서 밥알 이렇게 뭐 내려오는 게 있어.
그것두 먹었는데 뭘.23)

---

22) 자료 60. "어린아이가 겪은 파주의 6.25전쟁." 2013.1.21. 경기 파주시 금촌2동에서
황도흠(남 · 1938년생) 구연.

23) 자료 100. "모든 바깥 전쟁을 섭렵하다." 2013.4.25. 경기 파주시 문발동에서 임정환
(남 · 1932년생) 구연.

(12) 그 고개 이름이 바람재래. 그런디 어떻게 바람이 세던지 진짜 바람재더라고. 그냥 이따우 나무를 갖다가 불을 놓고 그러는디 다 날려, 바람에. 그래 주먹밥 요런 거 하나 받으면은 깡깡 얼어가지고 그래요. 그러니까 이가 시려서 주먹밥을 못 먹어요. 그러니까 그 불에다가 인제 녹하가지고 인제 먹고. 좌우간, 아이고— 그때 부락민들도 참 욕봤어. 밥을 해서 짊어지고 오면은 우리는 벌써 떠나버리고 없고. 그 사람들 또 그놈을 가지고 거까지 따라와서 그러고.24)

(10)에서 단적으로 말하듯이 배고픈 설움이 제일 크고 힘들었다고 한다. (11)에서와 같이 갈증을 채우려고 시체 위로 흐른 물을 먹고 하수구의 밥알까지 주워먹는 극한 상황이 펼쳐지는 것이 곧 전쟁이었다. 존재하는 것 자체가 전쟁이라고 할 만한 상황이다. (12)에 보면 군인들뿐만 아니라 부락민들이 큰 고생을 했다고 돼있거니와, 일반인들을 포함한 모든 사람들이 전쟁의 당사자였다고 할 수 있다. 거기에는 후방의 여성들과 아이들, 노인들이 두루 포함된다. 전쟁체험담 자료 가운데는 '피난살이의 고통'을 전하는 이야기가 아주 많거니와, 먹고살기 위해서 이리저리 움직이는 일들이 그 자체로 크나큰 전쟁이었다고 할 수 있다.

(13) 방 얻으러 간다구 우리 딸을 여덟 살 먹은 걸 잊어먹었어. 그러니 어떡허우. 내가 울구 뛰어 댕기는데 그 저거 군인들이 못 가게 해. 그서 언낼 잊어부렀다구 막 울구 뛰어 댕기구 이 발바닥에서 피가 막 쏟아져두 몰르구 뛰어댕겼어. 근데 우리 친정아부지가 짐을 다시 싸구 내비릴 걸 내비리구 다시 싸구는 보니까 전기상 밑에서 우리 딸이 막 울드래. 그래서 데리구 오셨어.25)

---

24) 자료 132. "치안대원으로 여러 번 죽을 고비를 넘다." 2013.8.19. 전북 장수군 계남면 가곡리에서 양인철(남·1934년생) 구연.

25) 자료 154. "아이 일곱을 피난처에 묻다." 2014.2.12. 경기 구리시 인창동엣 허이쁜 (여·1919년생) 구연.

(14) 그래서 아버지는 집에 없고 나 혼자 아들 서이 델고 있으이, 갓난 애기는 어쩌고 할라니 그냥 놔두고 그 저저, 걸어다니는 아들만 손목, 손목 붙들고 굴로 들어가. 거가 들으면 애기 우는 소리가 나. 오면 아주, 온 방을 아주, 그때는 무슨 이런 자리가, 대자리지. 대자리가 그서, 지금 즈들은 대자리 모를 거여. 그렀는데도 아주 울고 돌아댕겨서 발 뒤꿈머리가 빼져져서 피가 나서 그럼 그랬잖아. 울고 돌아댕기면서 발 뒤꿈머리가 뺏겨지고 피가 나고 이래. 그래 그 애기는 죽어, 죽었어. 갸는 죽었다고.[26]

전쟁 상황에서 살아남기 위해서, 그리고 먹고살기 위해 이리저리 방황하는 과정에서 아이들을 잃어버리거나 방치해서 죽음에 직면하게 한 상황을 전한 내용이다. (13)에서는 다행히 아이를 되찾았다고 하지만 (14)의 아이는 혼자 대자리를 울면서 기어다니다가 죽었다니 참혹한 일이다. 이런 일이 일상으로 벌어지는 것이 전쟁이었다. 많은 사람들은 그것은 깊은 아픔과 회한으로 기억하고 있다. 차라리 그때 죽는 게 맞았다고 말할 정도이다. 다음과 같은 식이다.

(15) 요런 이야기 헐라고 안 죽어. 요런 이야기. 글 안했으믄 저저 옥굴 화순 온천 그 또랑에서 죽었어야 맞어. 그랬으믄, 그때 죽어부렀으믄 간단허제. 근디 기필 살아가꼬 그 역경을 다 겪고 아이구메 지나간 일 돌아보기 싫어 진짜. 요 이야기를 해도 손이 벌벌 떨려. 어츠게 힘들게 살았든지.[27]

다음 이야기에 깃든 아픈 회한의 심정 또한 이에 못지않다.

---

26) 자료 143. "전쟁으로 헤어진 가족들." 2013.11.16. 강원 속초시 장사동에서 김부옥(여 1924년생) 구연.

27) 자료 49. "부친을 잃고 힘겨웠던 피난 생활."2012.7.24. 전남 담양군 창평면에서 고영 (여·1939년생) 구연.

(16) 거기서 그렇게 누룽지를 끓여다 주고 원주 사람들이 막 불쌍하다고 밥도 갖다 주고, 쌀도 갖다 주고 그래. 거기 내려오니까 또 애 생각이 나서 못 먹겠어. 애를 네 살 먹은 애를 고냥 눈 속에다 넣고 왔으니, (…) 그러게 눈이 녹으면 다 땅으로 나왔지. 뭐가 다 뜯어먹었겠지. (한숨) 아주 불쌍해가 지고서 그래서 그냥 잠을 못자고 생각을 하고 울고 법석을 해. 소용이 있어? 가지도 못하고. 그렇게 겪었어요. 우리는 피난을.[28]

피난길에서 죽은 아이를 제대로 땅에 묻어주지 못하고 눈 속에 파묻고 움직인 일이 평생의 한으로 남아있는 상황이다. 제 몸 간수도 어려운 상황에서 아이들을 챙기며 삶을 펼쳐나가는 일이란 전쟁터의 싸움 못지않은 큰 전쟁이었고 깊은 고통과 상처를 낳은 것이었다. 분명히 그게 아니라는 것을 알면서도 아무것도 할 수 없는, 울어 법석을 해봐도 '소용이 없는' 무기력의 상황을 겪으며 사람들로 세상의 높은 벽과 함께 인간의 미약함을 실감했던 것이라 할 수 있다. 그러한 무력한 좌절의 경험이 인생관 내지 삶의 태도에 영향을 미치게 됨은 물론이다.

다음 장면은 '일상의 전쟁'이 가져온 아픔을 눈물겹게 보여준다.

(17) 왔는디, 아침에도 죽, 밤이고 낮이고 하루 세끼니 죽 있어. 죽을 끓어 먹고 살았어. 그래 그렇게 사는 데 대고 동생을 델꼬 왔는디 죽을 끓여 중게 그 마음이 얼마나 아프냐고 내가. 그 마음이 아프드라고. 그래서 뭣도 몰르고 죽을 끓여 주고. 밥을, 날 새고 나고 아직에 죽을 끓여 줬드만은 나한 티 하는 말이, 나도 생각도 못하고 그저 잊어부렸는디. "누나 오늘 아침이 내 생일이야." 그 죽을 믹이고 낭게 그 소리를 해. 얼마나 울었는지 몰라. [조사자 : 마음이 엄청 아프셨겠다.] [조사자 눈물 흘림] 부모가 없응게.[29]

---

28) 자료 54. "네 살 난 자식을 눈 속에 묻어야만 했던 사연." 2012.7.25. 강원도 횡성군 서원면 창촌2리에서 한용분(여 · 1926년생) 구연.

29) 자료 134. "소녀의 몸으로 가족을 부양하다." 2013.8.20. 전남 무주군 안성면 공정리에서 신점순(여 · 1936생) 구연.

부모를 잃고 고아가 돼서 떨어져 살게 된 남동생을 만나 아침에 죽을 끓여 주었는데 알고 보니 그날이 동생의 생일이었다고 한다. 그 말을 하는 동생이나 듣는 누나가 얼마나 울었을지 그 모습이 생생하다. 그때의 아픔에 화자는 오늘날까지도 저렇게 눈물을 흘리고 있는 터다. 한국전쟁은 수많은 사람들로 하여금 씻을 수 없는 아픔과 함께 '세상을 산다는 일이 하나의 전쟁과 같은 일'이라고 하는 인식을 내면화시켰다고 해도 좋을 것이다. 노인세대한테서 흔히 들을 수 있는 그런 말의 바탕에는 한국전쟁 체험이 가로놓여 있는 것이다.

3) 사람이란 자기부터 살고 보기 마련이다.

전쟁이 인간과 세상의 밑바닥 모습을 보여준다고 말한 바 있다. 이와 관련해서 전쟁을 겪은 사람들이 마음속 깊이 내면화하여 가지게 된 두드러진 관념으로 인간의 자기중심성에 대한 인식을 들 수 있다. 극한상황에 처하게 되면 사람들은 결국 제 안위를 먼저 돌보게 돼있다고 하는 시각이다.

> (18) 그 당시에 호미나 곡괭이 하나 빌려 달라면 외면하는 것이 보통이야. 안 빌려줘. 빌려주는 사람도 있어서 우리가 하긴 했지만 그걸 빌려 오기가 힘드니까 안 갖다줘. [조사자 : 그러니까 또 안 빌려주고] 그걸 갖다 주고 또 빌려 다 쓸려면 저번에 빌려 갔는데 뭘 또 가져가느냐고 안 빌려 준단 말이야. 그러니까 그걸 안 갖다줘. 그러니까 서로 [조사자 : 불신 아주] 서로에 불신이 거기에서 생겨가지고 국민 방위군이 뭐하러 왔다 하게 되면 있어도 없다고 그러는 거야.[30]

> (19) 그런께 뒤에 인자 선임하사랄지, 분대장 그 강정맞게 한 놈, 소대장 요런 놈들. 둘이 딱 겨누고 있다가 하나, 둘, 셋 그래 땅으로 쐈어. 잘 맞아 부려. 그라고 뒤에 지휘자가 없으면, 그렇게 또 도망하기도 하고. 뒤로 후퇴

---

30) 자료 145. "국민 방위군 사건의 실상." 2013.12.16. 인천 연수구에서 서성석(남 · 1933년생) 구연.

해가지고 숨고. [청중: 그란께 아군이 죽인지 적군이 죽인지를 몰라.] 응. 몰라. 아군인지 적군인지 어떻게 아냐 말이여. 아무 데나 쏴 버리는데. 내가 살란께. 전쟁이 나면 그게 무서와. 아 수류탄 궁그르면은 그 놈을 손으로 쳐 버려야 한다고 일어선단께. 도망을 갈라고 저리 도망 갈라고. 얼른 손으로 쳐분지. 옆에 서는 인자 죽든지 살든지 내비두고.[31]

(18)은 전쟁 상황에서 사람들이 나타내는 자기 보호적 불신의 태도를 잘 보여준다. 농기구 하나 빌려주는 것을 꺼릴 정도로 예민하게 자기 것을 챙기는 것이 전쟁이라는 극심한 혼란의 상황이 드러낸 인간의 행동방식이었다. (19)의 경우는 더 적나라하다. 당장 자기가 살기 위해 아군을 슬쩍 쏘아죽이거나 동료들 있는 데로 수류탄을 밀치는 것이 다반사였다고 한다. 생각하면 무참한 일이지만, 그것은 '내가 살려면 어쩔 수 없는 일'이었다고 하는 식의 논리로 정당화되곤 한다. "전쟁이 나면 그게 무섭다"고 하는 화자의 말이 크게 다가오는 상황이다. 총탄보다도 어떻게든 나부터 살고자 하는 인간이 더 무서운 것이 전쟁이다.

'내가 살고 볼 일'이라는 식의 행동방식은 남남이 아닌 가족들 사이에서도, 부모와 자식 사이에서도 예외가 아니었다. 앞서 (8)에서 아이를 방죽에 버리라는 아버지를 봤고 (14)에서 아이를 혼자 놔두고 방공호로 피신한 부모를 봤거니와, 화자들 가운데는 스스로가 그렇게 버려진 경험을 가지고 있는 이들도 많았다.

(20) 혼저 애기 보고 있었는데. 그래가지고는 아버지가 오더니 막 귀때기를 때리고 막 야단을 해는 거여. 지집아들은 아주 괄시가 엄청 심해. 내가 안고 있는 애도 여식아고 업은 애는 머슴애여. 큰 올케 아들. 아버지가 오더니 그것만 쑥 빼가지고 가는 거여. [조사자 : 아들만?] 나하고, 나는 귀때

---

31) 자료 111. "인민의용군에서 탈출해서 국군으로 참전하다." 2012.5.23. 정석인(남 · 1932년생) 구연.

기 몇 차례 때려가지고는 엎어졌지. (…) 내가 욕을 했어, 울면서. 분해 죽겠
더라고. 내가 울면서 막 욕을 하고 그랬어. 그래 우리 아버지가 올라 와가지
고는 그 애기만 받어 가고, 난 떠 내밀어. 너는 내려오지 마래. 나가 죽으라
는 거야.32)

(21) 그래갖고 내중에는 인자 요로고 찾아봉게 여그 여 가동이라고 거그
뒷산에가 올라가갖고 소리허드랑게. 거그서 순경들허고 같이. "시상에 나는
뛰어놓고 한자만. 혼자 가서 있냐?"고 뭐이라고 했제, 어매보다. "내 앞에
간 중 알았제 누가 뒤에 온 중 알았냐"고. 긍게 "앞에 갔으므는 앞에 갔시믄
어디가 죽어부렀겄구만. 저 총 맞어서." 그렇게 웃드라고. [조사자 : 섭섭하
셨어요?] 아니 그런 거는 없어. 섭섭헌 것도 없고 뭣 헌 것도 없고 다 나만
살라고 헝게 그때는. 소용 없당게.33)

부모에 의해 버려진 당사자가 된 입장에서 얼마나 참담했을지 이루 헤아리
기 어렵다. (20)에서 자기를 버리고 떠나 숨은 아버지를 발견하고 분해서 마
구 욕을 했다는 심정을 이해할 만하다. 그런 딸을 다시 밀치는 아버지라니,
전쟁이 까발린 인간의 모습이 어찌 이리 그악스러운지 모른다. (21)에서 자
식을 두고 떠난 엄마가 "앞에 갔으면 너 죽었을 거다" 하고 둘러대는 모습도
마찬가지다. 그에 대해서 화자가 인간이란 다 자기만 살려고 하는 법이니 다
소용이 없고 섭섭하지도 않다고 말하는 것이 가슴을 친다. 전쟁은 수많은 경
험자들에게 이렇듯 '냉혹한 세계관'을 각인하여 체화시킨 것이었다. 그리고
그것은 남의 일이 아니라 자기 자신의 일이기도 했다.

(22) 그래 김창근이가 결국 수복 후에 그 날 즉시 죽었대요. 오야에서. 그
놈 땜이 나는 살았는데 그 사람 땜이. 나는 그 사람 죽었는데 가보지도 못

---

32) 자료 119. "전쟁 중에도 여자라 괄시받은 사연." 2013.6.28. 충북 제천시 학산리에서
신용여(여 · 1935년생) 구연.

33) 자료 22. "죽고 죽이는 와중에서 살아남기." 2012.2.19. 전남 함평군 함평읍 석성2리에
서 임판례(여 · 1936생) 구연.

했어. 갈 수가 없잖어 무서워서.[34]

이 이야기 속의 김창근이란 인물은 죽음의 위기에서 화자의 목숨을 구해준 사람이었다. 하지만 화자는 그가 죽었다는 소식을 듣고도 가보지 않고 모른 척했다고 한다. "무서워서"라는 말은 달리 말하면 자기가 살기 위해서는 어쩔 수 없는 일이었다는 말이 된다. 다른 것을 다 떠나서 "내가 살고 봐야 한다"는 것은 전쟁이 각인시킨 두드러진 인생관적 신념 가운데 하나였다고 할 만하다.

> (23) 그때는 한 가지 뭐, 한 가지 목적이라는 게 뭐냐면 '우리가 살아야 되겠다.' 하는 그거 하나밖에 없었어. 물론 딴 아이들은 어떻게 생각할지 모르지만, 나는 그랬어. '살아서 고향가야 되겠다.' 한 가지 이념밖에 없었지. 그게 신념이 깨지게 되면, 아무 것도 없는 백지가 되는 거거든. 그래서 나는 뭐냐 하면, 한 가지 목적을 위해서, 살아남기 위해서, 대를 잇기 위해서 살아야 되겠다.[35]

'고향에 가야 한다'거나 '대를 잇기 위해서'라는 명분을 붙였지만, 역시 본질적인 것은 '살고 봐야 한다'는 본능적 지향이라 할 수 있다. 그것이 최고의 '이념'이 돼있는 상황이다. 이는 위 화자만의 일이 아니다. 전쟁에서 사람들이 서로 죽이고 죽는 것을 본 수많은 사람들이 마음 깊이 체화한 집단적 신념이라고 볼 수 있다. 그 인식의 유효성은 단지 전쟁이라는 기간 내로 한정되는 바가 아니다. 그것은 한국전쟁이 끝난 이후에도 평생에 걸쳐 인생관으로 작용하는 가운데 삶의 방식에 폭넓은 영향을 미쳤다고 할 수 있다.

---

34) 자료 155. "의용군에서 빼 준 고마운 옛 동료." 2014.3.16. 충남 서산시 팔봉면 호리1구에서 손동수(남 · 1932년생) 구연.

35) 자료 6. "만석꾼 아들이 허드렛일을 하다." 2012.1.26. 서울 광진구 화양동에서 김창배(남 · 1933생) 구연.

4) 가까이 알고 지내던 사람이 더 무서운 법이다.

앞서 가족 사이에 자기가 살기 위해 자식을 외면하거나 팽개치는 상황에 대해서 보았다. 가장 먼저 나서서 지켜줘야 할 사람이 냉정하게 돌아서 외면하는 일은 전쟁이 보여주는 인간상의 극단적 단면이 된다. 이러한 갈등이 '이념대립'을 기화로 하여 펼쳐진 수많은 사례들을 전쟁체험담에서 만날 수 있다. 다음은 그 단적인 사례다.

> (24) 그릏게 해가지구 우리 아, 자기 형은 하물며 그릏게 자기를 숨겨줬는데 그눔은 그릏게 못되게 자기 형을 그렇게 자수시킨다구 구뎅이까지 와서 그 사람들을 아리켜줘감서 끌구가가지구 그릏게 형을 죽었어. 그래가지구 우리는 그때 다 망했어요. 나는 육이오래므는. 나는 진짜 살았으믄 우리 아부지가 유학까지 보냈을 거구.[36]

이념적으로 갈라진 형제 사이의 비극을 전하는 상황이다. 형은 동생을 숨겨주었는데 동생은 형이 있는 곳을 알림으로써 죽게 만든 상황이다. 자수를 시킨다고 하는 명분이었으나, 화자는 그것을 숙부가 자기 아버지를 죽인 일로 믿고 있다. 그 원한은 숙부를 '그눔'이라고 지칭할 정도로 마음에 사무쳐 있다. 나서서 보호해줘야 할 처지로서 그 반대의 일을 한 상황이니 원망스러울 만한 일이다. 어떻든 이와 같은 배반의 경험은 모르는 사람보다 오히려 가까이 지내던 사람이 더 무섭다고 하는 인식을 내면화하는 과정이 된다. 가까울수록 관계적 갈등이 극단화될 수 있는 전쟁의 상황이 가져온 부정적 세계인식이다.

3년에 걸친 전쟁체험담 조사 과정에서 발견한 인상적인 용어에 '지방 빨갱이'나 '동네 빨갱이', '바닥 빨갱이'라는 말이 있다. 지역에서 살다가 좌익으로

---

36) 자료 18. "경찰 아버지와 좌익 숙부간의 비극." 2012.2.13. 전남 나주시 다도면 궁원리에서 허화행(여·1941년생) 구연.

나선 사람들을 지칭하는 말이다. 많은 화자들은 인민군이나 중공군보다 이들 '지방 빨갱이'가 더 무서웠다고 말하고 있다.

(25) 바닥 빨갱이들, 바닥 빨갱이들 [조사자 : 바닥 빨갱이들] 그렇게 [조사자 : 어떻게 했어. 바닥 빨갱이들이 어떻게 했는데. 동네에서 얼마나 휘젓고 다녔어.] 바닥 빨갱이들 빨갱이 노릇을 했다니까 그러니까 우리들은 더 무섭지 바닥 빨갱이가.37)

(26) 지방 빨갱이가 더 무서워 사람. 제일 무서운 게 지방빨갱이. [청중 : 제 형제도 모르고 그 지랄한게.] [청중 : 그것들은 다 들어갔어.] [조사자 : 그 지방빨갱이 얘기도 좀 해주세요 혹시 모.] 지방빨갱이는요 대개는 요. 대개가 보면요 에 그 학대받는다 그러나 뭐라 그래? [청중 : 그렇지 뭐.] 일꾼들이. 이 그러니까 종살이 그런 식으로. 그럼 그 일꾼사리들은 나오믄 여기다 완장, 뻘건 완장 하나 턱 칙해. 그 인민군들이. 그러면 애들은 의기양양하단 날은 가서 얘기만 하면. 갖다 죽이고 그랬어. 그 그게 지방빨갱이가요.38)

(27) 인민군들, 인민군들이 죽이고 지방 빨갱이들이 죽이고. 그래서 인제 저기, [조사자 : 사상이 불순하다고?] 예 그렇죠. 사상 불순하고 또 뭐 개인감정으로도 죽이고 그 저 전장 때 되믄 그렇습니다. 이게 사상 문제가 아니에요. 개인감정으로도 죽이고 인제 그 저 그래요.39)

많은 화자들이 입을 맞춘 듯 위와 같은 식으로 전쟁 당시 상황을 이야기했다. 멀리 있는 사람보다 가까이 있는 한마을 사람들이 더 무서웠다는 것은 반어적 진실이 된다. 서로 사정을 잘 알 뿐 아니라 평소에 가지고 있던 감정

---

37) 자료 99. "바다 위 피난생활과 지나가는 피난민 돕기." 2013.4.16. 인천 남동구 간석4동에서 김기춘(여 · 1931년생) 구연.

38) 자료 106. "강원도 인제의 6.25 전쟁 풍경." 2013.5.12. 강원도 인제군 신남리에서 김희준(남1938년생) 구연.

39) 자료 94. "경찰로 참전한 한국전쟁." 2013.3.24. 경북 김천시 대항면 향천1리에서 이영근(남 · 1929년생) 구연.

까지 풀어내는 상황이 되므로 무서운 상대가 되는 것이다. 단지 붉은 완장 하나에 사람을 죽고 죽이는 권력자가 되는 상전벽해의 상황이 사람들에게 커다란 두려움과 함께 충격을 남긴 상황이다. 사상 문제가 아니라 개인감정으로 사람을 죽이는 터이니 감당하기 어려운 모순이 된다. 이러한 집단적 경험은 전쟁체험 세대로 하여금 사람은 언제 돌변할지 모르니 아는 사람일수록 더 조심해야 한다고 하는 세계관적 신념을 체화시켰다고 할 수 있다.[40]

아는 사람이 무서운 것은 '지방빨갱이', 곧 좌익만이 아니다. 우익에 해당하는 사람들 또한 가까이 알던 사람이 무서운 것은 동일하다.

> (28) 지방 뭐 한청이니 뭐 뭐이가 아 한국 사람들이 나쁜 사람들이야. 그놈들이 사람을 죽였잖아. 지방 사람들을. 뻔히 알면서. [조사자: 그냥 심부름만 한건데.] 야. 지 친 형제도 죽어도 말도 못하고. 그 나만 살면 된다. 그래고 한 사람은 아 아무것도 아닌데 그저 심부름 했다고 아 이놈의 저기 뭐 뭐 붙들어다가서 죽였잖아. 그 죽이고서는 거기서 설설 묻었어. 아 그래 며칠 후에 보면 그 살아왔어요. 자빠졌는데. 그 살아왔는데. 집에 오니 어쩔 수 있어? 집에 와서 있어 봐도 그 나가가지고. 그 놈 말만 듣고 붙들어다가 아 그래 살아 왔는 걸 가만히 집에서 여자가 밥을 해 먹이고 가만히 나가도 못하게 있는데. 아 어쩌다 한동안 며칠 있다가 이놈한테 보여 가지고. 아 그놈이 죽였는데 살아왔더라 해가지고 기어코 또 붙들어다가 아 두 번만에 죽였잖아.[41]

여기서 일가친척을 포함한 주변사람을 찾아 죽인 주체는 '지방 한청'으로 표현된 마을의 우익세력들이다. 이들의 원수를 갚는다는 이유로 죄 없는 사람까지 잡아 죽인 데 대해 전승자는 "한국 사람들이 나쁜 사람"이라는 식으로 표현하고 있다. 우리 편이 돼야 할 가까운 사람이 더 무섭다는 뜻이 된다.

---

40) 한국전쟁 체험담에서 '지방빨갱이'에 얽힌 담화의 양상과 거기 담긴 인식적 특징에 대해서는 김정은이 그 의미맥락을 자세히 살핀 바 있다. 김정은 앞의 논문 참조.
41) 자료 163. "부모가 없는 고아의 피난살이." 2014.4.8. 강원도 정선군 유촌1리에서 신원교(남·1926) 구연.

내용을 보자면, 죽여서 묻은 사람이 살아 돌아온 것을 다시 찾아가 죽였다고 하니 참혹한 일이다. 그를 죽인 입장에서는 그대로 살아나면 후환이 두려우니까 그리했을 것이다.

전쟁이 정말 무서운 것은 가까운 사람들 사이에 네 편과 내 편을 갈라서 불신과 갈등을 자아냄으로써 죽고 죽이는 악순환을 가져온다는 데 있다. 그런 경험을 하면서 사람들은 누구도 믿어서는 안 된다고 하는 불신의 태도를 마음과 몸에 각인하게 된 상황이다. 전쟁체험 세대의 집단적 세계관의 한 단면에 해당하는 면모다.

5) 어려울 때 돕고 지켜주는 것이 진짜 은혜다.

전쟁 상황에서 불신과 갈등이 팽배하고 참혹한 죽음이 줄을 이었다고 하지만 그렇게 나쁜 일만 있었다고 할 수는 없다. 극한의 상황에서 제 몸을 사리는 대신 발벗고 나서서 주변 사람을 돕거나 구한 일들에 관한 이야기들도 적지 않다. 이런 경험을 한 사람들은 어려울 때 받은 그 도움을 가슴 깊이 새겨서 평생의 은혜로 받아들이고 있음을 확인할 수 있었다.

> (29) 이러고 가는디 군인들이 잡으러 왔드라고라. 잡으러 온 사람이 참 좋았어라. 내가 시방도 항상 말해요. 그 사람 아니었으믄 우리는 죽어부렀을 것인디. (…) 그렇게는 그러고 탁 갈쳐주드라고라. 아저씨는 저 먼 디 가서 머슴 살고 있고. 그러코 허고 있고 나는 하도 배고파서 식량 가지러 왔다 잽혀가꼬 못나갔다고 그렇게 말을 하라고 하드라. [조사자 : 그때 애기도 같이 있었습니까?] 애기 업고 대녔어라. 두 살 먹었나. 그랬는디 갖다 막 놓고낭게 그름서 그 사람이 그러드라고라. 해 넘어가드락 문초를 받아도 고로케만 말해야지 살지 요랬다 저랬다 하믄 죽는다고.[42]

---

42) 자료 15. "피난 중에 군인 덕에 목숨을 건지다." 2012.2.7. 전남 함평군 해보면 광암리에서 박정순(여 · 1930년생) 구연.

잘 알지도 못하는 타인으로서 선뜻 나서서 살길을 제대로 열어주었으니 고맙기 그지없는 일이다. 화자는 그때 그 상황을 가슴 깊이 새겨서 간직하고서 그 고마웠던 마음을 표명하고 있다. 목숨이 경각에 달린 극한의 상황에서 몸을 사리지 않고 나서서 남을 돕는 일이야말로 참다운 도움이라고 할 수 있다. 이런 경험을 가진 이들은 사람에 대한 고마움을 마음속에 간직한 가운데 삶의 힘으로 삼게 된다고 할 수 있다. 어려운 상황에서 겪은 소중한 경험이 인간에 대한 긍정적 태도를 낳게 된다는 것이다.

다음은 극한상황에서 부정(父情)이라고 하는 가족애를 온몸으로 실감한 사례다.

(30) 아부지가 다 죽은 줄 알았는데 살았구나 그 소리를 듣고서는, 연락을 받았는데, 아버지가, 거기가 몇리냐 하믄, 50리가 넘어요. 넘는데 거게를 아버지가 밤에 걸어왔어. 살았다니까 반가와서 왔는데 경찰이 그러드래. 살어도 살 것 같지 않다고. 정신없이 막 열이 나가지고 나는 세상을 모르고 하니께 경찰이 물을 떠다 줘. (…) 아부지가 밤에 오셨어. 밤중이 되니께네. 난 정신이 하나도 없어. 가마니 또가리에 있으니께 죽은 줄 알았대 아버지는. 그래도 내가 살았드래. 아부지 나를 아부지 무릎에 이 머리를 올려놓고 얼마나 울든지. 눈물이 내한테 얼굴에 눈물이 떨어지는데 아휴 아이고, 말도 못해요. 아부지 그렇게 앉어 울어.[43]

한밤중에 오십 리 길을 걸어서 장질부사 병에 걸린 딸을 찾아와 무릎에 머리를 올려놓고 눈물을 흘리는 부정이 가슴을 뭉클하게 한다. 저 아버지는 딸을 지게에 짊어지고 집으로 가서 정성껏 구완해서 살려낸다. 제 목숨 돌보기 힘든 전쟁의 와중에 시집가서 병든 딸을 위해 이렇게 움직인 저 아버지의 모습은 화자한테 더할 바 없는 고마움으로 남아 있다. 그것은 사람에 대한 믿음과 함께 평생의 힘이 되어주는 경험이었다.

43) 자료 121. "딸을 구하기 위해 50리 길을 걸어 온 부정(父情)." 2013.7.11. 충북 단양군 단양읍 별곡3리에서 김우회(여·1928년생) 구연.

직접 나서서 도움을 주지 않더라도, 누군가가 자기를 믿어준다는 사실 하나만으로 평생의 힘이 되어준 경험과도 만날 수 있다. 빨치산 활동을 하다 체포돼서 평생 감옥 생활을 하면서도 신념을 바꾸지 않은 아래 화자가 그리 할 수 있었던 힘은 주변 사람들의 기대와 믿음에 의한 것이었다.

> (31) 그 보위부대 같이 있던 이런 동지들 하는 말이, 우리 선우 위원장은, "절대 김영승은 살아서 생포될 사람이 아니다. 싸우다 죽었으면 죽었지." 이런 말을 했다는 걸 내가 듣거든요. 긍게 그런 말을 내가 인자 첫 면어는 몰랐지만, 감옥에서 생활하면서 곰곰이 생각을 해. 그래서 '이렇게 나를 믿고 했는데, 나는 지금 살아있다. 그럼 살아있다 하는 것은, 내가 죽을 때까지 무슨 일을 어떻게 해야 될 것이냐?' 답이 나와야 될 거 아닙니까. 그래야 그분들이 나를 믿고, 나를 기대했던 거기에 백분지 일은 못 미쳐도잉, 그거 가찹게 접근해서 내가 삶을 옳게 살아야 되겠다는 그런 의지들을 지금 내가 갖게 됐다 그 말입니다.[44]

한 가지 아쉬운 것은 전체적으로 볼 때 이와 같이 전쟁이라는 극한의 상황에서 자기를 버리고 타인을 도움 사연을 가진 사람이, 그리하여 서로 믿고 의지하며 살아야 한다고 하는 긍정적 신념을 내면화하게 된 사람들이 상대적으로 소수로 나타난다는 점이다. 그보다는 앞서 살폈던바, 사람은 다 자기가 우선이며 가까운 사람이 더 무섭다고 하는 것을 경험적 신념으로 가지고 있는 사람들을 더 많이 만날 수 있었다. 전쟁이라는 상황은 인간의 따뜻함보다 비정함을 드러내는 데 더 적합했으며, 집단적 신념을 그런 방향으로 결정지었던 것이라고 할 수 있다. 하지만 그것이 전부가 아니라고 하는 사실은, 어려움 속에 진정한 휴머니즘이 피어나 가슴에 새겨진 사례들도 적지 않다는 사실은 꼭 기억해야 할 사항이 된다.

---

44) 자료 126. "소년 빨치산에서 비전향장기수가 되다." 2013.8.1. 서울 광진구 화양동에서 김영승(남·1935년생) 구연.

6) 힘이 없어 당한 사람만 억울할 뿐이다.

삶이 송두리째 무너지는 전쟁 상황에서의 다양한 체험은 사회적 · 정치적 삶에 관념 면에서도 특징적인 인식들을 각인시켰다. 그중 무엇보다 두드러진 것은 결국 전쟁통에 '없는 사람'들이 당했다고 하는 인식이다. 돈 없고 권력이 없는 사람이 억울하게 고통을 겪었다는 것이다.

> (32) 워낙 없는 사람들이 죽었어. 그래갖고 애기들도, 애기들도 요만쓱 하다가 걸어가다가 그양, 대문 앞에서도 그양 폭탄 맞으면 죽어불고, 넘의 되야지 밥 구덩이 가 엎져갖고도 죽어벘어, 그거.[45]

> (33) 걸어가는데 내가 피난을 못가서 여길 들어온께. 그때 제 1군민번, 2군민번 이케 했단 말이야. 피난 못간 사람은 2군 국민이고, 피난 간 사람은 제1국민이야.[46]

> (34) 그래서 인자 부락에서 인자, 부락에서도 예를 들어서 내가 영장이 나와. 영장이 나왔다고 하면은 내일 군인 갈라 하면은 오늘 회식을 해줘. 그 잔치를 햐, 부락에서 잔치를 해줘. 그때는 막 전장에 인자 막, 가면 죽으러 가는 거여. 그렇게 돈 있는 사람은 안 가고, 돈 없는 놈만 가는 거여. 잉. **[조사자 : 아, 만만한 사람.]** 잉, 만만한 사람만 가는 거여. 그래서 인제 나는 뭐 촌놈이 뭐 돈도 없고 뭐뭐뭐, 어뜩해.[47]

논 있는 사람은 군대에 빠지고 '1등 국민'은 피난을 가서 살았는데 없는 사람은 그러지 못해서 억울하게 죽어갔다는 얘기다. 스스로를 '없는 사람'이라고 생각하고 있는 이들에게 이러한 인식이 하나의 신념화되어 있음을 보게

---

45) 자료 25. "소 판 돈을 빨갱이 돈으로 오해 받다."2012.2.20. 전남 나주시 다도면 방산리에서 배복순(여 · 1931년생) 구연.
46) 자료 40. "피난과 입대 그리고 부상 제대." 2012.6.9. 경북 상주시 공성면에서 김대명 (남 · 1930년생) 구연.
47) 자료 44. "전쟁보다 무서웠던 배고픈 설움." 2012.6.21. 충남 공주시 하대3구에서 유지춘 (남 · 1929년생) 구연.

된다. 그것은 가진 사람에 대한 원망과 질타의 형태를 취하고 있으나, 다른 한편으로 힘을 가지지 못한 스스로에 대한 자책과 함께 당하지 않으려면 힘을 가져야 한다고 하는 인식으로 연결되고 있음을 보게 된다.

이와 관련하여 '빽'에 대한 사유를 주목할 만하다. 한국 사회에서 하나의 두드러진 사회적 관념을 이루고 있는 '빽의 필요성'에 대한 인식이 전쟁을 경험하는 와중에 새겨진 것임을 보게 하는 사례들이 있다.

> (35) 왜 그기 그러냐 하면 그때 말이 있어요. 전사를 죽을 때에 하는 소리
> 가 '빽하고 죽는다' 이랬거든. '빽하고 죽는다.' 그 뜻이 뭐냐 하며는 그때로
> 가서는 빽 있고 돈 있는 사람은 안 갔어. 지금도 돈 없고 빽 없는 사람들만
> 갔지. 돈 있고 그런 사람은 안 갔단께. 그렁께 죽을 때는 빽하고 죽는다는.
> [조사자 : 한이 돼가지고.] 죽을 때는. 빽이 있었으면 안 죽을낀데 빽이 없어
> 서 죽는다 이기라. 빽하고 죽는다 했어요.[48]

전쟁이라는 극한상황에서 죽음을 당할 때 '빽'이 없는 일이 가슴에 사무쳤음을 잘 보여주는 내용들이다. 전쟁 속에서 요행히 살아남은 사람들한테 '빽'에 대한 사고가 인생을 관통하는 하나의 완전한 신념처럼 돼 있는 형국이다. 다음 이야기는 그것이 과거뿐 아니라 오늘날까지 세상을 움직이는 힘으로 작용하고 있다고 하는 인식을 잘 보여준다.

> (36) 그런데 참 억울하기는요, 우리같은 사람이 억울해요. 억울하지. 우리
> 같은 사람도 그때는 그 당시는 참 내가 가고싶어 갔지마는. 공성면에 봐도
> 죽은 사람 많아요. 전사자. 전사자가 여 많아요. 많은데, 그 사람들 다 헐보
> 한 사람들이라. 헐보하고 그때만 해도 병상에마 앓아도 잘 안갔어요. 병상기
> 록만 각 면에다 병상기록만 보내라해면 가고 이래 했단 말이야. 그런데 면에
> 만 댕기고 좀 사는 사람 있으면 그 집 자식들은 하나도 안 죽었어. 전부 그

---

48) 자료 145. "국민 방위군 사건의 실상." 2013.12.16. 인천 연수구에서 서성석(남 · 1933년생)
구연.

억울한 사람 죽고. 요새도 그래요. 요새 장관들 아들, 뭐 저 저 저 국회의원 아들 그런 사람들 군에 안 갔습니다 전부. 하나도 안 갔어.[49)]

예나 지금이나 힘을 가지고 권력을 가진 사람들은 슬쩍 빠져서 위험을 피하고 없는 사람들만 고생을 한다고 하는 인식은 전쟁을 겪은 사람들의 두드러진 공통적 세계관을 이루고 있다. 있는 사람 중심으로 돌아가는 세상에 대한 원망과 저항감은 전후 한국사회의 하나의 중요한 시대정신을 이룬 의미요소였다고 할 만하다. 그것은 지배권력층에 대한 비판과 저항의식을 낳는 한편으로 어떻게든 힘을 기르고 '빽'을 가져서 억울함을 겪지 말아야 한다는 인식으로 내면화하는 가운데 삶의 방식을 규정해 왔다고 할 수 있다.

7) 젊은 사람들이 세상을 바로 보고 각성해야 한다.

한국전쟁을 체험한 세대는 우리 사회에서 노년층이 되어 있다. 전쟁을 겪은 세대는 그렇지 않은 세대에 대하여, 특히 전쟁을 실감하지 못하는 젊은 세대에 대해 크나큰 세계관적 단층을 느끼고 있음을 거듭 확인할 수 있다. 주목할 것은 그것이 믿음이나 희망 쪽보다 걱정과 불안 쪽으로 발현되고 있다는 사실이다. 수많은 화자들이 전쟁을 몸으로 겪어보지 않은 젊은 세대가 살아가는 방식에 대해 큰 거부감을 나타내면서 각성의 필요성을 제기하고 있는 상황이다.

(37) 나 한 가지 참, 젊은 사람들 들, 뭣이 생각하냐면은, 그 뭐 다 참 아무리 우리가 자유당, 참 자유국가라 해도, 그래도 남북간이 적이 되어 있는 거 아닙니까? 근디, 좋은 것은 교류를 할 수 있지만은 왜 이북을 지지 하는 그 사람들은 그 생각이 어떤지 그것 좀, 참 6.25사건 같은 그런 정치를 한번 겪

---

49) 자료 40. "피난과 입대 그리고 부상 제대." 2012.6.9. 경북 상주시 공성면에서 김대명 (남 · 1930년생) 구연.

었으면 좋겠습니다. 그럼 좀 이북이 어떻고 이남이 어떻고 그것 좀 알고.50)

(38) 너무 걔네들 걸 참 옹호하는 사람들이 참 많드라구. 아이구 걔네가 하는 거 보세요. 그놈들은 어거지로 막 그냥 쏘고 그냥, 뭐 배도 부시고 뭐 그냥 막, 저 연평도 밑에 칼 대면 여기서는 말 한 마디 못 하구 그냥 당하고. 이제 또 무슨 일을 또 저지를지 몰라요, 걔네들이요. 그저 너 죽고 나 죽갔다 는 애들한테 못 당해요.51)

(39) 아유, 젊은 사람들은 지끔 몰라. 그러니까 6.25라고 그러면 다신 나지 말아야 하고, 북한이라면 고개를 절래절래 흔드는 거야. 그러니까 북한 사람들 도와주고 그래는 거 보면, 거 도와줘도 도와준 것도 몰라. 그건. 그래 갖고 그쪽에는 그렇게 저거 해고 그러잖어. 전쟁 준비만 하고.52)

전쟁을 직접 경험한 입장에서 전쟁의 무서움을 실감하지 못하는 젊은 세대의 행태를 비판한 내용이다. 그 바탕에는 전쟁이 언제든 다시 일어날 수 있으며 그리 되면 감당하기 힘들다고 하는 인식이 자리 잡고 있다. 북한을 공생이 어려운 '적(敵)'으로 보는 관념도 작용하고 있다. 그들에게 있어 전쟁의 무서움을 알지 못하고 '적'에 대해 우호적인 태도를 취하는 젊은이나 정치인은 이해할 수 없는 존재가 된다. 그것을 일종의 '이적행위'로 보는 관점이다. 서로 잔인하게 죽고 죽이는 참상을 직접 겪은 경험이 이러한 인식을 내면화시킨 것이라고 할 수 있다. 전쟁체험 세대에게서 폭넓게 확인할 수 있는 두드러진 신념이다.

그러한 걱정과 불안, 또는 불만은 '세대 갈등'의 요소를 안고 있는 것으로

---

50) 자료 1. "칠불사와 빨치산, 이현상 이야기." 2012.1.10. 경남 하동군 화개면 범왕리에서 이정석(남 · 1938년생) 구연.

51) "자료 37. 인민군과 미군 치하에서 군복을 만들다." 2012.5.29. 경기 양평군에서 박태순(가명; 남 · 1927년생) 구연.

52) 자료 58. "고생이었지만, 재미있었던 추억의 피난살이." 2013.1.21. 경기 파주시 금촌동에서 박정순(가명; 여·1936년생) 구연.

나타난다. 전쟁체험 세대가 나타내는 젊은층에 대한 위화감과 불만이 무척 큰 상황이다. 많은 화자들이 젊은이들이 자신을 인정하지 않고 무시한다고 하는 데 대한 억하심정 내지 울분을 드러냈다.

(40) 우리는 참 6.25라는 그 산 어떤 증인이여. 우리마저 없어진다면 지금 우리도 살았는데도 그런 걸 막 이러고저러고 얘기 많은데. 비록 어렸었지만 총대를 들고 나가서 그 저 새끼 총을 매고 나가서 잔비 토벌했던 그런 것이 지금도 생각이 역력한데. 그런 것이 저 매장되어 나가는 기분이 들어서 속이 그렇고. 우리가 그렇게 했는데도 불구하고 군인들은 나가서 싸우다 죽었단 사람, 죽은 사람들 그런 사람들의 정신을 한국 사람들은 망각해. 지금 편안 하게 부모들이 학교 다니고 그렇게 그걸 배운 사람들이 그렇게 학교를 배워 가지고 졸업해서 나와서 떠드는 교수들 그런 사람들 보면 소위 이런 얘기하 면 안되는데 적개심이 들어.53)

(41) 진짜 불쌍한 건 밥 못 먹는 사람밖에 비참한 거 없어. 그걸 알아야 돼. 뭐 당신들은 아마 그걸, 배고픈 고생을 안 해봐서 몰르지. 그런데 우리세 대가, 이 세상에서 가장 비참한 것이 우리 세대야. 70~80대. 고생 많이 하 고 공부는 제일 못하고. 70~80대가. 전쟁 치루고, 공부도 제일 못한 것이 우리 세대야, 70~80대. 지금 60대만도 해도 괜찮아. 90대는 그때, 우리 뭐 이미 공부한 세대고. 근데 우리는 보통 다 공부 하다가 도중에 다 고만둔 사 람들이거든? 이 얼마나 불쌍해. 고생은 고생대로. 이 나라를 일으킨 사람들 이 우린데, 지금 와서는 우리를 갖다가 아주 하대한다고. 깔보고.54)

위 내용들을 살펴보면 노년층이 나타내는 젊은층에 대한 비판과 불만이 단 순히 '나이 차이'나 '문화 차이'의 문제가 아님을 알 수 있다. 그 바탕에 전쟁 체험이라는 역사적 경험이 놓여 있다. 자신들이 그 힘들고 모진 경험을 겪은

---

53) 자료 87. "홀로 겪어낸 전쟁." 2013.3.3. 강원 홍천군 홍천읍 연봉5리에서 김태진 (남 · 1926) 구연.
54) 자료 6. "만석꾼 아들이 허드렛일을 하다." 2012.1.26. 서울 광진구 화양동에서 김창배 (남 · 1933생) 구연.

사람이라고 하는, 그 극한의 상황에서 나라를 지키고 일으켜온 주체라고 하는 인식이 자기 정체성을 이루고 있는 것이다. 이러한 맥락에서 이들 세대는 전쟁 이후 세대에 대해 세계관적·정서적 이질성을 강하게 느끼고 있는 것이다. 앞서 말했던바 '전쟁을 겪지 않으면 세상을 알지 못한다'는 것에 해당하는 태도다.

전쟁체험 세대가 나타내는 젊은 층에 대한 비판적이고 적대적인 인식은 경험적으로 체화된 것이어서 그만큼 강고한 양상을 나타내고 있다. 객관적으로 볼 때, 전쟁이라는 극단적 경험을 통해 갖게 된 그러한 인식은 편향적이고 일방적인 면모가 짙은 것이 사실이다. 하지만 체험을 통해 육화한 신념이 갖는 무게감이란 어떤 형태로든 무시하거나 경시할 바가 아닐 것이다. 그것이 우리 삶을 움직여온 경험적·정신적 실체라는 사실을 직시할 필요가 있다. '고루한 생각'으로 밀치기에 앞서 객관적이고 포용적인 태도로 그 맥락과 의미를 짚어보는 것이 옳은 방향이 된다. 그 신념 자체만을 문제삼기보다 그 밑바탕에 가로놓여 있는 경험의 양상과 맥락을 투시하는 관점이 필요하다. 이번에 집성된 전쟁체험담 자료는 이를 위한 좋은 기반이 되어줄 것이다.

5. 맺는 말

이 논문에서는 현지조사를 통해 수집한 6.25전쟁 체험담 자료에 대해 그 목록과 함께 주요 양상을 소개한 뒤 그 담론적 특성을 살피고 이야기들 속에 육화된 주요한 세계관적 신념을 조명해 보았다.

한국전쟁 체험은 노년층 세대의 구술현장에서 설화 이상의 위치를 차지하고 있다. 그것은 현장의 화자들이 역사와 현실을 이해하고 소통하는 주요한 문학적 통로 역할을 한다. 그 이야기들은 '역사와 현실에 대한 리얼리즘 담화'로서 실제의 경험을 리얼하게 반영하는 것이 특징이다. 이들은 사적인 경험담과 달리 사람들이 공유하고 있는 역사적 경험을 화두로 삼고 있음으로 해서 소통의 밀도가 높고 역사 반영적 성격이 강하다. 현장에서 채록한 6.25 체험담 자료 가운데는 기록문학에서 보기 힘든 일반 민중의 역사체험이 진솔하고도 생생하게 형상화된 사례가 많거니와, 이 이야기들은 역사적 담화인 동시에 형상적 인식을 구현하는 문학적 담화로서 속성을 지닌다. 그 역사적 성격과 문학적 성격을 상호 조응적으로 고찰함으로써 우리는 전쟁체험 세대의 삶과 의식을 총체적이고 심층적으로 드러내는 길을 찾을 수 있다.

3년간에 걸친 한국전쟁 체험담 조사연구 결과는 한국전쟁 체험이 참전담과 교전담이나 빨치산에 얽힌 이야기 등으로 한정되지 않음을 확인시켜 준다. 오히려 총성이 울리지 않는 상태에서 펼쳐진 후방의 전쟁이 그 못지않게 크고 심각했음을 잘 보여주고 있다. 피난길과 피난지의 극한체험을 전하는 이야기들이나 언제 점령자가 바뀔지 모르는 상황에서 살아남기 위해 분투하는 과정을 전하는 이야기들은 전쟁을 생활의 차원에서 살피고 '체화된 신념' 차원에서 되새겨볼 수 있는 길을 열어준다. 그 신념은 각자의 체험에 따라 매우 다양하게 나타나는 것이지만, 집단적 세계관이라 할 만한 특징적인 면모들을 발견할 수 있다. 본 연구에서는 이를 크게 일곱 가지 형태로 정리하여 살펴보았다. 요약하면 다음과 같다.

첫째는 전쟁을 경험해 봐야 세상을 알게 된다는 것이다. 전쟁을 겪으면서 인간과 세상의 맨얼굴을 본 일이 노년층 세대의 집단적 의식을 규정하고 있음을 보게 된다. 둘째는 총을 쏘고 전투를 하는 것뿐 아니라 존재하는 것 자체가 전쟁이라는 인식이다. 삶을 부지하면서 먹고사는 일은 그들이 겪은 또 하나의 큰 전쟁이었다. 셋째는 사람들의 본능적 자기중심성에 대한 인식이다. 사람은 누구나 자기 안위를 먼저 돌보게 마련이며 그러므로 나부터 스스로 앞가림을 해야 한다는 관념을 전쟁체험을 통해 육화한 상황이다. 넷째는 가까운 사람이 더 무섭다고 하는 것이다. 서로 잘 아는 사람이 죽이고 죽는 모습을 보면서 가까운 사람일수록 더 경계해야 한다는 인식을 내면화한 상황이다. 다섯째는 어려울 때일수록 서로 도와야 하며, 그런 도움이 평생의 은혜가 된다는 인식이다. 상대적으로 소수이기는 하지만, 전쟁이라는 상황 속에서 인간과 세상에 대한 긍정적 관념을 찾은 쪽이라서 주목할 만하다. 여섯째는 세상이란 힘없는 사람만 당하게 돼있으니 살기 위해서는 힘을 가져야 한다는 인식이다. 전쟁이라는 극한 상황에서 갖게 된 '힘'과 '빽'에 대한 체험적 인식은 그 후 오래도록 우리 사회를 움직여온 집단적 관념이 되었다고 할 수 있다. 일곱째는 젊은층이 세상을 똑바로 보고 각성해야 한다는 인식이다. 그러한 인식의 바탕에는 전쟁을 겪으며 세상을 짐져온 주체로서의 자의식과 함께 그러한 역사적 역할이 경시되는 데 대한 불만이 깃들어 있다. 전쟁체험 세대를 이해하고 세대 갈등을 극복하는 길을 찾기 위해서는 이와 같은 경험적 담화 속에 깃들어 있는 이러한 '체화된 신념'들의 의미맥락에 대한 신중하고 진지한 검토가 필요하다고 할 수 있다.

본 연구는 방대한 현지조사 자료를 대상으로 거기 담겨 있는 체험적 인식의 작은 부분을 드러낸 것에 불과하다. 새로운 화두가 얼마든지 추가될 수 있으며, 화두 하나하나에 대해 더욱 깊고 자세한 분석을 수행할 수 있다. 주요 개별 화자나 이야기 텍스트 차원에서도 의미 있는 심화연구가 가능할 것이다. 앞으로 주제별 화자별 사건별 연구를 포함한 한국전쟁 체험담에 대한 역사적–문학적 심화연구가 활발하게 진행될 수 있기를 기대한다.

참고문헌

강택심 외 구술,『전쟁의 상처와 치유 : 전쟁 미망인과 상이군인의 전후 경험』, 국사편
　　찬위원회, 2014.

김경섭,「전쟁의 기억'과 '기억의 전쟁'」,『통일인문학』제57집, 건국대 인문학연구
　　원, 2014.

김경학 외,『전쟁과 기억 : 마을 공동체의 생애사』, 한울, 2005.

김귀옥,『월남민의 생활 경험과 정체성─밑으로부터의 월남민 연구』, 서울대 출판
　　부, 1999.

김귀옥 외,『전쟁의 기억 냉전의 구술』, 선인, 2008.

김정은,「완장 단 사람'의 특성으로 본 '지역빨갱이'의 모방서사와 트라우마」,『인문과
　　학연구』제39집, 강원대 인문학연구소, 2013.

김종군,「지리산 인근 여성 생애담에 나타난 빨치산에 대한 기억」,『인문학논총』
　　제47집, 건국대 인문학연구원, 2009.

김종군,「한국전쟁 체험담 구술에서 찾는 분단 트라우마 극복 방안」,『문학치료연구』
　　제27집, 한국문학치료학회, 2013.

김종군,「전쟁 체험 재구성 방식과 구술 치유 문제」,『통일인문학』제56집, 건국대
　　인문학연구원, 2013.

박찬승,『마을로 간 한국전쟁 : 한국전쟁기 마을에서 벌어진 작은 전쟁들』, 돌베개,
　　2010.

박현숙,「여성 전쟁체험담의 역사적 트라우마 양상과 대응방식」,『통일인문학』제57
　　집, 건국대 인문학연구원, 2014.

박현숙,「좌익가문 여성의 삶을 통해 본 통합서사」,『통일인문학』제64집, 건국대
　　인문학연구원, 2015.

신동흔,「경험담의 문학적 성격에 대한 고찰─현지조사 자료를 중심으로」,『구비문학
　　연구』4, 한국구비문학회, 1997.

신동흔,「이야기문화의 세대별 양상과 경험적 담화─경기도 양주 지역의 사례를 중심
　　으로」,『구비문학연구』17, 한국구비문학회, 2003.

신동흔,「역사경험담의 존재양상과 문학적 특성─6.25체험담을 중심으로」,『국문학
　　연구』24집, 국문학회, 2011.

신동흔,「한국전쟁 체험담을 통해 본 역사 속의 남성과 여성」,『국문학연구』26집,
　　국문학회, 2012.

심우장, 「전쟁체험담 구술에서 '눈물'의 위상」, 『통일인문학』 제64집, 건국대 인문학
　　　연구원, 2015.

윤택림, 『인류학자의 과거여행 : 한 빨갱이 마을의 역사를 찾아서』, 역사비평사,
　　　2003.

이임하, 『여성, 전쟁을 넘어 일어서다』, 서해문집, 2004.

이임하, 『전쟁미망인, 한국현대사의 침묵을 깨다』, 책과함께, 2010.

정진아 외, 『통일문화콘텐츠 희(希)스토리』, 박이정, 2015.

표인주 외, 『전쟁과 사람들 : 아래로부터의 한국전쟁 연구』, 한울아카데미, 2003

최정기, 『전쟁과 재현 : 마을 공동체의 고통과 그 대면』, 한울아카데미, 2008.

한국구술사학회 편, 『구술사로 읽는 한국전쟁』, 휴머니스트, 2011.

한정훈, 「한 여성 빨치산의 구술생애담을 통해서 본 정체성의 서사」, 『한국문학이론과
　　　비평』 제50집, 한국문학과이론비평학회, 2011.

한정훈, 「빨치산 구술생애담에서 나타난 '산'의 장소화 연구」, 『남도문화연구』 제25
　　　집, 순천대 남도문화연구소, 2013.

한국학진흥사업 한국전쟁체험담 대국민서비스 http://www.koreanwarstory.net

전쟁의 기억과 기억의 전쟁
─ 특별한 피난체험을 중심으로 ─

김 경 섭

1. 전쟁의 기억, 기억의 전쟁

전쟁은 대다수의 인간을 바꾼다. 바꾸면서 인간의 실존을 파괴하고 인간의 존엄성을 황폐화시킨다. 아이러니하게도 이런 일련의 일들은 인간을 더 나은 세상으로 이끈다는 정치이념들이 충돌한 결과이다. '전쟁이란 다른 수단에 의해 지속되는 정치'[1]라는 말을 염두에 둔다면, 6.25[2]는 냉전시대를 대표하는 전쟁이었고 남과 북의 민중들은 정치의 가장 극단적이고 폭력적인 현장을 경험한 셈이다.

'전쟁의 기억'은 전쟁을 경험한 사람만이 가능한 것이겠지만, '기억의 전쟁'[3]은 전쟁을 경험하지 못한 세대도 공유할 수 있다. 전쟁의 기억은 전쟁을

---

1) 미셸 푸코 · 박정자 역, 『사회를 보호해야 한다』, 동문선, 1998, 34쪽.
2) 6.25 혹은 한국전쟁이란 용어에 대해 문제를 제기하는 흥미로운 입장이 있다. 유임하는 '한국전쟁'이란 용어가 중립적인 표현으로 비극의 역사를 타자화시킨다는 혐의를 지닌다고 지적하면서 '6.25'라는 용어가 한국의 수많은 전쟁 가운데 어느 한 전쟁이 아니라 1950년 그해 그날에 일어난 사건이란 온갖 착잡함이 담겨있다고 지적한다(유임하, 「타자화된 기억의 상상적 복원」, 『전쟁의 기억, 역사와 문학 · 하』, 월인, 2005, 233쪽).
3) 여기서는 기억 속에 각인되어 여러 사람들에게 공유된 전쟁 담론을 뜻한다. 한국에서는

직접 겪은 사람들의 기억이고, 기억의 전쟁은 전쟁과 관련되어 전해지거나 구조화된 담론을 뜻한다. '전쟁의 기억'과 '기억의 전쟁'은 그러므로 서로에게 영향을 주며 전쟁과 관련된 담론을 형성하고 있다. 전쟁의 기억과 기억의 전쟁이 서로를 피드백하며 이룬 담론 탓에 적어도 한반도에서는 오히려 전쟁 불감증이 증폭되고 있다 해도 과언이 아니다.

'전쟁의 기억'은 전쟁을 체험한 사람들의 스토리텔링에 기반을 이루지만 그런 스토리텔링들이 모여 '기억의 전쟁'을 형성하게 되고, 이 '기억의 전쟁'은 시간이 흐를수록 '전쟁의 기억'보다 더 굳건한 전쟁 담론을 구성하게 된다. 나아가 수십 년 전 전쟁을 실제로 경험했던 실존 인물들마저도 '전쟁의 기억'이 아닌 '기억의 전쟁'으로 자신의 경험을 머릿속에 구조화하고 있는 것으로 보인다. 전쟁 당시의 경험은 현재의 입장이나 정세로부터 꾸준히 간섭받게 되고, 자신의 '전쟁 기억'은 점점 공공의 전쟁담론인 '기억의 전쟁'으로 미끄러져 들어가기 때문이다.

기억은 언제나 현재의 정치·사회·문화적 이해관계와 공동체적 가치들 간의 상호작용에서 그 해석의 효용성이 열려 있으며, 기억은 사회적 맥락과 관계없이 혼자서 과거의 실상을 해석하거나 인식하는 장치가 아니다.[4] 따라서 '전쟁의 기억'이 한 개인의 소유가 될 수 있는 것인 반면, '기억의 전쟁'은 공동 소유의 성격을 띤다. 물론 이 '공동' 소유의 기억과 해석이 얼마나 긍정적이고 정당한가하는 것은 항상 문제였다. 그렇다고 기억의 전쟁이 전쟁의 실상을 왜곡하는가 하는 것은 아니다. 문제는 전쟁과 관련된 담론에서 항상 우위를 점하는 것은 전쟁에 대한 개별자들의 기억('전쟁의 기억')이 아니라 사회적으로 합의된 것처럼 규정된 공동의 기억('기억의 전쟁')이라는 데 있다.

전쟁을 경험하지 못한 세대라 할지라도 경험 세대가 물려준 막대한 담론들을 고스란히 후속 세대가 전달받고 있다. 물론 6.25를 직접 경험한 세대들이 점점 사라져가고 있기에 전쟁과 관련된 이전의 담론들은 새로운 모습으로 지속될 것이다.

4) 박정석, 「전쟁과 폭력에 대한 마을 사람들의 기억」, 김경학 외 4명, 『전쟁과 기억』, 2005, 한울아카데미, 54쪽.

이 글은 집단적이고 복수의 성격을 띠는 '기억의 전쟁' 쪽보다는 개별적이고 단수의 성격으로 우리에게 특별하게 인식될 수 있는 '전쟁의 기억' 쪽, 그 중에서도 피난과 관련된 사연에 관심을 두고 있다. 전쟁담론이 주로 어른들의 시각에서 구조화된 것임을 염두에 두고 아이의 시각에서 전쟁과 피난체험을 살펴보고, 피난 가는 사람이 아닌 피난을 받은 사람 쪽 체험 그리고 일반적인 육로 피난이 아닌 바닷길 피난 체험 등을 살펴 볼 것이다. 이들 체험들은 기억의 전쟁으로 포섭되기에는 매우 개별적인 성격을 띠고 있기 때문에, 자기 자신의 전쟁 이야기를 잃지 않고 기억하고 있을 가능성이 상대적으로 높다.

본 논의는 그동안 전쟁담론에서 비교적 소외되었던 개별적이고 특수한 전쟁체험의 성격을 언급하여 '전쟁의 기억'에서 잊혀지거나 묻혀있던 것들을 끄집어 내는 작업으로서 의의가 있다. 이를 통해 개별자들의 '전쟁의 기억'을 되살려 구술을 통해 자신의 전쟁 이야기를 하면서, 전쟁의 상흔을 치유하는 담론이 형성되는 데 기여하고자 한다. 이들 '전쟁의 기억'은 사회적으로 합의된 '기억의 전쟁'이 지속적으로 복원되는 현실의 대척점에서 위치하면서 전쟁담론이 치유의 담론으로 나아가는 데 기여할 것으로 기대한다.

2. 아이의 피난

먼저 거론할 것은 1940년 전후로 출생해 6.25를 10살 전후에 경험한 화자들의 체험담이다. 이들은 모두 어린 아이 시절에 전쟁을 경험했기에 어른들이 전달하는 전쟁 체험담과는 성격이 다른 이야기들이 기대되지만, 현장에서 이들이 전달하는 이야기들의 성격은 사실 어른들의 그것과 별반 다른 시각이나 입장을 나타내지 않았던 것이 사실이다. 이들 역시 '기억의 전쟁'에 강하게 흡수되어 있었기 때문이다. 반면 전쟁을 어린 시절에 경험한 화자들은 다른 연령대보다는 '기억의 전쟁'에 흡수되지 않고 '전쟁의 기억'을 구연할 가능성이 많은 것도 사실이다. 다행히 이번 조사에서 몇몇 흥미로운 사례가 있었다.

이승근(남 · 춘천 · 45년생) 화자의 경우, 조사팀이 이승근 화자를 조사한 후 그의 맏형님인 이영근(남 · 김천 · 29년생) 화자를 만나 조사했기에 가족 내부에 비슷한 경험을 공유한 서로 다른 세대의 이야기를 비교할 수 있었다. 이 과정에서 한 가족으로 6.25를 겪었지만 아이의 시각으로 경험한 전쟁의 성격이 성장한 세대의 그것과 어떻게 다른지를 느낄 수 있었다.

먼저 이승근 화자는 맏형이 의용군에 입대했다 탈출한 이야기를 매우 흥미롭게 구연했다.

> 움막집 같은데 생활하다보니까 공기도 나쁘고. 그래가지고 약도 구하니까. 우리 맏형님이 숨어있었어요. 그때가 20 살 되니까 잡히면 끌려가는 저기에요. 낮에 어디 같은데 숨어 있다가 밤에 내려오고 그랬다고. (중략) 그 다음에 언제쯤인지 모르지만 인민군 두 사람이 들어와 가지고 그때 맏형님이 걸렸어요. 잡혀가가지고 저만치 따라내려 가는데. 거기까지밖에 모르는데 우리 어머니가 그러는데 내려가니까 줄로 묶어가지고 앞에서 줄들 잡고 쭉 서 있더래. 맨 뒤에 묶어놓고는 끌려갔대. 우리 어머니 아버지는 아들 잃은 걸로 생각했지. 그런데 이틀인가 얼마인가 지났는데 형님이 오셨다고. 형님말씀이. 맏형님인데 지금도 생존해계세요. 김천 직지사 거기 사시는데. 끌려가면서 형님이 다리가 아파가지고 걸음을 제대로 못 걸었어요. 끌려가고 끌려가고 하다가 자꾸 그 형 때문에 쳐지니까 쏴 죽이고 가자고. 자꾸 더뎌지고 하니까. 그랬는데 한 사람이 어짜피 가다가 죽을 텐데 총알을 아껴야지 총알을 왜 낭비하냐고 개천에 밀어 넣고 가자고. 그래가지고 개천에다 발로 차가지고 밀더래요. 그래가지고 살아서 오셨지.

하지만 정작 형님인 이영근 화자를 만나 의용군에 끌려가다 살아온 이야기를 청하자 사뭇 다른 이야기를 구연했다.

그래서 갔더니 의용군 나오라고 하지. 의용군 나오라고 그래가지고 그래 뭐 이 핑계 저 핑계 대고 안 갈라고 좀 용을 썼지 그 때 또. 용을 썼는데 도저히 안 돼요. 그래 그러다 뭐 간대는 말도 안 간대는 말도 안 하고 저 저녁때가 돼서 왔어요. 왔는데 한... 댓 놈, 저녁 때 어둑어둑할 적에 한 댓 놈 딱 들이닥쳐 버려 나오라고 하는데, 끌려가 그래가지고 갔더니 청년 그 무슨... 그 저 동네에 그 회관 있잖아요? 회관 들어가, 그래 그리 들어가 갖고 뭐 이건 무조건 이제 두드려 패기 시작하는 거야. 때리기 시작하는 거야. 하여튼 밤새도록, 잠 한 잠 못 자고 막 맞았어요.

그래가지구 인제 그 이력서... 내 이력서가 그 자기 아버지가 인제 그 용호 광업소 인사과장을 했거든요 그래 내가 그래서 인제 광업소 인제 가 있었는데 그 이력서가 어떻게 된 게 그 짐 속에서 하여튼 간에 짐 속에서 나왔어. 에 그래가지구, 그래가지구 더군다나 또 이 사람 와서 그랬지. 맞는 것도 뭐 사정없어 이건 완전 죽으라고 때리는 거지 무슨 고문... 고문 정도가 아닙니다 이거는. 말이 그렇지 이거는 참 상상할 수도 없이 참 맞았는데, 그냥 아침에 날 새니까 이 뭐 분소라고 하던가요? 예. 분소. 분소라고, 분소라고 하는데 총을 메고 나왔대. 나오더니 이 새끼도 갖다 또 없애라고 이렇게 하드래. 그래가지구 그냥 뭐 무조건 뭐, 뭐 인제 수갑도 안 채우고 밧줄로 그냥 묶어 가지고 그 저 뭐이... (중략)

근데 그 날 저녁에 같이 잡혔던 할아버지가 "여기 들어오믄 다 죽습니다." 그래더라구요. 그러니까 막 인제 사내들 갖다 놓고 조건 없이 그냥 다 죽이는 거예요 그냥. (중략) 그걸 먹고 새벽 한 아홉 시... 아침 아홉 시가 되니까 나오라 그러데요. 그래 기어 나갔어요. 기어 나가 막 걷기도 옳게 못하고 간신히 갔는데 그 이북에서 온... 아마 그 지서장쯤 되는 분이 뻘건 줄 이래 이렇게 해 가지고. 군... 군인이 딱 와서 저기 수금 하나 딱 하면서 인사를 깍듯이 하구 나가라구 하더라구. 근데 꿈인가 싶어요. 이 이거 무슨 꿈인가 싶어요. 그래 인제 그 소문을 그래 인제 그 소문을 들어 보니까 그 날 저녁에 내가 들어가던 날 이 저기... 그 저기서 인제 남반부라 그러잖아요 남반부. 남반부는, 남반부에 모든 저 그 저 반역자들 전부 다 석방시키라고 김일성이가 방송을 했다고 해요. 그래 그 인제 그 방송에 내가 산 사람입니다.

그 전 날만이었어도 아니었는데. 그 인제 그 운이 좋을라고 그래서 방송이 나와 가지고 그 때에 그 때만 해도, 그 때만 해도 이미 대구하고 부산만 남았습니다. 이제 뭐 이제 다 먹었으니까는 이런 것도 가둬 놔야 뭐 별 볼일도 없고 뭐 그 까짓 뭐 이제 뭐 그거는 둬서 별 수 없다는 그런 식이겠지 아마. 그러니까 그 때는 전부 다 석방시켰다고는 그래 그래, 그래 나왔어요.

동생이 구연한 내용과는 사뭇 다른 의용군 탈출기다. 말 그대로 하루차이에 구사일생 살아난 것이 형님의 사연인데 동생의 이야기는 형님 사연의 절절함은 다 사라진 것은 물론 사연도 이상하게 변질되어 있었다. 사실 이승근 화자의 구연 현장에서 느낀 분위기는 그에게 6.25란 얼마간 낭만적인 추억으로 느껴질 정도로 이야기 구연이 우수어린 회고투였다.5) 반면 형님인 이영근 화자의 구연에서는 이북에서 집안이 내려온 사연부터 가족이 월남하는 과정과 친족의 경찰내력 그리고 가족의 생계문제까지 복잡한 내력을 담고 있어 이승근 화자에게서는 느낄 수 없는 비장함과 서글픔이 묻어 있었다. 이런 분위기는 기차타고 피난 간 경험을 어린 시절의 추억을 회고하듯 이야기한 대목에서 더욱 드러난다.

그때 당시 1월달이니까 굉장히 춥지. 한강이 꽁꽁 얼었어요. 그래가지고 강을 건너가는거야. 얼음판위를. 그래 얼음판위를 걸어서 걸어서 간게 역전이라고 알고 있는데 내가 알기론 영등포라고 알고 있어요. 가니까 저녁땐데 사람이 무지하게 많더라고. 그래가지고 잊어버린다고 우리 어머니가 끈으로. 치마하는 끈 있어요. 그걸 내 손에 묶고. 동생을 업고. 그래가지고 갔는데. 아부지가 갔는데. 아부지가 먼저 화물 열차위로 올라가가지고 자리를. 벌써 이미 그때는 거의 꽉차다시피 했어요. 지붕위가. 그 이제 나는 우리 아부지가 업고서 이렇게 올라가는데가 있어요. 화물차보면. 지붕 꼭데기 거기가요 평평해요. 그러니까 그 평평한게 아주 평평한게 아니고 비가 오면 흘러야 되니까 약간 곡선이 졌어요. 그리고 거기 무슨 지붕같은거. 환기통 같은거 거

---

5) 이승근 화자는 기차타고 피난 내려가 부산을 거쳐 정착하게 된 거제도를 자신의 제2의 고향으로 여기고 있었다. 그런 그의 향수에 불을 지핀 것은 거제도와 관련된 자신의 사랑 이야기가 덧붙어 있기 때문이다.

기다 잡고 의지를 해가지고 끈으로 뭐 해가지고 했어요.

근데 다 탔는데 떠나는게 아니야. 거기서 밤 늦었는지 어쨌는지 떠나지 않아요. 그 차가 피난민을 태우려고 있었던게 아니고 화물. 화물을 이삿짐같은 것. 왜 그 정부기관, 공장같은 거 그런 건가봐. 근데 또 기억나는게 김밥장사가 있더라고. 밑에서 김밥을 이렇게 해가지고 여기다 김밥을 해가지고. 무슨 이불같은 것을 덮었어요. 그래가지고 우리 어머니가 김밥을. 아무도 못먹었으니까. 김밥을 산다고 하니까는. 옛날에 어린이들 엎으면 띠가 있어요. 돌려서 하는거. 거기다 돈을 묶어서 내려주면 김밥을 거기다 싸가지고 올려주는거에요. 그래가지고 먹고 그랬다고. 그러다가 출발을 하더라고.

여기도 안내하는 사람이 있었어요. 중간중간에 있고 맨 앞에 있어가지고 떨어질까봐. 주의를 주더라고. 얼마쯤 치익 가다가 비행기가 뜨던가 가다가 서요. 서가지고 움직이지 않아. 그럴 때 우리 아버님이 인제 가셔가지고 로비를 했는지 어쨌는지 화물차 안에를 들어가게 되었어. 이제 어른들이 있고 하니까는 들어가니까 짐이 꽉 찼는데 공간이 요만큼 확보되어있드라고. 이제 글루 들어가니까는 살것같드라고. 춥지않으니까. 그러다가 한참 가다가 기차가 서. 그럼 아부지가 문을열고 나가. 나가면 인제 냄비. 냄비를 들고 내려가요. 내려가면 물이 좀 녹았는지 어쨌는지 물이 있었는지. 밥을 마른 풀같은 거 주워서 불을 때. 그럼 우리는 내려다보고 있는거에요. 밥을 하는거야. 거기서. 그런데 그게 오래 서있는게 아니라 어쩌다가 떠나. 삐익 거린다고. 그럼 얼른 올라타야해요. 밥하던거 말고 그냥 올라타야한다고. 그렇게 하고 가다가 또 어디가서 서면 또 하고. (중략)

부산진 앞 광장으로 걸어내려와 짊어지고 나오니까 바닥에 가마데기를 쫙 깔아놨더라고. 그리고 나오니까는 군인들이. 계급장같은 것은 없는데 모자쓰고 군복을 입었는데 등에다가 소독통. 그걸. 모르겠어요. 소독통이라고 생각이 나는데 무조건 나오면 잡아가지고 사타구니고 등허리고 막 뿌리는거에요. DDT를. 막 소독 냄새 나고. 머리까지 그냥. 그래가지고 식구들끼리 모여 앉아있는거예요. 가마데기에.

사실 전쟁담 구연현장에서 기차타고 피난을 갔던 체험은 의외로 듣기 어려웠다. 피난하면 TV영상으로 각인된 것이 기차에 사람들이 새카맣게 매달려

먼 길 떠나는 이미지지만 실제 구연현장에서 그 체험을 들은 것은 이승근 화자의 이야기가 처음이었다. 이승근 화자는 1.4 후퇴 시 기차타고 부산까지 피난가는 상황을 구연했는데 주로 먹는 것과 신기한 인상 등 어린 아이의 입장에서 인상적인 대목들을 들려주었다.6) 이런 그의 이야기 성격은 피난민 거주지 집단 생활한 체험을 통해 더욱 잘 드러난다.

거제도 지세포라는덴데 그 주소가 일운면이야. 일운면. 그 나중에 고향 생각같아서 학교다닐때마다 거제도를 무지하게 다녔어요. 어렸을 때 거기에 있었기 때문에. 그래 지세포라는데를 갔는데 거기도 수용소같이 지어놨더라고. 피난민 수용소를 지어놨어요. 앞에는 논이고 백사장이고 바다고. 그 막사에 보면 양쪽으로 해나가지고 가운데다가 가구당 이런 담요같은거 쳐가지고. 몇 가구가 양쪽으로 있어요. 가운데는 통로고. 그래가지고 한 가구당 이렇게 해 놨어. 그러니까 몇 채가 돼. 그때 나는 거기가 그렇게 좋을 수가 없었어요. 아주 그냥 바다가서 놀고 가면 매일 조개 잡고. 훨씬 따뜻했죠. 부산보다 더 따뜻했죠. 보니까 나가보면. 처음에는 무서워서 숨어있었다고. 미군들 트럭 오면. 그러고 트럭이 한번 내리면 사람들이 몇십명씩 내려. 내려가지고. 하여튼 내 기억에는 그렇게 좋을수가 없어. (중략)
지세포에는 피난민 수용소가 있었고 장승포에는 포로수용소가 있었고. 그러니까 지세포라는데가 모래가 좋아요. 거기서 모래를 퍼가요. 그러면 모래를 퍼가면 이 구덩이가. 굉장히 큰 구덩이가 생겨요. 그러면 밤에 물이 들어왔다 나갔다 하면 그 피난민들이 횃불을 해갖고 나가요. 그럼 거기 가서 물고기를 건져 오는거야. 그런데 거기에 원주민이 많지가 않았어요. 원주민이 많지 않았어요. 지금은 어마어마하지만 굉장히 한적한데에요. 원주민이 별로 없었다고. 너무 좋아가지고. 보면 해군배가 들어와 그럼 위문공연. 그럼 불러가지고 배를 태워가지고 배로 구경을 시켜줘요. 그런데 우리 셋째 형님이 참 노래를 잘해요. 그전에 이남영씨하고 노래공부도 같이하고 그랬어요. 그

---

6) 이 시기에 맏형인 이영근 화자는 경찰이 되어 국군이 북진할 때 황해도 쪽으로 올라가 사리원 부근 댐을 경비하는 일을 했다고 한다. 화자에 의하면 남한에 있었던 경찰보다 그곳이 오히려 더 안전했다고 한다.

래가지고 거기 가서 노래부르고 상 타오고.

　서울보다도 부산보다도 더 따뜻하고 거기다 정부에서 마련해준 피난민 집
단 거주지[7]까지 있었으니 어린 아이 입장에서는 이곳이 천국인가 싶었을 수
도 있다. 바다에 나가 놀고, 밤이면 모래 퍼간 웅덩이에서 물고기 잡고, 미해
군이 위문공연도 하고 했으니 어린 마음에 얼마나 좋은 추억이었으면 지금까
지도 그에게는 거제도가 고향으로 인식되고 있다.[8] 이와는 별도로 이승근
화자에게는 '기억의 전쟁'보다는 '전쟁의 기억'이 강하게 남아 있는 듯하다.
그는 그동안 축적된 전쟁 담론에 영향 받은 구연보다는, 자신의 전쟁 이야기
를 한 화자에 가깝다고 할 수 있다. 이는 비교적 어린 나이에 경험한 전쟁을
고스란히 가슴에 안고 있기 때문일 것이다.

　장재웅(남 · 진주 · 44년생) 화자는 경남 산청이 고향으로 7살에 학교에 입
학했지만 학교 선생님이 집에 가서 당분간 학교에 나오지 말라고 할 때 전쟁
난 걸 알았다고 했다. 장소가 장소인 만큼 빨치산에 대한 기억이 많았고 진주
쪽으로 피난을 떠난 적도 있었다고 한다. 그가 들려 준 전쟁 통의 어린이들
생활상은 다음과 같다.

　　전쟁 중도 애들은, 그 뭐 그런데 밤에 자고 나면은 저, 저녁으로 계속 전쟁
　이 붙는 거예요. 밤으로. 총소리가 파바바바박 나고, 그럼 아침 자고 나면은
　아들은 탄피 주우러 가는 기예요. 총 쏘고 난 껍질. 알 껍질. 그게 신주거든.
　신주였어 신주. 신주라고 동(銅.) 동이 엿을 마이 주거든. 그걸. 그걸 엿을
　마이 줘요. 구리니까.

---

7) 6.25 발발 당시에는 피난민에 대한 대처가 정부차원에서 전혀 없었던 게 사실이고,
　이번 조사에서 확인한 바로는 중공군이 투입된 시점 이후, 즉 1.4 후퇴 이후에는 청주나
　부산 등지에 피난민 집단 거주지를 정부차원에서 마련한 것으로 보인다.
8) 화자는 거제도에 대한 향수가 너무 짙어, 중 3때부터 거제도로 무전여행을 떠났었고
　대학 재학시에는 방학 때마다 들러 향수를 달랬다고 했다. 그런 중에 애틋한 사랑이야기
　도 생겨나게 된 것이다.

전쟁 나고 나면은 마 전역으로 땅땅땅땅땅, 파바바바박 쏘면 그러믄 총소리 맞는 넣는 소리. 넣고 나면은 아침된 아들은 마 전부 저 총소리 난 데로, 그거 주우러... (웃음) 그거 주워가지고, 아주 웃겨 가지고, 그 당시에는 먹고 살아야 되니까. 엿장사들이 우째 좋아하면은 그걸 갖고 가믄 엿 마이 줘요. 옛날에 삼... 여름에 입는 삼베. 아줌마들이 삼을 삶잖아요 이래 질게. 삶다가 끄트매에 질은 거 이런 거 떨어지믄 그런 것도 다 엿을 줬거등. 삼 껍질거리 그것도. 엿을 줬는데, 그런 거는 아무 때 가 봐야 조금 줘도, 탄피 그거는 몇 개 주고 가믄 우리들도 큰 덩어리 하나씩 줘요.

[조사자 : 그 탄피 주우러 다니다가 불발탄 때문에 사고 같은 건 안 났습니까?] 넘의 동네에서는 아가 하나 죽었어요. 하나 죽었는데, 그걸 인제, 그놈아는 우리보다 조금 나이가... 몇 살 더 한 아들인데. 그런 사람이었는데. 그 뭐라 그랄까. 이 박격포라고 하는 게, 바로 이리 놔 놓고, 탕 쏴 놓는 게 있어요. 그긴데, 그거는 그냥 프로뻴라에 달리가 있거든. 폭탄 뒤에. 그거 뭐 타라라라라 돌아가면서 글로 돌아가는 긴데. 그놈을 한 개 주워 와갖고, 프로뻴라가 터져불믄 그기 달리 없는 긴데, 이기 달린 걸 한 개 줘 갖고 프로뻴라 그놈 풀어갖고 통통통통 하다가 터져 뺐어. 터져가지고, 서인가 마 팔이 잘리고 다치고, 하나는 죽었어. (중략)

전부 시골 그 덕석이랑 방석 그거를 깔아 놓거든요. 총소리 탕탕탕 나모 전부 다 그걸 싸 들어가는 거야. 다 들어가고 뭐 불이 막 핑핑핑핑 하고 다녀, 실탄이. 그래 함락을 하고 또 맞으면 뭐 (웃으며) 아들 전부 째리 동네아들 또 뛰는 기라. [조사자 : 아 또. 탄피는 애들 차지구나.] 하모. 그 때... 그 때도 그 뭐입니까. 기관총 같은 걸 쏴 디는, 이 마 가마니씩 나와요. 한 가마니씩 되구로. 이 큰 기관포라고 뭐 오십오미리 뭐, 뭐라 뭐이라 큰 기관포 드르르륵 카는 거 있잖아요. 그런 거 쏴 비믄, 막 한 무더기씩 나와.

그 때는 전쟁 당시는 사람들이 마 하도 저녁에 나가서 마이 죽으니까, 죽으면은 장례도, 장례식도 없어요. 식도 없고, 누가 느들 갔느냐고 말해주는 사람도 없고, 그러니까 뭐 우리 옆집에 거 사람이 한 사람 죽고 그르니까 그러더라고 고마, 대나무를 잘게 쪼개가지고 새발로 엮어가지고. 대, 그거 가지고 굴따구 마 옇어가지고 묶어갖고, 거 가서 묻어 쁘리.

관, 관 하는 사람도 없고. 뭐, 뭐 그 새끼 만들 사람도 없는 기고, 그러니까 그냥 고마 그래가 찾아가고 마 거기다 묻어버려. 그리 어린께 아들인께네 그 뭐 찬지도 몰라 그러지, 오늘도 살았나 내일도 살았나 모르는 기지 그기. [조사자 : 어린이들은 그렇게 막 심각한지 잘 모르겠네요?] 어. 모르죠. 그 뭐 죽은 사람 있는갑다. 죽었는갑다. 그 뭐 하하 거리고 뭐. 그그, 그 와중에도 그 뭐 앞에 저 논에 나가면은 새끼를 묶어 뚱뚱뚱뚱 걸어가고 축구 찬다고 뭐 공 찬다고 치대고 막 뛰고. (웃음)

엿을 바꿔 먹기 위해 탄피를 주우러 다니고, 기관포 사격에 삶과 죽음이 갈리는 순간에도 한 가마니씩 나오는 탄피를 기대하는 전쟁 통의 동심이 잘 드러난 구연이다. 동네 줄초상이 일어나도 새끼로 엮은 공을 찼다는 게 전쟁 속을 사는 어린아이의 세상임을 새삼 실감할 수 있다.

장재웅 화자는 이 사연 말고도 빨치산 체험과 전쟁의 참상을 구연했지만 그 내용은 사실 '기억의 전쟁'에 가까웠지 자신이 겪은 '전쟁의 기억'은 아니었다. 그가 구연한 빨치산 정순덕 이야기는 사실과는 거리가 있었고, 국군과 빨치산 관련 이야기도 조사팀이 사전에 답사했던 산청에서 얼마든지 들을 수 있었던 이야기였다. 장재웅 화자 자신의 '전쟁의 기억'은 자신의 나이로 체험한 그때의 이야기인 어린이 전쟁체험이라 할 수 있다. 그렇다면 이 화자에게 참으로 의미있는 자신의 전쟁 이야기는 어린 시절의 전쟁 추억밖에 없는 셈이다.

정광자(여·마산·41년생) 화자는 고향 거제도에서 역시 어린나이에 전쟁 체험을 했다. 거제도는 인민군 체험이나 전쟁의 직접적인 피해는 없었지만 미군의 LST(상륙작전용 수송함)를 타고 내려온 수많은 북쪽 피난민을 맞이한 곳이다. 이들은 주로 함흥, 원산, 흥남 등 동부해안 쪽에서 내려온 사람들로 화자는 어린 나이에 이들과 겪은 추억담을 구연해 주었다.

아이고, 아들도 많이 왔지요, 아들도 많이 오고, 마 바글바글바글 했다 그 동네가 마, 우리들만 살다가 조용하게 살다가 마, 외지에 사람들이 우리보다도 더 많은 숫자가 들어와논께나 뭐 바글바글 했지뭐. [조사자 : 그럼 뭐 그 사람들이랑 놀 때는 뭐 하고 놀았어요?] 노는거? 우리는 주로 고무줄 하고.

[조사자 :뭐 그런게 다 방식이 다르진 않았어요? 그쪽에서 하던거랑?] 몰라 즈그는 어째하고 살았는고 몰라. 즈그가 요 와 나논께 즈그는 좀 약잔께나 (약자니까) 우리가는, 우리하는대로 따라갈 수밖에 없지. 그란께나 이런 이 런 거 방띠기(방뛰기)라꼬, 요래 이래 열칸 재비를 하는기라, 열칸 재비를 요 래 딱 해나놓고, 인자 요 방이 있고, 그 인자 저기 기왓장 이래 좀 토막난 거 그런 걸 가이고는 인자 말, 말로 삼고 그래가 차고 가는기라. 차고, 그런 거 인자 열칸 재비 인자 방띠기하고. 그 인자 지금 생각하몬 그거 저거 오재 미 안 있나? 오재미. 양말 떨어진거 가이고 이래이래 해가 착 쪼아매가지고 안에다가 뭐 팥이나 안되면 모래같은 기라도 여가이고(넣어가지고) 적당히 여나놓고, 또 요쪽 요래 쫙 집어가이고 꽉 이래 쪼아매면은 뽈록 하이 해가 이고 오재미가 됐다아이가. 그래가이고 그런거로 이래 자기차기(제기차기) 그런 거 하고, 고무줄 하고, 방띠기하고 뭐 숨바꼭질하고, 뭐 그런 거, 주로 그런 거 하고 놀았다.

　　그런 거 하고 날고 또 저녁에 되면 저녁에 모두 저녁밥 묵고 모이 놀면 인자 참외놀이 한다꼬, [조사자 : 그게 뭐에요?] 참외놀이. 쭈욱 이래놔놓고, 그 인자 또 주인이 있어. 주인이 있으면 참외놀이 한다꼬, 쭈욱 해가 이래 있으면 인자, "느그들은 참외다." 인자 이라는기라.(일동웃음) 그 "참외다." 이라몬 그래 인자 쭈욱 앉아 있어. 그래 있으몬 농부가 와서 뭐 거름 준다고, 뭐 쉬이– 인자 뭐 물주고 뭐준다고 인자 흉내를 내고 이래하거던, 그래 해가 좀 또, 어느 정도 있으면은 이게 다 익었나 안 익었나 본다고 인자 가서 머리 를 툭툭툭툭 이래 뚜드려 보는기라. 놀이가. 그래가지고 인자 지가 마음에 드는 사람은 "아 요거 익었네." 이래가지고 머리를 탁 이래가 하면 인자 그게 하나 빠져나오고, 그런 놀이 했다. (중략)

　　[조사자 : 노래를 해요?] 응, 노래. "영차 영차 고사리 영차" 뭐 이런 그런 것도 했다. 또 그런거 보면 "마산포 청어야" 뭐 이런 노래도 있었다. 두루미 뭐. "마산포 청어야 두루미 두루미 엮어라" 뭐 이런 노래도 있고 그랬다. 청 어엮기 같은. 응, 청어, 청어놀이라꼬, 그 인자 지금 안께 그기 청어놀인데 우리 어릴 때는 그 만구 뜻도 모리고(모르고) 했다. 지금 생각한께 그기 인자 "마산포 청어야 두루미 영꺼라(엮어라)" 뭐 이래 하는 그런 노래가 있었고, 우리가 그런 노래를 했어. 그라고 옛날에는 명절 때 되모 온 동네가 모이가 이고, 조금 나이 적은 사람이나, 조금 우리보다 한 두세 살 많은 사람이나

전부다 같이 합세를 해가 놀았다. 그래 놀고, 하루 겉은 그런 거를 하고. 재 밌었다.

[조사자 : 그럼 크게 뭐 지금은 전쟁 중이다, 내가 무섭다 이런 느낌은 별로 안 받았어요?] 어, 그런 건 몬 느꼈다. 전쟁은 딴 데서 치고 우리는 편안히 있던 중에 저 피난민들만 맞이했고, 인자 우리는 그때 어린께 몰라도 어른들은 몰라, 어른들은 요 막 진동에 펑펑 하고 불 터지고 이랄 때에 뭐 전쟁이 이꺼징(여기까지) 왔다 이런걸 좀 느끼는가, 그래도 뭐 구경하러 갔지, 뭐 무섭어서 뭐 떨고 이런거는 없었다.

이 사연이야말로 6.25 전쟁 속의 따뜻한 이야기, 미담이라 할 만하다. 정광자 화자의 이 사연에서 전쟁 통에 피난민과 거주민으로 만나게 된 남과 북의 아이들이 서로 고무줄놀이, 제기차기, 방뛰기, 숨바꼭질, 참외놀이 등을 하고 노는 정겨운 장면을 연상할 수 있기 때문이다. 우리가 '기억의 전쟁'에서는 연상할 수 없는 또 다른 전쟁의 이미지가 이런 어린이의 '전쟁의 기억'에는 담겨져 있다. 물론 이것이 전쟁의 실상일 수는 없으나 전쟁이라는 극한의 집단체험에서도 순수하고 정감있는 아이의 세상은 여실히 존재했다는 점은 특기할 만하다.

3. 피난을 받은 피난

전쟁하면 피난행렬, 피난 중의 이산 등을 떠올리기 쉽다. 이번 조사에서는 이런 일반적인 '피난 갔던 사람'의 이야기가 아닌 '피난을 받은 사람' 이야기를 들을 수 있었다. 이들 이야기 역시 우리가 일반적으로 생각하는 '기억의 전쟁'이 아닌 '전쟁의 기억'에 포함시킬 수 있는 이야기이다. 최순자(여·인천·40년생) 화자는 부모님이 전쟁이 발발하기 전에 전쟁의 낌새를 느껴 서울에서 천안으로 이주했다고 한다. 당시에도 사통팔달 교통의 요지였던 천안에 살았던 이유로 수많은 피난민 행렬을 목격했고 실제로 피난민을 들이기도 했으며 버리고 간 아이 중 한명을 데려와 키우기도 했다.

피난민들 막 밀려오고 그런 것만 생각나지. [조사자 : 댁이 천안시내셨어요?] 아주 시내는 아니었죠. 아주 시내는 아니었어. [조사자 : 사람들 엄청 지나갔지요?] 아휴 말도 못하죠. 사람에 치여! 애를 막 애들을 버리고 가도 누가 막 애들을 쳐다도 안 보고 갔어요. 그 사람들이 포 쏘고 뭐 총 쏘고 할 테니까 나 살자고 하지, 나 살라고만 했지. 남이 애들 뭐 버리고 간 것 신경 안 쓰고 막 갔지. 말도 못하게 많았지. 근데도 우리 엄마는 그렇게 애들을 불쌍하게. 저거 하게 데려오고 그러면 우리 아버지도, 우리들이
"아니, 엄마 우리도 이렇게 많은데 애들을 왜 데리고 오냐?"고 그러면은
"야! 불쌍하지 않으냐고 그거야. 그거 어떻게 버리느냐"고
그래도 우리 형제들도 애들을 또 예뻐 하니까 그냥 또 데리가 또. [조사자 : 아버님이 뭐라고 안 하셨어요?] 우리 아버지도 그러셨어. 우리 아버지도 그냥 애들을 예뻐하고 불쌍하다고 데려다 기르셨어.
공주로다 피난을 남자들은 가버렸으니까. 우리는 피난 나서도 그렇게 고생을 안 해봐 가지고 그냥 거기서 있다 왔기 때문에 고생을 안 해서 그런 안타깝고 뭐 못 먹고 이런 고생을 안 해봤어. 남 멕여가며 그랬지. 그렇게 고생을 안 했어. [조사자 : 훌륭하시다. 어떻게 전쟁 통에 남을 먹이셨나.] 먹이고 그랬지. 고생은 안 해봤어. 그런 거를 몰랐어요. 농사 지어 가지고 그냥 쌀이 많으니까. 그래가지고 그렇게 못 먹고 이렇게 고생을 안 해봤어.
(중략) [조사자 : 전쟁 때 그렇게 고아가 많았지요?] 그럼 많았지. 고아도 많고 아휴 불쌍한 애들이 얼마나 많았는데. 많았어. 많았어. 그때 애들을 왜 버리고 갔느냐면 그거 그냥 데리고 가자니 우는 소리 나도 저거 하니까 무서우니까 그 사람들 다 자식도 다 버리고 가고. 찾으러 올 수도 없지. 어디가 어딘지 모르니까 못 찾으러 오지 그 사람들이. 어디가 어딘지 알아야 찾으러 오지. 가는 길목이니까. 우리 동네에서 우리 집에서 기르는 애가 있었지. 또 한 집이 또 기르는 집이 또 있댔어. 그 집이, 그 집은 아주 사는 게 어려운데도 길렀어. 자식을 버리고 간다는 게 얼마나 진짜 그 사람들도 가슴이 아픈데도 어쩔 수 없이 버리고 간 거지. 한 다섯 살 아무 것도 모를 때지. 다섯 살, 네 살.

[조사자 : 뭐 큰 게 짊을 해서 매고 가고, 뭐 지게에 얹고 가고, 소달구지에 가고 주로 어떻게 지나가고, 지나가는 모양들이 어땠습니까?] 지게에다 그 저거에다 매고서 애를 거기다 놓고 가는 사람도 있었고, 들러 매고 업고 가는 사람도 있었고. 소에다가 별사람 다 있지. 끌고 애를 막 질질 끌고 가다가 또 갓난애도 버리고 간 건데. 그거는 어떻게 됐는지 모르겠어. 갓난애도 하나 싸서 버리고 갔는데.

피난민들이 지나갈 때 밥을 해먹인 이야기며, 피난민이 버리고 간 아이를 데려다 키웠다는 이야기도 분명 전쟁체험담의 일종이다. 치열한 전선의 전투, 대규모 피난, 이념에 의한 투쟁 등을 소재로 한 이야기만이 전쟁담의 전부가 아니다. 가장 기층의 사람들이 전쟁 통에 겪은 소소한 고난과 일회적인 선행도 전쟁체험담의 일부인 것이다.

한편 피난민을 받는 것은 남한 사람들을 대상으로 하는 것만이 아니었다. 앞서 잠깐 소개한 바대로 정광자(여 · 마산 · 41년생) 화자는 거제도로 들어오는 수많은 피난민을 경험했다.

내가 뭐 열 살이고 이란게 어린께나 뭐 몰랐어. 아무도 어른들 하는 이야기만 들었지. 그래 그리고 나서 좀 얼마 또 지냈다? 좀 지나고 있은께나 황포 그 큰 재라고 재가 이래가 요게가 그 탑이, 큰— 탑이 있고, 고개가 싹 이리 좀 들어갔는데 이 양쪽에 산이 있응께 딱 넘어오면은 피난민이 넘어오는데 와 개미 줄지아가지고 차악— 가면 어디까지 가는거 있제, '아 은자 끝날랑가, 끝날랑가' 이래도 수도 없이 넘어오는기라. [조사자 :어디서 오는 사람들이에요? 그러면 피난민이?] 이북에서 왔겠지. 근데 이 배로 어디다가 실어다 풀어가지고 이 거제도에 각 지역마다 분배를 시켰어.

그래가 그때만해도 이 거제 저 거가대교가, 요짝 거가대교 말고, 저짝에 충무에서 이래 거제로 다리 낳은 기 없을 때거던, 그런게 완전 거제는 섬이라, 그랬을 땐데. 그 피난민이 그렇게 많이 넘어오드만은. 그래가 동사무소가 그때 인자 자그마한 동사무소가 그 동네 우리집 옆에 있었어. 인제 거기다 갖다 좀 풀고, 또 조 밑에도 좀 풀고, 마 이래 막 , 군데군데 이래 풀었어,

그래 풀어가지고 그 사람들이 한꺼번에 이렇게 데려다논게 묵을 것도 없지. 그런게

"집에서 모두다 한 집에 주먹밥을 몇 개씩 해온나."

이라는기라. 그때만해도 그, 그 지역 사람들도 좀 곤란할때다. 좀 보릿고 개 넘고 좀 이럴 땐데. 그래 주먹밥을 인자 몇 개쓱 해다 이래 갖다 주고, 이래가지고 그 사람들 멕이고 이래사도 인자 그 잘 곳이 없은께나 산에 가서 나무를 비가(베어) 와서로 그 바닷가 그쪽에는 좀 이리 공터가 있응께 거기다가 수용소를 짓더라꼬.

거제도는 피난 오는 사람들을 위해 거주민들이 주먹밥을 지어 피난민들을 먹이기도 했지만, 수용시설이 턱없이 부족한 탓에 각각의 집에 피난민들을 맡아 들이기도 했다.

그래 하다보이 나중에 안된께나 "집집마다 방이나 헛간이나 마, 마굿간이나 뭐 빈 데만, 빈 공간만 있음 내놔라." 이리 된기라. 그래 각자 다 내놘께 인자 그 각 자기들이 인자 구들로 놓고(놓고) 인자 뭐 살도록 만들었어. 그래 만들고 우리도 인자 그 저 아래채 그게 인자 이 옛날에는 나무를 땐 게나 재 끌어내가이고 갖다 모으고 이라는 헛간이 있었거등, 그래 있었는데 거기 인자 한 칸 내줬다.

그래 한 칸 내줬더만은 피난민이 왔는데 함흥에서 거 저기, 철공소, 철공소 하던 사람. 철공소 아이고 대장간. 대장간 하던 사람이 피난을 왔는데 인자 큰 마누라가 있고, 큰 마누라가 자식을 못 낳은게 내 또래 되는 딸을 또 하나 입양해서 또 키우고 이래 했는데 아들이 없은께나 마누라를 둘을 더 얻어가지고. 마누라가 셋이라. 그래가지고 한가족이 들어왔는데 여자가 서이고, 또 다른 아들도(애들도) 있고 이랬는데 둘째 마누라가 딸을 둘 낳고, 또 셋째 또 낳아가지고 왔더라고. 그리고 인자 막내이 저 제일 작은 마누라는 벙어리를 얻었어. 벙어리를 얻었는데 아를 배가이고 왔어.

그리고 우리 같이 인자 한 부엌에서 밥을 해묵고 이래하고 인자 반찬도 노나 묵고, 즈그는 인자 이 그 저간(잿간) 우리 재, 재끌어다 모으는 거, 헛간 그거를 갖다가 딱 앞쪽에는 구들을 놔가이고 솥을 두 개를 이래 딱 걸고, 그

냥 방이라. 방인데 요 방에서 앉아서 요서 밥해묵그로 아궁이 만들어가 그래 딱 만들어 놓은게 불로 땐게 참 방도 뜻뜻하고 좋더라고마. 손을 봐가이고 그래도 살게 되어 놓은께나 방이 됐어. [조사자 : 자기들이 그렇게 손을 봐서 요?] 응, 그래가이고, 그 헛간만 내준께 자기들이 다 따듬고, 솥 걸고 부엌 만들고 구들 낳고 다 그래가이고 살도록 만들어서 따땃하이 좋더라꼬.

그래가이고 얼마동안 살다가 벙어리가 인자 아를 낳을 달이 됐는데 우리 부엌에서 할머니캉 모두 그집 큰마누라 이래, 큰마누라 있제, 모두 앉아 이야기하면서 뭐 좀 한창 있은께나 "음—" 하고 소리가 나섰더라고. 그랑께나 우리 엄마하고 그 집에 인제 큰 할멈하고 앉아가지고 아 저거 아 낳을라 이라는기라. 그래서 내가 인자 안께나(아이니까는) 그때 안께(아이니까) 빠른께나(빠르니까) 쫓아 가봤어. 아유 (손뼉을 치며) 그래 간께 세상에 아를 낳서(낳았어).

아무도 없는데, 그러고 옷 안에다 그냥 뭐 아를 낳아놔 가지고, 그래 인자 내가 "아 낳았다!" 이래놓은게 인자 할미 둘이가 내리가가지고 인자 이 탯줄 자르고 이래 해가지고 인자 우리방으로, 우리 큰방으로 옮겼다 아이가.

화자의 집에는 함흥에서 대장간하던 식구를 들였는데 식솔이 많은 대식구였다. 헌데 부인이 세 명이나 되는 복잡한 집안이라 동거 이후에 여러가지 에피소드가 있었다. 헛간을 내주고 음식을 나누며, 임신한 부인이 출산까지 한 것을 돌본 이야기를 어린 나이었던 화자는 생생하게 구연해 주었다. 거대한 전쟁의 소용돌이 속에서 개인과 가족이 살아남을 수 있는 이유는 이런 협동과 배려가 있었기 때문이고, 이것이 전쟁의 한 모습이기도 한 것을 이 사연에서 살필 수 있었다. 아울러, 이런 미담들이야말로 '전쟁의 기억'이 아닌 '기억의 전쟁'으로 취급될 수 있는 자료들로서 그 가치를 높이 살 수 있다. 이 이야기 집단적으로 구조화된 전쟁체험담에서는 들을 수 없는 개별 민초들의 경험담이기 때문이다.

4. 바다 피난

이번 조사에서 6.25 당시 육지나 산악으로 피난을 다닌 것이 아닌, 바다 즉 해상으로 피난을 다닌 것도 확인할 수 있었다. 김기춘(여 · 인천 · 31년생) 화자는 전쟁 발발 1년 전 선박 운송업을 하던 집안으로 시집을 갔다. 6.25가 발발하자 시댁식구 모두는 '장옥호'라는 배를 타고 서해상을 떠돌며 피난을 다니게 된다.

> 그러고 그러고서 그냥 그때부터는 나갔다 들어갔다 나갔다 들어갔다 조금 평화 되면 조금씩 살다가 또 시원찮으면 또 나가고 우리는 그냥 그렇게 살다가 1.4후퇴 거쳐 가지고 만날 피난만 다니다 그냥 나왔지. 그이께 섬으로 우리 동네 우리 사는 대로 와가지고 배 타고서 이제 [조사자 : 어디로 가요? 다들] 바다에 떠서 있다가 되들어 왔다가 나갔다 들어왔다 하고 또 다른 데로.
> 우리들은 처음에는 바다에 나가 있다가 아침에 들어와서 밥해 먹고 집에서 밥해 먹고 좀 있다가 저녁 되면 나가서 아침에 들어오고 그렇그로 살았지. [조사자 : 아! 배에서 잤네. 밤에 그러면 다들] 자고서 그냥 있다가 아침 되면 또 부지런히 밥을 해 먹고서 몇 개월 그렇게 하다가 그렇게 한 거야. 우리들은 맨날. (중략) [조사자 : 그러면 섬도 또 섬도 많이 가셨다고?] 저기 덕적도도 가고 연평도도 가고 뭐 거기 가깝게 주문도, 보름도 안 간데 있나요. [조사자 : 그러면 또 일사 후퇴 때도 또, 그때 춥잖아요?] 일사후퇴 때도 배 타고 다니는 거야. 우리는 배타고 [조사자 : 추워도 계속 배 타고 다니고 계속] 그렇지 가서 나중에 끄트머리 가서 아예 연평도 저기 일사후퇴 끝나고서는 연평도 가서 방 얻어갖고 살고 방을 얻어 가지고 살았지. [조사자 : 그래도 막 인민군한테 배를 뺏길까 봐 걱정하고 그러지 않으셨나 보다] 인민군들도 보지를 못해 우리는 미리미리 피난하러 다녔으니까. 인민군 보지도 않고 총소리 나면 피난 가고 총소리 나면 피난 가고 그렇지.

바다로 피난 나가기 위해서는 일단 지정학적인 조건이 맞아야 하고 배가 있어야 한다. 다행히 화자는 황해도 연백의 증산이라는 섬에 살았고, 시댁이 큰 배를 소유하고 있었기에 바다 피난이 가능했다. 하지만 바다로 나간다고 무조건 피난이 되는 것은 아니고 화자의 시댁 식구들이 바다지형과 섬들 간의 거리에 해박하고, 지상에서 벌어지는 상황에 대한 지속적인 정보를 얻을 수 있었기 때문에 가능한 것이었다.

그러므로 바다피난은 육지피난처럼 무작정 떠난다고 성사될 일이 아닌 것이다. 놀라운 것은 바다 피난 시 타고 다니던 배가 발동기가 없는 돛단배였고, 한 척이 아닌 배 두 척이 함께 이동하며 다녔다는 사실이다.

[조사자 : 그러면 배가 그러면 발동기가 있었겠네요? 기계가] 아니 그때. 돛대 다란 배 광목 있잖아. 광목 이불 그걸로다 물들여서 돛대가 크고 바람 안 불면 노로 댕기고 [조사자 : 노를 저어서?] 그럼. [조사자 : 아니 그러면 저기 배 안에 몇 명이 같이. 식구들이 다 있어요. 한 열 명, 최소가 스무명?] 우리가 얼마냐고? 셋, 넷. 다. 여섯 [조사자 : 시어머니, 시아버지, 시아주버니, 형님] 그렇지요. 시어머니, 시아버님, 시할아버지, 시아주버니, 동생, 아이들 일고여덟 그 정도로 살았지요? [조사자 : 시누는 없고?] 시누두 있지. 헌데 우리만 있는 게 아니라, 배가 있는 게 아니라. 또 다른 시아주버니, 큰 시아주버니도 배가 있어서 노나서(나눠서) 댕겨야지. [조사자 : 시댁에 형제가 어떻게 되세요?] 많아요. 남자가 다섯, 여자가 셋이란 데. 다 시집을 가서 각자가 다 시집을 가서 살았지. [조사자 : 배가 또 다른 배가 한 대가 또 더 있었나 보다.] 그건 큰 시아주버니, 그때는 둘째 시아주버님 [조사자 : 아!, 둘째구나!] 아니 우리가 둘째가 아니라 둘째 시아주버니 배로 다녔다고.

바람이라도 불면 순항했겠지만 무풍지대에서는 가족 모두가 달라붙어 노를 저어가며 바다위에서 생활해야 했으니, 육지 피난처럼 포탄의 공포는 없었겠지만 배멀미와 노젓기 같은 또다른 고난이 있었던 것이 바다 피난이었다. 화자의 말에 의하면 서해 상에서 바다 피난을 다닌 배들이 적지 않았다고 한다. 바다 위 선상에서 밥을 하고, 빨래를 하며 온갖 일상생활을 해 나가야만 했던 것은 전쟁이 가져다 준 고난이었으며, 이 역시 6.25가 낳은 또 다른 전쟁의 모습인 것이다.

　김성호(남 · 진주 · 39년생) 화자의 바다 피난은 앞서의 경우와 또 다른 양상이다. 포항 구룡포가 고향인 화자는 부친이 큰 배로 장사를 했었는데 부친과 배가 국군의 보급품 수송선으로 징발되는 바람에 본의 아닌 바다 피난 생활을 하게 되었다.

　　그 때 우리나라에서 해군력도 아주 약했고. 해군 배도 별로 없었어. 경비정이라고 있었는데 지금 경비정에 비하면은 경비정도 아니지. 그것도 불과 몇 척 없었어. 한 서너척 뿐이었거든. 그런데 아버지 배가 보통 어로 작업선인데 원양선이었거든. 배가 크니까 군인들이 배를 보고 큰 배를 보고 징발을 해가주고 보급선으로 만들어가지고 그래 그거 타고 왔다. 갔다하고. 딴 피난민에 비해서 굉장히 굉장을 했지.

　　편리하게 피난도 가고 배도 보급선이니까 좀 더럽기나 말기나 씻거가주고 얼마든지 먹을 수 있고 이러하니까. 그때 책임자가 육군 대위였는데. 한분이 타고 아버지 배에 타고 선장실에서 항상 지휘하고. 그 사람이 군인인데 비해서 아주 좋더라고. 사람이 좋으니까 (배가 정박했을 때) 피난민들이 쓸어 담는거 이런거 보고 그러지 말고 대꼬쟁이를 가지고 대각선으로 깍아가지고 가마니를 푹 찌르면은 쌀이 숙 나오는기라. 이래 가마니 한가마니 다 그러지 말고 조금씩 해가지고 그렇게 빼먹으라고 그러더라고. (피난민들이) 불쌍하니까 배에서 흘린 거 그런 것도 쓸어가고 그래도 안 말리고 그러더라고. (중략)

　　그때 참 우리집에 아버지가 큰 어선을 가지고 환경이 좋으니까 외가식구들이 많이 붙여가지고 살았어. 휴전될 때까지 계속 징발선에 있고 나는 수복되고 다시 내리고. 징발선에 보니까 포항 영일만에 보급할 일이 있어가지고 가는데 미군 군함들이 시내를 함포사격을 하는기라. 엄청 포가 크고 배도 크고. 지금 우리나라가 그때 미군들이나 유엔군들이 안 도와줬으면 문제가 있지. (중략)

　　[조사자 : 보급선이 다닐 때 위험하지 않았나요?] 작업선이니까. 전방에도 보면은 맨 앞에는 척후병이라고 통신병이나 제일로 먼저 앞으로 나가서 살피는 정보를 수집하는 척후병이 있고 제 이선에서 정보를 수집하고 작전을 어떻게 짤것인가 정보를 제공하는 통신장비 부대가 있고 그 다음에 일반 부

대가 있고 그다음에 민간인들이 보급선이 있지. 위험이 없는데만 해주지 위험한데는 안해줘. 보급도 식량같은 거나 탄약같은 거 전투하는 비행기를 가지고 물자를 내려주는 건 몰라고 (대부분) 차량으로 운반해주지. 안전한데 해가주고. 일단 적에게 또 안 빼앗겨야 되니까 아무거나 그걸 해놓지는 못하거든. 그런 보급선이나 병원선도 있었는데 지금 해안 여객선있지. 해양 여객선은 거의 다 그때 병원선 십자가 무조건 뻘겋게 십자가 양쪽에 하고 선장 앞쪽에 십자가 앞뒤로 사방으로 붙이고 징발해가주고 그때 병원선은 여객선으로 했으니까

아마도 배가 징발될 때, 대형 어선을 조종할 인력이 없는 이유로 화자의 부친도 함께 징발되었던 것으로 보인다. 그런데 전쟁 상황에서 배에 있는 것이 오히려 안전하다는 부친의 판단 아래 어린 화자를 태워서 함께 다닌 모양이다. 부친의 판단은 매우 정확했던 것 같다. 위에 구연된 대로 보급선은 철저한 보호아래 운항되었기 때문이다. 이런 이유로 화자는 본의 아니게 6.25라는 절체절명의 상황에서 동해 남부 해안을 다니며 비교적 안전한 해상 피난을 할 수 있었다.

이 외중에 잠깐 소개된 장교의 모습이 인상적이다. 배 위에 떨어진 쌀알을 줍는 피난민들이 불쌍했던지, 대꼬챙이로 검사하듯 가마니를 찌르고 다니며 흘러 떨어진 쌀알을 피난민들이 줍도록 눈감아 주는 융통성을 발휘한 것이다. 어린 나이에 본 광경이지만 화자에게 인상적으로 각인된 모양인지 생생히 기억하며 구연해 주었다.

[조사자 : 배에 실었던 물자들은 뭐 뭐가 있어요?] 먹는 식량들을 싣고 다녔으니께네. 그때 저 이래 압수한 총같은 걸 보기는 봤는데 따발총. 잘 안 보이고 이북, 북한 군인들은 삼팔식이라고 다섯발 씩 여어가 쏘는 소총이 있었어. 그런 무기를 지방빨갱이들한테 압수해가지고 노획한 거 싣고 다니는 거 봤어. 특별한 무기는 없는데 심지어는 빨갱이들 보면 죽창 대를 가지고 창을 만들어가지고 그런 거 압수하고 그랬지.

[조사자 : 보급 식품은 어떤 게 있었습니까?] 그때 큰 배에 배에 실으면 얼마 싣는지는 대강 모르겠는데 보통 1톤 트럭에 한 백톤 정도는 안 실을까 배가 엄청나게 컸어. 쌀, 보리쌀. 군량미 보급이지 뭐 다음에 풀면은 호박에 와가지고 싣고 갖다주고, 특별한 건 없는데 나는 못 가봤는데 아버지는 청진 원산까지 갔다 왔어. [조사자 : 국가에서 훈장 줘야 되는거 아닙니까?] 훈장 감인데 나이가 많아서 전쟁 못가는 것만 해도 다행으로 생각했지. 우리 사촌 형은 전쟁참가해서 죽었어. 거의 가면은 열 명 가면 일곱 여덟은 다 죽었어. [조사자 : 그래도 개인재산으로 큰 기여를 하신 거 같은데.]

그때는 국가를 위해서 그렇게 안하 면은 안 될 때야. 우리가 전쟁에 이겨 가지고 살아남아야지. 중공군만 아니었으면 지금 중국하고 그거 하지만 중공 군만 아니었으면 우리나라 통일 됐거든. 통일 되었어. 그리고 그때 맥아더 장군이 우리나라에 총사령관으로 전쟁에 참여했는데 그때 중공이 압록강을 넘을 라고 만주에 집결을 했는 기라. 그걸 보고 뭐라고 했냐 면은 폭격하자 했거든. 근데 미국 대통령이 허락을 안했지. 그 때 했으면……

화자는 아무것도 모르는 어린 나이에 비교적 안전한 바다 피난을 다녔겠지만, 그의 부친은 사정이 달랐다. 부친은 청진, 원산까지 다녀온 모양이다. 아마도 국군 북진 시 보급차원에서 거기까지 다녀왔을 것인데, 정작 화자는 부친이 나이 탓에 전쟁터에 끌려가지 않은 것만도 다행이라 생각하고 있었다. 민간인 소유의 선박과 당사자의 기술까지 모두 징발된 상황이라 사실 그의 부친은 전쟁에 큰 공을 세운 셈인데 국가차원의 보상은 없었던 것이다.

위의 구연 내용에서 느낄 수 있듯이 화자는 이와 같은 특수한 경험이 없었다면 개인이 체험한 '전쟁의 기억' 보다는 지금까지 형성되고 구조화 된 '기억의 전쟁'을 구연했을 가능성이 큰 분이다. 중공군, 맥아더, 만주 폭격 등의 이야기는 어린아이로서 바다로 피난 나갔던 '전쟁의 기억'이 아니라 우리에게 익숙하게 구조화된 '기억의 전쟁'에 해당하는 레퍼토리이기 때문이다. 하지만 자신이 겪은 전쟁체험이 워낙 남다른 것이라 양자가 적당히 혼합된 이야기가 구연된 것으로 보인다.

체험과 기억, 그리고 기억과 자아의 관련성에 대해 흥미로운 개념이 바로 '경험자아'와 '기억자아'의 개념이다. 이는 행동경제학이 인간의 휴리스틱을 경험과 효용, 개인 정체성 차원에서 검토하는 과정에서 도출된 개념이다. 경험자아는 현재의 경험을 취급한다. '지금 어디가 아픈가?'라는 질문에 관여하는 자아인 것이다. 기억자아는 주로 상상을 취급한다. '오늘 전체적으로 어땠나?'라는 질문에 관여하는 자아이다. 경험자아가 '나'로서 행위자의 역할을 한다면, 기억자아는 '또 다른 나'로서 관찰자의 역할을 수행한다. 앞서 살핀 아이의 피난, 피난을 받은 피난, 바다 피난 등의 이야기들은 워낙 특별한 상황을 배경으로 한 것들이라 모두 경험자아가 관여한 것으로 볼 수 있지만, 곳곳에 '기억의 전쟁' 즉 기억자아가 관여한 흔적도 존재함을 알 수 있다.

기억자아는 인생의 절정과 결말과 같은 대표적인 순간만을 기억하기에 실제 사실과 다를 수도 있다. 기억자아는 인생이라는 이야기를 재구성하고 미래를 참고하기 위해 그것을 보관한다. 나의 정체성은 기억자아가 되고 매일 생활을 하는 경험자아는 오히려 내게 낯선 사람처럼 느껴진다.[9] "나는 고통을 받는 내 경험 자아에 연민을 느끼지만 고통을 받는 타인이 느끼는 것보다 연민을 느끼지 않는다. 이상하게 들릴지 모르지만 나는 나의 기억자아이며, 내가 생활하게 해주는 경험자아는 내게 낯선 사람"[10]처럼 느껴질 수도 있다.

우리는 기억 자아는 소중하게 대하면서 정작 경험자아에는 무관심하다. 즐

9) 기억자아와 경험자아에 대해서는 다음에 자세히 설명되어 있다.
  대니얼 카너먼 · 이진원 옮김, 『생각에 관한 생각(THINKING FAST AND SLOW)』, 김영사, 2012, 459-511쪽.
10) 위의 책, 477쪽. 경험자아와 기억자아를 간략하게 나타내면 다음과 같다.

경험자아	기억자아
행위자	관찰자
지금-여기 체험	과거-미래 상상
본능, 감정	이성
체험하는 자아	통제하는 자아

거운 여행지에서 가서 "남는 건 사진밖에 없어"라고 하는 것은 우리가 경험
자아에 비해 기억자아를 얼마나 소중히 여기는지를 잘 반증한다. 그만큼 우
리는 기억자아를 자신과 동일시하게 되는데, 이는 구조화되고 재편되는 집단
의 기억 경향성과도 긴밀한 관련이 있다고 하겠다. 정작 자신이 실제로 체험
한 것은 버려두고, 모두가 경험한 것으로 생성되고 동의하게 되는 어떤 것을
자신도 이전에 경험한 것으로 느끼게 되는 것이다. 다행히 앞서 거론한 피난
이야기들은 그나마 자신의 체험이 존중되어 경험자아가 발동한 이야기들로
평가할 수 있을 것이다.

　여기서 주목할 것은 글보다는 말에 기억자아의 개입 가능성이 높다는 점이
다. 글은 발신자와 수신자 사이에 공간적, 시간적 거리를 둘 수 있기에 경험
을 가다듬고, 기억을 조정할 수 있는 가능성이 얼마든지 열려 있다. 하지만
말에 의한 구연상황에서는 경험과 기억, 발화와 반응 사이에 공간적, 시간적
거리를 확보할 겨를이 없다. 이런 상황에서는 경험자아가 제 목소리를 낼 가
능성은 점점 떨어질 수밖에 없다. 그만큼 구연 상황은 기억자아의 독무대이
자, 이른바 기억자아의 폭압[11]이 실현될 가능성이 높다. 전쟁을 몸소 체험한
세대가 구연하는 전쟁 이야기에서 전쟁을 경험했던 경험자아 즉 '전쟁의 기
억'은 점점 희미해 지고, 현재의 시간에서 재편된 기억자아 즉 '기억의 전쟁'
만이 살아 숨쉬고 있는 현장을 자주 경험할 수 있었기 때문이다.[12]

---

11) 대니얼 카너먼, 위의 책, 466쪽.
12) 체험과 기억에 관한 다음 논의들은 구비문학에서 '기억'을 다루는 데 시사점을 준다.
　　알라이다 아스만 저·채연숙 외 역, 『기억의 공간』, 그린비, 2011.
　　박영신, 「기억과 자기 이해」, 『현상과 인식』 가을호, 한국인문사회과학회, 2010.
　　김영범, 「알박스의 기억사회학 연구」, 『사회과학연구』 6집 3호, 대구대 사회과학연구
　　소, 1999.

5. 맺음말

개인의 체험은 개인의 기억으로 저장되고, 이런 개인의 기억은 이야기를 지속적으로 생산한다. 개인의 이야기들이 모인 복수의 이야기들은 또 다른 복수의 기억으로 저장되고 이런 복수의 기억들은 차츰 시대와 정세 그리고 보이지 않지만 강렬한 사회·문화적인 검열을 거쳐 점점 사회적으로 고착된 어떤 경향을 띠게 된다.

이런 기억의 경향성은 개인의 체험과 개인의 기억 사이에 침투해 양자를 갈라놓는다. 내가 체험한 대로 나에게 기억되는 것이 아니라, 내가 체험했지만 기억의 경향성이 인도하는 대로 기억할 가능성이 높아지는 것이다. 개인의 체험은 기억의 경향성으로 종속될 것이며 이는 아비투스 형성에도 물론 관련될 것이다.

조사팀은 기억의 경향성에 자신의 체험을 대입하는 수많은 화자들을 만날 수 있었다. 중요한 것은, 우리가 겪었고 그래서 우리의 미래 역사에 중대한 시사점을 지닌 어떤 사건의 전말이 이로 인해 가려지고 왜곡되는 현상에 대해 지속적으로 문제제기해야 한다는 점이다. 이를 통해 개별자들의 '전쟁의 기억'을 되살려 구술을 통해 자신의 전쟁 이야기를 하면서, 전쟁의 상흔을 치유하는 담론이 형성되어야 할 것이다.

이들 '전쟁의 기억'은 사회적으로 합의된 '기억의 전쟁'이 지속적으로 복원되는 현실의 대척점에서 위치하면서, 전쟁담론이 치유의 담론으로 나아가는 데 기여할 것으로 기대한다. 기억자아가 지나치게 관여하는 '기억의 전쟁'이 아닌, 경험자아가 '전쟁의 기억'을 이야기하는 전쟁 체험담은 그런 문제제기의 핵심에 자리잡고 있다.

참고문헌

권명아, 「기억의 복원과 방법론적 딜레마」, 『실천문학』 여름호, 실천문학사, 2003.

김동춘, 『전쟁과 사회: 우리에게 한국전쟁은 무엇이었나?』, 돌베개, 2000.

유임하, 『기억의 심연』, 이회문화사, 2002.

유임하, 「타자화된 기억의 상상적 복원」, 『전쟁의 기억, 역사와 문학 · 하』, 월인, 2005.

이용기, 「마을에서의 한국전쟁 경험과 그 기억」, 『역사문제연구』 제 6호, 2001.

박정석, 「전쟁과 폭력에 대한 마을 사람들의 기억」, 김경학 외 4명, 『전쟁과 기억』,
　　　한울아카데미, 2005.

대니얼 카너먼 · 이진원 옮김, 『생각에 관한 생각(THINKING FAST AND SLOW)』,
　　　김영사, 2012.

도모노 노리오 · 이명희 옮김, 『행동경제학』, 지형, 2007.

미셸 푸코 · 박정자 역, 『사회를 보호해야 한다』, 동문선, 1998.

알라이다 아스만 저 · 변학수 외 역, 『기억의 공간』, 그린비, 2011.

오카 마리 · 김병구 역, 『기억 서사』, 소명출판, 2004.

전쟁 체험 재구성 방식과
구술 치유

김 종 군

1. 머리말

분단 체제에서 한국전쟁이나 정전 사건 등의 기념할 만한 시기에는 국가기관이나 시민단체는 물론이고 학계에서도 그 의미를 되새기면서 한반도의 평화와 통일 방안을 모색하는 다양한 행사들이 진행된다. 이러한 여러 행사들이 평화와 공존·통일을 키워드로 표방하고 있지만 실질적으로는 서로를 불신하고 비방하는 의식을 바탕에 깔고 있어 그 본뜻을 살리지 못하고 있다. 그 이유는 국내 정치 및 국제 정세에서 기인하는 바가 크지만 우리 주민들의 의식 저편에 자리하고 있는 반목과 불신에서 비롯되는 측면이 더 강해 보인다. 이러한 반목과 불신이 해결되지 않는다면 통일과 평화 체제의 구축은 요원한 일로 보인다. 설사 남북이 체제 통합을 이루어 외형적인 통일은 가능하더라도 사람사이의 통일은 더 큰 숙제로 남을 가능성이 크다.

그 불신을 온전히 담고 있는 대상이 전쟁 체험담이라고 할 수 있다. 분단 이후 남북이 이데올로기 대결을 시작으로 심각한 갈등을 겪다가 극단의 방법인 전쟁을 겪었으므로, 서로에 대한 반목과 불신을 쉽게 떨쳐 버릴 수 없을 것이다. 그래서 남북 주민에게 전쟁 체험은 거대하면서도 지극히 미세한 담론으로 뼛속까지 자리하고 있다. 전쟁 체험은 전쟁을 경험한 70대 이후 세대에게는 물론이고, 이들에게 교육받고 양육된 전후세대까지 대를 물려서 역사적인 이야기로 자리 잡고 있다. 이데올로기 갈등·남북 분단·주변 강대국의 국제 정세 등의 거대 담론이 불신을 조장하는 경우도 있지만, 그보다 더 심각한 것은 주민 하나하나가 겪은 '마을 전쟁'이라고 할 수 있다. 한 마을에서 좌우가 나뉘어 빨치산이 되기도 하고 군경 토벌대가 되어 서로를 살육한 소규모의 마을 전쟁은 미세하면서도 생생한 이야기로 회자되면서 전승되고 있다.

이러한 마을 전쟁 이야기는 내밀하고 실질적인 갈등 요인을 담고 있으므로 분단 트라우마의 실체를 파악하기에 가장 적합하다고 할 수 있다. 그래서 미시사로서의 한국전쟁을 연구하는 학자들에 의해 몇몇 사례들이 발굴 조사되었다.[1] 그리고 구술 조사된 자료를 통해 마을 전쟁이 거대 담론으로서의 한국전쟁사 못지않은 심각성을 가지고 있다고 진단한 연구 논문도 다수 있다.[2] 그런데 이러한 자료와 연구물들은 마을 내부에서 벌어진 갈등의 실상을 진단하고 있지만 그 가운데 내재한 갈등과 트라우마의 치유에 대해서는 구체적인 방안을 제시하지 못한 측면이 있다. 이에 필자는 구술 조사 과정에서 트라우마의 실상을 찾아내고, 그 말하기 방식과 담론 확산을 통해 상처의 치유가 가능할 수 있다는 가설을 세우고 '구술 치유'에 대한 논의를 진행하고 있다.[3]

---

1) 박찬승, 『마을로 간 한국전쟁』, 돌베개, 2010.
   한국구술사학회 편, 『구술사로 읽는 한국전쟁』, 휴머니티스, 2011.
2) 박찬승, 「한국전쟁과 진도 동족마을 세등리의 비극」, 『역사와 현실』 제38집, 한국역사연구회, 2000.
   윤형숙, 「한국전쟁과 지역민의 대응-전남의 한 동족마을의 사례를 중심으로」, 『한국문화인류학』 제35집 2호, 한국문화인류학회, 2002.
   박경열, 「제주 여성 생애담에 나타난 4·3의 상대적 진실」, 『인문학논총』 47집, 건국대 인문학연구원, 2009.
   김종군, 「지리산 인근 여성 생애담에 나타난 빨치산에 대한 기억」, 『인문학논총』 47집, 건국대 인문학연구원, 2009.

이 글 역시 이 가설을 뒷받침하기 위한 일환으로 논의되고 있다.

전쟁 체험에 대한 이야기는 남북이 대치된 현재의 상황에서는 온전한 실체를 드러내지 못한다. 좌우익이 서로를 살상한 가해자이면서 또한 피해자였으므로 자신의 과오를 드러내기 쉽지 않을 뿐더러 제3자의 입장에서도 객관적인 자세로 사실을 전달하기에는 무리가 있다. 더군다나 갈등의 장본인들이 함께 살아가는 마을에 관련된 이야기는 객관성 확보가 매우 어렵다. 그래서 전쟁의 참상을 고발하는 소설을 다수 집필한 작가는 '마음 속의 지뢰밭'으로 전쟁 체험을 표현[4]하기도 하였다.

한국전쟁 체험담은 수만 가지의 다양한 이야기들이 존재하는 듯하지만 실제로는 전쟁 시기에 인간들이 겪는 삶의 구조 속에서 일정한 패턴을 가진 이야기로서 개연성을 띠고 있다. 동일하게 겪거나 보고 들은 사건들을 기억했다가 구술하는 과정에서는 구술자마다 각기 다른 양상으로 표출되기도 한다. 또한 구술을 하는 과정에서 구술자의 주관이 강하게 개재하기 때문에 기억을 재구성하고 이를 말하는 방식에 따라 이야기에 담긴 진실이 달라지기도 한다.

이 글에서는 전쟁 체험담의 재구성 방식에 주목하고자 한다. 재구성 방식을 구명하게 되면 구술된 이야기에 담긴 서사적 문맥을 올곧게 파악할 수 있을 것이며, 재구성 방식이 곧 구술자의 기억 속에 저장된 강한 트라우마의 발현이 되기도 할 것이다. 그러므로 전쟁 상황 속에서의 사건 기억의 재구성 방식을 진단하고 분석하는 과정에서 전쟁 체험담에 담긴 진실도 객관적으로 읽어낼 수 있을 것으로 판단된다. 사건의 성격에 따라 각기 다른 재구성 방식

---

3) 김종군, 「한국전쟁 체험담 구술에서 찾는 분단 트라우마 극복 방안」, 『문학치료연구』 제27집, 한국문학치료학회, 2013.

4) 〈아베의 가족〉, 〈남이섬〉 등으로 한국전쟁의 참상을 드러내고 상처의 회복을 이야기하는 전상국 작가의 표현이다. 한국전쟁 체험담 구술의 성격에 대한 많은 조언이 있었다(2013년 2월 17일, 김유정문학촌에서 구술, 신동흔·김종군 외 조사).

이 존재할 것으로 예측된다. 또한 체험 기억의 재구성 과정은 곧 구술의 상황으로서, 구술자의 태도나 말하기 방식에서 전쟁 트라우마의 치유 단초도 찾을 수 있을 것으로 기대한다.

2. 전쟁 체험담의 전반적인 특징

한국전쟁 체험담은 해방 후 분단과정과 6.25로 지칭되는 한국전쟁 시기, 그 이후 빨치산 토벌과정까지의 시기에 직접 체험하거나 보고 들은 이야기들을 포함한다. 구체적인 사건을 통해 본다면 1948년의 제주 4.3과 여순사건으로부터 마을이나 집안 내부의 이데올로기 갈등 사건을 포함하며, 갈등의 정점을 이룬 1950년 한국전쟁을 거쳐 1953년 7월 휴전협정으로 마무리가 된 듯하다. 그러나 실제로는 빨치산 토벌이라는 상황이 한동안 더 진행된 지역도 있다.

그 사이에 벌어진 수천수만 가지의 이야기들은 백인백색, 천인천색으로 구구한 사연들을 담고 있다. 이들의 사연들을 담은 이야기는 현재 70대 후반 이후의 노년 세대들의 주요한 이야기 레퍼토리로 확고하게 자리매김하고 있다. 곧, 한국전쟁 체험담은 한국 현대사의 가장 비극적인 역사적 사건에 대한 이야기이면서, 스스로가 주인공으로 몸소 겪은 이야기이므로 전쟁을 겪은 세대들에게 절대적인 가치로 자리 잡고 있다고 보아야 한다. 이처럼 거대한 역사적인 사건을, 자신이 직접 체험하거나 보고 들은 내용이므로 한국전쟁 체험담은 고스란히 전쟁을 겪은 세대들의 몫이라고 할 수 있다. 저작권을 논할 것 같으면 순연히 자신들의 몫이라고 인식하고 있으며, 전후세대의 입장에서도 그들에게 권한을 주어야 한다는 것에 동의하게 된다.

이런 정황에서 한국전쟁 체험담은 독특한 전승 방식을 가진다. 전쟁에서 서로에게 씻을 수 없는 상처를 남긴 남과 북은 전쟁을 끝맺지 못하고 여전히 분단 체제를 유지하고 있다. 정전이라는 대치 정국 속에서 시기에 따라 위협적인 사건들로 제2의 전쟁이 발발할 수 있다는 극도의 공포 분위기를 조성하기도 한다. 이러한 상황에서 전쟁 체험담은 전쟁을 겪은 세대들의 전유물로서, 전쟁을 겪지 않은 전후세대의 정치적 활동이나 이데올로기 경향·가치관까지를 간섭하고 통제하는 장치로 기능하고 있다. '젊은 것들이 전쟁을 알아? 너희가 빨갱이를 겪어 봤어?'라고 경험의 가치를 극대화하면서 남북갈등이나 세대갈등에서 전쟁세대들이 우위를 점하는 장치로 활용되기도 한다.

또한 한국전쟁 체험담은 같은 민족끼리 총칼을 겨누고 서로를 죽인 동족상잔에 대한 처절한 이야기이므로 구술과정에서 평정심을 담보하기 힘든 측면도 있다. 전쟁 시기 전세에 따라 피해자와 가해자가 교체되는 상황을 겪었으므로 구술자는 자신을 변론하는 차원에서 매우 주관적으로 진술하는 경향이 있다. 자신의 피해를 극대화하고 상대의 과오를 심각하게 제기하기도 하며, 자신의 전공을 극대화하고 상대의 패배를 졸렬하게 진술하기도 한다. 곧 이야기에서 역사적인 사실에 대한 객관성을 확보하기 힘든 측면이 있다.

이러한 한계를 가진 비극적이거나 왜곡 가능성이 있는 이야기를 전국적으로 조사하여 자료화하는 일은 자칫 우리나라 전역에 산재한 '갈등의 티끌'을 보아 '태산과 같은 화근'을 만드는 위험한 일일 수도 있다. 이에 한국전쟁 체험담 구술조사에서는 체험담의 유형과 성격을 객관적으로 규명하여 자료화하는 방법을 심각하게 고민해야 할 것이다. 체제나 소속집단·지역사회의 권익을 보호하기 위해 역사적인 사실이나 인간적인 진실이 왜곡되는 과정에 대한 방어책을 강구해야 할 것이다.

그렇다고 다리품을 팔아가며 힘들게 구한 자료를 취사선택하여 버릴 수는 없을 것이다. 결국 조사한 이야기들을 정리하여 자료화하는 과정에서 객관성을 확보해야 한다. 전쟁 체험담의 성격·유형·구연과정에서의 말하기 방식 등에 유념하여 상반된 입장의 사례들을 고루 배치하면서 DB화 과정에서 객관성을 갖추도록 해야 할 것이다.

이렇게 '건드리면 덧나는 상처'와 같은 전쟁 체험담을 조사하여 연구 대상으로 삼는 이유는 이를 건드리지 않고 내버려 둔다고 하여 그 상처가 아물지는 않을 것이라는 불안감이 있기 때문이다. 전쟁 체험담의 내용은 전쟁 상황에서 겪은 심각한 갈등과 투쟁·약탈·폭력·살육·가난·배고픔 등으로 점철되어 있다. 그러므로 회색빛깔의 암울함으로 다가오기도 한다. 사선을 넘나드는 극한의 상황 속에서 인간의 내면에 감추어진 공포심과 악랄함이 그대로 담긴 이야기도 많다. 그래서 전쟁 체험담에는 모두 상처가 담겨있다고 볼 수 있다. 곧 전쟁 체험담은 분단 트라우마나 전쟁 트라우마의 실체라고 과감하게 말할 수 있겠다. 지금과 같은 분단 체제 속에서 이 자체를 그대로 전승되게 둔다면 더 많은 분단 트라우마를 양산하게 될 것이라 생각된다.

이제 치유를 고민해야 할 때다. 분단 체제가 지속되는 가운데 분단 트라우마의 실체를 그대로 두고 볼 것이 아니라 치유 방안을 모색해야 바람직한 통일의 길이 보일 것이다. 우리가 한국전쟁 체험담에 주목하는 이유가 여기에 있다.

3. 전쟁 체험의 재구성 방식

한국전쟁 체험담은 몇몇 특징적인 화소들이 개재해 있거나 유형화되는 양상을 보인다. 이러한 경향은 설화의 각편 형성의 원리와도 상통한다고 할 수 있겠다. 앞서 언급한 것처럼 전쟁의 과정에 발생한 개연성을 가진 사건들을 구술자가 재구성하는 과정에서 각편들이 더욱 활발하게 형성·전파된다고 볼 수 있겠다.

재구성 방식에서 주목할 수 있는 대표적인 이야기를 제시하여 그 의미를 밝히고자 한다. 전쟁에서 좌우익 사이에 자행된 폭력을 바라보는 두 가지 시선에 주목한다. 우선 제3자의 입장에서 구술자가 보거나 들은 좌우익 폭력 사건의 재구성 방식을 살피고, 다음으로 좌우대립의 당사자로서 바라본 살상 사건에 대한 재구성 방식을 살피고자 한다.

3.1. 제3자의 입장에서 마을 전쟁 재구성 방식

전쟁 체험담에서 가장 보편적인 이야기는 좌우가 서로에게 가한 폭력에 대한 이야기들이다. 전세에 따라 좌익이 득세한 인공시절에는 이들이 가해자로서 우익세력과 그 가족에 대해 폭력을 가했고, 연합군의 참전으로 전세가 바뀌었을 때는 군경들이 가해자로서 빨치산이나 '바닥 빨갱이'들에게 폭력을 행사한 것이 가장 일반적인 전쟁 체험으로 조사된다. 이러한 사건의 시작은 복수심에서 비롯된다. 해방 후 남북이 분단되는 과정에서 남한의 이승만정부는 반공을 내세워 좌익사상을 가진 이들을 빨갱이로 몰아서 죽이거나 가혹한 폭력을 가한다. 이를 시작으로 전쟁 발발 이후 인공 치하에서는 좌익세력이 복수의 감정을 내세워 우익세력인 군경, 공무원과 그 가족들을 처단하는 등 폭력을 가한다. 그리고 다시 연합군의 참전으로 수복이 이루어진 후 바닥 빨갱이로 불리던 사람들과 그 가족들은 보복의 폭력을 당해야 했다. 그리고 강원·경기 지역에 한정되었지만 1.4 후퇴 후 이러한 좌우 사이의 보복전은 지속적으로 발발하였다.

그런데 이러한 좌우익이 서로에게 가한 폭력은 전쟁 발발 후 외부세력으로 들어 온 인민군이나 국군이 가했다기보다는 같은 마을, 같은 문중 내에서 복수나 원한의 감정에서 자행되었다는 데 심각성을 가진다. 이들은 인민재판 형식으로 서로에게 직접적인 보복 폭행을 가한 경우도 있었고, 외부세력인 인민군이나 빨치산, 국군이나 연합군·경찰 등에게 무고를 하여 총살을 당하도록 하는 간접적인 보복 폭력을 행사하였다. 이러한 최소단위의 마을 전쟁이나 문중 전쟁에서 자행된 폭력은 당사자들에게 뼈에 사무치는 원한으로 남아 있다고 할 수 있다. 불구대천의 원수와 같은 마을에, 또는 일가로 살아야 했으므로 원한은 대를 물려 전승되는 비극을 낳기도 하였다.

이러한 좌우익 폭력 사건의 재구성 방식은 전쟁 체험담 구술에서 억압으로 작용하는 일방에 서서 이야기하는 방식을 취할 수밖에 없는 듯하다. 빨치산(반란군)이나 좌익의 악행·폭력은 거리낌 없이 실명을 거론하면서 폭로하는 입장을 취한다. 비교적 사실에 입각하여 고발하는 형식의 재구성 방식이다. 더러 피해의 심각성을 부각하기 위해 과장되는 경우도 있지만 가해자의 인적 사항(성명·연령·가족관계 등)을 거침없이 나열하면서 폭로하는 입장을 취한다. 이러한 재구성 방식은 전쟁 체험담의 보편적인 양상이므로 굳이 예시를 들 필요성을 느끼지 못한다.

이제는 내가 한 마디 들었으니까 얘기를 헐게. 저기 석 달 내내 있으면서, 그서 인자 그게 구휼활동을 좀 했어, 구휼활동을. [조사자: 누가요?] 어? [조사자: 누가?] 그 사람이 용채, 용채여. 용채란 사람이, [조사자: 용채?] 응 이름이 김용챈데. [조사자: 그 동네 분 한 분이요?] 한동네 사람인디, 인자 그 아군이 진주를 해 갖고 발을 못 들여오고, 남면 지서장에서 낮에는 대한민국, 저녁에는 인민군하고 그런 시대를 우리는 다 지킨 사람들이야. [조사자: 예.] 응. 그런게로 인자 그 우익계통에서 김용채란 사람을 잡을라고 그렇게, 낮에 용채 아버지란 사람이 남면 지서장에서 한 열흘을 나와. 안 말리고 막 때리고, 우익 계통에 있는 사람들이 막 때리고 막 그러니까, 긍게 우익 계통인데 저그보다 심허게 했단 말이야. (청중: 똑같애, 똑같애.) 너무 그것이 똑같이 했응게.

그런게로 했는디, 용채란 사람이 집에 가서 있으면서, 저 들에 가서 숨어 있는디, 자기 아버지를 막- 때리거든. [조사자: 음] 자식 내 놓으라고, 응? 그 모 인이, 나 이름은 안 밝혀. [조사자: 예.] 모 인이 그냥 거 용채 아버지를 막 때려싼게, 넓적 누워서 저러고 보고 있는디,

"자식 내 놓으라고, 자식 내 놓으라고."

그래 싸니까, (청중: 숨어갖고 거 보고 있구만?) 부모가 맞고 있는디, 나 때문에 붙고 있는디 어쩔 것이여? [조사자: 아. 숨어서 보고 있어요?] (청중:

응.) 누워서 뚝에서 보고 있는디. [조사자: 아, 뚝에서?] 그런게로 그때 뭐라 말했냐믄,

"자수하면은 살려주겠다."

자수하면, 자수하라, 자수하라 했거든, 그래 이자 자수하면 살려 준다고 그러니까 지 아버지 맞은 것을 보고는 자수를 했잖어요. [조사자: 아이고.] 자수를 했는디 그놈을 갖다가 죽여버렸잖애. [조사자: 자수도 했는데? 살려 준다고 해놓고?] (청중: 죽일라고.) 자수를 하면 안 죽인다고 그랬어. 그런디 좌익에서, 저 우익계통에서, 좀 나 누구라고서는 안 밝혀요. [조사자: 예.] 그러고는 자수하면 살린다 해서 자수했는디, 아 이 자식이 나 때문에, 아버지가 맞고 있는 것을 보고, 또 자수하면 살려준다고 그러니까 자수를 했는디 갖다 죽여버렸잖어, 긍게 좌나 우나 그전엔 너무나도 심허게 했어. (청중: 똑같애, 똑같애.) 똑같애.5)

이 이야기는 빨치산 활동에 가담한 마을 청년을 잡기 위해 우익세력이 그 아버지를 공개적으로 폭행하면서 아들을 유인하였고, 아들의 입장에서는 자기 때문에 심한 고통을 당하는 아버지를 보고 괴로워했을 것이라고 진술하고 있다. 그리고 우익계통 사람들이 그러한 아들의 심리를 이용하여 자수하면 살려주겠다고 속여 결국 투항한 아들을 죽이고 말았다는 마을에서 본 사건을 두 구술자가 진술한 내용이다. 여기에서 보면 빨치산 활동을 한 마을 청년은 김용채라고 주저하지 않고 실명을 거론하고 있다. 그러나 두 구술자가 김용채를 바라보는 시각에서 그가 비록 좌익계통 사람이지만 인간적으로 안타까움을 표출하는 분위기이다.

그리고 이 청년을 잡기 위해 유인책을 썼던 우익계통 사람들에 대해서는 매우 조심스럽게 접근하고 있다. 가해자를 "모 인"이라고 지칭하고 "이름은 안 밝혀"라고 구체적인 진술을 회피하고 있다. 그리고 그들의 유인책 자체에 대해 표면적으로 언급하지는 않았지만 매우 부정적인 뉘앙스로 이야기를 재

---

5) 정**(남, 84세), 김**(남, 81세), 전남 장성군 진원면 상림리 마을회관, 2012.02.21, 심우장 외 조사.

구성하고 있다. 김용채의 아버지를 지서에 가두어 두었다가 아들을 잡기 위해 들판으로 끌고나와 마을 사람들이 보는 앞에서 매우 심하게 폭력을 행사했다는 것이다. 그리고 그에 대한 구술자의 기억은 좌익보다 우익의 만행이 더 심했다는 것이다. 그런데 이러한 진술에 바로 이어서 "똑같애, 똑같애"로 수습을 하는 모습이다. 예측컨대 그때 폭력을 가한 우익계통 사람들이나 그 가족들이 아직 마을에 생존해 있을 가능성이 크다. 그러므로 제3자의 입장이면서도 그 상황에 대해 객관적으로 고발을 할 용기가 없어 보인다.

제3자의 입장으로 전쟁 시기에 자신들이 보거나 들은 남의 이야기를 전하는 상황임에도 군경이나 우익에 의한 학살·폭행을 재구성하는 방식은 매우 조심스럽고 주저하는 입장을 취하고 있음을 확인할 수 있다. 가해 당사자에 대해서는 절대 실명을 거론하지 않고, 이름은 말을 못한다는 사정을 전하는 입장이다. 그러면서도 좌익이나 우익이나 모두가 똑같은, 혹은 좌익보다 우익이 더 악랄한 폭력을 저질렀다고 폭로하고 싶은 의지를 재구성 과정에서 읽을 수 있다.

3.2. 당사자의 입장에서 마을 전쟁 재구성 방식

같은 마을에서나 문중에서 벌어진 좌우익의 전쟁을 제3자의 입장에서 바라보고 들은 상황임에도 전쟁체험의 재구성은 객관성을 확보하기에 무리가 있음을 확인하였다. 그렇다면 전쟁과 폭력이 자행된 내부의 당사자들이나 그 가족의 입장에서 그러한 사건들을 재구성하는 방식은 어떠한가? 자신을 피해자로 단정하고 좌익을 가해자로 강력하게 매도하는 분단의 서사·분노의 서사로 재구성되었을 것으로 예측된다. 그러나 실상에서는 예측보다 좀 더 나은 상황들로 조사되어 눈길을 끈다.

[조사자 : 그은 인자 육이오 나고는, 육이오 나고는 인민군들이 밀어닥쳐 올 거 아닙니까. 그때는 어땠었어요? 그때도 경찰가족이라고 인자, 인민군 치하 때는?] 경찰가족이라고 맥을 못췄제 그때는 인자. [조사자 : 그때는 지 서도 피난도 못가고 어르신, 아버지랑은 다 어떻게?] 도움을 받았어. [조사 자 : 아 도움을 받으셨다구요?] 도움 받아서 살았제 글안으믄 죽으라구요. [조사자 : 다 피난가고. 그러면 또 밀고 올라갔을 때는?] 밀고 올라갈 때는 지서에서 밀고 쫓아오지. 우리 가족만 어디로 피난 가부렀제. [조사자 : 경찰 가족이라고] 작은아부지 경찰은 지서에가 있제. 긍게 인자 경찰가족 집이 되 서 뭔 신호가 있어 지서에로. 인자 여차하믄 신호가 강갑드만. 그냥 팍 총을 쏘고 올라채. 그래가꼬 아휴 고론 놈으 세상에 머다 살았어. 긍게 동네서 대 가리가 있으믄 못 씬당게. [청중 : 좋은 점도 있지] 고론 것은 없어야 혀. [조 사자 : 한 동네 이쪽 경찰 대가리도 있고 저 반란군 대가리도 있고. 마을인 심도 고약해지고] 집도. [조사자 : 이웃이라] 이웃이여.6)

순창군 금과면에서 만난 구술자는 곡성군 입면에서 태어나 성장하였고, 전 쟁을 고향에서 나고, 휴전 후 순창으로 시집을 왔다고 한다. 곡성군 입면의 한 마을에서 구술자의 작은 아버지는 지역 경찰이었고, 바로 이웃한 집은 빨 치산의 우두머리 집이었다. 한 마을에 '양쪽 대가리'가 존재하는 상황에서 마 을 전쟁은 벌어졌고, 결국 빨치산 토벌 과정에서 이웃집 빨치산 우두머리는 사살된다. 이 과정에서 구술자의 둘째 삼촌(경찰의 동생)도 죽게 되었음을 확 인할 수 있다. 마을 전쟁에 대해 구술자는 구체적으로 언급을 회피하였고, 조사자의 집요한 질문에 띄엄띄엄 말을 이어갔다. 빨치산 우두머리 가족들의 행방을 묻는 말에 오랜 시간 대답을 피하고 주저하는 모습을 보였다. 조사자 가 고향을 떠났을 것이라고 단정하자 그제서야 다 죽었다고 진술한다. 그러 면서도 누가 죽었는지에 대해서는 말하지 않는다. 지서로 잡혀가서는 돌아오 지 않았다고 말하는 것이다. 그러면서도 자신의 둘째 삼촌도 상했다고 덧붙 인다. 이 과정에서 구술자는 아주 모호한 구술 태도를 취하고 있었다.

---

6) 심**(여, 77세), 전북 순창군 금과면, 2013.03.27, 김종군 외 조사.

[청중 : 그 사람들은 다 상헌 사람 살았어?] 없어. [조사자 : 고향 떴죠? 전쟁 나고] 떴어. 다 죽었어. [조사자 : 전쟁 나고는 그 사람들이 알아서 다 흩어지고] 다 죽었고 없어. 가족들도 없고 아무도 없어. 가족들이라곤.[조사자 : 객지로 간 것도 아니고?] 다 죽었어. [조사자 : 전쟁 끝날 당시에 마을 사람들이 해코지하고 이러진 않았어요? 그쪽에서 피해를 주고 이랬으니까] 빨갱이 대가리가 죽어 부렀는데 그그들이 어쩌게 운영을 허간 못 허제. 경찰 총에 맞아 부렀는데. <u>그래가꼬 고것도 죽어 부렀어. 못해 인자, 못혀 못혀.</u> [조사자 : 그 사람들 가족들은 고향 뜨고?] <u>어, 뜬 것보담도 뜬 것은 없어. 그때는 머다 죄가 있으믄 데리가부러, 그래가꼬 지서에서 어쯔고 어쯔고 해 부렀어.[7]</u>

이웃집이었던 빨치산 우두머리의 가족들이 모두 지서로 끌려간 후 돌아오지 않았고, 구술자의 표현대로 지서에서 "어쯔고 어쯔고 해부렀"다고 진술하고는 계속 다른 화제의 이야기에 집착하는 모습을 보였다. 빨치산들이 마을로 보급투쟁을 나오는 과정에서 경찰 가족이라서 지서로 피난을 가면서 집에 키우던 황소를 데려가지 못했는데, 그날 밤 황소가 거센 뿔로 소를 끌고 가려던 빨치산 일곱 명을 떠받아서 죽였다는 내용이었다. 이 이야기를 주섬주섬 반복하다가 조심스럽게 내뱉은 말이 아무도 살지 않던 이웃집에 뱀 떼가 나타났다고 하였다.

구술자의 기억의 재구성은 빨치산의 일원들은 악행의 화신인 구렁이로 설정되고 있다. 온 가족이 죽고 빈집으로 있던 이웃 빨치산의 집에서 한해 여름에 뱀들이 부엌 살강에 한 떼 나타나 꼬리를 물고 지나더라는 것이다. 맨 앞의 한 마리가 움직이면 뒤에 있는 뱀들도 모두 움직이는데, 그 맨 앞의 뱀이 그 빨치산 우두머리라고 마을 사람들은 단정했다는 것이다. 죽은 빨치산 혼신이 뱀으로 환생하여 나타났고, 이를 보고 기겁을 한 마을 사람들은 그것을 쫓기 위해 고칫불(누에고치 태운 불)을 피우고 했다는 것이다.

---

7) 심**(여, 77세), 전북 순창군 금과면, 2013.03.27, 김종군 외 조사.

그 집이가 바로 이웃인디 한여름에는. [조사자 : 바로 이웃인디?] 으. 비얌이 말도 못 혀 아주, 그집이 살강에가, 대밭로 요롷게. [조사자 : 아 살강에 뱀이?] 으, 거그서 한마리가 움직이믄 다 움직여, 그거이 대가리여. [조사자 : 죽은 사람이 뱀으로 왔을까?] 글제. [조사자 : 그 집이 원래 사람이 살았는데도?] 읗어. [조사자 : 빈집인데도 그렇게 살강에 뱀이 드글드글하드라고. 그래서 한마리가 툭 떨어지믄 우르르 떨어지고] 떨어지들 안 해. 그놈을 물어. 꼬리 꼬리허게 다 물어. 물어가꼬 그릏게 가드라고. 고칫불을 피우고 막 그래 어른들이 옛날에. [조사자 : 아 그래서 쫓을라고 불을 피우고. 그래서 사람들이 말을 하기를 죽은] 으, 그 혼신이 왔다고. [조사자 : 혼신이 와서 그랬다고] 그 빨갱이가. [조사자 : 으 빨갱이가 구렁이로 태어나서?] 고런 것도 있어.8)

결국 구술자는 장마철 폐허가 된 이웃 빨치산의 집에서 발견된 뱀 떼를 보고 빨치산들과 그 가족들이 모두 죽었음을 확인하고, 그들은 전통적인 의식에서처럼 저주받은 악인들이었으므로 그렇게 혼신이 뱀으로 태였다고 보는 입장을 취한다.

그런데 이 재구성 과정에서 구술자는 뱀으로 환생한 빨치산들에 대해 단정을 보류하는 듯한 구술 태도를 보이고 있다. 가해자로서의 자신들의 입장을 변론하기 위해서는 빨치산을 저주받은 뱀으로 단정해야 하는데 그 지점이 주저가 되는 것이다. 그 심중에는 저주받을 존재로 몰아는 가지만 가해자로서 피해자에게 갖는 일말의 미안함, 사죄의식이 포함된 것이 아닐까? 그 상황에 이웃집 빨치산의 가족 중 자신의 벗이 있었다면 〈장마〉에서와 같이 화해의 행위로 인식될 수도 있었을 것이다.

구술자의 구술 태도는 협조적이지 못했고, 하고 싶은 말을 입에 머금고 내뱉지 못하는 갑갑함이 구술 상황 내내 지속되었다. 이렇게 답답하게 이어지는 구술의 상황이 그에게는 가해자의 일원으로서 기억을 재구성하는 과정으

---

8) 심**(여, 77세), 전북 순창군 금과면, 2013.03.27, 김종군 외 조사.

로 읽혔다.

이와 유사한 모티프가 윤흥길 작가의 〈장마〉의 결말 구조에 배치되어 있어 관심을 끈다. 작품은 화자인 동만의 시선을 통해 빨치산 활동을 하다가 생사가 모호해진 친삼촌과 국군 장교로 자원입대하였다가 전사한 외삼촌에 얽힌 집안사람들의 갈등을 사실적으로 묘사하고 있다. 삼촌들의 좌우익 대립구도는 친할머니와 외할머니, 고모와 이모, 더 나아가서는 아버지와 어머니의 사이에서도 정도의 차이는 있지만 존재하고, 작품 문면에 그려지고 있다. 그리고 이러한 갈등을 작품의 대단원에서 화해로 이끄는 장치가 바로 위에서 본 것처럼 친삼촌이 구렁이로 환생하여 집을 찾았다는 모티프이다.

작가는 작품의 집필 의도를 '우리 민족 고유의 전통 정서를 기반으로 남과 북의 이질화를 극복하겠다는 의지'라고 밝히고 있으나 서사의 재구성 방식에서는 한편의 입장에서 말할 수밖에 없는 틀에서는 벗어나지 못하고 있음을 확인할 수 있다. 국군 장교로 전사한 외삼촌은 고귀한 존재로, 빨치산으로 죽은 친삼촌은 저주받은 존재로 그려지는 측면을 간과할 수 없다.

작품 속에서 외할머니의 발화와 행동을 통해 구체적으로 확인할 수 있다.

> 「갸는 에릴 적부텀 구질털털헌 걸 원판 싫어허는 아라 죽을 때도 아매 곱게 죽었을 거여, 총알도 한방배끼 안 맞고, 딱 심장이나 머리 같은 디를 맞어서 어디가 아프고 어쩌고 헐 저를도 없이 아조 단박에……」

전날 동네 사람이 찾아와 무책임하게 지껄이고 간 이야기들이 커다란 충격을 준 모양이었다. 읍내 곳곳에 나뒹굴던 시체들의 갖가지 형태가 밤새도록 우리 집 사랑채를 넘나들며 한 불행한 노파의 꿈자리를 실컷 어지럽히고 갔는지도 모른다. 얼마든지 가능한 일이었다. 외할머니는 아들이 기왕이면 잠자듯 곱게 누워 그지없이 평안한 자세로 전사했기를 기원하고 있었다. 악마의 총탄이 제발 급소를 건드려 조금도 고통을 안 느끼고 순간적으로 저세상 사람이 되었기를, 육신의 고통은 물론 홀어미를 남겨둔 채 먼저 떠나는 자식된 도리의 아픔도 일체 없었기를 간절히 희망했다. 죽은 후에도 시신이 온전해서 옛날 이야기에 나오는 원귀들처럼 흩어진 제 몸조각은 찾아 언제까지고 산천을 방황하며 이승에 머무는, 두 번 죽는 거나 다름이 없는 불행한 신세가 되지는 않았을 거라고, 절대로 그럴 리가 없다고 고집스럽게 중얼거렸다. 그러나 목소리에서 점차로 힘이 풀리고 있었다. 이모의 기침이 자꾸만 잦은 가락으로 변하는 것과 정반대였다. 외할머니의 중얼거림은 방문 저쪽으로부터 끊임없이 건너오는 빗소리의 사이사이에 옹색하게 끼여 점점 맥을 못 추고 있었다.[9]

빨치산이 읍내를 습격하는 과정에서 대거 살상되었는데, 그 참혹한 시신들의 형상을 마을 사람들에게 전해들은 외할머니가 잠을 이루지 못하고 해대는 넋두리들이다. 국군 신분으로 산사람들에게 사살된 아들의 죽음 현장을 보지 못했으므로 그 현장과 주검은 고귀한 산화의 현장으로 미화되고 있다. 총을 맞아도 딱 한 방, 맞는 부위도 머리나 심장 등 총상에서도 고통 없이 죽을 수 있는 곳을 맞아 참혹하지 않게 전사했을 것이라고 추측하는 것이다. 이 추측은 외할머니의 간절한 소망일 수 있다.

동생네의 안부가 걱정되어 새벽같이 읍내를 다녀온 동네 사람 하나가 이웃집 진구네 아버지와 함께 일부러 아버지를 만나러 왔다. 마루에 걸터앉자마자 그는 할머니가 큰방에서 듣는 줄도 모르고 신이야 넋이야 눈치 없이 떠벌이기 시작했다. 경찰서 부근 인간들이 많이 상했고, 먼저 공격한 빨치산 쪽이 되려 혼구멍이 나게 당해서 목숨을 살려 산으로 도망친 숫자가 불과 몇 명밖에 안 될 거라는 얘기였다. 그가 전하는 내용 가운데 특히 인상적인 것은 읍내 곳곳에 널린 빨치산 시체들을 묘사하는 대목이었다. 거적때기에 덮인 끔찍한 모습 하나하나를 설명해 보이는 것이었다. <u>그는 한 가지 예로 사지가 제각기 흩어져 뒹구는 주검을 들었다. 최고로 많이 맞은 것이 세어보니 열여섯 방인가 열일곱 방인가 되더라고도 했다. 허리 위아래가 완전히 두 겹으로 포개져 시궁창에 박혀 있었다는 시체에 흥미가 쏠렸다.[10]</u>

---

9) 윤흥길, 〈장마〉, 『장마』, 민음사, 2005, 54~55쪽.
10) 윤흥길, 〈장마〉, 『장마』, 민음사, 2005, 44쪽.

그에 비해 동만 친삼촌의 죽음에 대해서는 구체적으로 그려지고 있다. 마을 이장 일행이 읍내에서 보고 온 상황을 그대로 묘사하는 과정에서 처절하게, 고통 속에서 죽은 산사람들의 주검이 눈앞에 그려진다. 물론 동만 아버지는 급히 읍내로 동생을 찾아 나가보지만 어디에서도 시신을 확인하지 못하고 돌아온다. 그렇지만 작품의 결말에서는 동만 친삼촌은 문면에 묘사된 것처럼 비참한 형상으로 죽은 것으로 몰아가고 있다.

점쟁이가 삼촌이 돌아올 것이라고 일러둔 날 결국 삼촌은 돌아오지 않았고 커다란 구렁이가 아이들의 해코지에 쫓겨 대문을 넘어 들어온다. 이 상황에서 외할머니는 단번에 그 존재를 친삼촌의 환생으로 인식한다. 이것은 자신의 아들은 고귀하게 죽었을 것이라고 추측하고 소망하는 상황과는 너무나 상반되는 인식 차이다. 빨치산 활동을 한 사돈총각은 악을 저지른 존재이므로 아주 험하게 죽었을 것이고, 그 환생도 배를 땅에 질질 끌 수밖에 없는 구렁이로 환생했을 것이라는 이중적인 인식을 보여준다. 이러한 인식은 외할머니와 거의 동시에 친할머니에게서도 읽힌다. 친할머니는 대문턱을 넘는 거대한 구렁이를 보자마자 외마디 비명을 지르고 졸도해 버리는 상황에서 읽을 수 있다. 물론 그 외 가족들이나 마을 사람들은 외할머니가 구렁이를 극진히 인도하고 대접하는 말에서 '좌익 삼촌=구렁이'로 인식하는 것이다.

〈장마〉의 결말구조는 집으로 찾아든 구렁이를 잘 대접하고 타일러서 대밭으로 환송한 외할머니의 공덕을 친할머니를 비롯한 친가 식구들이 모두 고맙게 받아들이는 과정에서 화해가 이루어지는 것으로 보고 있다. 그러나 이러한 화해의 모습도 결국은 좌익의 악행은 죽어서도 구렁이로 태어날 정도로 벌을 받는다는 인식을 바탕에 깐 상태에서 이루어지고 있어 여전히 편향적임을 확인할 수 있다.

이러한 해석이 무리일 수도 있음을 인정한다. 아래 작품 해설에서 보이는 것처럼 그 구렁이는 외삼촌의 형상으로 인식할 수도 있기 때문이고, 구렁이를 지극 정성으로 영접해 보내는 외할머니의 모습은 사돈이 아닌 아들을 보내는 모습으로 치환할 수도 있을 것이다.

> 저주받은 사람이 죽으면 구렁이가 된다는 우리의 전래의 무속 신앙은, 이
> 작품의 경우에서는 결코 단순한 미신의 차원에 머물러 있는 게 아니다. 적어
> 도, 빨치산이 되어 죽은 아들의 어머니인 할머니나, 국군으로 간 아들의 전
> 사 통지서를 받아야 했던 외할머니의 경우에는, 우연히 나타난 그 구렁이는
> 결코 우연의 일치가 아닌 필연의 결과이며 미신이 아닌 확신이요 확증인 것
> 이다. 그리고 가련한 이 두 노파의 한 맺힌 설움에 충분히 공감할 수 있는
> 우리에게도 그것은 저주스러운 비극의 실체로서 우리의 심금에 부딪쳐 오는
> 것이다.[11]

그렇지만 전쟁 체험이 구술되거나 형상화되는 상황에서 피상적으로 드러나
는 지점이 재구성의 방식으로 감지해야 하므로 이 같은 해석을 시도해 본다.

4. 전쟁 체험 구술과 치유의 방향

전쟁 체험의 재구성 방식에는 제3자의 입장과 당사자의 입장에는 차이가
엄연히 존재하였다. 그렇지만 여전히 우익 일방의 입장에서 재구성하기, 피
해자로서 재구성하기, 좌익 가해자를 저주하거나 폄하하여 재구성하기의 틀
에서 벗어나지는 못하고 있었다. 구술 현장에서 마을 전쟁의 해결 방안은 참
고 견디다가 망각하는 것으로 제시되었다.

> 그리고 인자 우리 동네가 시신자가 많은 것이, 아까 말하는, 성이 그 강쎈
> 디 지금말로 지서장, 석 달간 지내며 지서장을 했지. [조사자: 아-.] 긍게 지
> 서장을 하면서, 지금 와, 그 지서장을 하면서, 자기가 돌아대님서 고생한 사
> 람들을 데려다 죽였어. 아 지서장 근무한 저놈 아무게 잡아 올리라고 난동

---

11) 천이두, 「묘사와 실험」, 『장마』 작품해설, 민음사, 2012, 366쪽.

치믄, 석 달 내는 그거 못 잡아와? 그렇게 잡아다가 죽이고, 또 인자 <u>아군이 진주허니까</u>, 그 이 석 달 내에 죽은 사람, 누가됐든 어떻게 감안헐 것이 있을 것 아니여, 가만 있도 않지. <u>또 그 사람들도 데려다 죽이고.</u>

[조사자: 그럼 강씨 집은 다, 거의 다 죽었겠네요?] 아니여. [조사자: 아 그건 아니고?] 한 집에 살았어. [조사자: 한 집-.] 응. [조사자: 그 서장 집이요? 아. 그럼 거기 그, 그 분의 그 강씨 그 자손은 남아, 그 마을 남아 계신 분이 있어요, 지금?] 지금 딸 있어. 딸은 살아. [조사자: 딸은 살아 있어요?] 지금 딸은 살아 있어. [조사자: 그럼 그 딸 분, 따님하고 그 그분 그 지서장 때문에 돌아가신 분하고, 그 가족들 하고는 별로 쫌 그렇겠네?] 아이고, 너무 인자 오래 되야놔서 씨잘데 없는 소리 했는디, 오래 되아놔서 그리그리 잊어불고 살어. [조사자: 잊어불고 사세요?] (청중: 그러재.) 인자 오래 되았는데 그것을.

"니가 웬수다."

<u>나이든 사람들이 그런 것을 허겄어? (청중: 그때가 무슨 때여.)</u> 그 용채라는 사람 죽은 뒤로, 아들들 안 놓고 딸만 났재. 딸만 나서 이제 지금 양자들이고 사는디, 이 용채도 그거 억울허게 죽었어. 원래가 자수하면 살려준다고 그 소리를 안했으믄, 자수를 않고 그냥 피했을라는지 모른디, 그래도 어떻게 그때 숨어 있다가,

"니 자식, 니 자식."

응? 용채 들으라고, 들으라고. 그양 막 때리고 그런게로는 자식이 오죽허겄어? 나부터도 응? 기가 맥히지. 나 때문에 부모가 그냥, 응? 나이도 적게 먹은 사람도 아니고 나이도 오십 이상 그때, 한 오십 이상 되야을 것인디, 그냥 때리고 어쩌고 헌게 자수헌 것이지. 그양 하여튼간 그 죽여버렸지. 자수를 안 했으면, 쪼까 더 오래있더라면……12)

앞서 언급한 전남 장성의 한 마을에서 두 구술자가 자신들이 겪은 마을전쟁에 대한 견해를 밝힌 진술이다. 마을에 희생자가 많은 이유로 강씨 성을 가진 지서장과 김용채 사건을 거론하고 있다. 김용채가 죽은 후 빨치산들이

---

12) 정**(남, 84세), 김**(남, 81세), 전남 장성군 진원면 상림리 마을회관, 2012.02.21, 심우장 외 조사.

지서장을 죽였고, 다시 아군이 진주하면서 빨치산들을 죽였고... 그런데 현재도 그 마을에는 지서장의 딸이 생존해 있고, 김용채의 가족들이 살아 있다고 한다. 조사자의 입장에서는 도저히 이해할 수 없다고 하자 "잊어불고 살어"라고 말한다. 상대를 원수로 몰아가기에는 나이가 너무 들었고, 그 때는 다 그랬다고 세월의 탓으로 돌리는 입장이다. 결국 마을 전쟁은 아버지와 형제를 죽인 원수들이 한 마을에 살면서 잊어버리고 사는 가운데 무마가 되고 화해로 나아가는 것인가?

구술자들의 마지막 대목은 여전히 뭔가 하고픈 말이 남은 미련의 상황임을 확인하게 한다. 마을 주민으로서 김용채의 죽음이 아무리 생각해도 억울했다는 입장을 보이고 있다. 또 다른 갈등을 만들 수 있으므로 우익 가해자 실명을 거론하기도 꺼려했지만 제3자의 입장에서는 다 말하지 못한 아쉬움의 표현으로 보인다. 억울하게 죽은 마을 사람에 대해 함구하고 있음이 오히려 마음 속의 짐으로 남은 것으로 보인다.

전쟁 체험을 재구성하여 구술하는 상황에서 가해자나 피해자 당사자들은 자신의 고통을 아직까지 풀어내지 못할 수 있다. 그렇다고 망각의 시간만을 기다릴 수는 없다. 제3자의 입장에서 객관화하여 재구성하는 방식으로 전쟁에서 겪은 상처들을 풀어내는 것은 어떠한가? 작가들이 허구라는 장치를 빌어 상처를 드러내고 수습하는 것처럼.

한국전쟁 체험담은 국가기관이나 지역의 관변단체에서 좌익의 악행과 폐해를 고발하는 차원에서 조사하고 출판하여 전파되는 측면이 강했다. 지역의 전사(戰史)로서 보급되는 가운데 분단 트라우마는 확대 재생산되는 경향을 가진다. 이제 이러한 상황을 극복하는 노력이 필요하다. 전쟁 체험을 객관적으로 재구성하려는 제3자의 입장도 적극적으로 수용이 되어야 하며, 가해자로서 피해자에게 갖는 일말의 사죄 의식을 표출하는 재구성 방식에도 주목해야 한다.

상처를 가한 서로 간에 사과와 화해가 일순간에 이루어지기는 매우 힘들

것이다. 앞서 예에서 본 것처럼 좌우의 대립을 객관적으로 재구성하는 방식과 가해자로서 피해자에게 조금이라도 미안함을 드러내는 재구성 방식을 찾아서 또 다른 전쟁 체험담 자료집으로 전파 보급하는 가운데서 화해의 실마리를 찾을 수 있을 것이다. 이러한 일련의 과정에서 우리들이 가진 분단 트라우마는 다소나마 치유될 수 있을 것으로 본다.

참고문헌

김귀옥 외, 『전쟁의 기억 냉전의 구술』, 선인, 2008.

김종군, 「구술생애담 담론화를 통한 구술 치유 방안―『고난의 행군시기 탈북자 이야기』를 중심으로」, 『문학치료연구』 제26집, 한국문학치료학회, 2013.

김종군, 「구술을 통해 본 분단트라우마의 실체」, 『통일인문학논총』 51집, 건국대 인문학연구원, 2011.

김종군, 「지리산 인근 여성 생애담에 나타난 빨치산에 대한 기억」, 『인문학논총』 47집, 건국대 인문학연구원, 2009.

김종군, 「탈북자의 역사적 트라우마와 탈북 트라우마의 현재적 양상」, 『코리언의 역사적 트라우마』, 도서출판 선인, 2012.

김종군, 「한국전쟁 체험담 구술에서 찾는 분단 트라우마 극복 방안」, 『문학치료연구』 제27집, 한국문학치료학회, 2013.

박경열, 「제주 여성 생애담에 나타난 4 · 3의 상대적 진실」, 『인문학논총』 47집, 건국대 인문학연구원, 2009.

박찬승, 「한국전쟁과 진도 동족마을 세등리의 비극」, 『역사와 현실』 제38집, 한국역사연구회, 2000.

박찬승, 『마을로 간 한국전쟁』, 돌베개, 2010.

신동흔, 「경험담의 문학적 성격에 대한 고찰―현지조사 자료를 중심으로」, 『구비문학연구』 제4집, 한국구비문학회, 1997.

신동흔, 「역사경험담의 존재양상과 문학적 특성―6.25체험담을 중심으로」, 『국문학연구』 제24호, 국문학회, 2011.

신동흔, 「한국전쟁 체험담을 통해 본 역사 속의 남성과 여성―우리 안의 분단을 넘어서기 위하여」, 『국문학연구』 제26호, 국문학회, 2012.

신동흔 외, 『도시전승설화자료집성』3, 민속원, 2009.

윤형숙, 「한국전쟁과 지역민의 대응―전남의 한 동족마을의 사례를 중심으로」, 『한국문화인류학』 제35집 2호, 한국문화인류학회, 2002.

윤흥길, 〈장마〉, 『장마』, 민음사, 2005.

이임화, 『전쟁미망인, 한국현대사의 침묵을 깨다』, 책과함께, 2010.

장일구, 「역사적 원상과 서사적 치유의 주제학―5.18 관련 소설을 사례로」, 『한국문학 이론과 비평』 7권 3호, 한국문학이론과 비편학회, 2003.

정운채, 「심리학의 지각, 기억, 사고와 문학치료학의 자기서사」, 『문학치료연구』

제20집, 한국문학치료학회, 2011.

정운채, 「자기서사의 변화 과정과 공감 및 감동의 원리로서의 서사의 공명」, 『문학치
　　　료연구』 제25집, 한국문학치료학회, 2012.

천이두, 「묘사와 실험」, 『장마』 작품해설, 민음사, 2012.

한국구술사학회 편, 『구술사로 읽는 한국전쟁』, 휴머니티스, 2011.

전쟁체험담 구술에서 '눈물'의 위상

심 우 장

1. 문제제기

본 연구에서는 전쟁체험담 구술에 나타난 정서 표현에 주목하고자 한다. 전쟁에 대한 담론을 체험담의 형태로 구축하고자 했을 때, 다른 형태의 담론 구성에 비해 주목해야 할 지점이 정서 표현이라고 생각했기 때문이다.[1]

체험담과 같은 구술사 자료들은 신빙성과 객관성의 차원에서 사료적 가치를 의심받아왔던 것이 사실이다. "구술 자료들은 역사적 증거로서는 주관적이며, 사적이고, 부분적이라는 것이다."[2] 하지만 문제는 오히려 과거에 대한

---

1) 전쟁체험담에 대한 선행 연구는 다음과 같다. 신동흔, 「한국전쟁 체험담을 통해 본 역사 속의 남성과 여성」, 『국문학연구』 26집, 국문학회, 2012; 김종군, 「한국전쟁체험담 구술에서 찾는 분단 트라우마 극복 방안」, 『문학치료연구』 27집, 한국문학치료학회, 2013; 김진환, 「한국전쟁체험담 DB 구축」, 『통일인문학논총』 56집, 건국대학교 인문학연구원, 2013; 정진아, 「한국전쟁기 좌익피해담의 재구성」, 『통일인문학논총』 56집, 건국대학교 인문학연구원, 2013; 박현숙, 「여성 전쟁체험담의 역사적 트라우마 양상과 대응방식」, 『통일인문학논총』 57집, 건국대학교 인문학연구원, 2014.

2) 윤택림, 「기억에서 역사로 : 구술사의 이론적, 방법론적 쟁점들에 대한 고찰」, 『한국문화인류학』 25집, 한국문화인류학회, 1994, 276쪽.

기존의 역사주의적 접근이 증거주의 혹은 객관주의에만 함몰되어 있다는 데 있는 것은 아닐까. 과거를 구성하고 있는 것에는 객관적 사실이라는 지표로 포괄할 수 없는 유형 혹은 무형의 다종다양한 담론이 포함되어 있다고 보는 것이 타당할 것 같다.

이 지점에서 체험담의 문학적 접근은 의의를 가질 수 있다. 객관적 사실의 변두리에 자리하고 있는 의견, 특히 주관적인 정서 표현을 아우르는 문학적 담론은 과거의 현실을 구체적이고 생동감 있으며 보다 적확하게 반영하고 있을 가능성이 높다고 판단되기 때문이다.[3] "자료가 더 주관적일수록 더욱 더 과거의 현실을 잘 반영한다."고 했던 반시나(Jan Vansina)의 언술은 시사하는 바가 크다.[4] 체험담과 같은 개인적인 구술 자료들을 살필 때, 객관적 사실 여부보다는 오히려 정서 표현과 같은 주관적인 요소에 더욱 주목해야 하는 이유가 여기에 있다.[5]

사실 우리가 과거로 접근하는 한 통로로 문학적 담론의 성격이 짙은 체험담을 선택하는 것은 이것을 통하면 과거라는 시공간의 내질로 다가갈 수 있다는 판단 때문이다. 전쟁의 경과에 대한 객관적인 사실이 아니라 전쟁의 상황을 관통해서 펼쳐진 개인적 삶의 구체적인 양상을 통해 과거와 현재를 잇는 공감의 장을 마련해 보자는 데에서 체험담은 의의가 있을 수 있다.[6] 과거를 삶의 구체적인 맥락을 통해서 이해하고 삶의 깊숙한 곳으로 들어가 공감

---

3) 때문에 체험담에 대한 문학적 접근은 사실적 진실(factual truth)이 아닌 서사적 진실 (narrative truth)에 더 많은 관심을 둔다.(함한희, 「구술사 연구의 새로운 패러다임 모색」, 『구술사연구』 창간호, 한국구술사학회, 2010, 23쪽)

4) Jan Vansina, "Memory and Oral Tradition", in J. Miller. ed., *The African Past Speaks*, Dawson: Archon, 1980, p.272.(윤택림, 앞의 논문, 276쪽에서 재인용)

5) 물론 구비설화의 구연에서도 정서 표현에 주목할 필요는 있지만 체험담의 경우는 주관성이 높기 때문에 이와 관련된 정서 표현을 특별히 중요하게 다룰 필요가 있다고 하겠다.

6) 윤택림·함한희, 『구술사 연구방법론』, 아르케, 2006, 37쪽. "역사인류학자들은 구술 자료가 주는 역사적 사건의 사실성보다는 개인들의 주관적 경험과 해석 그리고 개인들을 둘러싼 문화적 생활세계와 세계관에 더 관심이 있다."

의 장을 마련하기 위해서라도 경험에 대한 정서적 반응에 주목하는 것은 꼭 필요하다고 하겠다.

본 연구에서는 전쟁체험담 구술에서 주로 '눈물'과 관련된 발화에 주목하고자 한다. 이는 전쟁체험담에서의 주된 정서가 '눈물'과 관련되어 있기 때문이다. 주지하다시피 전쟁이라는 경험은 감각적 자극의 수위가 매우 높은 특별한 것이다. 따라서 과거의 경험을 재현하는 과정에서 과도한 정서적 반응에 의해 눈물이 자극되는 경우가 많다. 실제 조사된 자료에서도 '눈물'과 관련된 다양한 형태의 발화가 많이 수집되었다. 전쟁체험담에서 '눈물' 관련 발화는 정서적인 차원에서 대표성을 지닐 수 있으며 따라서 이에 주목하는 것은 충분한 의의가 있다고 생각된다.

나아가 정서 표현과 더불어 정서 체험에 대해서도 관심을 갖고자 한다. 앞서도 언급한 바 있듯이 구술의 이야기판은 구술 내용에 대해 정서적으로 '공감'하는 장이라 할 수 있다. 구술의 현장은 단순히 역사 기록의 현장만이 아니라 역사 체험 혹은 문학 체험의 장으로 이해할 필요가 있다. 이에 입각하여 판단해 보면, 정서적 표현은 구술자의 정서 체험의 재현인 동시에 구술자와 조사자(화자와 청자)가 정서 체험을 통해서 과거를 문학적으로 공감해내는 과정이라고 할 수 있다.

2. '눈물'의 다양한 양상

먼저 한국전쟁 체험담[7]에서 '눈물'이 정서적으로 표현된 다양한 양상을 살펴봐야 할 것 같다. 기본적으로 '눈물'은 슬픔과 관련이 될 것이라 예상할 수 있다. 하지만 그 내면을 들여다보면 단순히 슬픔으로만 설명할 수 없는 다양한

---

7) 본 연구에서 사용할 자료는 '2011년도 한국학 분야 토대연구지원사업' "한국전쟁 체험담 조사연구(건국대 인문학연구원, 연구책임자 신동흔)"에서 채록한 한국전쟁 체험담이다.

정서적 상황과 맞닥뜨리게 된다. 또한 전쟁의 상황이 워낙 특수한 것이기 때문에, 슬픔에서 벗어난 정서적 상황에서도 빈번하게 눈물이 드러날 수 있다.

첫째, 전쟁의 기본적인 정서인 무서움 혹은 공포에서 야기되는 눈물이다.

> (예) 그런데 굴봉산이라는데 거기서 인민군이, 옛날에는 따발총이라고 했어. '딱콩딱콩딱콩' 이렇게 쏴, 소리가. 거기서 막 딱콩 소리가 비 퍼붓듯 허고 소리가 나는데, 내가 그 고개를 넘어서 가야되는데, 얼마나 어린 게 **무서와** 아주 그냥. 세상에 거기서부터 우는게 집이꺼지 가면서 그냥 **울면서** 고개를 넘어서 거기를 간 거야 그냥. (청자 : 세상에. 대단허네.)[8]

비 오듯 쏟아지는 인민군의 따발총 소리를 안고 고개를 넘어서 집에까지 뛰어가면서 마냥 울었다는 것이다. 나이도 어려서 무서움은 더했겠지만 어쨌든 집으로 가기 위해서는 고개를 넘어야 했으니 눈물이 나지 않을 수 없었다고 한다. 이때의 눈물은 극단적인 상황에서 죽을지도 모른다는 공포가 주는 눈물이자, 그러한 공포를 안고서라도 집으로 가는 것 이외에는 달리 선택의 여지가 없는 극한의 상황이 일으킨 눈물일 것이다.

둘째, 안타까움에서 오는 눈물이다. 이는 특히 중한 병이나 부상을 입은 가족을 대하는 심정에서 많이 나타난다.

> (예) 아부지가 밤에 오셨어. 밤중이 되니께네. 난 정신이 하나도 없어. 가마니 또가리에 있으니께 죽은 줄 알았대 아버지는. 그래도 내가 살았드래. 아부지, 나를 **아부지 무릎에 이 머리를 올려놓고 얼마나 울든지, 눈물이 내한테, 얼굴에 눈물이 떨어지는데**, 아휴 아이고. 말도 못해요. 아부지 그렇게 앉어 울어.[9]

---

8) 이동천(여, 75) 구연, 신동흔 외 조사(2013. 2. 18. 경기도 가평군 하색1리)
9) 김우희(여, 86) 구연, 박경열 외 조사(2013. 7. 11. 충북 단양군 단양읍 별곡3리)

전쟁 통에 피난을 갔다가 전염병에 걸려 심하게 앓자 누군가가 경찰서로 데려다 주었고 경찰서에서 어찌어찌 해서 친정에 연락이 닿아 친정아버지가 50리 길을 달려와서 딸을 부여안고 눈물을 흘렸다는 것이다. 죽을병에 걸려서 신음하고 있는 딸을 무릎에 올려놓고 바라보는 아버지의 안타까움이 딸의 얼굴에 방울방울 떨어지는 눈물을 통해서 진하게 전달된다.

셋째, 서러움에서 오는 눈물이다. 서러움은 존재론적인 깊은 슬픔을 말한다. 이는 이별의 상황에서 빈번하게 드러나는데, 전쟁 상황에서의 이별이란 곧 영원한 헤어짐을 뜻하기 때문이다. 생이별과 사별이 모두 여기에 해당된다. 다시 만날 수 없을 거라는 상황에 대한 인식이 존재론적 슬픔을 불러일으켜 서러움과 눈물을 촉발한다.

> (예1) 지금도 아까도 내가 울었지만은, 난 6.25사변 이 얘기만하면, 눈물부터 먼저 나, **헤어질 때 그 감정**, 말도 못하지요. 자 삼형제는 살러간다, 부모는 죽으러 간다. **그 심정**이 어떻겠어요. **얼마나 울었는지 몰라요.** 난 워낙에 몸이 또 굉장히 울음이 많은 사람인데. 그런 사람인데.10)
>
> (예2) [조사자 : 근데 그 또 간다고 했을 때 가고 싶어하지 않았을 텐데.] 아유-. 인민군 나오고 국군 나왔다고 그러니깐 ①**실망을 해가주고 눈물을 얼마나 흘렸다구.** [조사자 : 그러겠다 진짜 공포가 되게 심했을 텐데.] 아유 이렇게 살려줘서 살려줬는데 전쟁터로 또 간다고 우는 거야. 그러니까 우리 어머니는 아들 가는 것보다 더 ②**서럽게 울었어.**11)

둘 다 생이별 장면에서 드러난 눈물의 예이다. 부모는 어쩔 수 없이 집에 남고 삼형제만 피난을 떠나기로 하면서 부모 자식 간에 생이별을 하게 된 것이 (예1)이다. 다시 만날 기약이 없는 것도 기막히지만, 부모는 죽음 공간에 그대로 남겨두고 자식들만 살기 위해 피난을 떠나는 상황이 지극한 정서적

---

10) 송규섭(남, 81) 구연, 김경섭 외 조사(2012. 6. 8. 경북 상주시 공성면 공성노인회관)
11) 안숙옥(여, 77) 구연, 박경열 외 조사(2012. 1. 28. 강원도 철원군 동송읍 오지2리)

반응을 불러일으켰다고 할 수 있겠다. (예2)는 부상당한 인민군을 정성껏 치료해서 살린 다음, 피난 갈 때 함께 데리고 가서는 호적을 새로 만들어 아들로 삼았는데, 뜻밖에 국군 징집 통지서가 나와서 다시 전쟁터로 내보내야 하는 상황에서 흘린 눈물이다. 자세히 살펴보면, ①에서는 사지에서 가까스로 살아났는데 정반대 편에 서서 다시 사지로 나아가야 한다는 아이러니와 공포가 눈물을 자극했다면, ②에서는 극적으로 살려내서 친아들처럼 정이 많이 들었는데 그렇게 다시 사지로 떠나보내야 하는 이별의 상황이 서러움을 자극했다고 할 수 있다. 실망과 서러움과 공포가 함께 작용해 흘린 눈물이라 하겠다.

> (예1) **한 보름동안을 낮이고 밤이고 울었는데**, 이 옷이요, 내 옷이 아니여, 가랑잎이요. 눈물에 젖어가지고 버적버적허고. 나중에 울다가 눈을 이렇게 해보니까 옷이 아파서 울지도 못하겠드라구. 한 보름을 그렇게 울었는데 나중엔 울지도 못허고 목이 잠겨가지고 목구녕이 다 아프고 '에 에' 이렇게 되요. 소리도 안 나와요. **그렇게 슬프고 그렇게 험악헌** 세상을.[12]

> (예2) 눈이 녹으면 다 땅으로 나왔지. 뭐가 다 뜯어먹겠지. (한숨) **아주 불쌍해가지고서** 그래서 그냥 잠을 못자고 생각을 하고 울고 법석을 해. 소용이 있어. 가지도 못하고. 그렇게 겪었어요. 우리는 피난을. 진짜 우리네 애들은 불쌍하게 다 죽었다고, 그렇게 셋이. 머슴애 둘, 지지배 하나.[13]

위의 두 예는 사별의 경우이다. (예1)은 전쟁 통에 어머니가 돌아가시자 보름을 서럽게 울었다는 것이다. 험악한 세상에 대한 원망과 다시 볼 수 없음에서 오는 한없는 슬픔이 눈물을 자극했다고 하겠다. (예2)는 자식을 잃은 슬픔에서 오는 눈물이다. 네 살 먹은 자식이 죽었는데 따로 매장할 수가 없어서 그냥 눈 속에 파묻었다고 했다. 그러니 눈이 녹으면서 시신이 드러났을 것이고 그것은 고스란히 산짐승들의 몫이 되었을 것이라는 생각에 서러움이 북받

---

12) 임달행(여, 76) 구연, 박경열 외 조사(2013. 2. 18. 경기도 가평군 북면 백둔리)
13) 한용분(여, 87) 구연, 박경열 외 조사(2012. 7. 25. 강원도 횡성군 서원면 창촌2리)

쳐 눈물을 흘렸다는 것이다. 전쟁의 상황에서 인생의 서러움을 온몸으로 느끼면서 흘린 눈물의 예들이라 하겠다.

넷째, 참혹함에서 오는 눈물이다. 전쟁을 관통하면서 삶이 주었던 무게감을 견뎌내지 못하고, 지극히 고통스런 삶을 총체적으로 참혹하다고 느꼈던 것 같다. 다음의 예는 전쟁 중 가장 참혹한 양민학살에 대한 체험담이다.

> (예) 그진 참 또 사는 게 또 원망스럽더라구요. **(눈물을 흘리며)** 그만 죽었으면. 그 고생 저 고생 안 하는데. 산게 원망스러운게 왜 안죽었나 싶고. (중략) 어떤 선생님들이 모두 오셨는데 날 11살. 11살 그 당시로 돌려달라고. 무신 소원이 있는가 묻는가, 날 11살 그 당시로 돌려달라고. 지금 고생하는 거이. 이런 고생 그때만 해도 감췄고마. 총도 참 아무 말도 안하고 총도 맞았는데 고마 아주 죽었더라만 이 고생도 안하고. 그런 생각이 들. 들. 진짜로 너무너무 너무 고생스럽고. **너무 어이가 없고, 너무 참말로 참혹해서요.**[14]

화자는 석봉리 양민학살 사건 당시 가까스로 살아남은 사람이었다. 국군이 마을에 들어와 불을 지르고 무차별적으로 총질을 했는데, 팔에 총상을 입고 쓰러져 있었던 화자는 죽은 것으로 오인되어 극적으로 살아남을 수 있었다. 하지만 이 사건으로 할머니와 아버지가 돌아가셔서, 오빠와 단 둘이 고아로 남아 어린 나이에 가난한 집으로 시집을 가서 평생 고생을 하면서 살았다. 구연을 하면서 흘리는 눈물은 전쟁에 대한 원망의 눈물이자 전쟁의 상황이 만들어준 인생의 참혹함에서 오는 눈물이다. 양민 학살의 상황 자체도 참혹한 것이지만, 그러한 참혹함을 안고 고통스럽게 평생을 살아내는 것 또한 이를 데 없이 참혹한 것이었다.

다섯째, 미안함 때문에 흘리는 눈물도 있다. 대체로 상대에게 잘해주지 못한 것에 대한 미안함인데, 전쟁의 상황과 연결되면서 눈물을 유발했다고 할 수 있다.

---

14) 채홍연(여, 74) 구연, 김경섭 외 조사(2012. 3. 10. 경북 문경시 산북면)

(예) "누나 오늘 아침이 내 생일이야."

그 죽을 믹이고 낭게 그 소리를 해. **얼마나 울었는지 몰라.** [조사자 : 마음
이 엄청 아프셨겠다] (눈물 흘림) 부모가 없응게. [조사자 : 자식이죠 뭐, 할
머니한테는] 부모가 없응게 이렇게 생겼는갑다, 됐는갑다 싶어서.15)

부모가 일찍 돌아가셔서 자식처럼 키웠던 동생이 시집간 화자 집에 찾아왔
는데 형편이 어렵고 시집살이가 심해서 죽으로 끼니를 때웠다고 했다. 그런
데 갑자기 동생이 오늘이 자기 생일이라고 해서 미안함에 눈물을 많이 흘렸
다는 내용이다. 난리 통에도 잘 자라준 동생에 대한 고마움과 그러한 동생에
게 생일조차 챙겨주지 못한 누나의 미안함, 이 모든 것이 부모가 없어서 그런
것 같다는 안타까움이 복합적으로 작용했다고 하겠다.

여섯째, 안도감에서 오는 눈물은 아주 특별하다. 전쟁 통에 느끼는 안
도감은 일상적인 안도감과는 차원을 달리하기에 진한 눈물을 유발할 수
있다. 특히 여기에서의 안도감은 극단적인 공포감과 짝을 이루는 정서로,
죽음의 공포로부터 벗어난 것에서 오는 정서적 반응일 경우가 많다. 공포
감과 안도감의 정서적 낙차로 인해 눈물이 유발되는 경우이다.

(예1) 여기서 넘어간께. 그서 인자 나도 애기를, 그 시방 예순세 살 먹은
아들을 업고 이러고 간께는 이러고 봅디다, 나도 죽일라고 여기다 대. 양쪽
에다 대고 있어, 총을. [조사자: 아―.] 그러니께 나는 숨도 없지, 이제 애기가
빠져도 몰라. [조사자: 아이고]

그러더만 어떤 아저씨가, 경찰 하나가 애기를 딸이냐고 물어봐, 아들이냐
고. 그래서 아들이다고 그러니께, 그면 아들인께 여그서 살려놓자고 하대,
그 경찰이. 그 소리를 듣고 내가 **얼―마나 가슴 떨고 눈물도 그양 한없이 흐
르고,** 그래놓고는 인자 가라고 그러네, 인자. 어머니 집으로 가라고. 그래서
그 식구를 다 데꼬 친정에를 갔어. 가가, (말을 못 잇고) 맘이 떨려 죽겠다.16)

---

15) 신점순(여, 79) 구연, 박현숙 외 조사(2013. 8. 20. 전남 무주군)
16) 황동임(여, 85) 구연, 심우장 외 조사(2012. 2. 20. 전남 나주시 다도면 방산리)

(예2) 그날 서로 갸들도 나가고 우리도 나가고 상대방이 서로 악수하고 [조사자 : 아군하고 악수하고?] 가더라고 악수하고. 왜 참 다 똑같은 사람이 얼굴도 똑같고 눈도 똑같고 코도 똑 같으고 다 똑 같혀. 왜 다 똑같은 사람이 싸웠냐. 그랴 **서로 손붙잡고 울었어**.[17]

(예1)은 반란군이 점령하고 있는 지역에서 경찰이 점령하고 있는 지역으로 피난을 나오는데, 경찰이 붙잡고서 죽이려고 하다가, 포대기 속 아이가 아들이라는 사실을 들어서 살려주었다는 내용이다. 총을 겨누고 곧 죽일 것처럼 해서 숨도 크게 쉬지 못하는 절박한 상황에서, 애기가 아들이니 살려주자고 하는 소리에 극도의 긴장감이 완화되면서 눈물이 하염없이 나왔다는 것이다. 죽음에 대한 극도의 공포감에서 안도감으로 이전되면서 자기도 모르게 눈물을 흘렸던 것이다.

(예2)는 전방에서 치열한 전투를 벌이다 휴전 소식에 북한군과 만나서 서로 악수도 하면서 담배와 명태를 교환했다는 내용이다. 이전까지 서로 죽이기 위해서 총을 겨누었던 적을 만나 똑같은 사람임을 확인하고 손을 붙잡고 울었다는 것은 전쟁의 공포로부터 해방되었음을 의미한다. 안도감이 적을 사람으로 보게 했고 극도의 긴장감이 풀어지면서 눈물을 흘렸던 것이다.

일곱째, 전쟁 중에는 고마움도 특별할 수 있어 거기로부터 눈물이 유발될 수 있다. 전쟁과 같은 무척 열악한 상황에서 다른 사람의 도움을 받았을 때는 고마움의 정서가 넘쳐서 눈물로 이어질 수 있다.

(예) "저 이러이러한 사람인데요. 살기는 보성읍에 사는데 집에 갈 여비가 없습니다."
그때 아마 그 뭐 몇 원, 몇 원인가 그랬을 거야. 그 아마 극히 동전 몇 개 가지믄 갈 수 있는 그런 거리예요.
"그걸 빌려주시므는 제가 다음에 꼭 갚겠습니다."

---

17) 길병락(남, 82) 구연, 박경열 외 조사(2012. 7. 17. 충남 금산군 부리면 도파리)

그러고 인자 **(울컥 눈물을 터뜨림)** 그 놈을 얻어가지고, 얻어가지고 인자 다리도 편치 않고 절뚝절뚝하면서 그 역으로 갔어요.[18]

좌익 활동을 한 혐의로 경찰서에 끌려갔다가 용케 풀려났는데, 한겨울에 가진 돈도 없어서 방황을 했다고 한다. 어떻게 해서든지 집으로 돌아가야겠다고 생각하고 거지 심정으로 목욕탕으로 들어가 카운터에 앉아 있는 할아버지한테 돈을 구걸하여 도움을 받았다는 이야기를 전하면서 울컥 눈물을 흘리고 있다. 전쟁과 같은 절박한 상황에서 생면부지의 사람에게 도움을 받았다는 것은 무척 고마운 일이다. 이러한 고마움은 시간의 격차가 있는 지금에도 화자로 하여금 눈물을 이끌어낼 수 있을 만큼의 강렬한 것이기도 하다.

마지막으로 기쁨의 눈물도 빼놓을 수 없다. 앞서 이별의 상황이 서러움을 불러일으켜 눈물을 유도할 수 있다는 것을 보았다면, 여기에서는 그렇게 헤어진 가족이나 친척, 지인 등을 뜻밖에 다시 만났을 때 느낄 수 있는 엄청난 기쁨에 의해 유도되는 눈물이다.

> (예1) 오일 시장에 이렇게 오늘은 어디 장 어디 장, 이렇게 이렇게. 그 아저씨가 보이드라고 그 우리 아버지하고도 좀 친하고 그런디.
> 그래 내가 아저씨 그라고 이렇게 알은 척을 하니까 아 **(목이 메어 울며)** 얼마나 반가워하고 그냥 어디서 이라고 고생을 하고. 그러고는 그 차표를 그냥반이 사주드라고.[19]

> (예2) 그래가꼬 먹고서 거기서 그냥 죽으나 사나 일하고선 있었고 그러구 있었는데 인제 어느 날은 그 가기전에 그 집에 인제 그 딸 둘이 있었는데 그 두 딸들이 나하고 거진 어울리는 나이였잖아. 그래서 그 집 방에 들어가서 뜨개질도 하고 인제 그러구 인제 있었는데 누가 '김치 좀 주세요.' 그러더라구요. 그래서 이렇게 방 뒷문을 이렇게 열어 보니까는 우리 육촌 아줌마가

---

18) 김옥남(남, 82) 구연, 박현숙 외 조사(2013. 7. 9. 전남 목포시)
19) 김옥남(남, 82) 구연, 박현숙 외 조사(2013. 7. 9. 전남 목포시)

김치를 얻으러 온 거에요. **그래가꼬 붙들고 막 울고.** 그냥 '김치를 피란민인
데. 김치 좀 달라고 왔는데.' 마침 그 육촌 아줌마였어요. 그때가 **얼마나 그
서러운지 그때 얼마나 울고** 그래서 그래가지고.[20]

 (예1)은 도움이 필요한 절박한 상황에서 우연히 시장에서 안면이 있는 사
람을 만나 도움을 받았다는 내용이다. 그 반가움은 정말 대단한 것이어서 구
연하는 지금의 상황에서도 화자로 하여금 목이 메어 눈물을 흘리도록 하였
다. (예2)는 1.4 후퇴 때 월남하여 강화도에서 식모살이를 하면서 지내고 있
는데, 우연히 육촌 아줌마를 만나 서로 붙들고 눈물을 흘렸다는 이야기이다.
여러 차례 죽을 고비를 넘기고 어렵게 삶을 유지해가고 있는 상황에서 아주
우연히 친척을 만났을 때 느낄 수 있는 반가움과 서러움이 눈물을 유도했다
고 할 수 있겠다. 전쟁 중에 가족과의 이별이 온통 서러움이었다면 우연한
만남은 그러한 서러움이 기쁨과 섞이면서 또 다른 정서적 감흥을 줄 수 있는
것이다.

 지금까지 전쟁체험담에서 찾을 수 있는 눈물을 유발하는 다양한 정서적 상
황을 살펴보았다. 거기에는 공포와 참혹함이 있었고, 서러움과 안타까움과
미안함도 있었다. 슬픔과 관련된 이러한 정서적 상황 이외에도 안도감이나
고마움, 기쁨과 같은 상반된 정서적 상황과도 눈물은 잘 결합하는 양상을 보
이고 있었다. 이렇게 보면 전쟁체험담에서 '눈물'은 전쟁의 상황과 관련된 전
형적인 정서들과 두루 결합하고 있음을 알 수 있다. 공포, 참혹함과 같은 극
단적인 강렬한 정서에서부터 서러움, 안타까움과 같은 어두운 정서를 거쳐,
안도감, 고마움과 같은 밝은 정서에 이르기까지 두루 눈물이 관여하고 있다
는 말이다. 다시 말하면 전쟁과 관련된 전형적인 정서들의 집결지가 눈물임
을 알 수 있다.

---

20) 장옥순(여, 77) 구연, 김경섭 외 조사(2012. 4. 26. 서울 마포구 신수동)

이렇게 전쟁체험담에서 눈물이 전형적인 정서들의 집결지가 될 수 있는 것은 전쟁 상황이 워낙 특수하기 때문에 정서적 반응 중에서 가장 강렬한 눈물과 잘 조응할 수 있어서일 것이다. 여기서 전쟁의 특수한 상황이 눈물과 조응하는 방식은 크게 두 가지로 나누어 살펴볼 수 있다. 우선 체험자가 극한적인 상황에서 강렬한 경험을 했을 때 눈물이 유발된다. 강렬한 경험 자체가 특별하기 때문에 정서적인 반응이 무엇이든지 간에 결과적으로는 눈물과 연결될 수밖에 없다는 것이다.

> (예) 그런데 굴봉산이라는데 거기서 인민군이, 옛날에는 따발총이라고 했어. '딱콩딱콩딱콩' 이렇게 쏴, 소리가. 거기서 막 딱콩 소리가 비 퍼붓듯 허고 소리가 나는데, 내가 그 고개를 넘어서 가야되는데, 얼마나 어린 게 무서와 아주 그냥. 세상에 **거기서부터 우는게 집이꺼지 가면서 그냥 울면서** 고개를 넘어서 거기를 간 거야 그냥. (청자 : 세상에. 대단허네.)[21]

따발총이 난무하고 있는 공간을 뚫고 집으로 향해야 하는 심정은 눈물 이외의 정서적 반응으로 서술될 수 없어 보인다. 사실 공포라고 해서 모두 눈물로 연결되는 것은 아니다. 여기에서의 공포는 눈물을 불러일으킬 만큼의 대단한, 존재론적인 공포라고 보아야 할 것이다.

다음으로는 극한적인 상황이 체험자가 느끼는 정서적 반응의 폭을 확대시켜주는 경우에 눈물이 유발될 수 있다. 전쟁의 상황이 아니라면 보편적이었을 정서가 전쟁의 상황이기 때문에 특별해지는 것이다.

> (예) 그날 서로 갸들도 나가고 우리도 나가고 상대방이 서로 악수하고 [조사자 : 아군하고 악수하고?] 가더라고 악수하고. 왜 참 다 똑같은 사람이 얼굴도 똑같고 눈도 똑같고 코도 똑 같으고 다 똑 같혀. 왜 다 똑같은 사람이 싸웠냐. 그랴 **서로 손붙잡고 울었어.**[22]

---

21) 이동천(여, 75) 구연, 신동흔 외 조사(2013. 2. 18. 경기도 가평군 하색1리)

전쟁의 상황에서의 만남과 헤어짐은 일상적인 만남과 헤어짐일 수 없다. 만남은 곧 삶이고 헤어짐은 곧 죽음일 수 있을 정도로 정서적 편폭이 확대된다. 위의 예에서도 처음 보는 상대방과 만나서 악수하는 일상적인 행위가 전쟁 중에 적군과의 사이에서 행해진다는 것 때문에 눈물과 연결될 수 있었다. 전쟁이 종결되면서 적군이 비로소 사람으로 보였다는 것 자체가 전쟁의 상황이 무척 특수한 것임을 드러내준다.

상황이 극단적이라고 해서 반드시 눈물과 연결될 수 있는 것은 아니다. 전쟁의 상황은 항상 죽음과 연결되어 있기 때문에 특수하면서도 절대적이고 이 때문에 눈물과 연결될 수 있는 것이다. 그 어떤 상황에서도 항상 죽음의 그림자가 드리워져 있고 때문에 일상적인 상황도 극단의 감정을 불러일으킬 수 있다.

> (예1) [조사자 : 영감님이 고생 많았다고 하면 눈물 나고 그랬어요? 편지 읽으면서] 하모. 많이 울었제. 고것은. [조사자 : 보고 싶어서?] 보고 싶고 고상하고. 그때만 해도 전쟁, 전쟁 헌 디라. **거가 전쟁허고 있어 시방.** 긍게 살랑가 죽을랑가도 모르고. 살아서 올랑가 죽어서 올랑가도 모르고 그때는. **전쟁하고 있응게.**[23]

> (예2) 전장 때 군대 가믄 울음바다재, 울음바다. [조사자: 울음바다에요? 다 죽으니까?] 아, 가면 죽응게. 뭐 만인이면, 사람 만인이 위매-, 뭐 다 울어. 안 우는 사람 없어. [조사자: 그럼 어르신 군대 가셨을 때도 다 우셨겠네요.] 다 울었재, 우리도. 나 있었을 때, **군대 갔을 때도 전장인디.** [조사자: 전쟁 통이니까?][24]

(예1)에서는 전쟁 중에 결혼하고 곧바로 군에 입대한 남편과 편지를 주고

---

22) 길병락(남, 82) 구연, 박경열 외 조사(2012. 7. 17. 충남 금산군 부리면 도파리)
23) 서경림(여, 80) 구연, 박현숙 외 조사(2012. 7. 24. 전남 담양군 수북면 수북리)
24) 정기판(남, 84) 구연, 심우장 외 조사(2012. 2. 21. 전남 장성군 진원면 상림리)

받으면서 많이 울었다고 했다. 보고 싶다는 감정은 일상적인 것이기 때문에 눈물과 연결될 이유가 별로 없지만, 이것이 전쟁의 상황과 연결되면 상황이 달라진다. "살랑가 죽을랑가도 모르"기 때문에, 즉 남편의 편지에 드리워진 죽음의 그림자가 일상적인 정서를 증폭시키고 확대시키는 역할을 했다고 하겠다.

(예2)에서는 군 입대가 곧 울음바다였다는 진술이다. 원래 군 입대는 헤어짐이기 때문에 슬픔의 정서가 내재해 있는 것이 사실이지만 전쟁 상황에서는 이것이 보다 특수해진다. 이유는 "가면 죽응게"이다. 죽음의 그림자와 함께하기 때문에 정서적 반응이 폭발할 수밖에 없고 그 끝 지점에는 항상 눈물이 있다.

3. '눈물'의 세 가지 층위

사실 앞서 예로 제시했던 눈물 관련 상황들을 꼼꼼히 살펴보면 그 층위들이 단일하지 않음을 알 수 있다. 체험 속에서 눈물을 흘렸던 지점을 언급하기도 했고, 체험 자체를 눈물 나는 것으로 이야기하기도 했고, 체험을 이야기하면서 직접 울기도 했다. '눈물'이라는 요소와 관련된다는 점을 제외하면 무척 다른 차원으로 이해될 수 있는 것들이다. 전쟁체험담 속의 '눈물'에 대한 담화 분석이 필요한 이유이다.

구술에서 '눈물'과 관련된 발화가 다양한 층위에서 구현된다는 것은 경험-기억-재현이라는 구술의 기본적인 요소들이 다양한 차원에서 관계를 맺고 있다는 것을 말해준다.[25] 여기에서는 경험-기억-재현이라는 구술의 기본적인 요소들이 눈물과 어떻게 관계를 맺고 있는지를 크게 세 가지 층위로 구분하여 살펴보기로 한다.

---

25) 함한희, 앞의 논문, 20쪽.

첫째, 과거(경험)의 기억에 대한 현재적 재현으로서의 '눈물'이다. 경험 속에 실제로 존재하는 눈물을 현재로 이끌어 와서 재현하고 있는 것이다. 때문에 대체로 과거형의 시제로 표현되고, '-다고' 등의 전달 표현과 함께 제시된다. 앞서 제시했던 예를 다시 살피기로 하자.

> (예) [조사자 : 근데 그 또 간다고 했을 때 가고 싶어하지 않았을 텐데.] 아유-. 인민군 나오고 국군 나왔다고 그러니깐 실망을 해가주고 **눈물을 얼마나 흘렸다구.** [조사자 : 그러겠다 진짜 공포가 되게 심했을 텐데.] 아유 이렇게 살려줘서 살려줬는데 전쟁터로 또 간다고 우는 거야. 그러니까 우리어머니는 아들 가는 것보다 더 서럽게 울었어. (그 사람이 가족에게) 잘했어 아주. 사람이 키도 보통 키고 아주 약한 게 그래.26)

인민군으로 전쟁에 참가해 죽을 위기에서 가까스로 살아났는데, 이번에는 다시 국군으로 징집되는 어처구니없는 상황을 맞아 눈물을 흘렸다는 것이다. "눈물을 얼마나 흘렸다구."와 같이 과거시제와 전달 표현이 전형적으로 사용되고 있으며, 전체적으로 화자는 구술 내용과 일정한 거리를 유지하면서 구연하여 정서적 반응의 전달에만 치중하고 있는 모습을 보인다.

둘째, 과거(경험)의 기억에 대한 현재적 해석으로서의 '눈물'이다. 이 경우는 특히 '눈물 나는 상황'이라는 평가적 진술을 많이 사용한다. 구술 내용에 대해 거리를 유지하지 않고 감정을 이입하는 경우이다.

> (예) 그이가 쪼금 벌어서 좀 보태서 쌀 팔아 먹고. 고상은 참 우리 집 냥반, 아버지 시살 때 돌아가셔가지고 지금도 고상이라고 할 것 없지만, **무지하게 눈물나게 고생했어**, 우리 집 주인 양반.
> 시살 때 아버지가 돌아가셔가지고. 저 일본가서 돌아셨대, 집 살라고 탄광이 가, 돈 벌어서 집 살라고. 탄광이 무너져서 돌아가셨다고 그러드라고. 그

---

26) 안숙옥(여, 77) 구연, 박경열 외 조사(2012. 1. 28. 강원도 철원군 동송읍 오지2리)

럭저럭 참 살다 본께. 이제는 살기 괜찮아. 그냥 먹고는 살아 밥은. 그러고는 6.25사변 때 고상을 했어. 나는 피난은 안 갔는데, 참 사니라고 조카들하고 사니라고 고생 많이 했지.[27)]

고생을 많이 했다는 과거의 사실을 이야기하고 있는데, 거기에 "무지하게 눈물나게"라는 해석을 가미하고 있다. 재현이라기보다는 해석에 가깝기 때문에 감정 이입이 될 수밖에 없고, 그래서 흔히 "무지하게"와 같은 정도 부사가 사용되기도 한다. 구술 내용과 일정한 거리를 유지하는 것에 크게 신경 쓰지 않고, 정서적 해석을 마음껏 표현하는 경우이다.

셋째, 과거(경험)의 기억에 대한 현재적 '체험'으로서의 '눈물'이다. 기억하고 있는 과거의 '눈물' 혹은 눈물과 관련된 상황을 이야기하면서 화자가 눈물을 흘리는 경우이다. 그러니까 이 경우 구술은 단순한 과거의 재현이나 해석의 수준을 넘어 과거의 것을 현재화하여 새롭게 체험하는 과정이라고 할 수 있다. 원래 체험이란 자아 내부의 흔들림을 수반하는 것이 특징인데[28)], 이러한 흔들림의 구체적인 반응이 눈물이라는 것이다.

> (예1) 그러더만 어떤 아저씨가, 경찰 하나가 애기를 딸이냐고 물어봐, 아들이냐고. 그래서 아들이다고 그러니께, 그면 아들인께 여그서 살려놓자고 하대, 그 경찰이. 그 소리를 듣고 내가 얼-마나 가슴 떨고 눈물도 그양 한없이 흐르고, 그래놓고는 인자 가라고 그러네. 인자. 어머니 집이로 가라고. 그래서 그 식구를 다 데꼬 친정에를 갔어. 가가, **(말을 못 잇고) 맘이 떨려 죽겠다.**[29)]

27) 김준임(여, 83) 구연, 박경열 외 조사(2013. 3. 15. 충북 영동군 영동읍 설계리)

28) 일반적으로 경험과 체험을 구분하여 이야기할 경우, 경험이 외부세계에 대한 지식 획득의 계기를 강조하는 것이라면 체험은 기쁨, 슬픔, 환멸, 고통 등을 겪거나 가슴으로 느끼는 자아 내부의 흔들림을 드러내는 데 초점이 있다고 한다.(김유동, 「아도르노의 심미적 세계체험과 예술론」, 서울대학교 박사학위논문, 1992, 130쪽.)

29) 황동임(여, 85) 구연, 심우장 외 조사(2012. 2. 20. 전남 나주시 다도면 방산리)

(예2) [조사자 : 그 가족은 다 어떻게 됐어요?]

　모르지 뭐 나 나온 담에야 어떻게 됐는지.

　[조사자 : 아, 그러니까 할아버님이 군대를 가면서 생사를 모르게 된 거에요?]

　나 혼... 그렇지, 고그서 집 떠나선 아예 그, 못봤으니깐.

　[조사자 : 아―]

　그럼. 집 뜨러 수물 한 살에, 그때 또날 때만 딱... **(눈물 흘림)** 하하하...

　[조사자 : 어떻게 해...]

　(우시며) 한 번두 못봤어. 소식두 없꾸. 동생이 살았는지, 형이 살았는지.
하―무두 없어. **(흐느낌)**[30]

　(예1)은 앞서 안도감에서 나오는 눈물의 예로 살폈던 것인데, 여기에서는 후반부에 주목하고자 한다. "눈물도 그양 한없이 흐르고"라는 것은 과거(경험)의 기억에 대한 현재적 재현일 뿐인데, 말을 잇지 못하고 "맘이 떨려 죽겠다."고 한 것은 지금 화자에게 일어나고 있는 자아 내부의 흔들림을 표현한 것이다. 과거의 눈물을 현재적으로 비슷한 수준에서 느끼고 있다고 보아야 할 것이다.

　(예2)는 (예1)과 비슷하면서도 좀 다르다. (예1)이 과거의 정서 경험을 그대로 다시 느끼는 경우라면, (예2)는 과거의 (정서) 경험이 현재적 상황과 연결되어 또 다른 복합적인 정서를 유발하는 경우라고 할 수 있다. 화자는 6.25 때 군에 입대하면서 가족들과 헤어지고서 지금까지 한 번도 만나지 못하고 생사도 알 수 없다고 하면서 흐느끼고 있다. 이러한 흐느낌은 헤어질 때의 서러움만이 아니라 지금까지 가족을 만나지 못하고 생사도 알 수 없음에서 오는 또 다른 서러움이 복합적으로 드러난 것이라 할 수 있다.

　이상에서 살펴본 바와 같이 눈물과 관련된 구술담화가 추구하는 정서적 대응 양상은 다양한 스펙트럼을 가지고 있다. 단순한 과거의 재현에서부터 이

---

30) 백지중(남, 89) 구연, 박경열 외 조사(2012. 7. 5. 강원도 인제군 북면 월학2리)

에 대한 해석을 거쳐, 과거와 현재의 복합적인 체험에 이르기까지 다양한 차원에서 정서적 반응이 일어날 수 있다는 것이다. 체험담과 같은 구술담화는 경험과 기억이 관여할 수밖에 없기 때문에 그 자체에 해석의 차원이 개입할 수 있는 여지가 많다. 특히 '눈물'과 관련해서는 현재적 체험의 차원까지 나아갈 수 있는 여지가 많아 전쟁체험담의 핵심적인 특성으로까지 이어질 수 있다고 하겠다.

4. '눈물'의 위상

체험담은 지극히 구술문화적인 것이다. 자신의 경험을 기억에 의존하여 음성언어를 통해 현재적으로 재현하는 언술행위이기 때문이다. 따라서 구술문화가 기본적으로 객관적 거리 유지보다는 감정이입적인 성격이 강하다는 사실에 비추어보면31), 전쟁체험담은 전쟁과 관련된 경험적인 사실보다는 오히려 정서 표현에 주목해서 살펴야 할 필요가 있다. 문제는 이러한 정서 표현이 어떠한 의의와 위상을 갖고 있는가이다.

앞서도 잠깐 언급한 바 있지만, 역사학적 담론에서 구술담화가 주목을 받았던 것은 크게 두 가지 차원이었다. 우선 민족, 국가, 사회라는 거시적이고 권위적인 주체에서는 드러날 수 없었던 개인적 경험과 기억들을 포착할 수 있었기 때문이다.32) 큰 얼개에서는 포괄할 수 없었던 소외된 주체와 변방의 자료에 대한 관심은 충분히 매력적이라고 하겠다. 다른 하나는 이러한 자료들이 과거에 대한 새로운 관심의 지평을 열어갈 수 있다고 생각했기 때문이다.33) 구술사에 대한 관심이 요구하였던 역사에 대한 인식론적 전환이 그것

---

31) 월터 J. 옹, 이기우·임명진 옮김, 『구술문화와 문자문화』, 문예출판사, 1995, 74~75쪽.
32) 윤택림, 앞의 논문, 276~278쪽.
33) 위의 논문, 278~281쪽.

인데, 문학적 가공이나 해석학적 도식, 담론적인 전략이 개입할 수밖에 없는 역사 담론의 실제를 새롭게 인정해야 할 필요성이 제기되었다.

물론 체험담도 이러한 차원에서 이해될 수 있겠지만, 여기에서는 구술담화가 가지고 있는 본래적 속성에 주목하고자 한다. 이는 기존의 입장들이 구술담화가 가지고 있는 기본적인 속성인 구술성에 입각하여 사고하지 못했다는 점에 대한 반성의 차원이다.34) 다시 말하면 구술담화를 굳이 역사적인 담론의 틀로 끼워 맞추려고 하지 말고, 구술담화가 갖고 있는 기본적인 속성의 틀로 새롭게 이해해보자는 것이다.

이런 차원에서 본다면 근본적으로 구술담화는 역사주의적 관점과 충돌할 수밖에 없다. 이와 관련해서는 구디와 와트(Jack Goody and Ian Watt)의 다음과 같은 언급에 주목할 필요가 있다.

> 과거를 과거로 인식할 수 있는 것은, 항구적인 기록물들이 없이는 작동하
> 는 것이 불가능한 역사의식에 의존한다.35)

다시 말하면 역사의식이란 기록문화의 산물이라는 뜻이다. 주체와 대상의 분리를 전제로 하는 기록문화에서나 가능했던 역사의식을 구술문화에까지 그대로 적용하는 것은 무리일 수 있다. 구술문화에서 역사성이 중요하게 부각될 수 없는 것은 문화적인 항상성(homeostasis)이 강조되기 때문이다.36) 구술문화에서의 과거는 그 자체로 인식되지 않고 항상 현재와 일치되는 경향이 있다. 구술문화에서는 과거가 곧 현재이고 현재가 곧 과거이다. 과거나

---

34) 윤택림(앞의 책, 37쪽)은 "구술 자료가 갖고 있는 구술성(orality)에 주목하고 그 연행적 성격과 재현에 관심"을 갖는 것이 구술사가 추구하는 대안적 역사쓰기의 방법이라고 했다.

35) Jack Goody and Ian Watt, "The Consequences of Literacy", *Comparative Studies in Society and History*, Vol.5, No.3, Cambridge University Press, 1963, p.311.

36) 월터 J. 옹(앞의 책, 75쪽)은 "구술사회는 이미 현재와의 관련이 없어진 기억을 버림으로 해서 균형상태 혹은 항상성을 유지하고 있는 그런 현재 속에서 영위된다."고 했다.

현재가 항상성의 차원에서는 같은 것이다.

체험담과 같은 구술담화 역시 항상성 유지의 차원에서 접근할 필요가 있을 것 같다. 근본적으로 체험담에서의 과거(경험)는 현실과 분리된 채로 객관화될 수 없다. 과거(경험)는 현재와의 관련 속에서만 존재하기 때문에 과거는 곧 현재이기도 하다. 온전히 현재와 분리되어 있는 과거가 존재할 수 없기 때문에 과거는 '객관적 사실'로 받아들이기 어렵다. 화자의 현재적 삶과 결부되어 있는 방식으로만 이해될 수 있을 뿐이다.[37] 그렇지 않은 구술담화는 실제적으로 성립되기 어렵다. 따라서 다음과 같은 상황 맥락은 구술담화에서 무척 중요하다.

(예1) 그진 참 또 사는 게 또 원망스럽더라구요. **(눈물을 흘리며)** 그만 죽었으면. 그 고생 저 고생 안 하는데. 산게 원망스러운게 왜 안죽었나 싶고. (중략) 어떤 선생님들이 모두 오셨는데 날 11살. 11살 그 당시로 돌려달라고. 무신 소원이 있는가 묻는가, 날 11살 그 당시로 돌려달라고. **지금 고생하는 거이.** 이런 고생 그때만 해도 감췄고마. 총도 참 아무 말도 안하고 총도 맞았는데 고마 아주 죽었더라만 이 고생도 안하고. 그런 생각이 들. 들. 진짜로 너무너무 너무 고생스럽고. 너무 어이가 없고. 너무 참말로 참혹해서요.[38]

(예2) [조사자 : 눈물 나셔 할머니] (눈물 흘림) 그랗게 **그 애가 살았으믄 지금꺼지 살았으믄 내가 눈물이 안 나는디** 이 누나는 살아있는디 동생이 죽었어. 오십살이. [조사자 : 아 다 커서] 다 커가꼬. 어츠게 잘 크드라고. 감기도 감기차례도 안 허고 잘 크드라구. 그래가꼬 결혼해가꼬 메누리 둘 봐놓구 죽었어. 오십 살에 그릏게 큰 아가.

(예3) [조사자 : 자녀가 할아버님하고 몇 남 몇 녀를 낳으신 거예요?] 내가 여기 와 너이를 낳았지. 딸 둘, 아들 둘. 그러니까 키운 거 둘 있고, 딸이 여섯이야. 그래 이번에도(생일) 다 왔지. 엄청 많아. **아주 눈물이 나올라고**

---

37) 이와 관련해서는 함한희, 앞의 논문, 19~20쪽 참조.
38) 채홍연(여, 74) 구연, 김경섭 외 조사(2012. 3. 10. 경북 문경시 산북면)

<u>그러는 걸</u> 내가 억지로 참았네. **큰 아들도 있을 자리인데 없지. 영감 없지.** 나 홀홀 단신 앉아서 뭘 먹으라고 채려 주냐고. 못하게 했거든.

구술문화적인 관점에서 보면, 과거의 기억이 강렬한 것은 과거의 사건이 현재적 삶에 강렬하게 영향을 미치고 있기 때문이다. 위의 예에서는 현재적 삶에 대한 영향력이 강렬해서 과거의 현재화가 매우 강렬하게 일어나고 있는 언술 장면이다. 사실 현재적 영향력이 담화의 표면에 드러나는 경우는 많지 않다고 봐야 한다. 그렇기는 하지만 실제적으로는 구술담화에서 중요하게 다루어지는 과거는 결국 유형 무형의 영향력을 행사하고 있다고 전제하는 것이 바람직할 것 같다. 그런 차원에서 과거는 곧 현재이다.

이러한 현재화의 경향 때문에 자연스럽게 구술담화는 객관적 거리 유지보다는 감정이입적인 성격이 강렬할 수밖에 없다. 위의 예에서는 이것이 '눈물'과 관련되어 강렬하게 드러나고 있지만, 일반적인 구술담화에서도 감정이입적인 면모를 추출하는 것은 그리 어려운 일이 아니다. 과거의 사실을 현재적으로 체험하는 경우는 물론이거니와 과거의 사건에 대한 현재적 해석의 경우도 마찬가지이고, 과거 기억의 단순한 재현의 경우까지도 기본적으로는 감정이입적인 성격이 전제되어 있다고 생각해야 한다. 이 때문에 전쟁체험담의 경우 눈물과 관련된 상황들이 많이 펼쳐질 수밖에 없었던 것이다.

재현의 경우도 그것은 현재적 재현일 수 있고, 해석의 경우는 당연히 현재적 해석이며, 체험 역시 현재적 체험이라 할 수 있다. 이 세 가지 차원에 두루 걸쳐 있을 수 있는 것이 정서적 반응이어서 눈물과 관련한 정서적 표현은 전쟁체험담에서 핵심을 차지한다고 하겠다. 특히 마지막으로 설명했던 현재적 정서체험의 과정은 전쟁체험담이 갖고 있는 잉여적 성격이 아니라 본질적인 성격이라는 점을 강조하고 싶다. 담화의 객관성을 해치는 불필요한 표현이라고 보는 것보다는 구술성의 차원에서 체험담의 핵심 부분이이라고 보는 것이 바람직하다는 것이다.

전쟁체험담에서의 눈물은 앞서 언급한 대로 참혹한 상황에서 드러나는 다양한 정서들이 극단적으로 표출되는 끝 지점에 자리하고 있다. 뿐만 아니라 재현과 해석, 체험의 차원에까지 다양하게 개입할 수 있는 전쟁체험담의 핵심을 잘 표현한다고 할 수 있다. 즉 구술자의 현재적 정서체험의 과정을 적실하게 보여주는 핵심 표지인 것이다.

또한 눈물은 구술담화가 추구하는 정서 체험과 공감의 상호 작용을 확인할 수 있는 핵심 지점이기도 하다. 이야기판은 역사 기록의 현장이 아니라 역사체험 혹은 문학 체험의 장으로 이해할 필요가 있다. 왜냐하면 이야기판은 기본적으로 정서적 공감을 전제로 하기 때문이다.[39] 공감에 대한 암묵적인 신뢰가 문화적으로 전제되기 때문에 화자들은 이야기판이 형성되면 정서적으로 무장해제 된다. 이러한 모습은 쉽게 확인할 수 있다.[40]

> (예1) 저와 같은 같이 행동하고 하면서 인자 자기 눈으로 보고 듣고 같이 얘기하고 이런 사람들은 자연스럽게 알고 있지만 **내가 무슨 뭐 참 자식들을 앉혀놓고 아버지가 이렇게 이렇게 살아왔노라 뭐 이런 세상을 겪어왔노라 하고 한마디도 내가 얘기한 적이 없어요.** (중략) (울컥 눈물이 쏟아져 손수건을 찾음) **아내에게도 그런 얘기가 참 어렵고, 또 해봤자 이해를 할른지 안 할른지 모르겠고 그 이렇게 그 먼저 그 우리들은 다 살았죠.**[41]

---

39) 구술발화는 대체로 '공감'을 지향하고 있다. 월터 J. 옹에 의하면 구술문화에서 무엇인가를 배우거나 안다는 것은 그러한 대상과 밀접하고도 감정이입적이며 공유적인 일체화를 이룩하는 것이다.(월터 J. 옹, 앞의 책, 74쪽.)

40) 윤택림, 「구술사 인터뷰와 역사적 상흔: 진실 찾기와 치유의 가능성」, 『인문과학연구』 30집, 강원대학교 인문과학연구소, 2011, 384쪽. "구술사 인터뷰를 하다보면 연구자나 구술채록자들은 구술자가 서술하는 동안 함께 웃고, 울고, 분노하고, 서러워하게 되는 경험을 하게 된다. 왜냐하면 인터뷰는 연구자와 구술자가 일상이 멈추어진 일종의 '의례적인 시간'에서 구술자의 과거의 경험을 회상하게 되어, 감정이입을 통하여 구술자의 경험을 연구자가 같이 공유하게 되기 때문이다."고 하여 정서적 공감이 구술 인터뷰 일반의 특성임을 강조하고 있다.

41) 김옥남(남, 82) 구연, 박현숙 외 조사(2013. 7. 9. 전남 목포시)

(예2) 그런데 선생님들이 우에우에해서 **우리 원한을 풀어주신다니.** (한숨 쉬며 눈물을 흘린다.) [채홍달 : **나도 어제 이 얘기를 하다보니까 옛날 생각이 나가꼬 막 거기서 얘기하다가 눈물이.** 울 수도 없고. 계속 얘기하면 제대로 감정이.]42)

처음 보는 조사자 앞에서 지극히 자연스럽게 눈물을 흘릴 수 있는 것은 이야기판이 공감의 장으로 기능하기 때문이다. (예1)에서는 전쟁 체험을 자식들에게도 이야기할 수 없고 아내에게도 이야기하기 어렵다고 하면서 눈물을 쏟아내고 있는 장면이다. (예2)에서는 원한 맺힌 이야기를 할 수 있도록 해준 것 자체가 눈물을 흘리도록 했다는 것을 이야기하고 있다. 자식이나 아내에게도 할 수 없었던 이야기를 처음 보는 조사자에게 하면서 눈물을 보인다는 것은 이미 공감의 장이 형성되었다는 것을 의미한다.43)

전쟁체험담의 경우, 바로 이러한 정서 체험과 공감의 장에 '눈물'이 존재한다고 할 수 있다. 자연스런 조사 과정에서 화자들이 눈물을 흘리는 곳에서는 어김없이 조사자의 공감 표현이 개재되어 있었다.

(예1) 그럼. 집 뜨러 수물 한 살에, 그때 또날 때만 딱… (눈물 흘림) 하하하…[조사자 : 어떻게 해…]44)

(예2) 그때만 해도 아들이 셋이야. [조사자 : 어떡해.] 말이 많아. 눈물나서 얘기 안할라고 그랬는데 자꾸 말이 나오네.45)

(예3) 아니 이런 마음이 들어가지고 그때부터 눈물이 나는기라. [조사자

---

42) 채홍연(여, 74) 구연, 김경섭 외 조사(2012. 3. 10. 경북 문경시 산북면)

43) 이찬종·허재홍(「공감, 정서 그리고 행복의 관계」, 『문화연구』 제49호, 호남학연구원, 2011, 199쪽)은 공감이 정서표현과 정서체험에 유의미한 영향을 미친다는 사실을 밝히고 있다.

44) 백지중(남, 89) 구연, 박경열 외 조사(2012. 7. 5. 강원도 인제군 북면 월학2리)

45) 윤옥순 구연(2013. 6. 16. 경기도 남양주시 수동면 지둔1리)

: 미련이 많이 남으시는구나.]46)

(예4) 그러니깐 실망을 해가주고 눈물을 얼마나 흘렸다구. [조사자 : 그러
겠다 진짜 공포가 되게 심했을 텐데.]47)

(예5) 얼마나 울었는지 몰라. [조사자 : 마음이 엄청 아프셨겠다] (눈물 흘
림) 부모가 없응게. [조사자 : 자식이죠 뭐, 할머니한테는]48)

(예6) [조사자 : 세 자매가 참. 세 자매가 붙들고 계속 울었겠네.] 보름을
울으니깐요 그담에 눈물도 안나오고 목도 다 아파가지구요, 친정어머니 그렇
게 되니까 빛도 잃고 살 희망도 없고 그러니까 누굴 쳐다보질 못허겠어.49)

　　물론 작위적인 부분이 없지는 않겠지만 화자—조사자의 관계를 떠나서 자
연스런 공감의 장을 만들어가고 있는 것만은 사실인 것 같다. 화자는 이야기
판을 공감의 장으로 전제하고 구연을 시작했고, 그 속에서 자연스럽게 눈물
을 흘렸으며 이에 대해 청자들이 공감을 표하는 이러한 과정이 전쟁체험담의
구연 과정에서는 항상 그리고 전형적으로 존재했다.50)
　　또한 이러한 공감의 장은 체험담이 줄 수 있는 가장 큰 미덕인 진정성을
담보해준다. (예1)에서 보는 것과 같이 공감의 장에서 만들어진 예기치 않은
갑작스러운 눈물은 대개 진정성을 보장해주는 것으로 해석된다. 구술을 하는
화자도 그렇고 조사자도 눈물의 갑작스러움에 당황하고 있는 모습이 역력하
다. 흘리지 않으려고 애를 써보지만 어쩔 수 없이 흐르는 눈물은 구술의 진정
성에서 촉발된 것으로 이해할 수밖에 없다. 그러니 여기에는 객관성이라는

---

46) 김대명(남, 82) 구연, 정진아 외 조사(2012. 6. 8. 경북 상주시 공성면)
47) 안숙옥(여, 77) 구연, 박경열 외 조사(2012. 1. 28. 강원도 철원군 동송읍 오지2리)
48) 신점순(여, 79) 구연, 박현숙 외 조사(2013. 8. 20. 전남 무주군)
49) 임달행(여, 76) 구연, 박경열 외 조사(2013. 2. 18. 경기도 가평군 북면 백둔리)
50) 이 과정은 치료적인 성격도 함께 가지고 있는데, 정서공감이 정서체험과 정서표현을
　　매개로 주관적 안녕감을 증진시키기 때문이다. 이에 대해서는 이찬종·허재홍, 앞의
　　논문, 202~204쪽 참조.

조건이 개입할 여지가 없고, 오히려 그러한 객관성을 초월하는 삶의 진정성
이 녹아 있다고 보는 것이 타당할 것 같다.

요컨대, 전쟁체험담의 현재성은 현재적 재현, 현재적 해석, 특히 현재적
체험으로서의 정서 표현과 이것에 대한 공감의 장을 마련함으로써 그 얼개를
구축할 수 있을 것 같다. 그리고 그 핵심에 다양한 정서와 연관되어 있는,
삶의 진정성을 드러내 보여주는 '눈물'이 존재하고 있었다고 할 수 있겠다.

5. 맺음말

본 연구에서는 전쟁체험담의 정서 표현에 관심을 가지고 '눈물'과 관련된
담화를 분석하였다. 체험담에서는 정서 표현이 무척 중요하다고 생각했기 때
문이다. 체험담이 가지는 구술담화로서의 특성을 가장 잘 보여주는 부분이
정서 표현이고, 전쟁체험담에서는 특히 '눈물'과 관련된 정서적 반응이 핵심
을 차지하고 있다는 사실도 고려되었다. 실제로 '눈물'과 관련된 정서적 반응
은 전쟁체험담에서 포착할 수 있는 거의 대부분의 정서 표현과 관련이 되어
있음을 확인할 수 있었다.

과거(경험)에 대한 담론을 객관성이나 신빙성의 차원에서만 바라보려는 것
은 더 이상 새로운 가치를 생산하기 어렵다고 생각한다. 객관성이나 신빙성
이라는 굴레에서 벗어나 과거(경험)의 기억에 대한 현재적 재현, 현재적 해
석, 현재적 체험 등이 가지는 진정성에 주목하는 인식의 전환이 필요한 시기
이다. 특히 이는 구술성(orality)이 갖고 있는 핵심 미덕의 하나인 항상성과
밀접히 관련되어 있기 때문에 더욱 주목할 필요가 있다. 문화적 '발전'보다는
문화적 '항상성의 유지'라는 새로운 포맷이 요구되는 시대이기 때문이다. 본
연구에서는 전쟁체험담에서 눈물이 가지는 위상을 이러한 차원에서 점검하
고 그 가능성을 모색해 보았다.

참고문헌

강선영, 『눈물의 힘』, 문학동네, 2011.

김유동, 「아도르노의 심미적 세계체험과 예술론」, 서울대학교 박사학위논문, 1992.

김종군, 「한국전쟁체험담 구술에서 찾는 분단 트라우마 극복 방안」, 『문학치료연구』 27집, 한국문학치료학회, 2013.

김진환, 「한국전쟁체험담 DB 구축」, 『통일인문학논총』 56집, 건국대학교 인문학연구원, 2013.

박현숙, 「여성 전쟁체험담의 역사적 트라우마 양상과 대응방식」, 『통일인문학논총』 57집, 건국대학교 인문학연구원, 2014.

신동흔, 「한국전쟁 체험담을 통해 본 역사 속의 남성과 여성」, 『국문학연구』 26집, 국문학회, 2012.

염미경, 「전쟁 연구와 구술사」, 『동향과 전망』 51호, 한국사회과학연구소, 2001.

윤택림, 「기억에서 역사로 : 구술사의 이론적, 방법론적 쟁점들에 대한 고찰」, 『한국문화인류학』 25집, 한국문화인류학회, 1994.

윤택림, 「구술사 인터뷰와 역사적 상흔: 진실 찾기와 치유의 가능성」, 『인문과학연구』 30집, 강원대학교 인문과학연구소, 2011.

윤택림 · 함한희, 『구술사 연구방법론』, 아르케, 2006.

이찬종 · 허재홍, 「공감, 정서 그리고 행복의 관계」, 『문화연구』 제49호, 호남학연구원, 2011.

정진아, 「한국전쟁기 좌익피해담의 재구성」, 『통일인문학논총』 56집, 건국대학교 인문학연구원, 2013.

월터 J. 옹, 이기우 · 임명진 옮김, 『구술문화와 문자문화』, 문예출판사, 1995.

Goody, Jack and Watt, Ian, "The Consequences of Literacy", *Comparative Studies in Society and History*, Vol.5, No.3, Cambridge University Press, 1963.

여성의 전쟁체험 구술에 나타난
가족관계 갈등과 대응방식

박 경 열

1. 서론

이 연구의 목적은 여성의 전쟁체험 구술에 나타난 갈등 양상과 갈등 대응
방식을 고찰하여 여성 화자에게 갈등이 갖는 의미를 밝히는 데 있다. 연구대
상으로 삼은 전쟁체험 구술은 전쟁 속에서 삶을 살아가는 개인의 경험을 드
러낸 것이다. 전쟁체험 구술은 개인의 전쟁 체험과 기억이라는 측면에서 화
자의 관점이 중요한데, 관점은 화자의 이해와 요구가 반영된 결과물이기에
오롯이 화자의 생각을 읽어낼 수 있는 실마리가 되기도 한다.

전쟁과 관련된 기존의 많은 연구들은 역사적 관점에서 이루어져 왔고 역사
적 관점에서의 전쟁은 무엇보다 사실 여부가 중요하게 다뤄졌다. 이러한 연
구들은 시대에 따라 자료에 따라 시시각각 수정되고 보완[1]되는 측면이 있지

---

1) 박찬승,『마을로 간 한국전쟁』, 돌베개, 2010; 이임하,『전쟁미망인, 한국현대사의 침묵
을 깨다』, 책과함께, 2010; 안태윤,「딸들의 한국전쟁 -결혼과 섹슈얼리티를 중심으로
본 미혼여성들의 한국전쟁체험」,『여성과 역사』7, 한국여성사학회, 2007; 김영범,「기
억에서 대항기억으로 혹은 역사적 진실의 회복 : 기억투쟁으로서의 4·3 문화운동 서설」,
『민주주의와 인권』제3권 제2호, 전남대학교 5·18연구소, 2003; 표인주 외,『전쟁과

만 사실여부에서 벗어나지 않는다. 한국전쟁에 관한 구술사 연구[2)는 이와는 달리 증언으로 이루어지만 이 증언 또한 정보 중심의 연구이기에 다양한 해석은 가능하지 않다.

반면 전쟁체험을 구술한다는 것은 자신이 겪은 체험을 자기의 판단과 해석[3)에 따라 말하는 것이기에 오롯이 말하는 이의 경험과 기억에 의지하는 작업이다. 이러한 작업은 자신만의 방식으로 행하는 것이기에 실제로 같은 일을 겪었어도 해석은 사람마다 다를 수 있다. 해석이 사람마다 다를 수 있다는 이 특성이 논의의 일반화를 불가능하게 하고 문학적 의미를 담보하는데 걸림돌로 작용할 요소가 충분하다.

그럼에도 불구하고 이러한 경험과 기억을 중요하게 다루는 이유는 전쟁 속에서 삶을 살아낸 개인의 경험이 다양한 인간의 삶을 이해하는 방편이 되기 때문이다. 전쟁체험 구술은 개인의 전쟁 체험을 드러낸다는 면에서도 중요하고 객관화된 전쟁이 아닌 개인의 전쟁 경험과 기억에 관한 다양한 관점을 제공한다는 면에서 삶에 대한 이해의 폭을 넓히는 데 기여할 것이다.

이야기 형태의 체험담에 초점을 맞춘 조사 연구[4)는 시대상황을 반영할 뿐

사람들 -아래로부터의 한국전쟁 연구』, 한울아카데미, 2003.

2) 김귀옥, 「한국전쟁기 남성 부재와 시집살이 여성」, 『역사비평』, 101(겨울호), 역사비평사, 2012; 한국구술사학회편, 『구술사로 읽는 한국전쟁』, 휴머니스트, 2011; 윤택림, 「서울사람들의 한국전쟁」, 『구술사연구』 2-1, 한국구술사학회, 2011; 윤택림, 『인류학자의 과거여행 : 한 빨갱이 마을의 역사를 찾아서』, 역사비평사, 2003.

3) 김경섭, 「'전쟁의 기억'과 '기억'의 전쟁」, 『통일인문학』 57, 건국대학교 인문학연구원, 2014; 박경열, 「제주 여성 생애담에 나타난 4.3의 상대적 진실」, 『인문학논총』 47, 건국대학교 인문학연구원, 2009; 김정경, 「자기 서사의 구술시학적 연구」, 『한국문학이론과 비평』 13-3(제44집), 한국문학이론과 비평학회, 2009; 이성숙, 「한국전쟁에 대한 젠더별 기억과 망각」, 『여성과 역사』 7, 한국여성사학회, 2007; 권기숙, 『기억의 정치-사회적 기억과 진실』, 문학과 지성사, 2006.

4) 신동흔, 「한국전쟁 체험의 구술과 세계관적 의미화 양상」, 『통일인문학』 65, 건국대학교 인문학연구원, 2016; 심우장, 「전쟁체험담 구술에서 '눈물'의 위상」, 『통일인문학』 64, 건국대학교 인문학연구원, 2015; 박현숙, 「좌익가문 여성의 삶을 통해 본 통합서사 -수

만 아니라 일상인의 역사 체험을 폭넓게 반영한다는 점에서 연구자가 다루고
자 하는 목적과 일치하는 면이 있다. 체험의 이야기적 측면을 중시한다는 것
은 그것의 보편성이나 전형성 보다는 각자의 개별성 내지 사회를 구성하는
개체로서의 가치를 인정한다는 의미이기도 하다.

기존의 전쟁과 관련된 연구들이 보편성이나 전형성을 추출하는 것에 집중
한 것이라면 이야기적 측면에 집중하는 것은 보편성이나 전형성에 가려졌던
개별성을 드러내는 작업인 것이다. 전쟁체험 구술의 이야기를 중요하게 다루
는 것은 전형성과는 거리가 있지만 그것과는 전혀 상관이 없다고 무시할 수
없는 그것 자체에 주목하는 것이다.

그리하여 본 연구는 갈등에 주목하므로 갈등이 드러나는 자료들[5]을 연구
대상으로 삼을 것이다. 갈등은 쌍방의 이해관계가 반영된 결과물이기에 관계
를 살펴보는 것이 중요하다. 본고에서 연구 대상으로 삼은 자료는 갈등의 전
형성을 보여주는 자료라기 보다는 갈등의 원인이 명확하게 잘 드러나는 자료
이므로 연구대상으로 선정한 것이다.

2장에서는 갈등양상을 살펴보고 갈등의 원인이 무엇인지 파악할 것이다.
전쟁체험 구술[6]이라는 면에서 구연하는 화자가 생각하는 갈등의 원인과 텍

동댁 전쟁체험담을 중심으로-」, 『통일인문학』 64, 건국대학교 인문학연구원, 2015; 김
종군, 「분단체제 속 사회주의 활동 집안의 가족사와 트라우마」, 『통일인문학』 60, 건국
대학교 인문학연구원, 2014; 신동흔, 「한국전쟁 체험담을 통해 본 역사 속의 남성과
여성 -우리안의 분단을 넘어서기 위하여」, 『국문학연구』 26, 국문학회, 2012.

5) 연구대상으로 삼은 자료들은 2012년에서 2014년까지 3년간 채록된 자료들이다. 이 자료
들은 전쟁을 겪은 다양한 사람들을 대상으로 채록하여 전사한 자료들이다. 본 연구에서
다룰 자료는 가족관계의 갈등을 잘 나타내는 자료로 4편을 선정하였다. 자료의 표기
방법은 날짜성명(지역)-제목의 순으로 표기한다. 20130627강ㅇㅇ(제천)-더 절박할 수밖
에 없었던 서로의 다른 선택; 20130628신ㅇㅇ(제천)-전쟁 중에도 여자라 괄시받은 사연;
20130711김ㅇㅇ(단양)-딸을 구하기 위해 50리 길을 걸어 온 부정(父情); 20130711이ㅇ
ㅇ(단양)-천한 목숨이라 피난가지 못하고 홀로 남겨진 사연.

6) 전쟁체험 구술은 분명 전쟁체험을 구술한 것이지만 화자는 구연할 때 전쟁체험만 구술
하지는 않는다. 이것이 전쟁체험 구술의 특징이다. 체험담이 갖고 있는 특징이라 해야

스트가 보여주는 갈등의 원인을 비교하여 살펴 볼 것이다. 3장에서는 갈등해결이 갖는 의미가 무엇인가를 밝힐 것이다. 갈등이 발생하고 갈등이 해결되는 일련의 과정을 살펴보면서 화자가 갈등을 통해 얻고자 하는 것이 무엇인가를 규명할 것이다.

2. 가족관계에 나타난 갈등 양상

갈등은 서로 이해(利害)가 걸려 있는 관계에서 발생한다. 이해가 발생하는 범위는 아주 큰 것에서 소소한 것까지 이루 헤아릴 수 없을 만큼 폭이 넓다. 갈등이 발생하는 공간도 이해관계의 범위만큼이나 다양하다. 그 중에서도 가정이라는 공간은 누구나 갈등을 일상적으로 경험하는 공간이면서도 인격형성에 지대한 영향을 미치는 공간이라는 점에서 중요한 공간7)이다.

가정에서 발생하는 갈등은 주로 가족관계에서 발생하는데 가족관계는 부자관계(父子關係), 부부관계(夫婦關係), 형제관계(兄弟關係)로 나눌 수 있다. 본 연구에서 다루게 될 가족관계는 부녀관계와 부부관계에 한정되어 있다. 이 장에서 논의하게 될 가족관계에 나타난 갈등의 예는 생사(生死)의 문제를 다루는 갈등이라는 점에서 특수한 사례이기도 하지만, 전쟁이라는 특수한 상황에서도 보편적인 행동 양상을 볼 수 있는 사례라는 점에서 주목할 만하다.

맞을 것이다. 전쟁체험은 구연자의 일생에서 부분일 뿐이다. 전쟁체험 구술은 전쟁체험을 포함한 구연자의 일생을 이야기한 것이다. 이런 점에서 전쟁체험 구술에 나타난 갈등은 화자의 일생에 나타난 갈등을 다루는 것이다. 다시 말하면 화자 인생에서의 갈등의 의미를 파악한다고 보아야 한다. 많은 자료 중에 신○○ 화자와 강○○ 화자의 이야기만 다루는 이유는 이런 특성을 가장 잘 보유하고 있는 자료이기 때문이다.

7) 박경열, 「고소설의 가정갈등에 나타난 악행 연구」, 건국대학교 박사학위논문, 2007, 4-5쪽.

2.1. 부녀(父女) 관계에 나타난 아버지의 배척(排斥)

부녀(父女)관계에서 발생하는 갈등을 살펴 볼 대표 자료는 신○○ 화자의 이야기이다. 신○○8) 화자는 강원도 영월이 고향인데 자신의 나이 15세 때 전쟁을 겪는다. 화자의 친정 가족관계는 7남매였는데 화자는 3남 4녀 중 여섯째였다. 큰 오빠는 원자 폭탄 때문에 돌아가시고 둘째 오빠는 전쟁 중에 수류탄을 맞아 부상을 당한다. 신용여 화자의 이야기를 서사단락으로 정리하면 다음과 같다.

(1) 초등학교 5학년 때 소련군들에게 잡히면 팔과 다리를 잘라서 걸어 놓는다는 말에 평창 사람들이 영월로 피난을 오다.

(2) 군복에 빨간 줄을 긋고 양말 대신 감발을 한 인민군들이 집에 들어와 밥을 요구한다.

(3) 국군이 전진하며 인민군과 구별되게 하얀 옷을 입고 무리지어 다니라는 내용의 전단을 뿌렸는데 아버지가 전단을 읽고 반가워서 울었다.

(4) 국군이 후퇴하자 온 가족이 군인을 따라 괴산으로 피난을 가다.

(5) 피난을 갔다 돌아오자 인민군이 다시 들어오다.

(6) 국군이 들어오면서 폭격이 시작되다.

(7) 정찰 비행기의 폭격을 피하지 않고 서 있다며 아버지에게 따귀를 맞다.

(8) 인민군이 자수를 하면 이유를 묻지 않고 받아준다는 전단의 내용을 보 인민군 2명을 자수시키다.

(9) 초등학교를 17세에 졸업하다.

(10) 19세에 이밥과 장조림을 먹을 수 있다는 말에 시집을 갔으나 보리밥과 된장만 끓여 먹다.

---

8) [조사일 : 2013년 6월 28일], [조사시간 : 123분(11:43-13:46)], [구연자 : 신○○(여 · 1935년생)], [조사자 : 박경열 외 2인], [조사장소 : 충청북도 제천시 학산리 경로당], [구연자 정보] 고향은 강원도 영월이다. 가족은 7남매로 3남 4녀 중 여섯째이다. 초등학교 5학년이 되었을 때 전쟁이 난다. 19세에 장조림과 이밥을 먹을 수 있다는 생각에 한의사 집안에 시집을 간다. 고된 시집살이로 여동생이 친정에 올까봐 오빠는 늘 문밖을 주시하며 걱정했다고 한다. 기억력이 좋고 사물에 대한 묘사력이 뛰어난 화자이다.

(11) 10년 동안 시어머니의 온갖 구박을 받다.

위 서사단락 중 아버지와의 갈등이 발생하는 지점은 (7)번이다. 화자는 방안에서 조카 둘을 보고 있었다. 순간 정찰 비행기가 날아들더니 뒤이어 탱크의 대포소리가 나기 시작한다. 집안에 있었던 가족들이 순식간에 사라진다. 화자는 너무 놀라 방문을 열고 나왔는데 저 쪽으로 대포가 떨어지는 광경을 목격한다. 정신을 차리지 못하고 멍하게 그 모습을 지켜보고 있노라니 아버지가 나타나 뺨을 때린다.

화자는 대포가 떨어지자 어찌할 바를 모른다. 주변에 있던 가족들은 목숨을 부지하기 위해 모두 피하였다. 화자는 방안에 있었기 때문에 밖의 상황을 잘 알지 못했다. 놀라서 밖으로 나왔는데 오히려 아버지에게 혼이 난다.

> 그래가지고는 아버지가 오더니 막 귀때기를 때리고 막 야단을 하는 거여. 지집아들은 아주 괄시가 엄청 심해. 내가 안고 있는 애도 여식이고 업은 애는 머슴애여. 큰 올케 아들은. 아버지가 오더니 그것만 쏙 빼가지고 가는 거여. [조사자 : 아들만?] 나하고, 나는 귀때기 몇 차례 때려가지고는 엎어졌지. 그러니까는 아버지 그 쎈 손으로 귀떼기를, 금전 구데기 있는데 안 왔다고 막 때리니까. 난 보리밭에 엎어졌지. 난 그냥 애기를 안고 그냥 엎어졌어. 지지배는 다 죽으라고 내 등어리 머슴애만 빼가지고 아버지가 갔어. 이래 엎드려갖고 뚜드려 맞고 이래 보니까 우리 아버지가 저기 가드라고. 이제 일어나 가지고 그리 자꾸 갔어. 가보니까 글쎄 금전 구데기 안에 다 들어 앉았어 식구들이, 저 안에.

아버지를 따라 방공호로 들어가자 화자는 자신을 제외한 모든 가족들이 그곳에 있음을 알게 된다. 올케는 화자가 데리고 온 조카를 보더니 매우 반긴다. 화자는 그런 올케의 행동에 분노를 느낀다. 아버지에게 뺨을 맞은 서러운 감정이 올케에게로 향한다. 올케를 향해 분노를 표출한다.

그래 이래 내다 보니까 우리 작은 올케가 "아유 우리 애기 이리 얼른 데려
와요." 그래 내가 "지랄하고 자빠졌네"(웃음) 그랬어. 그래서 금전 구데기 이
래 애기를 그걸 안았던 걸 이래 등허리다 업고서 가서 들여다보니까 자기 딸
이 왔다고 우리 작은 올케가 "아고 쪼끄만 애기씨 얼른 애기 데려 와요." 그
래. "지랄하고 자빠졌네. 우리 다 죽으라고 내삐렸으면서." 내가 욕을 했어
울면서. 분해 죽겠더라고, 내가 울면서 막 욕을 하고 그랬어.

아버지의 따귀가 얼마나 셌는지 화자가 보리밭에 엎어질 정도였지만 상황
이 위험한 만큼 화자는 그 아픔을 크게 느끼지 못한다. 화자는 위급한 상황에
서 남자 조카만을 받아 안으며 "너는 오지 말고 죽으라."는 아버지의 말에
큰 상처를 받는다. 화자는 때 마침 반기는 올케의 반응에 그간 숨겨왔던 분노
가 폭발한다. 마치 올케가 화자를 버린 것처럼 올케에게 그 책임을 떠안기고
있는 것이다. 아버지에게 배척된 섭섭함과 울분을 올케에게 터트린 것이다.
신○○ 화자는 기억력이 좋은 화자였고 관찰력과 묘사가 뛰어난 화자였다.
이런 화자가 구술한 이야기 중에 사건이라 할 만한 것은 두 개였다. 하나는
(7)번으로 아버지에게 배척당한 사건이었고 다른 하나는 (8)번으로 인민군을
자수시킨 사건이었다.

그랬는데 그 인민군들이 그 삐라 읽는 소리를 듣고서는, 자기네는 한국군
으로 갔으면 좋겠는데 가지를 못한대. 둘이 떨어져가지고 깜깜한데 다 갔는
데, 두 사람이 총을 이렇게 들고 들어왔어. 그래가지고 그 삐라 읽는 소리
듣고서는, 우리 죽겠다고 내가
"살려주세요. 살려주세요."
막 이랬어. 우리 아버지보고 그래. 우리는 죽일라고 떨어진 게 아니고 저
기 한국 군인들한테 가고 싶다고, 어떻게 하면은 가느냐고 그래. 그래가지고
한 사람이 있다가 아까 쟈가 삐라 읽는 소리 들었다고. 그래가지고 그 삐라
가지고 오면은 때리지 않고 그냥 받아준다고 그랬다고. 우리 아버지 물으니
까는 정말로 자수 할라느냐고 그러니까 한대. 둘이서 똑같이.

화자는 하늘에서 내려오는 삐라를 주워 집으로 돌아온다. 아버지가 화자에게 삐라를 읽으라고 하자 소리 내어 읽었는데 갑자기 인민군이 나타난다. 처음에는 인민군이 부녀(父女)를 죽이려고 그런 것으로 착각하여 살려 달라고 하였으나 인민군은 자수하고 싶다는 의사를 전달하였다. 인민군은 자신들을 국군에게 데려가 달라고 요청한다. 아버지는 국군에게 인민군을 데려다 주고 자수를 시킨다.

화자가 사건이라 할 만한 이 두 사건은 화자에게 강렬한 기억으로 남아 있는 어떤 것이라 할 수 있다. 하나는 자신이 잘못한 기억으로 남아 있는 사건이고 다른 하나는 잘한 기억으로 남아 있는 사건인 것이다. 잘못한 기억과 잘한 기억이 동시에 남아 있는데 이 두 사건은 화자에게 아버지라는 존재가 얼마나 중요한 존재인가를 드러내는 사건이다. 왜냐하면 이 두 사건이 모두 아버지와 연관되어 있고 아버지에게 잘한 혹은 잘하지 못한 기억으로 남아 있기 때문이다.

부녀(父女)관계에서 발생하는 또 다른 갈등의 예로 이ㅇㅇ[9] 화자를 들 수 있다. 전쟁이 나자 이ㅇㅇ 화자의 가족은 피난을 떠나려 한다. 아버지는 피난을 가면서 화자에게 피난길에 고생하다 죽느니 집을 지키라고 한다. 그래서 어른들만 피난을 가고 화자는 홀로 집에 남는다. 어른들이 피난을 가고 밤이 되자 밖에서 총소리가 나고 인민군들이 타고 다니는 말소리가 매우 큰 소리로 들려온다. 화자는 겁에 질린다. 하지만 집에는 이런 화자의 두려움을 달래 줄 가족이 아무도 없었다.

---

9) [조사일 : 2013년 7월 11일], [조사시간 : 53분(15:30-16:23)], [구연자 : 이ㅇㅇ(여 · 1938년생)], [조사자 : 박경열 외 2인], [조사장소 : 충청북도 단양군 단양읍 별곡3리 미소지음 아파트 경로당 앞], [구연자 정보] 김ㅇㅇ의 고향은 충청북도 제천이다. 가족관계는 2남 2녀로 4남매이다. 9살에 친정어머니가 돌아가신다. 1938년생으로 전쟁 당시 나이 13세였다. 전쟁이 끝난 후 미용기술을 배워 장사를 하였는데 20세에 단양으로 시집을 가면서 그만 둔다. 부잣집이라고 생각하여 결혼하였는데 남편은 백수였다. 자식은 4남매로 2남 2녀를 두었다.

인민군들이 집에 와서는 어른들이 모두 어디 갔냐고 묻지만 어린 꼬마는 모른다는 말밖에는 할 수가 없다. 이○○ 화자는 그 날 이후부터 집에서 어린 고사리 손으로 밥을 해서 피난을 가 있는 부모에게 밥을 해 나른다. 이웃 사람이 어디 가냐고 물으면 밤을 따러 간다는 거짓말을 하며 밥을 나른다. 그렇게 화자는 피난을 간 가족들에게 식량을 나르고 주변 상황을 알려주는 일을 한다.10)

조사자가 왜 혼자 남겨지신 거냐고 묻자 화자는 "쪼만하니까 죽으라고." 이렇게 대답한다. 화자가 작다고 말하는 것의 의미는 막내라는 뜻이다. 조사 당시 이야기를 듣고 있던 청중들도 화자를 두고 가는 것은 죽으라는 소리와 매 한가지라며 이해할 수 없다는 반응을 보였다. 주변의 이런 반응과 상관없이 화자는 자신이 혼자 남겨진 이유를 '작고 천한 목숨'에서 찾았다.

박상란은 구전설화에 나타난 막내캐릭터가 소신 있게 담대하게 행동하는 이유가 책임감이나 기존 가치관으로부터 자유로웠던 배경에서 기인11)한다고 설명한다. 이 연구는 가족관계에서 막내라는 특성을 어려운 상황을 극복하게 하는 장점의 요소로 파악하고 있지만 화자는 이 막내라는 특성이 자신을 불리하고 억울하게 만드는 요소라고 생각한다. 화자는 작은 것은 쓸모가 없으니 버려진 것이라 판단한다. 화자는 가족 내 출생 순위, 즉 막내라는 특성에

---

10) [이야기 개요] 이○○의 당시 나이는 13세였다. 전쟁이 나자 주변 사람들은 피난을 가는데 화자는 어리므로 큰 문제가 없을 거라며 집에 홀로 남겨진다. 나머지 가족들은 집에서 가까운 상여가 있는 행상에 숨는다. 화자가 밥이나 먹을 것을 주변 사람들 몰래 날랐고 가서는 서로 정한 암호로 신호를 하고 음식을 건네주었다. 미군들이 들어오자 쨈을 얻기 위해 쫓아다녔다. 인민군이 올케에게 나머지 가족의 행방을 물었으나 대답하지 않자 총구로 올케를 심하게 구타한다. 전쟁이 끝나자 미용실 기술을 배운다. 아버지가 처음에 여자가 미용기술을 배우는 것이 흉한 일이라며 반대하였고 주변 친척들도 반대하였으나 화자는 기술을 배운다. 장날에 아버지가 미용실에 오셨는데 돈을 드리자 꾸중하지 않고 좋아하셨다.

11) 박상란, 「구전설화의 막내캐릭터와 그 문화적 의의」, 『한국문학연구』 37, 동국대학교 문화학술원 한국문학연구소, 2009, 172쪽.

서 갈등의 원인을 찾고 있다는 것이다.

전쟁이라는 상황에서 부모는 분명 가족의 안위를 생각해서 행동했을 것이다. 부모가 자신만 살기 위해 자식을 밀어내는 일은 없다. 상식적으로도 그렇지 않은가. 이○○의 부모도 주 9)번을 보면 화자가 어리므로 나가서 고생하느니 집에서 목숨을 보존하는 일이 더 효과적이라 판단하여 화자를 집에 남도록 했음을 알 수 있다. 그럼에도 불구하고 화자는 자신이 막내라서 아버지에게 배척되었다고 생각하고 있다.

신○○ 화자의 경우도 폭격이 시작되어 죽을 위기에 처해 있는데 화자가 방공호에도 오지 않고 멍하니 서 있으니 아버지가 화가 나서 화자를 때린 것이다. 신○○ 화자 또한 "금전 구데기 있는데 안 왔다고 막 때렸"다고 말하면서도 "지지배는 다 죽으라고 내 등어리 머슴애만 빼가지고 아버지가 갔어"라는 말을 덧붙이며 아버지가 자신을 밀어낸 이유를 '괄시가 심한 지지배'라는 특성에서 찾고 있는 것이다.

텍스트가 보여주는 부녀관계에 나타난 배척의 원인은 신○○ 화자나 이○○ 화자 모두 딸의 안전을 걱정한 데서 발생한 것이다. 그럼에도 불구하고 화자들은 자신들이 아버지에게 배척된 이유가 하나같이 자신의 존재적 특성에서 기인한다고 믿고 있다. 딸이어서 혹은 막내여서 아버지로부터 배척되었다고 믿고 있는 것이다. 텍스트가 보여주는 배척의 원인과 화자가 생각하는 배척의 원인이 다르게 나타나고 있는 것이다.

우리는 화자가 부녀관계에 나타난 갈등의 원인을 '지집애'라는 특성에서 찾고 있는 점에 주목해야 한다. 이것은 앞의 이○○ 화자가 자신의 가족 내 출생순위인 '막내'에서 갈등의 원인을 찾는 것과도 유사하다. 화자들은 공통적으로 텍스트가 보여주는 사실과 다른 것을 갈등의 원인이라 여기고 있으며 그 결과 아버지에게 배척되었다고 믿고 있는 것이다.

아버지가 자식들의 안전을 위해 했던 행동이 화자들에게는 배척으로 인식되었다. 이들은 왜 텍스트가 보여주는 것과 다른 원인을 갈등의 원인으로 말하고 있는 것일까? 이들은 아버지가 자신을 때린 이유와 자신을 집에 남게한 이유를 알고 있음에도 자신이 생각하는 다른 원인을 구술하고 있다. 이들은 실제의 원인을 거부하고 자신이 믿고 싶은 것을 원인이라 믿으면서 무엇을 얻으려 하는 것일까?

2.2. 부부(夫婦) 관계에 나타난 아내의 배척(排斥)

부부관계에서 발생하는 갈등을 살펴 볼 자료는 강○○ 화자의 이야기이다. 강○○[12] 화자의 고향은 황해도이다. 가족관계는 다섯 자매로 화자는 그 중 장녀였다. 전쟁 당시 15세였고 26세에 결혼하고 자식은 3형제를 두었다. 강춘옥 화자의 이야기를 서사단락으로 제시하면 다음과 같다.

    (1) 친정 살림이 넉넉하여 평뜨기[13]가 힘이 들자 피난 나오기로 결심하다.
    (2) 어머니가 뒷돈을 주고 배를 빌려 피난 나오다.
    (3) 동생이 울자 배를 탄 사람들이 동생을 물에 버리라고 한다.
    (4) 쌀을 가지러 갔던 아는 부부가 인민군에게 잡혀 죽을 위기에 처하다.
    (5) 잡혀 간 남편이 물에 빠져 죽자고 아내에게 신호를 보내다.
    (6) 아내는 죽지 않기 위해 고개를 돌리고 탈출하여 살아 나오다.

---

12) [조사일 : 2013년 6월 27일], [조사시간 : 46분(14:30-15:16)], [구연자 : 강○○(여 · 1936 년생)], [조사자 : 박경열 외 3인], [조사장소 : 충청북도 제천시 봉양읍 주포리 중앙아파트 경로당.], [구연자 정보] 고향은 황해도이다. 가족은 딸만 다섯으로 아들이 없었다. 화자는 장녀이다. 전쟁 당시 나이는 15세였다. 아버지가 1.4 후퇴 때 장녀만 우선 피난을 데리고 나오려 했으나, 어머니가 미리 돈을 줘서 배를 빌려 놓아 모두 피난을 나왔다. 26세에 결혼하고 슬하에 3형제를 두었다. 남편은 홀로 피난을 나와서 이산가족을 찾으려 했으나 화자가 반대한다. 화자는 지금도 이 사실을 마음 아프게 생각하고 있다.

13) 평뜨기는 한 평의 곡식을 거두어 보고 전체의 수확량을 산출하는 것이다. 화자에 의하면 많은 땅을 소유하고 있어도 수확량을 계산하여 자신들이 먹는 것 이외에는 모두 공출하는 것이 힘들어서 평뜨기가 힘들다고 했다고 한다.

(7) 26세에 남편을 만나 결혼하다.

(8) 남편이 평양에 두고 온 가족을 찾으려 하자 화자가 반대하다.

(9) 남편이 자신의 고향 주소와 가족과 헤어진 내용을 써서 아들에게 남기고 세상을 떠나다.

(10) 풍요롭진 않지만 떳떳한 삶에 만족하다.

피난을 나올 당시 화자의 동생은 어렸는데 배를 타자 무서웠는지 울기 시작한다. 동생이 울면 피난민이 있는 위치가 노출되어 다 죽을 수 있기에 사람들은 동생을 물에 넣으라고 한다. 동생이 울자 총소리가 나기 시작했다. 화자는 울음이 들리지 않도록 동생을 포대기로 덮어 두었다. 총소리가 멎자 두려운 마음으로 포대기를 열어 보았다. 다행히 동생은 죽지 않고 잠이 들어 있었다.

강○○ 화자의 서사단락은 총 9개로 구성되어 있는데 이 중 (4)에서 (6)까지는 강○○ 화자의 이야기가 아닌 아는 지인의 이야기이다. 강○○ 화자의 이야기에 다른 부부의 이야기가 액자처럼 들어가 있다. 화자의 이야기에 액자처럼 들어가 있는 이야기는 화자가 구술하고 있지만 이 이야기에는 살아나온 아내의 목소리가 담겨 있다. 이 내용을 화자가 구연한 내용 그대로 제시하면 다음과 같다.

> 그이들은 고향으로 쌀을 가지러 갔는데 아버지하고 어머니하고 둘 다 붙들리고 혜정이라는 개는 우리하고 같이 있었어요. 같이 있었는데 근데 아버지하고 어머니하고 붙들리니까 저쪽으로 중간에 배에서 잡아가니까 여기다 철사 줄로 묶었는데 여기가 막 물집이 방울방울 맺혔는데 남편이 부인보고 자꾸만 눈짓을 하더래요. 잡혀가느니 물에 빠져 죽자.
>
> 그 집하고 우리하고 수양관계를 맺었었는데 우리아버지도 제령이 고향인데 옹진에 와서 독신처럼 살았어요. 삼팔선이 맥혀 버리니까 나오다가. 저쪽은 이북이고 옹진은 이쪽으로 바다로 이남이고 이쪽은 다 이북이에요. 그랬는데 그때 잽혀갈 때 남편이 자꾸 눈짓을 했는데 왜 눈짓을 했냐고 하니까 거 낭중에 물에 빠져 죽었어요. 남자는. 근데 여자는 자꾸 죽을 맘이 없더래

요. 눈짓하는데 죽자 그러는 거 같더래요. 그냥 자꾸 안 볼라고 고개를 돌렸대요. 어떻게 탈출해가지고 왔어요. 와서 여기 동대문에 인저 종로5가에서 오랫동안 잘 살았어요.

부부는 집에 쌀을 가지러 가기 위해 아이를 맡긴다. 부부는 집에 도착하여 쌀을 챙겼으나 인민군에게 발각되어 붙잡힌다. 부부는 인민군에게 손이 꽁꽁 묶인 채 끌려갔다. 아내는 남편이 눈짓으로 물에 함께 빠져 죽자는 신호를 보냈다고 했다. 부부는 서로 말을 할 수 없는 상황이었지만 남편의 의중을 알아챘다. 부부의 마음이 통한 것이다. 하지만 아내는 남편의 마음과는 다른 행동을 선택했다.

아내는 순간 죽지 않고 살 수 있는 다른 방법이 있을 것만 같았다고 했다. 아내는 남편의 생각에 동조할 수 없었다. 아내가 생각하는 남편의 방법은 사는 길이 아니라 죽는 것이었다. 그래서 아내는 그런 남편의 마음을 모르는 것처럼 고개를 돌렸다. 남편을 쳐다보는 것은 남편의 생각에 대한 무언의 동조를 의미했으므로 다른 생각을 하고 있는 아내는 남편으로부터 고개를 돌렸다.

남편과 다른 마음을 갖는 것이 사는 길이라 생각한 아내는 남편과 분리되기를 원했다. 아내는 그야말로 살기위해 남편을 배척했다. 아내는 살기 위해 다른 곳을 보았다. 그 결과 남편은 물에 빠져 죽었고 아내는 탈출하여 살아남았다. 부부의 동상이몽(同床異夢)은 서로 다른 삶의 결과를 가져왔다. 하지만 살아난 아내의 구술은 생사(生死)에 대한 갈등에 있어 아내의 선택과 결정이 옳았다는 것을 증명해주는 역할을 한다. 그런 결정을 했기에 지금 살아서 조사자에게 그 때의 일을 말하고 있는 것이다.

부부가 갈등하는 이 상황은 생사(生死)의 갈림길이다. 생사의 갈림길에서 누구의 선택이 옳았는가의 여부는 쉽게 판단할 수 있는 부분이 아니다. 그럼에도 이 이야기는 아내의 입장에서 서술되고 있다는 점에 주목해야 한다. 생각해 보면 부부가 인민군에게 잡혀 있는 상황에서 살 수 있는 방법은 다양할 수 있다. 물에 뛰어 들자던 남편의 제안은 죽자는 뜻이 아니라 사는 한 방법일 수도 있었다. 하지만 아내는 남편의 방법을 사는 방법이라 생각하지 않고 죽는 길이라 생각했다는 점이다.

강○○ 화자의 남편은 평양출신으로 인민군으로 입대했다 탈영하였다. 탈영을 하고 집으로 돌아가자 피난을 가야 한다고 해서 부모님과 함께 피난을 나왔다. 피난을 나오다가 길이 막혀 나갈 수가 없자 도로 들어갔는데 그 과정에서 가족을 잃어버리고 혈혈단신이 되었다고 했다. 남편은 늘 가족을 그리워하며 가족을 찾으려 노력했다고 했다.

> 내가 나쁜 여자요. 왜냐면요 옛날에 KBS에서 이산가족 했잖아요. 여의도서. 내가 여의도 근처에 영등포 1동에서 내가 아가씨 때부터 여기 올 때까지 살았거든요. 그니까 건너다보이는 데서 그걸 하는데 우리 양반이 거기다 신청을 해놓고서 맨날 그 써가지고 나가서 밤이면 밤마다 새우고 안 오는 거예요. 그래서 내가 그랬어. 당신 인제 그만하라고 이러면서 이랬어요. 누구든지 형제가 만나서 못 먹고 살면 같이 먹고 멕여 살릴 수 있냐고. 그런 생각해 가지고 그때 일을 생각해서 찾지 말라고. 내가 생각해보면 가슴이 아프더라구요.

화자는 남편이 가족을 찾을 수 있는 기회가 왔지만 기회 자체를 용납하지 않았다. 화자가 반대한 이유는 가족을 찾았을 때 가족이 어려우면 부양해야 하는데 자신은 그럴 자신이 없다는 것이었다. 화자 자신도 피난 나오면서 가족이 죽을 뻔 한 경험을 하였기에 가족이 어떠한 의미인지는 충분히 이해할 수 있는 상황이었지만 화자는 남편의 마음을 헤아리지 않는다.

남편이 가족을 찾는다면 화자의 말처럼 아주 가난하여 자신의 가족에게 짐이 될 수도 있을 것이다. 그러나 그렇게 따지면 확률은 반반일 가능성도 있다. 가난할 수도 있지만 그렇지 않을 수도 있지 않은가. 방법이 하나일 리가 없다. 그럼에도 화자는 자신이 생각한 이외의 방법을 고려하지 않는다. 염두에 두지도 않는다. 화자는 자신이 생각한 방법이 최선이기에 남편의 방법을 고려하지 않는다.

갈등은 목표와 이해관계가 달라 서로 적대시하거나 충돌하는 것을 말한다. 이 세상에서 생사(生死)의 문제만큼 이해관계가 첨예하게 얽혀 있는 문제는 없을 것이다. 강○○ 화자의 이야기에 실려 있는 아는 부부의 이야기는 이야기의 분량은 짧지만 이런 점에서 부부의 갈등이 잘 드러나는 이야기라 할 수 있다. 서로 대화할 수 없는 상황에서의 무언의 부부갈등은 생사의 문제라는 점에서 그 갈등이 작다고 할 수 없다.

강○○ 화자가 피난을 나오면서 봤고 겪었던 많은 일들 중 유독 이 부부의 이야기를 자신의 이야기에 끼워 넣어 구술한 이유는 무엇이었을까? 우리가 선택하는 상황을 상기해 보면 선택은 필수적으로 그것이어야만 하는 이유를 동반한다. 이런 점에서 강○○ 화자가 전해 준 지인 부부의 이야기는 화자의 이야기와 무관하지 않음을 알 수 있다. 이 이야기가 함께 구술되어야만 하는 이유가 있다는 것이다.

지인 부부의 이야기에서 아내는 살았다. 강○○ 화자의 반대로 화자의 남편은 자신의 이산가족을 찾지 못했다. 화자는 "내가 나쁜 여자요."라고 말하고 "가슴이 아프더라구요."라고 말하지만 부부갈등의 원인이 된 남편의 이산가족 찾기는 실현되지 않았다. 이산가족을 찾자는 의견과 찾지 말자는 의견에 관한 부부갈등의 결말은 아내가 바라는 대로 남편의 이산가족을 찾지 않았다. 이것은 액자 속 이야기의 아내가 물에 빠지지 않고 탈출하여 산 것과 같다.

두 이야기는 공통적으로 아내의 선택이 옳았다는 것을 보여주고 있다. 강○○ 화자가 지인 부부의 이야기를 전하면서 굳이 지인 아내의 입장을 들려주는 이유가 여기에 있었던 것이다. 화자 또한 지인 부부의 아내처럼 옳은 선택을 했었다는 것을 보여주기 위함인 것이다. 액자 이야기는 화자의 의견에 힘을 실어주는 근거로도 힘을 발휘하지만 그 이야기는 곧 강○○ 화자의 이야기와도 다르지 않다는 것을 보여준 것이다. 아내의 선택은 옳았고 지금도 틀리지 않았다는 것이 이야기의 요지인 것이다.

자신이 나쁘고 마음이 아프긴 하지만 그때는 그럴 수밖에 없었다는 자기 정당화는 곧 부부갈등에서의 자신의 선택이 옳았다는 것을 말하는 것이다. 지인 부부의 아내가 살아 나와 잘 살았다는 것과 자신은 떳떳한 삶을 살았다는 이야기의 결말은 부부갈등에서의 남편에 대한 화자의 배척이 잘못된 결과가 아니라는 것을 증명한다는 점에서 일맥상통한다. 둘은 곧 같은 이야기인 것이고 이런 점에서 지인의 이야기는 곧 화자의 이야기인 것이다.

부부갈등은 분명 부부의 다른 생각 때문에 발생했다. 남편의 살기 위한 다른 방법 혹은 가족을 찾기 위한 바람 모두 아내와는 다른 생각으로 인해 갈등이 발생했다. 그럼에도 불구하고 구술하는 화자는 갈등의 원인을 남편이라 생각한다는 것이다. 갈등의 원인이 서로일 수 있는 가능성이 있지만 오롯이 그 짐이 남편에게 지워진다는 것이다.

부부관계에서의 갈등은 생각의 다름이 서로를 위협하는 것으로 인식되어 갈등이 되었던 것이다. 이야기가 보여주는 부부관계에서의 갈등은 서로 다른 생각에서 발생하고 있지만 이야기를 구술하는 화자는 자신과 틀린 이야기를 하는 남편을 갈등의 원인으로 지목했다. 강○○ 화자의 두 이야기는 이러한 갈등의 책임이 남편에게 있다는 것을 증명하는 근거로 작용하고 있고 그러한 주장에 힘을 실어 주는 역할을 하고 있다.

3. 전쟁체험 구술에 나타난 갈등 대응방식

경험담을 구술하는 일은 자신의 삶을 이야기하는 것이다. 조사자가 화자에게 특정 사건의 경험을 요청하여도 이야기는 항상 화자의 인생이야기로 변화한다. 그래서 체험담을 구술하는 일은 자신의 삶을 오롯이 이야기하는 행위가 된다. 체험담에는 화자의 삶이 녹아 있다. 전쟁 체험담이지만 전체의 삶이 있고 그 속에 전쟁 체험이 있는 것이다. 이런 점에서 전쟁 체험은 이야기의 끝이 아니라 과정이 된다. 전쟁 체험 구술이 이야기의 목적이 아니라는 것이다.

전쟁체험담은 과거의 이야기를 구술하는 것이다. 하지만 화자는 과거만을 구술하지 않는다. 이것은 전쟁체험담을 구술하는 화자만의 특성이기보다는 누구나 보이는 현상이다. 과거를 이야기하지만 이 과거에는 항상 현재가 공존한다. 과거와 현재는 연속선상에 있다. 이런 점에서 전쟁체험담을 구술하는 화자가 가족관계를 포용이나 이해가 아닌 배척의 방식으로 관계를 규정하고 기억하고 있다는 점에 주목해야 한다.

우리는 앞에서 부녀관계의 갈등에서도 화자가 실제와 다른 것을 갈등의 원인이라 생각하는 모습을 보았다. 부부관계의 갈등에서도 화자가 텍스트와는 다른 것을 갈등의 원인으로 생각하고 있음을 확인하였다. 가족관계에서 발생한 갈등은 배척을 낳았다. 딸은 아버지에게 배척되었고, 아내는 남편을 배척하였다. 모두가 배척의 방식으로 관계를 규정하고 있다는 점은 공통적이다.

3.1. 자기구제(自己救濟)

사람들이 형제 관계에서 가장 관심을 많이 갖는 것은 출생순위라고 한다. 많은 사람들이 출생 순위가 우리의 특성에 영향을 준다고 생각한다는 것이다. 예를 들면 장녀는 책임감 있고 어른스럽고 성취 지향적이고 고지식한 반면 막내는 애교가 많고 조금 미숙하지만 유연하다고 생각한다는 것이다. 연구자들에 의하면 실제로는 그렇지 않다고 한다. 그럼에도 불구하고 사람들은 출생 순위에 따라 형제의 심리적 특성이 다르다고 굳게 믿고 있다는 것이다.[14]

실제는 그렇지 않지만 그렇다고 믿는 것. 딸이라는 특성이 이유가 아님에

---

14) 양혜영, 『형제라는 이름의 타인』, 올림, 2001, 209-212쪽.

도 딸이기 때문이라고 믿는 것. 막내여서가 아님에도 막내이기 때문이라고 믿는 것은 모두 그렇게 믿음으로서 얻게 되는 이득이 있기 때문일 것이다. 그렇다면 부녀관계의 갈등에서 화자들이 갈등의 원인을 자신에게서 찾음으로써 얻고자 하는 것은 무엇일까? 고통을 감수하면서까지 얻고자 하는 것은 과연 무엇인가?

부녀관계에서 발생한 갈등의 원인은 딸이기 때문이라든가 막내이기 때문이 아니었다. 그럼에도 딸은 아버지에게 배척되었다고 확신하였다. 배척의 원인을 자신에게서 찾았다. 그 원인을 사회·문화적으로 인식되어 온 딸과 막내라는 관념에서 찾았다. 그러나 가만히 생각해 보면 딸인 이유와 막내인 이유는 내 탓이 아니다. 딸과 아들의 역할은 타고 나는 것이지 노력해서 얻은 결과물이 아니다. 어떤 행동의 결과가 아니다.

부녀관계의 갈등의 원인이라 여겼던 딸이라는 특성, 막내라는 특성은 사회적 관념이나 가치와 관련이 있는 것이고 그것은 곧 개인의 책임이 아니니 이런 점에서 화자는 부녀관계에 나타난 갈등의 원인이 되기가 어렵다. 화자는 부녀관계에서 발생한 배척이 딸이기 때문이라고 했지만 딸이라는 속성은 화자의 탓이 아니니 화자는 갈등 유발자가 아니다.

전쟁체험이 철저하게 화자의 관점에서 구술된다는 점을 감안하면 스스로 책임을 떠안는 경우는 없다고 보아도 무방하다. 실제로 화자들의 구술에서 그 책임을 자신에게 돌리는 경우는 거의 없다. 심지어 전쟁의 피해자들이 가해자라고 지목했던 사람도 자신의 관점에서는 전쟁의 피해자라 주장한다. 그래서 전쟁에는 피해자만 있고 가해자는 없다고 하지 않는가. 이것은 이야기가 철저하게 자신의 관점으로 이루어진 결과물이라는 증거이다.

그럼에도 화자는 자신을 갈등의 원인으로 여겼다. 아버지는 딸의 안전을 걱정하여 조심스럽지 못한 딸을 때렸지만 딸은 그것을 알고 있으면서도 아버지가 자신을 밀어낸 이유를 자신이 딸이라는 속성에서 찾았다. 화자는 사실과 다른 것을 사실이라 믿고 그것을 원인으로 여겼다. 갈등관계에서 갈등의 원인을 대상에게 전가할 수도 있지만 화자는 자신이 갈등의 원인이 아님에도 스스로 자처하며 고통을 짊어졌다. 자신을 갈등의 고통에 내던진 것이다.

딸이라는 특성은 사회적 관념이나 가치와 관련이 있는 것이므로 부녀관계는 회복될 가능성이 열린다. 딸이라는 가족 내의 역할 또는 막내라는 위치는 갈등의 원인이 되면서 동시에 부녀관계의 갈등이 해소되는 지점이 된다는 것이다. 화자가 텍스트가 보여주는 갈등의 원인과 다른 이유를 갈등의 원인으로 고집했던 이유가 여기에 있다. 부녀관계에서의 갈등 해결은 이러한 고통을 감내한 딸의 노력의 결과 성취된 것이라 할 수 있다.

딸과 막내라는 특성은 바뀔 수 없지만 이러한 특성은 타고나는 것이니 이들이 구제될 수 있는 정당성은 충분하다. 그래서 딸과 막내가 부녀관계의 갈등의 원인이 되고 해결의 실마리가 되는 과정은 스스로를 단죄하면서 스스로를 극복하는 자기 구제(救濟)와도 같다. 이러한 자기 구제는 모자란 그래서 한편 불완전한 아버지를 용서한 결과물이 아니다. 그렇다고 아버지의 세계에 들어가기 위해15) 아버지를 껴안는 것도 아니다. 오롯이 자신을 위해 감내하고 스스로를 올곧게 세우기 위한 과정의 결과물인 것이다.

문학치료학에서는 인간관계 중에서도 가족관계의 중요성을 인식하여 서사의 주체를 자녀, 남녀, 부부, 부모 네 가지로 나누었는데 이 분류는 입장에 따라 세상을 보는 관점 자체가 다르다는 것16)을 반영한 것이다. 그리고 관계

---

15) 이 지점이 '집 나가는 딸' 유형의 설화와는 다른 지점이라 할 수 있다. 부모와 자식의 갈등, 특히 부녀 갈등에서 딸들이 보여주는 행동과는 다르다. 신동흔에 의하면 아버지를 거역하고서 집에서 분리된 평강공주와 내 복에 사는 딸, 감은장애기들은 자신의 삶을 부모로부터 분리해 내고 그럼으로써 아집에 빠졌던 부모들을 일깨우는 서사라 하였다. 부녀갈등의 결과 발생하는 분리는 타의적이고 하고 자의적이기도 하다. 그렇지만 결과론적으로 보자면 이러한 분리는 자의적인 성격이 강하다 할 수 있다. 그 분리가 독립으로 이어진다는 측면에서 그렇게 해석할 수 있다. 그러므로 전쟁체험담에 나타난 부녀갈등에서의 배척은 설화에서의 분리와는 다르다. 분리나 배척의 주체가 누구냐에 따라 다르기도 하지만 그 결과도 사뭇 다르다(신동흔, 「구비문학에 나타난 부녀관계의 원형」, 『구비문학연구』 28, 한국구비문학회, 2009, 111-112쪽.).

16) 정운채, 「문학치료학의 서사이론」, 『문학치료연구』 9, 한국문학치료학회, 2008, 255쪽.

의 주체가 관계를 어떻게 운영하느냐에 따라 가르기, 밀치기, 되찾기, 감싸기 서사[17]로 나누었다. 서사 주체가 관계를 맺기 위한 대상에게 나타내는 태도를 이렇게 분류한 것이다.

문학치료학의 서사 이론에 따르면 신○○ 화자의 서사는 부모 밀치기 같으면서도 부모 감싸기 같으며, 자녀 가르기 같으면서도 자녀 밀치기 서사가 나타나는 것처럼 보인다. 화자가 부모를 크게 원망하는 기미가 보였다면 부모 밀치기일 가능성이 크지만 그런 기미가 보이지 않는다. 화자는 아버지가 자녀 밀치기를 하고 있다고 말하고 있지만 화자는 스스로 부모밀치기 서사도 동시에 진행하고 있는 것이다.

실제로 이야기에서는 고난을 부여하지 않지만 화자는 아버지가 고난을 부여한다고 믿고 있다. 화자는 아버지를 극복할 때 다시 말하면 고난을 극복할 때 성취감을 느끼고 그런 자신을 만족해한다는 것[18]이다. 부녀관계의 갈등에서 아버지는 시험의 주체이면서 시험을 증명하는 주체로써 화자의 디딤돌이 되고 있는 것이다. 스스로에게 고난을 부여하며 벌주고, 그런 자신을 다시 용서하는 일련의 과정은 화자가 스스로 일군 자신의 삶을 증명하는 과정인 것이다. 이런 점에서 화자에게 부녀관계의 갈등은 자신의 가치를 증명해주는 역할을 하는 것이다.

---

17) 정운채, 「문학치료학의 서사 및 서사의 주체와 문학연구의 새 지평」, 『문학치료연구』 21, 한국문학치료학회, 2011, 266쪽.

18) 이 지점을 맞닥뜨리며 '존재의 서사'를 떠올렸다. 신동흔은 문학치료학이 중요하게 생각하는 '관계의 서사'에 '존재의 서사'를 함께 고민해야 한다는 제언을 한 적이 있다. 아직 '존재의 서사'라는 개념이 명확히 잡히지는 않지만 '관계의 서사'에서 해결되지 않은 문제들을 해결할 수 있는 가능성에 대해서는 충분히 공감하고 있다. 신○○ 화자가 지향하는 것은 자신의 존재 가치에 의미를 부여하는 것인데 이러한 측면을 고려해보면 존재의 서사를 적용할 수 있을 것이라 생각한다(신동흔, 「문학치료학의 서사이론의 보안·확장 방안 연구」, 『문학치료연구』 38, 한국문학치료학회, 2016, 33-36쪽.).

3.2. 자기극복(自己克服)

『구비문학대계』에는 부모를 봉양하기 위해 아이를 묻거나 혹은 아이를 살해하는 이야기가 있다. 자신의 부모를 봉양하기 위해 자신의 자식을 묻으려는 〈손순매아〉와 아들을 삶은 물로 노모의 병을 낫게 한다는 〈동자삼〉이 그것이다. 이 이야기는 효를 실행하는 모범이고 전범으로 많이 회자되는 이야기이다. 자신의 부모를 봉양하기 위해 자신의 자식을 사지로 내몰아야 하는 아이러니가 발생하지만, 결과는 노모를 잘 봉양한 효자 부부의 이야기로 기억된다.

〈손순매아〉에서 부부는 아이가 노모의 음식을 빼앗아 먹자 노모를 봉양하기 위해 아이를 묻기로 한다. 부부는 아이는 다시 얻을 수 있지만 어머니는 다시 구하기 어려우니 아이를 땅에 묻어 어머니를 배불리 먹게 해 드리겠다고 결심한다. 어머니를 봉양하기 위해, 자신의 자식을 묻기로 결정한다. 이들 구전서사에서 누가 먼저 아이를 묻자고 제안하는지는 분명하게 드러나지 않지만 대부분의 부부는 누가 먼저랄 것도 없이 아이를 묻는 데 합의[19]를 한다는 것이다.

〈동자삼〉에서는 효심이 깊은 부부가 있었는데 어머니의 병이 낫지 않자 중이 아들을 삶아 그 물을 드시게 하면 나을 것이라는 말에 아들을 솥에 넣고 삶는다. 노모는 부부가 만든 약을 먹고 병이 나았는데 이 때 솥에 넣었던 아들이 살아 돌아온다. 가마솥을 열어 보니 그 안에 동자삼[20]이 있었다는 내용

---

19) 김영희는 『한국구비문학대계』에 실려 있는 〈손순매아〉류의 이야기를 20편 선별하여 논의를 진행하였는데 3편 정도가 손순이 먼저 제안하거나 아내가 먼저 제안한다고 하였다. 공통된 사항은 부부 중 누가 먼저 하자고 제의를 하더라도 제의를 듣는 남편이나 아내가 거절하는 경우는 없다는 것이다. 누가 먼저랄 것도 없이 이러한 제안에 동의한다는 것이다(김영희, 「한국 구전서사 속 '부친살해' 모티프의 역방향 변용 탐색」, 『고전문학연구』 41, 한국고전문학회, 2012, 346-347쪽.).

20) 김영희가 정리한 이야기는 총 36편 정도이다. 공통점은 시부모의 병이 사람고기나 아이 삶은 물을 먹어야 낫는 병이고 이러한 정보를 알게 된 쪽이 의논을 청하고 특별한

이다. 〈손순매아〉에서의 부부가 자신의 자식을 손수 묻어야 하는 상황이라면 〈동자삼〉에서는 아이를 가마솥에 넣어야만 한다.

이 두 이야기는 어떠한 형태로든 부모자식의 관계를 지키기 위해 부자관계를 져버려야 하는 상황이다. 자신의 부모와의 관계에서 자식의 도리를 행하기 위해 자신의 자식과의 관계를 져버려야 하는 것이다. 두 관계 중 하나의 관계를 선택해야 하는 상황은 분명 갈등상황이다. 이러한 상황에서의 선택은 무엇을 더 중요하게 여기고 있는가를 짐작케 한다.

이 두 이야기는 자신의 자식을 버려야 하는 상황인데 부부의 갈등이 나타나지 않는다. 부부는 너무 쉽게 하나가 되고 의견일치를 본다. 강○○ 화자의 이야기에 보이는 부부갈등이 나타나지 않는다. 충분히 갈등이 나타날 수 있는 상황이지만 부부갈등은 보이지 않는다. 부부 중 어느 누구도 고민하지 않고 괴로워하지도 않으며 갈등하지도 않는다.

본고에서 살펴 본 부부관계에서의 갈등은 생각의 다름에서 발생하였지만 아내가 바라보는 갈등의 원인은 남편이 틀렸기 때문이다. 강○○ 화자의 이야기에 등장하는 아내들의 의견은 부부갈등의 원인이 남편이라는 것이다. 실제는 그러하지 않지만 남편에게 오롯이 그 짐을 떠안기는 모습은 부녀관계에서 딸이 일방적으로 갈등의 원인이 되어 짐을 짊어지는 것과 유사하다.

부부관계에서 아내가 남편을 이렇게 여지(餘地) 없이 대하는 이유가 무엇일까? 아내는 남편을 왜 일방적으로 밀치기 하고 있는 것일까? 아내는 왜 실제와 다른 이유를 고집하면서 남편을 배척하고 있는 것일까? 〈손순매아〉나 〈동자삼〉의 부부처럼 화자는 왜 이런 강박적인 행동을 보일까? 그럼으로써 아내는 무엇을 얻고자 하는 것일까?

체험담은 구술하는 화자의 일대기가 담겨 있다. 그러니 우리가 다룬 부부

갈등 없이 합의한다는 것이다(김영희, 「한국 구전서사 속 '부친살해' 모티프의 역방향 변용 탐색」, 『고전문학연구』 41, 한국고전문학회, 2012, 350-352쪽.).

관계에 나타난 갈등은 편린(片鱗)이다. 갈등이 일생(一生)의 부분이긴 하지만 그 편린은 전체와 긴밀하게 연관되어 있고 관계에서 연속성을 지닌다. 아내의 체험담에 남편은 등장하기도 하고 그렇지 않은 경우도 있다. 여성이 구술하는 체험담에서는 이러한 현상[21]이 두드러지게 나타난다.

여성의 체험담에 남편이 등장하거나 등장하지 않는 문제는 중요하지 않지만 여성의 체험담에서 남편이 고난을 상징한다는 것은 중요하다. 남편은 아내에게 극복해야 할 대상이고 제거해야 할 장애물로 인식된다는 것이다. 남편이 실제로 아내를 힘들게 했기 때문에 장애물로 인식되는 것과 상관없이 체험담에 등장하는 남편은 아내에게 걸림돌이고 장애물일 때 존재가치를 발한다는 것이다. 아내는 고난을 극복한 자신의 삶을 말하기 위해 남편이 필요한 것이고 남편은 이런 역할을 수행할 때 존재 가치를 지니는 것이다.

가정갈등을 소재로 한 고소설의 이본들이 보이는 공통적 현상 중의 하나가 주인공의 고난 부분이 확대되어 나타나는 것인데 이유는 고난이 많으면 많을수록 고난 극복담은 더 큰 가치를 지니기 때문이다. 여성의 전쟁체험 구술에 나타난 고난은 이야기의 핵심이 아니지만 그럼에도 화자가 고난 부분을 공들여 구술하는 이유는 자신의 삶이 얼마나 힘들고 어려웠는가를 보여주기 위함이다.

이러한 구술에서 사실은 크게 중요하지 않다. 그것보다 중요한 것은 이런 고난을 다 겪고도 살아있는 화자 자신이다. 화자의 존재 그 자체인 것이다. 그러니 전쟁체험을 구술하는 행위는 자신의 대단함을 스스로 드러내는 표현방법인 것이다. 화자는 자신에게 주어진 고난을 거부하지 않았다. 때론 스스로 자처하여 자신을 고통에 내던지기도 했다. 그럼에도 모든 것을 스스로 극

---

21) 여성화자들의 체험담, 특히 시집살이나 피난살이와 관련된 체험담에는 유독 남편의 부재가 많이 등장한다. 남편은 현실적으로 살아 있지만 없는 존재로 치부되거나 혹은 공간적으로 분리되어 아내와 긴밀한 관계를 맺지 못하는 존재로 등장하는 경우가 허다하다(박경열, 「시집살이담의 갈등양상과 갈등의 수용방식을 통해 본 시집살이의 의미」, 『구비문학연구』 32, 한국구비문학회, 2011, 132-134쪽.).

복하여 자기극복(自己克服)의 삶을 완성한 것이다.

아내가 부부관계에 나타난 갈등의 원인으로 남편을 고집한 이유가 여기에 있는 것이다. 고난 때문에 혹은 남편 때문에 '이 모양 이 꼴인' 삶이 될 수도 있었지만 '그럼에도 불구하고 건재한 자신'을 완성하기 위해 남편이 필요했던 것이다. 화자는 부부갈등을 통해 고통을 감내하며 자신 스스로를 구제하고 고난을 극복한 온전한 삶의 서사를 완성한 것이다.

자신 스스로를 구제하고 고난을 극복한 이들의 삶은 분명 갈등을 포용이나 이해로 극복한 이들과도 다른 서사를 보인다. 포용의 가족관계를 기억하는 화법과 배척의 가족관계를 기억하는 화법은 분명 다르다. 연구자가 조사한 화자 중에는 친정아버지의 사랑을 극진히 받은 경험이 있는 화자22)가 있었다. 결혼하여 출가한 화자였는데 남편과 피난을 가다 전염병에 걸려 죽을 위기에 처한다. 더 이상 피난을 갈 수 없자 경찰에게 도움을 요청한다. 경찰이 화자의 친정에 전화를 걸어 딸의 상태를 알리자 친정아버지가 50리 길을 걸어 딸에게 왔다.

부녀관계가 포용과 이해로 귀결되는 이 이야기는 화자가 주체가 아닌 대상이다. 나의 존재가치가 대상을 통해서만 드러난다는 것이다. 배척으로 귀결되는 이야기의 화자는 자신이 주체가 된다. 객체화되지 않는다. 자신을 이해시키기 위해 대상을 이용하는 경우는 있지만, 이야기의 핵심은 자신의 존재가치를 드러내는 데 집중되어 있다. 이러한 화법의 차이는 서사의 차이로 귀

---

22) [자료명 : 20130711김ㅇㅇ(단양)], [조사일 : 2013년 7월 11일], [조사시간 : 47분 (14:30-15:17)], [구연자 : 김ㅇㅇ(여·1928년생)], [조사자 : 박경열외 2인], [조사장소 : 충청북도 단양군 단양읍 별곡3리 미소지움아파트 경로당 앞], [구연자 정보] 1928년생으로 당시 나이 86세였다. 고향은 경상북도 봉화이고 가족은 오남매 중 셋째이다. 16세에 결혼해서 영주에 살게 된다. 결혼한 지 5년 만에 첫 아이를 낳는다. 첫 아이를 낳은 다음해에 전쟁이 난다. 전쟁이 나자 남편과 아이와 함께 피난을 간다. 피난을 갔다가 전쟁이 끝날 무렵 장티푸스에 걸려 죽을 고생을 한다. 친정아버지와 친정 가족의 헌신적인 도움으로 다시 회복한다. 자식은 6남매를 두었다.

결된다.

부녀관계나 부부관계에서 발생한 갈등은 화자에게 이러한 고난을 잘 극복함으로써 현존하게 된 자신을 지지하는 역할을 한다. 이 갈등은 화자의 고난을 잘 드러내 주었던 것이다. 부녀관계의 갈등에서 아버지는 딸의 디딤돌로써 일조하였고, 남편은 아내의 장애물로써 도움을 주었던 것이다. 그리하여 화자는 스스로를 구제하고 스스로를 극복한 자기극복의 서사를 완성할 수 있었던 것이다.

4. 결론

이 연구는 여성의 전쟁체험 구술에 나타난 가족관계의 갈등과 대응방식을 살펴보았다. 전쟁체험 구술에 나타난 가족관계의 갈등은 부녀관계와 부부관계에 한정하여 살펴보았다. 실제 부녀관계와 부부관계에 나타난 갈등의 원인과 화자가 구술하는 갈등의 원인이 다르게 나타났다. 화자가 갈등을 원인을 다르게 보는 이 관점은 화자의 의도가 반영된 것이다.

부녀관계의 갈등은 폭격이 시작되었는데 방공호에 오지 않은 자식을 혼내면서 시작되었고, 자식이 너무 어리기에 집에 남아 있어도 큰 문제가 없을 것이라 생각하여 두고 오는 데서 발생하였다. 화자들은 아버지가 자신들에게 그렇게 행동한 이유를 말하면서도 자신이 배척된 이유를 딸이라는 가족 내의 역할과 막내라는 출생순위에서 찾았다. 자신을 갈등의 원인이라 여겼고 그래서 아버지에게 배척되었다고 판단하였다.

부부갈등의 경우는 생사의 문제와 남편의 이산가족을 찾는 문제에서 부부갈등이 발생하였다. 갈등의 원인은 서로 다른 의견 때문이었다. 살기 위한 다양한 방법이 있고 남편의 이산가족 문제를 해결할 수 있는 다른 방법이 있을 수 있었지만 아내는 남편을 틀리다고 전제하고 강박적으로 남편을 배척하였다.

화자가 부녀관계에서 갈등의 원인을 자처한 이유는 스스로에게 고난을 부여하여 벌을 주고 자신을 용서하는 과정을 통해 스스로를 구제하기 위함이었다. 갈등의 원인이 되어 고통을 자처하는 것은 자신에게 주어진 고난을 감내하기 위함이다. 아버지는 이런 의미에서 고난을 부여한 존재가 되고 아버지는 화자를 곧추 세우는 디딤돌의 역할을 하고 있는 것이다.

아내가 남편을 배척하는 이유는 남편이 고난을 상징하기 때문이다. 그래서 남편은 극복 대상이고 제거해야 할 장애물인 것이다. 화자는 모든 고난을 이겨낸 자신을 말하기 위해 남편이 필요한 것이다. 그리하여 화자는 가족관계를 통해 고통을 감내하며 자신 스스로를 구제하고 그럼으로써 자기를 극복하여 자신을 일구어 낸 성공한 자기만의 서사를 완성한 것이다.

이러한 구술에서 사실은 크게 중요하지 않다. 그것보다 중요한 것은 이런 고난을 다 겪고도 살아있는 화자 자신이다. 화자의 존재 그 자체인 것이다. 그러니 전쟁체험을 구술하는 행위는 자신의 대단함을 스스로 드러내는 표현 방법인 것이다. 화자는 자신에게 주어진 고난을 거부하지 않았다. 때론 스스로 자처하여 자신을 고통에 내던지기도 했다. 그럼에도 모든 것을 스스로 극복하여 자기극복(自己克服)의 삶을 완성한 것이다.

참고문헌

권귀숙, 『기억의 정치-사회적 기억과 진실』, 문학과 지성사, 2006.

김경섭, 「'전쟁의 기억'과 '기억의 전쟁'」, 『통일인문학』 57, 건국대학교 인문학연구
　　　원, 2014.

김귀옥, 「한국전쟁기 남성부재와 시집살이 여성」, 『역사비평』 101(겨울호), 역사비평
　　　사, 2012.

김영범, 「기억에서 대항기억으로 혹은 역사적 진실의 회복 : 기억투쟁으로서의 4·3
　　　문화운동 서설」, 『민주주의와 인권』 제3권 제2호, 전남대학교 5·18연구
　　　소, 2003.

김정경, 「자기 서사의 구술시학적 연구」, 『한국문학이론과 비평』 13-3(제44집),
　　　한국문학이론과 비평학회, 2009.

김종군, 「분단체제 속 사회주의 활동 집안의 가족사와 트라우마」, 『통일인문학』 60,
　　　건국대학교 인문학연구원, 2014.

박경열, 「시집살이담의 갈등양상과 갈등의 수용방식을 통해 본 시집살이의 의미」,
　　　『구비문학연구』 32, 한국구비문학회, 2011.

박경열, 「제주 여성 생애담에 나타난 4.3의 상대적 진실」, 『인문학논총』 47, 건국대학
　　　교 인문학연구원, 2009.

박경열, 「고소설의 가정갈등에 나타난 악행 연구」, 건국대학교 박사학위논문, 2007.

박상란, 「구전설화의 막내캐릭터와 그 문화적 의의」, 『한국문학연구』 37, 동국대학교
　　　문화학술원 한국문학연구소, 2009.

박찬승, 『마을로 간 한국전쟁』, 돌베개, 2010.

박현숙, 「좌익가문 여성의 삶을 통해 본 통합서사 -수동댁 전쟁체험담을 중심으로-」,
　　　『통일인문학』 64, 건국대학교 인문학연구원, 2015.

신동흔, 「구비문학에 나타난 부녀관계의 원형」, 『구비문학연구』 28, 한국구비문학
　　　회, 2009.

신동흔, 「문학치료학 서사이론의 보완·확장 방안 연구」, 『문학치료연구』 38, 한국문
　　　학치료학회, 2016.

신동흔, 「한국전쟁 체험담을 통해 본 역사 속의 남성과 여성 -우리 안의 분단을
　　　넘어서기 위하여-」, 『국문학연구』 26, 국문학회, 2012.

신동흔, 「한국전쟁 체험의 구술과 세계관적 의미화 양상」, 『통일인문학』 65, 건국대
　　　학교 인문학연구원, 2016.

심우장, 「전쟁체험담 구술에서 '눈물'의 위상」, 『통일인문학』 64, 건국대학교 인문학
연구원, 2015.

안태윤, 「딸들의 한국전쟁 −결혼과 섹슈얼리티를 중심으로 본 미혼여성들의 한국전
쟁체험−」, 『여성과 역사』 7, 한국여성사학회, 2007.

양혜영, 『형제라는 이름의 타인』, 올림, 2001.

윤택림, 「서울사람들의 한국전쟁」, 『구술사연구』 2−1, 한국구술사학회, 2011.

윤택림, 『인류학자의 과거여행 : 한 빨갱이 마을의 역사를 찾아서』, 역사비평사,
2003.

이성숙, 「한국전쟁에 대한 젠더별 기억과 망각」, 『여성과 역사』, 7, 한국여성사학회,
2007.

이임하, 『전쟁미망인, 한국현대사의 침묵을 깨다』, 책과 함께, 2010.

정운채, 「문학치료학의 서사 및 서사의 주체와 문학연구의 새 지평」, 『문학치료연구』
21, 한국문학치료학회, 2011.

정운채, 「문학치료학의 서사이론」, 『문학치료연구』 9, 한국문학치료학회, 2008.

표인주 외, 『전쟁과 사람들 −아래로부터의 한국전쟁 연구』, 한울아카데미, 2003.

한국구술사학회편, 『구술사로 읽는 한국전쟁』, 휴머니스트, 2011.

'완장 단 사람'으로 본 '지역빨갱이'의
모방서사와 트라우마

김 정 은

1. 서론

　전쟁을 겪지 않은 지금의 세대에게 6.25전쟁이란 공산주의 사상과 자유주의 사상 중 어떤 사상을 가지고 있는가, 혹은 어떤 정부를 지지하는가에 따라 북한의 인민군과 남한의 국군이 맞서 싸운 싸움이라 생각하게 된다. 그러나 현재 휴전의 상태로 평화로운 삶을 살고 있는 듯 하지만, 연평도 등의 서해안 교전이 있을 때, 북한의 핵실험 이야기가 오갈 때, 북한정권이 정권유지를 위해 숙청 등의 무리수를 둘 때, 종북주의가 정치적이슈가 될 때마다 이념과 이데올로기에 대한 논쟁과 갈등은 여전하다. 연구자가 한국전쟁체험을 2년 여간 조사하는 과정에서 60년이 지났음에도 전쟁에 대한 공포, 전쟁에 대한 불안 등을 생생하게 느껴지게 구술하는 화자들이 있었다. 특히 앞선 사건 등이 현재에 반복될 때는 더욱 그 불안이 커진다. 그렇게 어제 일처럼 생생하게 구술하는 화자들의 심리에는 남북으로 분단되어 있는 현재의 상황 혹은 정세와 맞물려 전쟁의 공포와 불안이 다시 재현되지 않았으면 하는 간절함이 있다. 전쟁세대가 겪은 전쟁의 충격, 공포가 그 당시의 과거의 문제만으로 구술되지 않는 것이다. 정권과 정세에 따라 현재에도 어떻게 바뀔지 모르는 지금의 문제가 6.25전쟁이다.

여기서 '어떻게 바뀔지 모른다'라는 인식 저변에는 6.25전쟁을 통해 한 순간의 선택이 삶을 죽음으로 바꾸고, 천대받던 사람들이 '완장'을 차고 사람들의 생사를 가늠했던 경험과 기억이 아직도 남아 있기 때문이다. 할머니, 할아버지들이 전쟁체험담을 구술하면서, 국군과 인민군, 미군을 비롯한 UN군과 중공군에 대한 경험을 이야기하는 과정에서 유독 아직까지도 분노하며 미워하는 세력이 있는데, 그것이 바로 지역빨갱이[1]다. 이 지역빨갱이는 다른 말로 바닥빨갱이, 지방 빨갱이라 불리는데, 우리가 공교육을 통해 인간적이지 못한 야만적인 행동을 일삼는 빨갱이의 형상과 이어진다. 주목하게 되는 것은 북에서 내려온 인민군을 정규군이라 하며, 바닥빨갱이와 구분하는데, 전쟁의 주범이라 생각하는 인민군에 대해서는 적개심이나 공포심이 덜한데 반해, 지역빨갱이에 대해서는 두려움, 공포, 분노가 극대화 되어 구술한다는 점이다.

한국전쟁은 삶이 뒤바뀌는 격변의 시절이었다. 어떤 사상을 택하느냐에 따라, 어느 삶을 선택하느냐에 따라 계급과 계층이 뒤바뀌기도 했고, 때로는 죽음이 가까워지기도 했다. 전쟁을 겪지 않은 세대의 입장에서 전쟁 당시의 공포와 참혹함을 똑같이 느낄 수는 없지만, 전쟁으로 인해 이유 없는 죽음, 억울한 죽음을 당해야 했던 당대인들의 불안과 분노를 전쟁체험담의 구술을 통해 어느 정도는 공명할 수는 있다. 그 분노, 적개심의 정점에 지역빨갱이가

---

1) 빨갱이는 북한의 인민군만이 아니라, 사회주의 사상, 좌익 사상, 종북사상을 따르는 무리를 일컫는 말로 정의할 수 있다. 여기서 '지역 빨갱이'란 말은 구술하는 화자들의 공통된 기준에 따른 용어이다. 주로 구술자들은 바닥빨갱이라 칭하는데, 북에서 내려온 인민군과 구분되어, 남한 각 지역에서 사회주의를 지지하며 좌익활동을 하거나, 인민군을 지지하는 하는 사람들을 모두를 말한다. 주로 북한의 정규군은 전쟁을 하기위해 계속 남하하기 때문에, 지역민들 중 좌익활동을 했거나, 지지하는 사람들에게 통치권이나 치안 등을 하는 권력을 주어 주민들을 인솔하게 한다. 인공치하에서는 이들이 득세하여 가해자로 활동을 하였고, 수복이후에는 상황이 역전되어 죽임을 당하거나 고향을 떠났다.

있는 것이다. 지역빨갱이는 인민군이 내려오자 마을에서 천대받던 사람들이 '완장'을 달고 한 순간에 어제와 다르게 큰 권력을 쥐게 되어 자신의 뜻과 맞지 않는 사람을 제거하거나 배제하는 과정에서 많은 패악을 자행하는 세력이었다. 빨갱이라고 생각하면 '악마화'된 형상을 가진 사람들로 전쟁의 기억에 전승되는 사람들이다.

조사과정에서 남북한의 갈등은 아직도 계속되고 있다고 생각하며, 정권과 정세에 따라 어떻게 변할지 모른다며 모든 것을 사실대로 말하기 두려워하는 할머니 할아버지를 만나곤 한다. 그 심리에는 전쟁이 시작되고 인공시절을 겪을 때, 지역빨갱이들이 군인이나 경찰, 공무원 등의 우익과 관련된 가족들을 인민재판 등으로 피해를 주거나 몰살하는 것을 보았던 것이 트라우마[2]가 되었기 때문이다. 또한 다시 인천상륙작전으로 서울 등을 수복했을 때, 다시 우익 세력들이 지역빨갱이 등의 좌익세력과 그들의 가족에 대해 범했던 보복과 제거의 과정이 반복되면서, 말 한마디로 삶과 죽음이 갈리는 것을 목격하거나 체험하면서 그에 대한 불안과 두려움이 커진 것이다.

어떤 세력이 '완장'을 달았느냐에 따라 사람의 삶과 죽음이 갈라지고, 끊임없는 반목과 이간질이 벌어졌던 경험이야말로 총칼보다 무서운 한국전쟁체험의 트라우마가 되어 많은 사람들의 입을 60년이 지나도 다물게 하고 있다. 물론 구술사, 인류학, 역사학적인 관점에서 '빨갱이에 대한 기억'으로 전쟁을 다시 조명하는 논문[3]들이 있었고, 구비문학적인 관점으로 전쟁을 고찰하는

---

2) 트라우마(trauma)는 외상 후 스트레스 장애(post-traumatic stress disodor : PTSD)를 의미하는 정신의학적 용어를 축약해서 일반화 한 것이다.

3) 학술적으로 6.25전쟁과 관련한 구술사적 논문들은 상당한 수다. 그중 여기서는 빨갱이에 대한 기억을 중심으로 풀어낸 대표적 성과를 제시하면 다음과 같다. 박정석, 「전쟁과 '빨갱이'에 대한 집단 기억 읽기」, 『역사비평』, 2002년 여름호, 역사문제연구소, 2002; 박정석, 「진주 지역 국민보도연맹사건 희생자와 유족들」, 『역사비평』96권, 역사비평사, 2011; 윤형숙, 「한국전쟁과 지역민의 대응 : 전남의 한 동족마을 사례중심으로」, 『한국문화인류학』제35집 2호, 2002; 윤택림, 『인류학자의 과거여행: 한 빨갱이 마을의 역사를 찾아서』, 역사비평사, 2003; 김왕배, 「한국전쟁의 기억과 반공 보수성의 고착 : '남정리'

논문4)들이 있었다. 더 나아가 이런 체험담들이 어떻게 반목과 보복으로 얼룩진 한국전쟁의 트라우마를 어떻게 극복하고 치유5)할 수 있는가가 논의되기 시작했다. '통합서사의 담론화'6)가 논의되기는 했지만, 그 트라우마의 정점에 있는 지역빨갱이에 대한 서사적 논의는 아직 미진하다.

물론 '완장 단 사람'의 서사적 특징은 비단 한국전쟁에서만 보이는 것은 아니다. 그러나 한국전쟁이 가지는 이데올로기적인 특성과 맞물려 전쟁으로 인해 남과 북의 모든 민중들은 완장단 사람들의 특성이 있는 정치권력의 극단적인 파괴와 폭력을 경험했다 하겠다. 그리고 그 파괴와 폭력의 정점에 있는 사람들이 '지역빨갱이'인데, 그들은 '완장 단 사람'들이 가진 권력의 모방성과 폭력성을 답습하고 있다는 것을 볼 수 있다. 이에 본고에서는 한국전쟁에서 가장 큰 분노와 적개의 대상이 되고 있는 지역빨갱이의 특징을 '완장을 단 사람'으로 일반화해 그 권력의 성격을 서사적으로 풀어보고, 지역빨갱이에게 가지는 분노와 두려움이 어떻게 극복될 수 있을지 모색해 보고자 한다.

한 부부의 생애를 중심으로」, 『한국문화인류학』제42집 1호, 한국문화인류학회, 2009.

4) 신동흔, 「역사경험담의 존재양상과 문학적 특성-6.25체험담을 중심으로」, 『국문학연구』 제23호, 국문학회, 2011; 신동흔, 「한국전쟁 체험담을 통해 본 역사속의 남성과 여성 - 우리 안의 분단을 넘어서기 위하여」, 『국문학연구』제26호, 국문학회, 2012; 김종군, 「지리산 인근 여성 생애담에 나타난 빨치산에 대한 기억」, 『인문학논총』 47집, 건국대 인문학연구원, 2009.

5) 김종군, 「구술을 통해 본 트라우마의 실체」, 『통일인문학논총 51집, 건국대 인문학연구원, 2011; 김종군·정진아, 「탈북자의 역사적 트라우마와 탈북 트라우마의 현재적 양상」, 『코리언의 역사적 트라우마』, 도서출판 선인, 2012; 김종군, 「한국전쟁체험담 구술에서 찾는 분단 트라우마 극복 방안」 『문학치료연구』제27집, 한국문학치료학회, 2013.

6) 김종군, 위의 논문, 2013, 135쪽.

2. '완장 단 사람'과 '지역빨갱이'의 서사적 공통성

2.1. '맺힘과 누림'의 모방적 순환

6.25전쟁은 격변의 시기라 말한다. 그러나 꼭 6.25전쟁만이 아니라도 이런 격변의 시기에는 하루 아침에 위치가 바뀌어 어제와는 다른 삶을 사는 사람들의 서사가 있다. 전에는 약자라 어떤 부당한 대우를 받았었는데, 어떤 직책을 부여하는 '완장'을 달게 되자, 그토록 꿈꿨던 권력이 생기게 된다. 그리고 그 전까지 나를 억압했던 사람들에게 입장을 바꾸어 권력을 행사하며, '나도 저 사람처럼 산다면 얼마나 좋을까?' 생각했던 '원시적 권력'[7) 욕망을 실현하게 된다. 하루 아침에 신분이 바뀌는 이야기, 격변하는 시기에 시류를 잘 타는 사람들의 복수담 혹은 성공담에는 이런 사람들의 서사가 일반적으로 빠지지 않는다. 영화 〈마이웨이〉[8)에서 종대(김인권 역)는 조선인 친구가 부당하게 당하는 것을 보고 항의하다가 억울하게 일본군에 강제 징집된다. 조선인이라는 이유로 군에서도 일본인에게 멸시와 부당한 폭력을 당하지만, 일본이 지면서 소련군의 포로가 되어 시베리아 포로수용소에 가게 된다. 거기서 종대는 소련군에게 잘 보여 포로를 관리하는 완장을 얻게 된다. 그러자 종대는 완장의 권력을 누리면서, 그간에 일본인들에게 받았던 설움과 분노를 일본인들이 조선인에게 한 것보다 더 한 폭력으로 그들에게 되갚는다. 윤흥길의 소설 〈완장〉[9)에서 임종술 역시 권력에 쫓겨다니던 처지에서 저수지 감독원이 되고는 완장의 위력이 어떤 것인지 모든 사람들에게 보여주는 모습을 보인다.

이런 '완장 단 사람'의 서사를 살펴보면 시류의 약자로 태어난 사람들이 그것에 대해 한이 맺히고, 다시 격변하는 시류를 타서 완장을 얻고, 그 완장으

---

7) 정소진, 「권력의 원시적 지향과 모성적 사랑-윤흥길의 〈완장〉」, 『시학과 언어학』24권, 시학과 언어학회, 2013.
　본 논문에서는 완장 단 권력에 대해 원시적 권력이라 평했다.
8) 강제규 감독, 〈마이웨이〉, 장동건, 오다기리 조, 김인권 등 출연, 2001.
9) 윤흥길, 『완장』, 서울: 현대문화사, 1983.

로 권력을 마구 휘두르며 누리다, 결국 파멸의 길로 들어서는 서사로 구조화
할 수 있겠다.

한국전쟁체험담에서도 '지역빨갱이'가 보여주는 전형적인 서사는 '완장 단
사람'의 서사다.

> 바닥 빨갱이가 있어요. [조사자 : 지방 빨갱이?] 지방 빨갱이! 그 사람들이
> 웬만한 거 전부 가르쳐 줘요. 제 가르쳐 줘요. [청자(이종서) : 앞잡이지. 그
> 러니까.] 앞잡이, 그래 가지고 어디 어디 묻어논거 곡식 묻어논거, 지켜보지
> 도 않았는데 어떻게 그렇게 잘 아는지. 제 가르쳐 주고 찾아내라고 [청자(이
> 종서) : 걔들이 저기에도 빨간 완장 아닙니까? 완장만 하나 채워 주면 완전히
> 앞잡이 노릇하고 걔들 하수인 노릇하는 거야. 걔들이 무소불이가 되는 거야.
> 과거에 감정이 있었던 사람들.][10)

청자가 말하는 '빨간 완장'이라는 부분에서도 알 수 있듯이, 지역 빨갱이들
은 '완장을 채워주면 완전히 앞잡이 노릇을 하고 하수인 노릇을 하며 과거에
감정이 있었던 사람들에게 권력을 행사하는 무리'다. 그들은 '앞잡이', '하수
인'이라는 말에서 보이듯, 권력의 진정한 주체가 아님을 알 수 있다. 그러면
서도 그 권력을 행사하는 선봉에 있는 사람들이기도 하다. 새로운 정치세력
에 주체적으로 참여하는 세력이 아니라, 과거에 낮은 신분으로 있었던 사람
들이 빨간 완장을 차고 권력을 누리며, 과거에 자신을 한 맺히게 했던 사람에
게 보란듯이 복수를 하는 세력으로 인식되는 것이다. 그들은 머슴 등으로 신
분적 수난을 받거나, 가난으로 많은 치욕을 치루며 살아온 삶의 서사가 있다.
이런 지역빨갱이의 마음 안에는 '내가 완장만 차기만 해봐.', '나중에 내가 잘
되면 보자.', '내가 똑같이 갚아주마.'하는 자기서사[11)가 운용되고 있다. 그리

---

10) 변정균(남 1938년생) 구연. 2013년 2월 17일, 강원도 춘천시 남산면 방곡리 방곡노인
   정, 김경섭, 심우장, 김정은, 이부희 조사.
11) 문학치료학에서는 한사람의 인생살이를 전개하거나 음미하는 과정에서 수행되는 서사

고 그동안 감정을 맺히게 했던 사람들에 대한 보복의 서사가 인민위원장의 완장을 차는 순간 실현되는 것이다.

잘 사는 집의 사정을 잘 알다보니, 어디다 곡식 등을 숨겨놓았는지를 잘 알고, 그것을 공산당이 가져가는데 큰 도움을 준다. 또 과거에 감정이 있었던 사람들을 '인민재판'을 통해 불순분자로 만들고 죽인다. 집안에 군인이나 경찰, 공무원 등을 하는 집들의 사정을 속속들이 알고 정규 인민군에게 보고를 하며 그 집 가족들 모두에게 잔인한 보복을 행한다. 이렇게 완장 단 권력을 행하고 있었을 때, 당하는 입장의 또 다른 이들의 가슴에는 자신들이 완장을 차기 전에 가졌던 보복의 서사가 만들어지게 된다.

그러나 이렇게 권력을 누리는 일은 그리 오래 지속되지 못한다. 인천상륙작전으로 서울이 수복되고 군인이 들어온 지역에서 이들은 더 이상 권력을 누리지 못한다. 역설적으로 지역빨갱이들은 군인 가족 등의 맺혔던 한풀이의 대상으로 전락한다. 똑같은 보복의 자기서사가 반복되는 것이다. 그러다 중공군이 투입되면서 1.4후퇴로 인공시절이 다시 오는 지역에서는 다시 맺혔던 한을 완장의 권력으로 해소하려하는 서사가 반복된다.

> 악질을 어떻게 맨드냐? 좌익세력의 가족이 경찰한테 인제 피해를 봤단 말이여. 피해. 또 6.25가 터져 가지고 인민한테 또 경찰이 피해를 봤어. 그 가족이 피해를 봤단 말이여. 그러니까 서로 적이 되야버렸어. 감정싸움. 가족이 동생을 죽었던지, 형이 죽었던지, 아버지가 죽었다 말이여. <u>이게 감정싸움이여.</u> 그래가지고 요게 인제 6.25가 온께 인공이 거 보복을 한 것이거, 또 6.25인민이 후퇴하고 경찰이 수복을 해가지고 그놈을 경찰이 찾어서 <u>보복을 한 것이고, 이것이 감정이 맨든 것이여.</u> 그게 감정싸움이여. 그게는, 악종이이라고 그래. 악종이. 그래서 독수가 된다는 말이여.[12]

를 자기서사라 한다. 정운채, 「서사의 다기성(多岐性)과 문학연구의 새 지평」, 『문학치료연구』제23집, 한국문학치료학회, 2012, 195쪽.

12) 정석인 (남, 1932년생) 구연. 2013년 5월 23일, 전라남도 보성군 회천면 봉강리 자택, 박현숙, 박혜진, 조홍윤, 황승업 조사.

화자는 '지역빨갱이'가 가지는 악랄함, 그리고 그에 대한 전쟁의 트라우마
는 결국 사람의 감정이 만들어 낸 것이라 말한다. 여기에는 정당한 사상도,
명분도 없다. 완장 단 사람이 이념적 분단 상황에서 서로 대립하는 일들을
겪으며 감정이 더욱 치닫고 악질, 독수가 되어가는 것이다. 우리는 지금까지
한국전쟁은 이념의 대립이라고 생각해 왔다. 그러나 한국전쟁의 이념 뒤에는
한맺힌 감정과 권력을 누려 똑같이 복수하고자 하는 모방서사가 반복된다.
이렇듯 인민위원장 등의 완장을 단 지역빨갱이는 완장 이전의 한 맺힘에서
권력을 누리는 단계로, 권력을 누리며 권력을 모방하며 폭력적으로 타인을
대하다가, 다시 타인을 한 맺게 해서 파멸되는 모방서사를 보여준다.

2.2. 완장의 페르소나와 그림자가 만든 파괴적 서사

이렇듯 한국전쟁에서 '지역빨갱이'의 문제는 '완장 단 사람'의 속성으로 바
라볼 때, 그들의 미천한 신분이나 태생적인 악랄함이 문제가 아닌, 인간 안에
권력에 대한 어두운 욕망임을 보게 한다. 이념의 문제를 넘어서 권력을 지향
하는 삶의 방식이 문제인 것이다. 권력에 대한 우리 안의 어두운 욕망 역시
우리의 '그림자'[13]이다. 그리고 이런 우리 안의 어두운 권력에 대한 욕망이
완장이라는 페르소나를 통해 영웅성으로 그려지고 있는 것은 아닐까 한다.
여기서 페르소나는 가면을 뜻하는 말에서 나온 말로, 집단정신으로부터 많은
노력을 들여 이루어낸 결과이다. 사람들은 집단의 상황에 따라 가면을 쓰며
사는 것인데, "영웅적인 피안을 회상해 내고는 매듭을 풀기보다는 단칼에 잘
라버린다"[14] 는 것인데, 가면을 통해 그동안 못했지만 마음 속에서 드러내고

---

13) 융심리학에서 말하는 그림자란 한마디로 심리의 어두운 측면이다. 그것은 자아의 기준
   으로 볼 때, 우리 내면의 유쾌하지 않고, 수치스럽고, 받아들일 수 없는 부분들을 말한
   다. Robert A. Johnson, 고혜경 역, 『Owning your own shadow/ 당신의 그림자가
   울고 있다』, 에코의 서재, 2007, 11쪽.
14) Carl Gustav Jung, 한국융연구원 융 저작번역위원회 한오수 역, 「집단적 무의식의

싶었던 부분을 세상에 드러내는 것으로, 그 모습은 일종의 영웅적인 면모로 드러나는 것이다. 그리고 그 모습은 매듭을 푸는 것 같은 순리성이 아니라 단칼에 잘라내는 듯한 폭력성으로 나타난다. 인민재판은 완장을 단 지역빨갱이에게 이런 영웅적인 페르소나의 모습을 당당하게 드러내게 하는 장이었을 것이다. 그러나 인공시절이 지나자 페르소나적인 영웅성의 폭력은 앙갚음의 대상이 되어버린다.

> 그래 치안 대장님을 잡아서 끌고 오네.
> "주임님 인사치레라도 거시기 하고 싶다." 고
> 인사하라고 그랴. 끌고 와서
> "치안 대장님 나오세요?"
> 대답을 안 햐.
> "인사가 인사 같지 않냐? 인사에 왜 대답을 안 해 이 자식이?"
> 나보다 나이가 많아요. 오십 몇 살이나 먹고 나는 그때 26살 먹었는데.
> "왜 이렇게 풀이 죽었어? 그 세월이 몇 년 가겠다고! 이 자식아? 뭐, 치안
> 대장? 그때 하도 생각하면 대가리를 내 손으로 패 줘도 분이 안풀리겠다. 이
> 놈아! 너 저 치안대놈이 우리 개 잡아 간 놈이 어떤 놈이 쳐먹었어? 개 값
> 낼꺼야, 안 낼 꺼야?"
> 그러니 주임님이 나를 바라보고 그 사람을 보고
> "진정하시라고 우리가 다 처벌 할테니까 진정 하시라."
> 고 말이야. 자기네가 하는 것보다 내가 하는 게 낫겠어. 어떻게 분하딘가
> 그냥.[15]

화자는 인민군에게 공출되자 중간에 같이 끌려간 사람들의 무리를 이끌고 인근의 산 속에서 숨어 있었다. 산에서 멀리 집이 보이는 곳에 숨어 있었는

원형에 관하여」, 『원형과 무의식』, 솔, 2002, 127쪽.
15) 임병순 (남, 1925년생) 구연. 2013년 8월 20일, 전라북도 무주군 안성면 사전리 정자, 신동흔, 김경섭, 김정은, 한상효 조사.

데, 치안대장 등이 가족에게 와서 총으로 위협을 하며 숨어 있는 곳을 대라고 추궁한 것이다. 게다가 위협이 안되자 사람 대신 개를 쏘아 죽이는 것을 목격하는데도, 멀리 숨은 곳에서 지켜볼 수밖에 없었다. 그리고 인민군이 물러나고 군인이 들어오자, 경찰서에서 인민군의 치안대장을 만났다. 이제 인민군 치안대장의 페르소나는 그들에게 당했던 화자 등에게 옮겨간다. 이제 그간의 분노를 대변하는 페르소나로 화자는 그간의 분노를 쏟아내며, 가면을 벗은 치안대장을 처벌하고 싶어진다. 본인은 26살을 먹었지만, 이제 완장을 벗어 힘없어진 50살 넘은 치안대장에게는 반말을 하며 앙갚음을 할 수 있다. 이 또한 영웅성의 페르소나가 폭력적으로 답습되는 모습이다.

또한 지역빨갱이 등의 인민위원장의 말로는 이렇게 구술된다. 지역빨갱이들이 완장의 정당성을 인정받았던 인공시절에도 인민재판의 희생양이 되기도 한다는 점이다.

> 공산당 그런데 공산이 공산당이 들어와서 인민재판하잖아. 인민재판 [조사자 : 어떻게 해요?] 그게 뭐야. 그 부락에서 제일 무식한 놈을 위원장으로 만들어. [조사자 : 위원장을 만들고] 그러다 치켜 올리니까 이놈이 막 안하무인 아니야. 그러니까 지들이 죽이고 싶은 사람을 다 죽여 버리는 거야. 부락 인민 재판해 가지고 "죽이자!" 하면 "옳소, 옳소!" 해 가지고 돈 많은 사람 죽이고, 관계해 있던 사람 죽이고 이제 지들이 죽일 사람을 전부 인민위원장 입을 통해서 죽여. 죽여 놓고 그러면 여론이 생기잖아. 여론이 그러면 마지막에 누구를 죽이냐? 인민위원장 그놈을 죽여. 왜? "우리는 몰랐는데 인민위원장이 그렇게 했습니다."하고 그 책임을 전부 똘똘 뭉쳐서 그 놈을 죽여 버려. 마지막에 죽여. 그게 바로 공산당에 이론이 그거야. 공산당에 이론이 그 무식한 놈을 만들어 나야 지가 시키는 대로하지 아는 사람은 안 한다 그 말이야. 전부 위원장 말 대로 전부다 해 놓고는 죽이고 있으면 지들 의사 반영해서 전부 죽이지.16)

16) 김용성(1936년생) 구연. 2013년 8월 20일, 전라북도 무주군 안성면 사전리 정자, 신동훈, 김경섭, 김정은, 한상효 조사.

공산당에게 그들은 앞잡이, 하수인이었을 뿐이었다는 인식이 전제된 구술이다. 부락에서 제일 못 배우고, 무식한 사람을 위원장으로 시키고, 자신들의 뜻대로 하는 것이다. 공산당의 어두운 그림자가 파시즘적으로 드러나는 장면이다. 그래서 그들은 인민위원장이라는 지역의 최고 권력을 가진 듯하지만, 그 권력은 그들의 것이 아니다. '지역빨갱이'는 인민재판으로 심판하고 여론을 만들어 사람을 죽인다. 그러나 공산당에 대한 불신 등의 문제가 생기면 제일 먼저 가면이 벗겨져 희생양이 되어 여론을 다시 공산당 편으로 바꾸는 데 악용되는 말도 안되는 역설적 상황에 직면하게 된다.

이러다 보니 한국전쟁이 이념의 문제였는지, 삶의 방식의 문제였는지를 생각하게 된다. 우리들의 권력에 대한 어두운 그림자가 전쟁을 통해 드러난 것은 아닐까 하는 문제의식이다.

> 이장 반장 할라고(알라고) 발광을 해. 그 사람들 갈춰주면 다 죽어인자. 군인 가족들 갈쳐주면 다죽고. 그러니께 어쨌든 아무 말을 안해야 돼. 어쨌든 입을 참고 살아야대. [조사자 : 이장이 누군지, 반장이 누군지, 저집의 아들이 군대 갔다는 이런 얘기 하면 안돼.] 싹 다 잡아가가 총살시키고, 전부 우린 모른다고 해야 돼. 무조건 모른다고 해라해 우리 친정 아부지가. 그렇게 하고 살았어, 우리는. [조사자 : 그런 집이 실제로 있었나요? 말을 해가지고 죽은집.] 인제 여기는 요부락에는 그런 일이 없는디 부락에 저 알로 (아래로) 나가면 많아요. 저 저 <u>전라도쪽에는 무조건 지녁마다 오면 실어다 마 청년들을 실어다 다 죅어뿌고(죽여버리고), 피안골로 가 다 죽여가부고, 과부가 전라도는 한정없이 많았어. 전부 혼자 사는 사람이 전라도에서 나왔어 그때, 무조건 추럭으로 한추럭씩 담아서 죽였대, 피안골 갔다가.</u> [조사자 : 피안골 많이 그랬다고, 얘기 많죠.] 전부 애맨 사람이 많이 죽었죠. 애맨 사람이 다 죽었겠쩨, 그러잖께. 우리친정 아부지가
> **"입조심해라, 입조심해라, 난리가 뭐고하면 이게 난리니께, 난리가 끝나면 또 편한 세상온다."**
> 항시 당부를 그렇게 했어. 우리 친정 아부지가. <u>지금 지나고 나면 전부 그</u>

말씀이 옳은 말씀인기라. 그렇게 살았어. 우리가.[17]

그 당시는 치안대장이라는 완장 단 사람이 우위에 서서, 그동안 권력을 행사했던 이장, 면장 등을 캐물으며, 조금이라도 연관이 있으면 인민재판으로 심판을 하던 비합리적인 집단의식이 팽배해 있던 시절이다. 집단무의식 (collective Unconscious)에 의해 삶이 좌지우지 되는 것이다. 그리고 완장이 있고, 권력이 있으면 몇 트럭이나 되는 사람들의 삶과 죽음을 다스릴 심판의 위치가 되는 것이다. 여기서 심판의 대상이 되어 죽어간 사람들은 다 어떤 사상이나 이념으로 무장한 사람이 아니라 '애맨 사람들'이다. 자신이 평소에 가지고 있었던 콤플렉스, 그림자가 치안대장 등의 완장을 달았을 때, 비합리적인 집단의 신념을 가지게 해 그동안 자신보다 누리고 살았던 이들에게 적대적이고 파괴적으로 대하게 된다. 그리고 다시 군인들이 들어왔을 때, 억울한 폭압에 눌려 있던 그들의 그림자가 다시 '지역빨갱이'에게 투사되어 잔인한 폭력으로 앙갚음된다.

'입 조심 해라, 이게 난리니께'라는 말에서 알 수 도 있듯이 한국전쟁은 전투를 통해서만 서로를 죽인 것이 아니고, 전쟁의 난리를 통해 얻은 완장의 횡포로 서로를 반목하고 이간질하며 죽이는 난리를 겪은 것이다. 이렇게 어느 날 완장을 단 사람들의 페르소나는 권력을 가졌을 때 보이는 파괴성, 폭력성을 극대화해서 보여준다. 평범함 사람이 완장을 달자 사람이 180도 바뀌어 영웅적인 사람이 되어 세상을 호령하며, 애맨 사람에게 그동안의 콤플렉스, 또는 원한의 그림자를 투사하며 사람을 죽인다. 그런데 이런 완장의 페르소나는 시절이 바뀌면 어떻게 될지 모를 일이라는 것을 완장 단 사람만 빼고 다 아는 것이다. 그렇기에 쉬쉬하고 입조심 하는 것이 폭력으로 치닫지 않게 하는 최선의 방어였다.

---

17) 이몽실(1939년생) 구연. 2010년 1월 10일 경남하동군 화개면 범왕리 자택, 김종군, 김경섭, 김정은, 김효실, 이부희 조사.

그리고 이것이 현재까지 전쟁의 트라우마가 되어 남아있다. 한국전쟁의 가장 큰 트라우마는 말로 후환이 미칠지 모른다는 생각일 것이다. 완장 단 지역빨갱이의 서사를 통해 봤듯이 누군가에게 완장이 달리는가에 따라, 즉 인공시절에서 수복으로, 수복에서 1.4후퇴를 겪으며 다시 인공시절로, 그러다 휴전이 되는 과정에서 권력의 구도가 어떻게 바뀌는가에 따라 사람의 목숨이 오갔다. 그 결과 전쟁을 겪은 세대는 '전쟁이 마음속에 현재형'이며 그런 트라우마를 '마음 속의 지뢰밭'[18]으로 표현하기도 했다. 이는 '지역빨갱이'가 그 시대에만 머무르는 것이 아니라, 우리 안에 가지고 있는 완장에 대한 서사가 만들어낸 페르소나와 그림자 때문에 우리 스스로 트라우마를 만들어내며 두려워해, 다시 그들에 대해 분노의 그림자를 투사하고 있는 것은 아닐까 의심하게 된다.

3. 완장의 트라우마가 형성한 전쟁의 기억

3.1. 내재화된 '진짜와 가짜'의 서사적 분리

한국전쟁체험담을 조사하는 과정에서 한국전쟁은 비단 개인의 역사, 개인의 기억만이 아니라, 집단적으로 동일한 기억을 여러 지역의 여러 화자들이 동일하게 서사화 하는 것을 볼 수 있다. 기왕의 논의에서는 "한국전쟁의 기억은 좌익에 대해 두려움과 공포, 선동, 음모, 부화뇌동 등의 부정적 이미지로 고착화되었고 국가의 병영적 반공정책과 강한 친화력을 형성하면서 재생산되어 왔다."[19]고 했다. 그러나 조사 과정에서 보이는 두려움은 단순히 좌

---

18) 전상국(1940년생) 구연. 2013년 2월 17일, 강원도 춘천시 김유정 문학관, 신동흔 외 7인 조사.
　　전상국은 〈아베의 가족〉, 〈남이섬〉 등으로 한국전쟁의 참상을 드러낸 대표적인 전쟁 문학 작가인데, 전쟁에 대한 탁월한 구술력으로 이미 몇몇 연구원들에 의해 논문들이 제출되고 있어서, 여기서는 짧게 언급하는 것으로 대신한다.

익에 대한 두려움만이 아니다. 좌익과 우익을 넘어서는 불안과 두려움이 한국전쟁의 기억을 보게 된다. 앞에 '입조심해라, 이게 난리니께'라는 말에서도 보였듯이 말한마디로 삶과 죽음이 오갔던 기억의 구술은 전국적으로 동일하게 나타난다. "구술사적 입장에서는 각각의 개인에게는 고유한 역사가 있으며 그 역사에 대한 개인의 기억은 바로 그 개인의 사회적 삶과 직결되어 있어, 이런 점에서 개인의 생애사는 미시적 차원에서 지역사회를 이해하는 통로"[20]가 된다고 했다. '지역빨갱이'에 대해 분노를 말하는 화자들의 경험담은 이런 의미에서 한국전쟁을 이해하는 통로가 될 수 있겠다.

> 치안대원으로 하면서 악질적으로 논 사람. 솔직히 말하면 사상으로 가지고 대결을 해야 하는데. 이념으로 대결해야 되는데. 사사로운 감정을 가지고 저기는 사사로운 감정, 개인감정을 가지고 저거는 우리하고 사상이 다르다. 저기는 우익이다.[21]

전방에서는 그런지 모르겠지만, 후방에서의 대립은 이념이 아닌 감정이 만들어낸 대립이었음을 인식하고 있는 것이다.

이념과 사상을 넘어 역사적인 차원이 아닌 문학적인 입장에서 전쟁체험담을 접근하다 보면 집단적이고 사회적인 기억이 사실적으로만 기억하고 이해하게 하는 것이 아니라, 그 집단의 인물군들이 행할 수 있는 사건을 서사적으로 집단의 기억으로 응축하는 것을 볼 수 있다. UN군, 중공군, 국군, 인민군, 지역빨갱이 등을 모든 사람들이 사실적으로만 기억하는 것이 아니다. 경험을 그 인물들의 이미지와 감정으로 재배치하고 전쟁경험을 재구성하며 서사화 하는 것이다. 그 중 마을 단위의 전쟁 경험에서는 자신들에게 불리할

---

19) 김왕배, 앞의 논문, 40쪽.

20) 박정석, 앞의 논문, 353쪽.

21) 이택기(1934년생) 구연. 2013년 3월 24일, 경북 김천시 감천면 금송리 자택, 김경섭, 김정은, 이부희, 박샘이 조사.

수 있는 사건들은 흘리듯 말하고 전쟁으로 인해 피해 받거나 고통 받은 부분들을 중심으로 이야기를 재구성하는 경향이 있는데, 흥미로운 것은 이야기 과정에서 북에서 내려온 인민군은 정규군이고, 그 지역에서 활동하는 군은 인민군이 아니라 지역빨갱이라 구분하여, 인민군과 지역빨갱이가 어떻게 다른지 설명하고, 북에서 내려온 인민군에 대해서는 적대감이 아닌 호감을 가지고 있다는 점이다.

> 저 인민군들 하면 나쁘다 하니까 그저 뭐야 그 사람들한테 이 뭐야 뭐라 하노, 들어 올 때는 아주 착하더라고
> "하이, 수고하십니다."
> 뭐 그 하여튼 제가 한 일곱 살 이러니까 확실한 건 모르겠는데, 이상한 과자도 주고 인민군들이 주고 그래요. [조사자 : 인민군들이?] 예, 인민군들이 주고,
> "아! 이제 좋은 세상 만났으니까. 걱정하지 말라"
> 고, 갈 때는 조금 있다 내려온다고 가더라고[22]

북에서 내려온 정규군은 교육도 잘 받고 훈련도 잘 받아서 사람들에게 아주 친절하다. '좋은 세상이 온다'는 비전도 주고 전쟁의 불안, 두려움도 해소해 주는 사람들이었다. 물론 그들도 식량을 수탈하는 일이 있다. 그런데 수탈까지 하는 그들에게 우호적인 감정을 가지고 있는 것 역시 주목하게 된다.

> 정규군들은 양반이다. 정규군들은 그 사람들은 우리 소도 잡아먹었어. 큰 황소 인민군이 잡아먹었어. 몰고 오라 하는데 어떡해 우리 집에서 못 먹이고, 우리 머슴이 자기 집에서 먹었다고 매기는데.
> "소 몰고 오라!" 하더래요.
> "아! 우리 인민군 용사를 위해서"
> [조사자 : 인민군 용사를 위해서?] 아이고 뭐 뭐라 하더라 뭐 갖다 바치는 걸,

---

22) 송규섭 (1931년 생) 구연. 2012년 6월 8일, 경북 상주시 공성면 공성노인회관, 김경섭, 정진아, 이부회, 박샘이 조사.

"그걸할 용의가 없느냐!"고 하더래요.

아이고 뭐 우리 주인 소고 뭐 안된다고 익하면 말이야, 우리 아들한테도 익하고. 두말도 못했대요.

"아이고 잘했다!"고.[23]

수탈을 하면서 그 이유를 밝히고 반 협박으로 동의를 구하는 대목이다. 그럼에도 '정규군은 양반이다'라는 말로 지역빨갱이 등에 비해 우호적인 태도를 취하며 구술한다. 자신들이 수탈을 하는 나름의 이유를 밝히고 있기 때문이다. 조직을 위해 개인의 안위, 이익을 포기할 수 있는 공산주의 사상이 어찌 되었던 당시 사람들에게 내재화된 공산당원의 이미지가 있는 것이다.

다음의 사례는 정규군이 가진 공산주의에 대한 감화력이 어느 정도인가를 보여주는 사연이다.

> 마지막에 나도 잽혀가서 알았지. 짐 주고 [조사자 : 짐 하라고 그러지요.] 중학교 때, 중학교 때 [조사자 : 그 얘기를 한번 해 주세요?] <u>이쪽에 빨치산 내려와 가지고 잽혀 가지고 짐으로 저기 덕유산까지 갔다 왔다니까.</u> [조사자 : 거기 가 가지고 다시 보내 주셨어요?] 보내줬어. **걔들은 순했어.**
>
> 이 부락 사람이 파견대에서 총들고 공비하고 싸웠어. 천방 향방해가지고, 전투부대가 있는데. 총을 메고 잡혔어. 집으로, 집으로 왔다가 부락민들이 따라간 사람들이 그 사람하고 올 때에는 죽을 것 아니야. 짐은 지고 갔지만은 그런데 보내줬어. 보내준 이유가 간단히야.
>
> "<u>네가 있다고 해서 우리가 하고 싶은 일을 못하는 것도 아니고 음, 네가 죽였다고 해서 내가 너 때문에 하고 못하는 문제가 아니지. 네 인생이 불쌍하니까 살려주는거다.</u>"
>
> [조사자 : 정말요?]
>
> "다시 가라, 단 총은 메지 마라!"
>
> 보내줬어.[24]

---

23) 이택기(1934년생) 구연. 2013년 3월 24일, 경북 김천시 감천면 금송리 자택, 김경섭, 김정은, 이부희, 박샘이 조사.

화자는 중학교 때 덕유산까지 빨치산이 점령하자, 파견병의 연락책을 하는 등의 일을 하며 국군을 도왔다. 그날은 총을 메고 연락책을 하다가 잡힌 것인데, 그들이 어린 학생임을 알고 어린 학생인 너 하나를 죽였다고 해서 좋은 세상이 올 것이 오지 않을 것도 아니고, 네가 산다고 해서 자신들이 좋은 세상을 만들려는 일을 못 하는 것도 아니기 때문에 불쌍해서 살려준다는 말이다. 여기에 악랄한 빨갱이의 이미지는 없다. 이들은 순하고 자신들의 할 일을 열심히 하는 관용적인 사람들이다.

이렇게 재구성되는 과정에서 내재화된 공산주의에 대한 이미지와 감정은 정규군에게 투영되고, 악랄함에 대한 분노는 지역빨갱이에게 향하는 것을 보게 된다. 이렇게 정규군과 지역빨갱이가 분리되는 서사적 현상에서 '진짜가 가짜로 바뀌는 모티프'를 연상하게 된다. 즉 북에서 정규 교육을 받고 내려온 인민군은 '진짜'다. 그들은 세상에 대한 밝은 비전과 포부가 있고, 자신들의 신념에 대한 의지도 강하다. 반면에 지역빨갱이는 앞의 구술에서 보았듯이 '무시당하고', '무식한 사람'이 완장 달고 감정 있었던 사람에게 무식하고 잔혹하게 앞잡이 노릇을 한 사람[25]이다. 이 사람들은 진정한 공산주의자가 아니라고 생각하기에 정규군과 분리되는 것이다. 그렇기에 인민재판을 선동하며 권력을 행사한 사람들이지만 인민재판의 희생양이 되기도 하는 가짜권력의 사람으로 인식되기도 한다.

이 당시 사람들에게 공산주의에 대한 내재화된 기준이 있었다는 것은 중공군에 대한 우호적인 기억에서도 발견된다.

> 중공군 적군도 아주 친밀한 사람 있더라고. 그 반면에 이 저 휴전 아군이
> 들어와 가지고 했는데 우리 그 큰 소 있었는데 아군한테 그 소를 빼긴 거야.

---

24) 김용성(남, 1936년생) 구연. 2013년 8월 20일, 전라북도 무주군 안성면 사전리 정자, 신동흔, 김경섭, 김정은, 한상효 조사.

25) 김용성(남, 1936년생) 구연. 2013년 8월 20일, 전라북도 무주군 안성면 사전리 정자, 신동흔, 김경섭, 김정은, 한상효 조사.

그러다 보니까 이거는 인민군 저기 아니라. 아군 새끼들이 아주 죽일 놈들이라. 그러한 개념이 들어가더라고. 그 중공군은 와 가지고 닭을 한 마리 잡아갔어요. 우리 닭을, 닭을 잡아가는데 뭐라하냐면,

"이승만이가 총을 빵 싸가지고 이걸 먹어야한다."

얘기야. 그러한 말 표현을 해서 닭을 한 마리 붙잡아 갔어. 적군들은 닭을 한 마리 잡아가는데 아군들은 소를 잡아간다는 얘기야. 이건 안 되는 얘기지. 그 어린 마음에도 그 아주 아군을 못되게 봤어. 얘기도 없이 그냥 끌어가는 거야. [청중 : 그치. 옛날에는 소가 재산인데.] 우리 어머니나 저나 매달려서 통 사정을 했는데 총칼로다가 죽이는 거야. 여기서 학교 밑에서 소 다섯 마리가 하루에 죽었어요. 군인들 들어 와 가지고 먹느냐고 그 중공군들 인민군들 절대 군법에 어긋나는 일을 안 해. 그 군대 갔다 오니까 뭐 군법인가 뭔가 알지만, 이걸 하는 짓이냐 안 하는 짓이냐, 이걸 얘기하는데 한국군은 아니야. 한국군 못된 짓 하는 걸 보면 아주 치가 떨릴 정도로 했다고. 26)

중공군 역시 정규군처럼 수탈을 한다. 그럼에도 한국군 등에 비해 양호한 모습을 보임으로써 우호적인 감정을 갖게 된다. 좌익과 우익 진영에서 만든 사상이 이들에게 적대나 우호적인 감정을 갖게 하는 것이 아니라, 그들이 보인 상대적인 수탈의 정도, 사람들을 대하는 태도 등에서 감정이 응축되어, 중공군이 미군이나 군인보다 나은 존재로 기억되는 것이다. 북에서 내려온 정규군처럼 그들도 민간인들에게 우호적이고 피해를 최소화하려는 존재이다.

한국군이 들어오면 우선 소부터 때려잡고 저기 저 뭐 여자들만 건드리고, 중공군은 절대 나쁜 짓을 안했어요. 우리하고 적대신 싸웠다는 것이 만 유감이지. 중공군은 아주 절대 나쁜 짓을 안 했어요. 조금만 나쁜 짓만 했다 하면 대번 총살이에요. 대번 총살이에요. (중략) 그 사람들이 인정을 많아요. 그 저 콩가루 이 마대가 우리가 먹을 것 없으면은 그거를 줘요. 먹으라고 인정은 많아요. 27)

---

26) 유병원 화자(남, 1936년생) 구연. 2013년 2월 17일, 강원도 춘천시 남산면 방곡리 방곡노인정 할아버지방, 김경섭, 심우장, 김정은, 이부희 조사.

[조사자: 중공군들은 보셨어요?] 예. [조사자: 그 중공군들이 와서 인제 밥 해달라거나 그러진 않았어요?] 밥 해달라고 하는 거는 없어. [조사자: 자기가 해먹고요?] 자기가 해먹고 다 그냥 버리고 가고 그리지. 우리네는 안 그 안 괴롭히지, [조사자: 괴롭히지는 않았었구나. 그럼 군인이 오면은 어땠을까.] 군인은 별로 안 들어오고, 그 중국사람만 들어오고 미국사람 왔다 그래믄 또 뭐 그 사람 내가 또 여자 괴롭힌다나? 그러니깐 뭐. [조사자: 다 숨어 있어야지 일단.] 다 숨어서 뭐 쫓게 가고 그랬어.[28]

중공군이 절대로 나쁜 짓을 하지 않았다는 이야기, 중공군이 민간인을 믿지 않고 직접 음식을 해 먹는다는 등의 이야기는 다른 화자들에게도 공통적으로 발견되는 이야기다. 왜 중공군은 달랐다는 이야기가 전국적으로 발견되는 것일까? 중공군 역시 인민군처럼 교육을 잘 받았고, 내부 규율이 엄격하기 때문에 민간인에게 나쁜 짓을 하면 대변에 총살을 당했다는 것 역시 정통 공산주의자들에게 대한 내재화된 기준이 있기 때문이다. 이에 반해 지방빨갱이는 진짜가 아닌 이들을 모방한 존재에 불과하다.

특히 국군과 UN군이 민간인 여성에게 한 행위들에 대한 불편한 이야기를 직접적으로 드러내기 보다는 규율로 민간인에 대한 피해를 줄이려는 중공군의 엄격한 규율을 강조함으로써 당시에 국군과 UN군의 나쁜 행실에 대해 간접적 비난을 하는 것이다. 흥미로운 것은 청자들의 반응이다. 국군과 UN에 대해서는 긴말 하지 않아도 다 알겠다는 전제가 있다. 전쟁 후, 우리 편을 욕하는 말을 하면 바로 사상을 의심받아 '빨갱이'가 되버리는 일들이 벌어지기도 하고, 우리편이라는 우호적인 감정이 지역빨갱이에게만큼 분노를 실지 않지만, 알 사람들은 다 안다고 생각하며 군인과 UN군의 행태에 대해 비판

---

27) 변정균(남, 1938년생) 구연. 2013년 2월 17일, 강원도 춘천시 남산면 방곡리 방곡노인정 할아버지방, 김경섭, 심우장, 김정은, 이부희 조사.
28) 김옥순(여, 1938년생), 이종희(여, 1931년생) 구연. 2013년 2월 17일 강원도 춘천시 방곡면 방곡 노인회관 할머니방, 김경섭, 심우장, 김정은, 이부희 조사.

적인 입장을 취한다.

> 웃동네 우리 고모가 있었그덩. 그래 놓은께 날로 만나 숨고. 젊은 새댁이
> 들도 나와 대이도 몬하고. 낮으로는 마 전투갱찰, 군인들 뭐 방위들 바글바
> 글 한께네 발광을 하고 지랄하고 싸서. [조사자: 어떻게 발광해요?] 잡아갈
> 라꼬. [조사자: 여자들?] 하모. 여자들 잡아가 저 강탈시킬라 그러지. 군인들
> 도 그렇고 전투갱철들도 그렇고 다 그래.
> [조사자: 근데 빨갱이들은 그러진 않았다고.] 빨갱이들은 그러진 안해. 나
> 는 빨갱이들이 와서 빨간가 했어. 빨간가 했드이 안 빨가 그래도, 있는 사람
> 이라. 참 노래도 잘 부르고 인물도 좋고 좋데. 저 거스그 중공군들이 그렇데.
> 참 잘하데 노래 참 잘하데. [조사자: 중공군도 보셨구나.] 중공군들 그것들도
> 싹 밀고 내려왔던가 6.25 때. 내려왔지 하모. 하모. 그 때 마이 봤지. [조사
> 자: 노래도 잘 해요? 중공군들도?] 노래도 잘하고 저 젊은 아들 뭐 소년단이
> 라 싸믄서 끼워 갖고 저녁마다 노래 걸처주고 마 그래 쌌데. [조사자: 그렇구
> 나. 인민군들도 노래 잘하잖아요.] 내가… 그 사람들이 인민군들 아이가. 유
> 엔군들이 유엔군들. [조사자: 저기는. 어… 미군들은 보셨어?] 미군들도 뭐
> 동네 와서 마이 있었지.
> [조사자: (빨갱이들) 그래도 막 어른들한테 그래도 해코지는 안하고요?]
> 동네 사람들 어른들한테 해코지는 안 해. 밥 해달라꼬 매라 캐도, 밥 해주믄
> 개안코 그렇지 뭐.[29)

정전을 한 지 60년이 된 이 시점에서 그동안은 반공교육 등을 통해 '빨갱
이'에 대해 많은 이데올로기 교육을 하며 그들에게 적대감을 심어왔다. 북한
은 아직도 전쟁 위협으로 남한과 미군에 대한 적개심을 갖도록 부추긴다. 전
쟁을 겪지 않은 연구자 또래의 사람들은 '똘이 장군'이나 '이승복 어린이' 등
으로 북한 사람들에 대한 증오와 두려움을 답습했다. 그런데 전쟁을 겪은 할
머니, 할아버지의 구술은 우리가 답습한 교육 내용과 상당히 다르다. 전쟁체

---

29) 진필순(1936년생) 구연. 2013년 1월 21일, 경상남도 산청군 시천면 자택, 김경섭, 김정
   은, 이부희, 박샘이 조사.

험을 하며 전쟁을 겪었던 사람들은 이념의 대립이 첨예했을 때임에도 불구하고, 비합리적인 집단무의식으로 이념에 끌려 기억하지 않는다. 국군과 UN군, 정규군과 중공군 그리고 치안대장을 했던 지방빨갱이를 끊임없이 비교하는 서사를 구연하면서, 그 군들에게 거울을 비추듯이 민간인을 생각하며 정당하게 전쟁을 하고 있는 집단을 진짜로 내재화하고, 그렇지 않고 욕망이나 권력에 자신을 맡긴 집단을 가짜로 구분하며 계속해서 호감과 이미지를 재생한 하는 성격을 보인다.

이 지점이 전쟁의 이념적 트라우마를 넘어서는 단초가 될 수 있지 않을까한다. 내편과 네편은 이념적으로 정해지는 것이 아니라, 삶을 완장에 맡겼는지 맡기지 않았는지 혹은 군인일반이 민간인에게 가지는 집단적이고 폭력적인 권력에 맡겼는지 맡기지 않았는지에 따라 달라질 수 있는 것이다. '지역빨갱이'에 대한 적대적인 감정과 '가짜의 삶'으로 인식되는 거리두기는 무조건적인 반목이 아닌 우리 내부에 있는 '진짜 삶'을 살지 못하고 대중의 무의식으로, 시류로, 모방으로, 인생을 사는 완장 단 사람들 일반의 내면에 대한 경계일 것이다.

3.2. 투사를 넘어서는 대극의 합일

지금까지 '지역빨갱이'를 완장 단 사람의 서사적 특성과 비교하면서 문학적 논쟁을 하며 얻게 된 것은 시대와 이념을 넘어선 인간의 보편적 속성에 대한 논의를 가능하게 한다는 점이다. 이념의 문제가 아니라 우리 안의 욕망의 문제인데, 역설적이게도 이 지점이 트라우마를 극복할 수 있는 단초가 될 것이라고 보는 것이 연구자의 생각이다. '지역빨갱이'를 '완장 단 사람'의 서사로 보면, '인민군', '빨갱이' 일반에 대해 이념을 앞세워 무조건적인 반목을 하는 것이 아니라 극한에 처했을 때 인간 안의 파시즘적 욕망이 어떻게 표출되는가를 볼 수 있다. '지역빨갱이'가 적대적인 타자로 설정되지 않을 때 얻을 수 있는 사고의 전환은 경계를 설정하지 않는 열린 사고를 할 수 있다는 점이다.

이렇게 본다면 '지방빨갱이'의 문제는 비단 6.25전쟁만으로 좁혀지지 않는다. 앞서 '완장'을 달았을 때는 권력의 가면을 쓴 페르소나로, '지역빨갱이'에 대한 분노를 표출할 때는 대극의 받아들일 수 없는 그림자로 나타나는 것을 볼 수 있었다. '지역빨갱이'를 전쟁에 대한 두려움과 폭압적 존재로 보는 시각을 넘어서, 우리 내면의 '완장'을 모방하고 싶은 그림자의 일부로 받아들일 때, 전쟁이 남긴 트라우마를 드러내고 넘어설 수 있는 '포용의 서사'[30]가 마련되는 것이고, 전쟁에 대한 새로운 통찰을 하게 된다.

> 우리는 적에게 그저 자기 속에 있으면서 자기가 아직 용인하지 않은 잘못
> 에 대해 비난하고 있는 것이다. 사람들은 모든 것을 다른 사람에게서 보고
> 있다.[31]

융은 적대적인 존재를 바꾸는 역설을 말한다. 그 적대적인 존재가 내 안의 그림자라고 사유하게 하는 방식이다. 그렇게 본다면 '지역빨갱이'의 맺힘과 누림의 순환은 우리 안에도 있는 불편한 욕망으로 통찰하게 된다. 때문에 전쟁에 대해 벌어진 일련의 폭력적 상황의 상처 등을 나의 삶과 가장 멀리 있다고 생각되는 외부 세력인 지역빨갱이에게 투사하고 있는 것이다. 지역빨갱이의 신분적 열등감이 강하게 지배받았을 때 어두운 그림자의 측면이 파괴성을 가지고 우리 삶을 지배했다. 나치가 유대인에게 그랬듯이, 지역빨갱이 역시 토지 없는 설움을 토지 있는 지주에게 풀기도 하고, 나를 천시 했던 사람들에게 똑같은 방식으로 천대하기도 했다. 수복이 된 후에는 지역빨갱이의 방식으로 그들에게 당한 대로 앙갚음을 했다. 그리고 현재는 전쟁에 대한 분노의

---

30) 신동흔, 앞의 논문, 308쪽.

31) Carl Gustav Jung, 이부영 역, 『Grundfragen zur Praxis / 꿈의 심리학에 관한 일반적 관점」, 『정신요법의 기본문제』, 솔, 2001, 192쪽.

대상이 되었다.

그런데 현재 우리 모두는 이런 투사에서 자유롭지 않다. 우리 역시 현재에 돈이라는 완장, 권력이라는 완장을 차기 위해 남을 배려하지 않는 탐욕을 부리며 살고 있기 때문에 지역빨갱이의 '완장'이 불편한 것이다.

> 밤이 되면은 인민군들이 말을 훈련 시켜가지고 말을 타고 내려오는데 말이 그렇게 잘 생겼어.[이도자(청중) : 말이 반질반질반질 하도록 잘 생긴 말들이 수도 없이 타고 내려오는데, (중략) 그래 우리가 거기 있을 때 성내산 산지기집에 잠깐 있을 때, 인민군들이 와서 우리는 나는 그때가 4학년이었고, 성하고 나하고 다섯 살 차이니까, 그때가 중2고 그랬거든, 그랬는데 철 없을 때 빨갱이라고 그래서 사람이 빨간 줄 알았어. "빨갱이! 빨갱이!" 하니까? 그래 인민군들이 왔는데 우리랑 색깔도 같고 말도 똑같은거라, <u>근데 틀리는게 계급장을 완장을 빨간색으로 했더라고, 그런데 "동무! 동무!"하면서 누구라도 동무라고 하더라고,</u> 근데 노래을 가르쳐죠. 우리를 데리고, 성은 그때는 중학생이까 조금 여성, 처녀티가 약간 나고, 우리는 4학년이니까 조금 어렸지. 그런께 기억은 말짱하잖아. 그러는데 "장백산 구비 구비 피흘린 자국 칼로 싸우고" 그런 노래도 가르쳐 줬어, 인민군들이] 32)

사실 빨갱이라고 불리는 이들은 화자가 빨갛지 않더라고 말하듯이, 돌이장군이 물리치는 탐욕스런 뻘건 돼지가 아니다. 그저 빨간 완장을 달고 나이, 계층을 떠나 "동무"하며 친구처럼 친근하게 다가오는 사람이다. 그들의 경험이 이념으로 반목하지 않고, 감정적으로 휘둘리지 않을 근거가 되는 셈이다.

베르그송은 "기억은 과거의 이미지들을 향하게 하는데, 현재적 지각을 새롭게 창조하거나 또는 오히려 현재적 지각에 그것의 고유한 이미지나 동일한 종류의 이미지-기억을 보냄으로써 그것을 이중화한다"33)고 했다. 6.25전쟁

---

32) 이국희(여, 1935년생), 이도자(여, 1941년생) 구연. 2012년 3월 9일, 경북 문경시 가은읍 왕릉리 자택, 김경섭, 김정은, 김효실, 이부희 조사.

33) Henri Bergson, 박종원 역, 『Matière et mémoire / 물질과 기억』, 아카넷, 2005, 177쪽.

으로 벌어진 사건들이 달라지지는 않는다. 그러나 그 사건을 바라보는 기억은 나와 가장 먼 대극을 사유하고 이중화하며 재구성할 수 있다. 다음의 화자는 자신이 겪은 전쟁에 대해 구술하고 마지막에 전쟁에 대한 전체의 기억을 이중화하는 것을 볼 수 있다.

> 참, 참 전쟁은, 전쟁은 전부를 파괴를 하는 기고, 아 전부를 파괴를 하는 기고 전부를 죽이는 기. 꼭 하나 욕심, <u>한 사람 욕심 때문에 그래</u>. 34)

전쟁의 참혹함, 전쟁의 잔인함, 전쟁의 두려움을 만든 것은 이념이 아니라 '한 사람의 욕심' 때문이라는 말은, 전쟁에 대한 인식의 전환을 보여주는 대목이다. 사람 하나 하나가 가진 권력에 대한 욕망은 전쟁 안에 또 다른 전쟁, 총탄이 날리는 전방의 전쟁이 아닌 후방의 전쟁을 만들었다. 화자 스스로 이렇게 욕망의 문제로 정의되는 전쟁에 대한 이미지는 이념으로 인해 생긴 트라우마를 넘어서는 시작이 될 수 있겠다.

앞서 보았듯이 구술자들은 이미 '지역빨갱이'를 '완장 단 사람'의 파시즘적인 욕망과 동일시하며 이야기를 풀어갔다. 전쟁을 겪어 아직 그들에 대해 분노하고 있는 화자들에게 전쟁을 한 사람 안의 욕망의 문제로 사유를 유도하기에는 조심스러운 부분이 많다. 그러나 전쟁을 경험하지 않은 우리 세대가 전쟁체험담을 듣고 전승하는 과정에서, 전쟁을 기억하는 방식은 바뀔 수가 있다.

직접적인 감정에서 자유로운 전쟁의 간접경험 세대는 '지역빨갱이'를 '완장 단 사람'의 일반으로 해석하며, 내 안의 대극적인 지점의 또 다른 나의 그림자로 보았을 때, 그들은 없어져 버려야 하는 대립의 존재가 아니라, 창조적인 발상의 전환으로 우리 삶으로 통합해야 하는 대상으로 바라보고 트라우마를

---

34) 장재웅(남, 1944년생) 구연. 2013년 7월 31일, 경상남도 진주시 망경동 장쟁웅 화자 자택, 김경섭, 김명수, 이원영, 박샘이 조사.

치유할 수 있는 힘이 생긴다. 나치 안에 유태인이 있었고, 백인 안에 흑인이 있었다고 했을 때, 우리 안에 완장을 달고 싶은 지역빨갱이가 있는 것이다. 그렇다면 지역빨갱이를 두고 더 이상 반목하고 대립하는 서사만을 고집할 수는 없다. 우리가 전쟁을 참혹함으로 기억하게 하는데 정점에 있는 지역빨갱이를, 완장 단 사람의 파시즘적 서사를 가진 우리 안의 또 다른 일부로 봤을 때, 전쟁은 단지 국군과 인민군의 대치, 좌와 우의 이념 대립이 가져오는 사상적 차이로 생기는 것만이 아니게 된다. 바로 우리 안의 분노와 열등감이 그림자가 되어 어떻게 파시즘적이고 폭력적인 권력으로 치닫게 되는가를 보게 한다. 또 내 안에 있는 그 두려운 존재가 우리의 삶을 전쟁 아닌 전쟁으로 만들고 있는 것은 아닐까 다시 사유할 수 있게 된다. 그리고 이 사유가 전쟁의 경험을 사유하는 데 가장 큰 걸림돌이 되는 '지역빨갱이'에 대한 트라우마를 넘어설 수 있는 힘을 주는 것이다.

4. 결론

앞서 전상국 작가는 한국전쟁을 '내 마음 속의 지뢰밭'으로 표현했다는 말을 했다. 정전 60주년이 되었지만, 한국전쟁은 우리 안의 트라우마로 남아있기 때문이다. 이런 트라우마가 있는 한 남북간의 정세가 어렵게 보일때 마다 전쟁의 공포와 불안은 아직 우리를 '전쟁 중'인 것처럼 현재를 사유하게 된다. 그동안 우리는 전쟁이 왜 일어났는가 그 원인을 두고 치열한 논쟁을 벌여왔다. 그러나 전쟁을 겪은 민간인의 입장인 '보통 사람들'에게 전쟁은 '완장 단 사람들'의 파시즘적 폭력의 기억이었다. 전쟁이 왜 일어나야 했는지를 모르지만, '보통 사람들'은 전쟁을 온 몸으로 겪고 기억한다. 그런 전쟁에 대한 경험에서 가장 극단적으로 잔혹한 이미지의 영상을 제공한 것은 인민재판을 하며 치안대장 등을 하는 '지역빨갱이'였다. 이들은 열등한 존재이고 무식한 존재이며 파시즘적인 존재다. 우리 삶과 가장 멀리해야하는 존재이며, 전쟁의 분노와 두려움을 표출하게 한다.

그러나 이들을 '완장을 단 사람'의 서사적 특성으로 바라봤을 때는 우리 안에 존재하는 또 다른 그림자가 되어버린다. '완장 단 사람'의 서사를 살펴보면 시류의 약자로 태어난 사람들이 그것에 대해 한이 맺히고, 다시 격변하는 시류를 타서 완장을 얻고, 그 완장으로 권력을 마구 휘두르며 누리다, 결국 파멸의 길로 들어서는 서사로 구조화할 수 있겠다. 한국전쟁체험담에서 '지역빨갱이'가 보여주는 전형적인 서사는 '완장 단 사람'의 서사로 지역빨갱이가 행한 맺힘의 서사를 누림의 서사로 바꾸는 역설은 우리가 권력의 힘에 부당하게 당했을 때 쉽게 상상하게 되는 서사다. '완장'을 달았을 때는 권력의 가면을 쓴 페르소나로, '지역빨갱이'에 대한 분노를 표출할 때는 대극의 받아들일 수 없는 그림자로 나타난다.

'지역빨갱이'에 대한 적대적인 감정과 '가짜의 삶'으로 인식되는 거리두기는 무조건적인 반목이 아닌 우리 내부에 있는 '진짜 삶'을 살지 못하고 집단의 무의식으로, 시류로, 모방으로, 인생을 사는 모습이 완장 단 사람들로 나타나는 것으로 시각을 전환한다. 그렇게 완장을 달고 권력을 누리고자 하는 '지역빨갱이'를 적대적인 존재가 아니라, 우리 안의 어두운 그림자 같은 모습으로 받아들일 때 전쟁의 트라우마, 분단의 트라우마를 넘어설 수 있는 단초가 마련될 것이다.

참고문헌

김종군·정진아, 『코리언의 역사적 트라우마』, 도서출판 선인, 2012.

윤택림, 『인류학자의 과거여행: 한 빨갱이 마을의 역사를 찾아서』, 역사비평사, 2003.

윤흥길, 『완장』, 현대문화사, 1983.

김왕배, 「한국전쟁의 기억과 반공 보수성의 고착 : '남정리'한 부부의 생애를 중심으로
     」, 『한국문화인류학』 제42집 1호, 한국문화인류학회, 2009.

김종군, 「지리산 인근 여성 생애담에 나타난 빨치산에 대한 기억」, 『인문학논총』
     47집, 건국대 인문학연구원, 2009.

김종군, 「구술을 통해 본 트라우마의 실체」, 『통일인문학논총』 51집, 건국대 인문학연
     구원, 2011.

김종군, 「한국전쟁체험담 구술에서 찾는 분단 트라우마 극복 방안」, 『문학치료연구』
     제26집, 한국문학치료학회, 2013.

박정석, 「전쟁과 '빨갱이'에 대한 집단 기억 읽기」, 『역사비평』, 2002년 여름호,
     역사문제연구소, 2002.

박정석, 「진주 지역 국민보도연맹사건 희생자와 유족들」, 『역사비평』96권, 역사비평
     사, 2011.

신동흔, 「경험담의 존재양상과 문학적 특성-6.25체험담을 중심으로」, 『국문학연구』
     제23호, 국문학회, 2011.

신동흔, 「한국전쟁 체험담을 통해 본 역사속의 남성과 여성 – 우리 안의 분단을
     넘어서기 위하여」, 『국문학연구』 제26호, 국문학회, 2012.

윤형숙, 「한국전쟁과 지역민의 대응 : 전남의 한 동족마을 사례중심으로」, 『한국문화
     인류학』 제35집 2호, 2002.

정소진, 「권력의 원시적 지향과 모성적 사랑-윤흥길의 〈완장〉」, 『시학과 언어학』
     24권, 시학과 언어학회, 2013.

정운채, 「서사의 다기성(多岐性)과 문학연구의 새 지평」, 『문학치료연구』 제23집,
     한국문학치료학회, 2012.

Carl Gustav Jung, 융저작번역위원회 (역), 『정신요법의 기본문제』, 솔, 2001.

Carl Gustav Jung, 융저작번역위원회 (역), 2002.『원형과 무의식』, 솔, 2001.

Robert A. Johnson, 고혜경 (역), 『당신의 그림자가 울고 있다』, 에코의 서재,
     2007.

Henri Bergson, 박종원 (역), 『물질과 기억』, 아카넷, 2005.

한국전쟁기 좌익피해담의 재구성
- 국가의 공식기억에 대한 도전 -

정 진 아

1. 머리말

2013년은 정전협정 60주년이 되는 해였다. 유엔군과 공산군은 1953년 7월 27일 '정전협정'에 조인하였다. 정전체제는 한국전쟁을 법적, 제도적으로 종식하고, 평화체제로 이행하는 과정의 과도적인 체제이다.[1] 유엔군과 공산군은 정전협정 이후 정치회담을 통해 한반도 통일방안을 논의하기로 하였으나, 양자의 입장 차이로 인해 협상은 아무런 성과 없이 결렬되었다. 결국 우리는 과도적으로 설정된 불안정한 정전체제 속에 60년을 살고 있는 것이다.

따라서 한반도는 여전히 전쟁 중이다. 장기지속형의 정전체제로 인해 군사적 전투행위는 중지되었지만 한반도에는 평화가 깃들지 않았기 때문이다. 정전협정 후 한국사회에서 전쟁은 총칼을 앞세우는 방식이 아니었을 뿐, 이데올로기라는 무기를 가지고 선량한 국민(양민)과 빨갱이를 끊임없이 분리시키는 과정이었다.[2]

---

1) 김보영, 「정전협정과 전쟁의 유산」, 『역사와 현실』 제88호, 한국역사연구회, 2013, 4쪽.
2) 김동춘, 『전쟁과 사회』, 돌베개, 2006 참조.

전쟁 전 '하나의 민족'이었던 좌우/남북의 주민은 대한민국의 국민 만들기 과정에서 양민과 빨갱이로 재구성되었다. 빨갱이는 반민족적인 세력, 반인간적인 세력으로 타자화되었을 뿐 아니라[3] 배제와 제거의 대상으로 규정되었다. 한국인이라면 누구나 겪었을 전쟁, 특히 피해에 대한 체험은 제거와 배제에 대한 사람들의 두려움과 공포를 극대화시키는 원체험이었다.

대한민국 국가권력은 국군/우익과 미군에 의한 학살에 대해서는 침묵 할 것을 강요하는 한편, 빨갱이 담론과 전쟁피해를 직결시켰다. 그리고 그것을 공식기억으로 전유하였다. 국군, 우익, 미군에 의한 피해를 문제 삼는 자는 빨갱이였고, 그 과정에서 좌익에 의한 피해만이 부각되었다. 좌익은 피해를 주도한 세력으로 더욱 '악마화'되었다.

1987년 이후 한국사회가 민주화되면서 전쟁에 대한 시각과 관점도 바뀌기 시작했다. 한국전쟁 연구의 초점이 발발 배경과 성격을 규명[4]하는 데서 한 걸음 더 나아가 민중에게 전쟁이란 과연 무엇이었나 하는 것으로 이동하면서 '피해'에 대한 문제가 재조명되기 시작하였다.[5] 또한 '아래로부터의 역사'를 재구축하는 연구방법론으로 '구술'이 주목되면서 전쟁 피해에 대한 다양한 체험담이 쏟아져 나오기 시작하였다. 그것은 대한민국 국가권력이 전유했던 공식기억의 경계를 넘어서는 것이었다. 사람들의 삶과 경험을 통제했던 '시국'

3) 유임하, 「정체성의 우화반공 증언수기집과 냉전의 기억 만들기」, 『겨레어문학』 제39집, 겨레어문학회, 2007, 287~288쪽; 이수정, 「국가 판타지와 가족의 굴레: 월북자 가족의 남한 국민되기」, 『비교문화연구』 제16집 1호, 서울대학교 비교문화연구소, 2010, 169~170쪽.

4) 브루스커밍스, 『한국전쟁의 기원 (상)·(하)』, 청사, 1987; 박명림, 『한국전쟁의발발과 기원』, 나남, 1996; 윌리엄 스톡, 김형인 외 옮김, 『한국전쟁의 국제사』, 푸른역사, 2001; 정병준, 『한국전쟁』, 돌베개, 2006.

5) 김경학 외, 『전쟁의 기억: 마을공동체의 생애사』, 한울아카데미, 2005; 김동춘, 『전쟁과 사회』, 돌베개, 2006; 김귀옥 외, 『전쟁의 기억, 냉전의 구술』, 선인, 2008; 최정기 외, 『전쟁과 재현: 마을공동체와 그 대면』, 한울, 2008; 박찬승, 『마을로 간 한국전쟁』, 돌베개, 2010.

의 변화는 기억의 지평을 확대시키는 조건이었다. 그러나 보수정권의 등장으로 빨갱이(종북) 담론이 재생되면서 역사적인 진실규명과 화해를 위한 노력은 주춤거리고 있다.

이 글은 2012~2013년 건국대학교 한국전쟁체험담 조사팀이 전국에서 채록한 전쟁체험담을 바탕으로, 국가가 공식기억으로 만들어놓은 인민군 혹은 지방 좌익세력에 의한 피해에 대해 구술자들이 다른 방식으로 이야기를 풀어내는 양상을 유형화하고 그것이 갖는 함의를 분석해보고자 한다. 필자는 구술자들의 말하기에서 진실을 적극적으로 규명하고자 노력하면서도, 국가권력이 정해놓은 '가이드라인'을 벗어나지 않으려는 모습을 볼 수 있었다. 반면, 공식적인 기억에서 벗어나는 모습도 볼 수 있었다. 전쟁피해를 우리 모두의 슬픈 과거로, 상처로 받아 안고자 하는 목소리였다.

2. 우리를 죽인 것은 빨갱이가 아니다

한국전쟁이 발발하기 직전인 1949년 12월 24일, 경상북도 문경시 산북 면 석봉리 석달마을에는 대대적인 민간인 학살이 발생했다. 공비들은 마을에 불을 지르고, 뛰쳐나온 마을주민들에게 무차별적인 총격을 가했다. 총격은 여기서 그치지 않았다. 공비들은 생존한 사람들을 모아놓고 재차 사격을 가했고, 학교에서 돌아오는 초등학생에게도 집중 사격을 가하는 잔혹성을 드러냈다. 그 결과 마을주민 124명 중 86명(남성 43명, 여성 43 명, 어린 아기 3명, 초등학생 6명 포함)이 사망했다.

『연합신문』 1950년 1월 5일자는 "1949년 12월 24일 오후 1시경 70여 명의 공비가 경상북도 문경군 산북면 석봉리 석달골에 들어와 마을주민 들을 무차별하게 학살하였다"라고 보도하였다.[6] 1월 말 군 보도과에서도 "국군으

---

6) 『연합신문』 1950년 1월 5일자.

로 가장한 무장폭도 약 50명이 내습하여 주민 86명을 총살하고 가옥에 방화하여 24호를 소진"하였다고 공식 발표하였다.[7] 사후 처리과정에서 피학살자들의 호적에는 "공비출몰 총상으로 인하야 사망"으로 사망사유가 기재되었다. 공비에 의한 민간인 학살지로 알려진 문경 석달마을, 그곳에는 국가의 공식기억과는 전혀 다른 진실이 숨어있었다.

1949년 12월 24일 경상북도 문경시 산북면 석봉리 석달마을의 김원지 외 85명은 국군 제3사단 제25연대 제3대대 제7중대 제2소대 및 제3소대 군인 70여 명에 의해 집단 총살되었다. 총살은 공비토벌작전 명령을 수행 중이던 소대장의 명령에 의한 것으로서 사건의 희생자는 모두 노인과 아이들을 포함한 비무장 민간인이었다. 책임지휘관인 제7중대장과 문경 경찰서장은 사후 사태를 인지하였으나, 상부에 공비들의 학살로 허위 보고하여 사건을 은폐, 조작하였다.[8]

4 · 19혁명 이후 유족들은 진상을 규명하고자 정부에 진정을 했으나, 5 · 16 군사쿠데타가 일어나면서 주모자들이 연행, 구금되었다. 이를 계기로 유족들은 군인들이 일으킨 사건을 군사정부에서 규명하기란 불가능할 것이라고 판단하였다. 민간정부가 들어서면서 유족들은 다시금 진상규명을 위한 노력을 전개했다. 정부는 증거부족이라는 이유로 진상규명이 불가능하다고 했지만, 지역 의원을 중심으로 한 국회의원들이 국회에 특별 청원을 하였다. 그러나 김영삼정권기, 김대중정권기 모두 여야의 정쟁으로 회기를 넘기면서 특별청원도 무산되었다. 노무현정권기에 진실 · 화해를위한과거사정리위원회(이하 진실위)가 발족하면서 진실위가 이 사건에 대한 재조사에 착수했고, 비로소 사건의 전모가 밝혀졌다.

진실위는 조사 결과에 따라 "국가가 과거 가해 국군이 저지른 잘못을 공식

---

7) 『연합신문』 1950년 1월 26일자.
8) 진실 · 화해를위한과거사정리위원회, 「문경 석달 사건」, 『2007년 상반기 조사보고서』, 2007 참조.

적으로 인정하고, 사건 관련 희생자와 유족들 및 국민들에게 진솔하게 사과하여야 하며, 현재 생존한 부상자들에게 의료비를 최대한 지원하고, 유족들의 생계 상황을 파악하여 기본적인 삶을 영위할 수 있도록 실질적인 생계비를 지원할 것을 권고"하는 결정을 내렸다. 이에 근거하여 유족들은 국가를 상대로 손해배상 청구소송을 제기했다.

2012년 건국대학교 한국전쟁체험담 조사팀이 석달마을을 방문한 시점은 진실위의 조사결과가 발표된 지 5년이 지난 시점이었다. 그러나 피학살자 유족들에게 이 사건은 아직도 해결되지 않은 진행형이었다. 소송에서 법원은 "국가 공권력에 의해 자행된 불법행위인 점은 명백하다"고 인정하면서도 소멸시효를 문제 삼아 사건을 기각하였기 때문이다.[9]

유복자로서 엄마의 뱃속에서 학살을 경험한 채홍달은 진상규명에 매우 적극적이었다. 그는 학살은 빨갱이가 아니라 명백한 국군의 범법행위였고, 국가가 책임을 져야 하는 사안이라고 주장했다. 피학살자 유족들의 진상규명을 위한 지난한 노력의 결과 "빨갱이들에 의한 잔인무도한 민간인 학살사건"에서 "국군에 의한 민간인 학살사건"으로 학살의 주체가 밝혀졌다. 이제 유족들이 원하는 것은 "선량한 국민(양민)"으로서 무고한 학살을 당했으니 피해자의 신원을 회복하는 한편, 정부가 사죄하고 피해보상을 해달라는 것이었다.

하지만 국방부는 문경 석달 사건을 주민 소개 및 게릴라 소탕작전 중 발생한 민간인 피해로서 전시 긴급 상황 하의 군 임무 수행과정에서 발생한 불가피한 피해로 규정하였다. 그리고 2000년 현지조사를 실시한 후, 정만기·채기진·황동주 3명이 부역혐의로 복역하고 있었던 것을 증거로 들어서[10] 석달

---

9) 2011년 9월 8일 대법원은 진실을 은폐하고 진상 규명을 위한 노력조차 게을리 한 국가가 뒤늦게 문경 학살사건의 유족인 원고들이 미리 소를 제기하지 못한 것을 탓하며 시효가 지났다는 이유로 채무이행을 거절하는 것은 현저히 부당하다며 사건을 서울고등법원으로 돌려보냈다. 당시는 아직 서울고등법원의 판결이 나지 않은 상태였으나, 결국 2012년 문경 석달 사건 유족들은 국가로부터 보상금을 받아내게 되었다.
10) 당시 이들 3명은 부역 혐의가 아니라 국가보안법 위반 혐의로 복역 중이었다.

마을을 사건 발생 전 통비분자와 부역자들의 활동이 심했고 공비의 출몰이 잦았던 지역으로 판단하였다.[11] 학살의 불가피성을 제기한 것이다. 그러나 주민들은 빨치산과의 관련성을 전면 부인하였다.

> 뭐 설만 무성하고 그 호적에는 전부 공비 출몰에 의해서 사망한 걸로 그래 나와 있고 (……) 그 전에 무장공비가 나온 적이 없어요. (……) 실지 여기에 는 무장공비 있어야 될 가치가 있는 곳도 아니고요. (……) 사상범이나 그런 거 (……) 있는 지역도 아니고.[12]

> 중대장은 몰랐던 사실이고, 보고 없이 그걸 했고 (……) 소대장 두 사람이 주범인데, 왜 그래 했는가 자긴 그냥 뭐 임의로 해갖고 그냥 짐작으로 했는 지.[13]

유족들은 빨치산과 관련한 혐의뿐 아니라 군 지휘계통의 체계적인 명령이 나 은폐 조작과 같은 국가가 숨기고자 하는 사안에 대해서도 거리를 두고자 하였다. 민간인 학살의 원인을 분석하여 진상을 철저히 규명하기 보다는 국 가가 정해놓은 '가이드라인', 즉 국군의 실수와 오인으로 인해 발생한 '양민학 살'[14]이라는 틀을 수용하고자 한 것이다.

---

11) 허만호 · 김민서, 「전시 민간인 피해에 대한 국가책임 한계」, 『민군 관련사건 연구논문 집』 제1집, 국방부 군사편찬연구소, 2006 참조.

12) 채홍달(남, 1949년생) 인터뷰, 2012년 3월 9일, 경상북도 문경시 산북면 석봉 리 민간인 학살 현장.

13) 위와 같음.

14) 피학살자 유족들이 '민간인 학살'이라는 용어보다 '양민 학살'이라는 용어를 선호하는 것은 피학살자가 빨갱이가 아닌 무고한 양민임을 주장하면서 학살 자체의 부당함보다 죄 없이 죽어간 억울함을 부각시키고자 하기 때문이다. 양민과 빨갱이를 분리시키고자 하는 '양민 학살'이라는 용어는 전쟁 상황에서 양민이 아닌 자(빨갱이)가 학살되는 것은 불가피하다는 국가와 국군의 입장을 승인하는 가운데 민간인 피해의 부당성을 제기하 는 것으로 반공이데올로기를 강하게 담지하고 있는 용어이다(김동춘, 앞의 책; 이지선, 「한국전쟁에 관한 역사교과서 서술 분석-공식 기억의 변화과정을 중심으로」, 성균관대 학교 석사학위논문, 2013, 70쪽 참조).

그런 산골이라 노은께 이 사람들이 지네가 다 젊은 나이에 자기네가 말하자면 장난삼아 한 거라요. 우발적으로 장난삼아. 아무 저거도 없는데. 아무 죄도. 어린애들이고 연세 많은 어른들이고. 아무 것도 모르고 바깥일도 모르고 그때 당시만 해도.[15]

경찰서에서도 그때 모든 걸 최선을. 경찰서도 했고, 면사무소도 했는데. 거기서도 왜 왔다갔다 하믄 이상 없이 잘, 사이좋게 잘 지내던 동네고. 군에서도 잘 지내던 동넨데. 그래서 당시 완전히 돌발적으로 갑자기 일어난.[16]

국군이 왔으면 대접을 잘 해야 되는데 대접을 잘못했으니까. 요놈들 국군이 왔는데도 환영도 안하고 그러니까. 그래 추측을, 어디까지 그래 추측을. 그래 하는 사람도 있고 (……) 그거는 정확한 거는 아무도 몰라요. 왜 그랬는가.[17]

학살 주체가 국군이라는 점은 분명히 밝혀졌다. 그러나 유족들의 사건 재구성 방식 속에서는 학살이 발생한 사회구조적인 맥락과 진실은 사라지고, 소대장 2명의 돌발적인 행동에 의해 주민 86명이 몰살당한 표면적인 사실만이 남았다. 문경 석달마을 민간인 학살 사건은 "아무 이유 없이 (군인들이) 우발적으로 장난삼아 한", "완전히 돌발적으로 갑자기 일어난", "국군에 대한 대접이 소홀해서"라는 이해할 수도, 이해될 수도 없는 이상한 사건일 뿐이었다. 주범으로 지목된 2명의 소대장이 전사와 치매로 인해 진실을 밝힐 수 없는 죽은 자, 혹은 살아 있어도 망각의 강을 건넌 자라는 점도 주목된다. 소대장 2명에게 모든 책임이 전가된 당시의 진실은 무엇일까? 당시 열한 살이었던 채홍연의 구술 속에서 그 실마리를 찾을 수 있다.

동네 사람을 논에다 몰아넣고 이래 가지고 총을 쏘는데 그래 처음에는 뭐

---

15) 채홍연(여, 1938년생) 인터뷰, 2012년 3월 10일, 경상북도 문경시 산북면 채홍달 자택.
16) 채홍달(남, 1949년생) 인터뷰, 2012년 3월 9일, 경상북도 문경시 산북면 석봉리 민간인 학살 현장.
17) 위와 같음.

빨갱이다 카고 막 이런 욕설을 하면서 그 박재춘이라고 그 사람을 먼저 쏘드라고요. 빨갱이라고 그러면서. 니들이 빨갱이 뭐 머리를 깎아주고 뭐 어쩌고 그 사람이 이발을 인제 어려서 막 조금 했는데 그런 소리를 하면서 그래 욕설을 하고 총을 났는데 무신 총을 놓았던지. 그 사람 그래 쏜게로 옆에 있던 참말로 그 안양반이 막 여보, 여보 고러면서 이런께 고 또 여자도 쏴갔고. 그 세 살 난 그 언나 안고 있는 것도 다 죽이고. 그 사람 세 식구가 고만. 제일 먼저 그래 다 죽이더라구요.18)

이놈, 빨갱이들 내려오면 밥 해주고 한 놈들은 다 죽어야 된다고 그러면서 전부 쭈욱 하더니 그러데. 그러더니 전부 또 마을 사람들이 쭈욱, 또 내려와서 불 지르고 해가꼬 전부 모이라고. 그러니까 인제 언능 거길 가더니 불 질러 명령 내리니까 해더라니.19)

군인들은 분명 주민들을 '빨갱이'로 보고 있었다. 물론 주민들의 구술처럼 빨치산이 자주 출몰한 곳은 석봉리가 아닌 '삼북'일지라도 그곳은 석봉리와 같은 지역권이었다. 제일 먼저 군인들에게 희생된 사람은 박재춘이라는 사람과 그 가족인데, 박재춘은 빨치산의 머리를 깎아줌으로써 빨치산과 내통한 혐의를 받고 있었다. 당사자 뿐 아니라 아내와 어린아이까지 무참하게 살해한 이유는 '빨갱이'가 여성과 아이들의 신체를 통해 재생산된다는 강고한 믿음 때문이었다.20)

이처럼 학살은 국군에 대한 대접이 소홀해서 갑자기 일어난 우연한 사건이 아니라 빨치산과 내통한 빨갱이를 사냥하는 과정이었다. 1948년 8월 대한민국 수립 이후 정부는 대대적인 빨치산 토벌에 나섰다. 1949년은 그 정점에 있던 시기로서, 빨치산에 대한 대대적인 소탕작전이 전개되던 시기였다. 군인들의 대대적인 소탕작전과 빨치산에 대한 반격 과정에서 정찰과 수색선상

---

18) 채홍연(여, 1938년생) 인터뷰, 2012년 3월 10일, 경상북도 문경시 산북면 채홍달 자택.
19) 위와 같음.
20) 김성례, 「국가폭력과 성정치학」, 『흔적』 제2호, 문화과학사, 2001 참조.

에 위치해 있던 '석달마을'이 잔인하게 희생된 것이다.

진실위의 조사 결과에서도 주민들의 빨치산 협력 행위는 확인되지 않았다. 다만 국군이 석달마을 주변에 공비들이 출몰했고 마을주민들이 이들에게 음식 등의 편의를 제공했다고 단정하여 총살한 것으로 추정하였다. 이 사건은 국군이 전시나 긴급한 전투상황도 아닌 시점에 지역 주민을 공비토벌작전이라는 명분 아래 총살한 민간인 학살사건이었다. 그리고 이 사건의 핵심은 국군이 석달마을 주민들과 빨치산과의 관련성을 제대로 확인하지도 않았을 뿐 아니라 적법한 절차를 거치지도 않고 석달마을의 민간인을 무자비하게 학살했다는 데 있었다. 전쟁기일지라도, 설사 주민들이 공산주의 사상을 가졌다고 하더라도 실체적인 혐의가 없이 민간인을 학살하는 것은 엄연한 불법이었다.

그러나 유족들이 가장 강조하는 것은 "국군에 의한 학살"이라는 점과 더불어 "우리는 빨갱이가 아니다"라는 주장이다. 우리를 죽인 것은 빨갱이가 아니고, 우리 역시 빨갱이가 아니라는 것이다. 문경 석달 사건 유족들은 한국전쟁기 민간인 학살문제를 규명하기 위해 오랫동안 선도적으로 싸워왔다. 하지만 빨갱이로 지목되면 진상규명도, 위령사업도, 피해보상도 제대로 받지 못한다는 불안감이 오랜 진실규명의 끝에 선 이들에게도 여전히 작동하고 있었다.[21] 여전히 강력하게 작동하는 반공이데올로기의 자장에서 이들도 자유로울 수 없었던 것이다.

---

[21] 현기영의 소설 『지상에 숟가락 하나』에는 주인공의 두 누나가 남편을 잃고 오열하는 장면이 나온다. 경찰 남편을 둔 누나는 마당에서 머리를 풀어헤치고 발버둥을 치며 목청 높여 우는 반면, 좌익 남편을 둔 누나는 골방에서 두꺼운 이불을 머리에 쓰고 숨을 죽여 통곡한다. 이는 남한에서 좌익과 우익의 피해가 갖는 사회적인 의미차를 극명하게 드러내준다(현기영, 『지상에 숟가락 하나』, 실천문학사, 2009 참조).

3. 빨갱이도 우리와 같은 인간이다

트라우마를 낳는 사건은 항상 개인적인 경험에서 그치지 않고, 권력관계와 관련된 서사화와 기억 만들기의 과정을 거친다.[22] 그런 의미에서 한국전쟁을 겪으면서 남한주민들은 대한민국이 공식적으로 표방하는 서사화와 기억 만들기 과정을 체득하였다. 그러나 전쟁체험은 공식기억으로는 묶어둘 수 없는 다양한 내용을 가지고 있었고, 그것은 점차 공식적인 기억을 균열시키는 장치로 작동하기 시작하였다.

개전 4일 만에 서울을 점령한 인민군은 전쟁이 시작된 지 한 달 만에 영덕—대구—마산—창원을 잇는 워커라인 지역을 제외한 전국을 점령하였다. 인민군 점령통치는 힘겹고 고된 피해의 연속으로 공식화되었다. 그러나 전쟁체험담 속의 인민군 점령통치는 공식화된 기억과는 다른 내용을 담고 있었다.

전상국은 열 살 때 전쟁을 만났다. 그는 어린아이의 눈으로 전쟁을 보았다. 가장 기억에 남는 것은 어린 인민군에 대한 기억이었고, 그것은 대한민국이 만들어낸 잔인하고 무자비한 인민군의 모습과는 전혀 다른 것이었다. 옛날이야기 좋아하고, 동심을 가진 천진난만한 또래의 모습, 바로 그것이었다.

> 북한군이 (……) 진주하고 뭐 이러는 과정에 (……) 어린애들을 많이 만났어요. 열여섯 살 이렇게 된 애들이 많은데, 우리 자택에 와선 할머니한테 뭐 이래 뭐 얘기도 해달라고 그러고 (……) 그러고는 애들이니까 (……) 실탄을 장전하다가 오발을 한 거야. (……) 걔들이 더 놀래 도망가고 뭐 이러더라구요. (……) 여름에 강가에서 목욕하는 애들 뺄개 벗고 뭐 이러고, 전연 다르지 않은 거죠. 어린 나이에 그게 다른 게 느껴지지 않는 거야.[23]

---

22) 이수정, 「6·25전쟁과 기억의 정치」, 『한국문화인류학』 제44권 1호, 한국문화 인류학, 2011 참조.

23) 전상국(남, 1940년생) 인터뷰, 2013년 2월 17일, 강원도 춘천시 김유정 문학관.

열두 살 때 전쟁을 맞아 인민군들에게 공부와 노래를 배우며 생활했던 경험을 간직한 윤춘열은 즐겁고 신나는 추억으로 당시의 기억을 떠올렸다. 그에게 공부와 노래를 가르쳐준 인민군은 '여성동지'였다. 소년부단장을 하면서 지냈던 어린 시절은 그의 기억 속에 소중한 추억으로 간직 되고 있었다. 이도자의 기억 속 인민군도 다를 바가 없었다. 노래를 가르쳐주고 누구에게나 '동무'라고 부르면서 살갑게 형제처럼 대하는 이들에게 그녀는 정겨움을 느꼈다.

> 그때 인민군들이 막 내려와가지고 여성동지들하고 내려와가지고. 그때 한 열두 살, 열세 살, 그떡에. 그떡에 그 초등학교 졸업할 정도 그 정도 되몬 다 모여가지고 다 교육을 했어. 요로코 요로코 허라고. 노래도 갈치고 (……) 그래 가꼬 저 정택이가 소년단장하고 내가 부단장하고 그랬거든.24)

> "동무, 동무" 하면서 누구라도 동무라고 하더라고, 근데 노래를 가르쳐죠. 우리를 데리고 (……) "장백산 구비 구비 피 흘린 자국 칼로 싸우고" 그런 노래도 가르쳐 줬어. 인민군들이 그런 노래를 가르쳐 주고, 동무하며 손잡고 나도 고향에 가면 이런 동생이 있다. 그러고 그랬는데.25)

그뿐이 아니었다. 윤춘열에게 인민군은 전설 속에서나 등장할 것 같은 멋있고 용감무쌍한 전사들이었다. 이도자 역시 전투과정에서 그들이 보여주는 일사분란함과 기민함을 감탄의 눈으로 바라보았다. 인민군을 동지와 형제로 느끼면서 그들의 행동에 호감을 느끼게 된 것이다.

> 보름작전에도 그랬어. 여그서 삼일 간을 싸웠당게 삼일 간을 싸웠어. 진짜 빨치산들, 참 용감한 빨치산들이라고, 허몬 참 용감했어. 이북에서 내려온

---

24) 윤춘열(남, 1938년생) 인터뷰, 2012년 2월 19일, 전라남도 함평군 해보면 광암리 마을 회관.
25) 이도자(여, 1940년생) 인터뷰, 2012년 3월 9일, 경상북도 문경시 가은읍 이국희 자택.

사람들은. 아주 저 낙엽 떨어진디 그 바탕에 가는디 봉게 낙엽소리가 한나도 안 나게 가드라고 어특해 갔는고. 비호, 비호여.[26]

밤이 되면은 인민군들이 말을 훈련 시켜가지고 말을 타고 내려오는데 말이 그렇게 잘 생겼어. 말이 반질반질반질 하도록 잘생긴 말들이 수도 없이 타고 내려오는데, 이 말을 얼마나 훈련을 잘 시켰는지 신호 한 번만 주면 번개같이 숨어 이 말들이. 끊임없이 내려오더라고 말을 타고 그래가 정찰기가 이렇게 비행기가 '봉–' 뜨잖아. 그러면은 인민군들이 신호를 하만 말이 번개같이 어디에 숨었는지 흔적도 없이 사라져.[27]

국가의 빨갱이 담론도 어린아이들의 천진난만한 시선 속에서는 설득력 이약한 이야기일 뿐이었다. 과연 어떤 사람들이 빨갱이일까? 무섭고 잔인하게 표상되는 빨갱이는 어린아이들에게 두렵고 호기심을 갖게 하는 존재였다. "아, 무섭지만 한번 구경하고 싶다." 그러나 정작 마주한 빨갱이의 모습은 기대와는 다른 모습을 하고 있었다. 우리와 똑같은 얼굴을 한 인민군이, 이웃의 아저씨가 바로 빨갱이라는 사실은 어린아이들에게 놀라움과 충격으로 다가올 뿐이었다.

우리 어렸을 때는 빨갱이, 빨갱이들이, 아 빨갱이는 그러몬 우린 빨갱이를 한 번도 못 봤는데, 굉장히 무섭고 뭐 어떤 건 뭐 머리에 뿔이 나고, 뭐 여튼 굉장한 그런 존재로 빨갱이라는 것. 그러니까 어린 시절에, '아 빨갱이는 무서운 거. 그 사람들은 사람을 죽이고 뭐 무서운 것들이다.'라는 생각을 하고 있다가 (……) 빨갱이를 많이 잡아 왔다. 이거죠. 그날 그래서 빨갱이를 잡아 왔다 그래서 뭔가 하고선, 그래서 우리가 담 너머를 넘겨 보고 뭐 그랬는데, 포승줄에 이렇게 묶여가지고 이렇게, 경찰서 뒷마당에 쭉 매서 한 십여 명이

26) 윤춘열(남, 1938년생) 인터뷰, 2012년 2월 19일, 전라남도 함평군 해보면 광암리 마을 회관.

27) 이국희(여, 1935년생)·이도자(여, 1940년생) 자매 인터뷰, 2012년 3월 9일, 경상북도 문경시 가은읍 이국희 자택.

앉았는데, 그중에 내가 아는 아저씨도, 이웃집 아저씨도 거기 있더라구요. 그게 빨갱이래요, 그게. 아니 빨갱이라는 게 저런, 왜 난 무서운 그런, 뭐 머리에 뿔이 나고 뭐 좀 이상한 존재인줄 알았더니 내가 잘 아는 그 아저씨도 거기 있더라구요. 그리고 그냥 뭐 우리와 같은 똑같은 옷을 입고 똑같은 얼굴을 한 사람들. 그때 그 어렸을 때 충격이 굉장히 컸던 것 같애요.28)

그때가 4학년이었고, 성하고 나하고 다섯 살 차이니까, 그때가 중 2고 그랬거든, 그랬는데 철없을 때 빨갱이라고 그래서 사람이 빨간 줄 알아. "빨갱이! 빨갱이!" 하니까. 그래 인민군들이 왔는데 우리랑 색깔도 같고 말도 똑같은 거라.29)

한편, 피난과정에서 인민군에게 도움을 받은 이들도 있었다. 김문정은 피난길에서 만난 인민군들이 강을 업어서 건네주고 식량을 나누어주었으며, 어머니의 출산을 도와주기도 했다고 회고했다. 출산을 도와준 인민군은 속옷을 벗어 직접 아기를 씻기고 겉옷을 벗어서 아기를 감싼 다음, 생명의 소중함을 강조하면서 어머니에게 아이를 넘겨주었다고 한다. 처음에 인민군인 줄 몰랐던 김문정은 인민군의 친절에 감사하며, 정이 많고 착한 존재로 인민군을 기억하고 있었다.

금산이라는 데가 개울이 엄청나게 큰데, 그때 옛날에 나무다리잖아. 나무다리를 놓는데 거길 건너가야 된다는데 난 무서워 못 건너고 막 울었어. 그랬는데 그 밑에 인제 군인들이 시커—먼 군인들이 이 이렇게 있는데. 그 군인들이 그래. "저기 애기는 내가 업어 건너다줄 테니까 어른만 건너가 30) 라." 그랬는데. 엄마가 막 소리 지르고 막 난리치는데 그때만 해도 몰랐어. 그랬는데 나중에 알고 보니까 애기를 낳대 (……) 막 소리 지르고 이러니 그

28) 전상국(남, 1940년생) 인터뷰, 2013년 2월 17일, 강원도 춘천시 김유정 문학관.

29) 이도자(여, 1940년생) 인터뷰, 2012년 3월 9일, 경상북도 문경시 가은읍 왕릉리 이국희 자택.

30) 김문정(여, 1939년생) 인터뷰, 2012년 4월 7일, 강원도 홍천군 야시대리 김문정 자택.

군인 아저씨들이 뭐 건빵을 꺼내가지고 물에다가 이렇게 해가지고 이렇게 주고 막 이걸 먹어야지, 먹어야지 안 떨린다 뭐 어쩐다 이래. (……) 보니까 남자애를 낳고 그러면서 그 사람들이 그게 나중에 알고 보니 인민군대 들이래. 근데 그렇게 인민군대들은 정이 많아요, 착하고 (……) 인민군대들이 이 옷을 속에 거를 벗어서 애를 싸가지고 이제 5월 달이니까 그 개울에다 씨쳐가지고(씻어가지고) 그래도 그 군인들이 씻쳐서 우와기에다 싸서 이렇게 해서 주면서, "그래도 생명이니까 데리고 가야지 어떻게 하냐." 그럼서 주더래는 거야 애기를. 나는 애기를 낳아서 주는지 어쩐지도 모르고 뭐를 시키면 보따리를 주니까, 그게 나중에 알고 보니 애기래잖아.30)

한국사회가 민주화되고, 남북관계의 긴장이 완화되면 이러한 구술 내용은 더욱 증가할 것이고, 전쟁에 대한 이야기들도 더욱 풍성해질 것이다. 구술자들이 전쟁을 좌와 우, 남과 북의 대립, 학살과 피해의 관점에서만 복기하는 것이 아니라, 삶의 일부분으로 이야기할 수 있을 것이다. 그러나 남북의 대치 상태가 계속되는 한 이러한 이야기는 늘 감추어질 가능성을 가지고 있다.

4. 전쟁은 우리 모두의 비극이다

전쟁 트라우마는 전쟁의 상처로부터도 생겨나지만, 진실을 말하지 못하고 감추어야 할 때, 상대에 대한 불신과 증오를 키워갈 때 더욱 강화된다. 남북한 정부는 상대에 대한 증오를 극대화시켰고, 그 가운데 주민들은 집단적인 전쟁 트라우마 속에서 살아왔다. 그러나 전쟁 트라우마의 극복 없이는 한국 사회의 진정한 통합, 남북이 함께 하는 통일의 미래를 전망할 수 없다.

분단의 어떤 비극이 바로 그런 상대에 대한 불신, 증오, 그 노인들 아마 탑골공원에서 만나면 그 증오일 거예요. 아마 그 사람들 아직도 그대로 남아 있어. 자꾸 그걸 키워. 속에서 키우고 있는 거예요.31)

한국 전쟁은 난 진행형이라고 보기 때문에, 사람들이 말할 수 있는 걸 말해야 되는데, 우린 말할 수 있는 풍토가 안 돼요. 말했다가는 안 되는 거예요. 지금 인제 그래서 그것이 근간에 모든 사람들이, 이 진술하는 사람들 전쟁 얘기 속에는 반드시 있어요. 이거는 어느 부분은 감추고 있다고.[32]

남북한의 분단은 좌우/남북의 전쟁체험을 축소, 확대, 과장, 왜곡시키는 장치이다. 2000년 남북정상회담이 열리고 분단정치가 힘을 잃어가면서 보수세력은 분단정치의 해체에 불안감을 느끼고 이에 완고하게 저항하였다. 이는 특정한 방식으로 전쟁의 틀을 만들어온 오랜 기억과 그에 바탕한 현실을 변화시키기가 결코 쉽지 않음을 보여준다.[33] 그러나 이는 우리가 건너고 감당해야 할 과정이기도 하다.

냉전을 재생산하고 남북대립의 길로 나아갈 것인가, 냉전을 극복하고 평화의 길로 나아갈 것인가? 우리에게 필요한 것은 상대방에 대한 증오를 확대하고 과장하며 왜곡하는 과정에서 벗어나, 감춘 것을 꺼내놓고 말하며 서로를 치유하는 작업이다. 그것이 절실한 이유는 국가의 공식기억이 한국전쟁에 대한 기억을 전유하면서 남북 뿐 아니라 한국사회 내부의 갈등과 대립을 격화시키고 있기 때문이다.

그 갈등과 대립의 바탕을 이루는 것은 바로 한국전쟁기 학살에 대한 실체적 경험이다. 전쟁은 단지 국군과 인민군의 대치상태에서만 일어난 것이 아니었다. 전쟁 초기 보도연맹, 정치범과 같은 좌익혐의자에 대한 예방학살이 있었고, 인민군이 전선을 따라 내려오면서 마을공동체에도 전쟁이 내면화되었다. 국군과 인민군은 지역정치를 시행하는 과정에서 지역의 좌우익 세력을 가담시켰고,[34] 퇴각과정에서 그들에게 학살의 책임도 맡겼다. 지역에서 함

---

31) 전상국(남, 1940년생) 인터뷰, 2013년 2월 17일, 강원도 춘천시 김유정 문학관.

32) 위와 같음.

33) 이수정, 앞의 논문, 113쪽.

34) 박찬승, 앞의 책, 참조.

께 생사고락을 같이하던 동네사람들이 학살에 가담한 상처는 크고 깊었다.

육이오 때 인민군들 나도 봤어. 와가꼬 나도 짝 봤는데 인민군들 안 죽였
어요. 그르고 그냥 가부렀는데 인민군들이 들어왔을 때 (……) 한청인가 뭔
가 있었잖아요. (……) 그 사람들 다 끌어다가 신작로 가운데다 놓고 몽댕이
로 다 때려 죽여부렀어. [청중: 누가? 반란군이?] 아니 지방 저기들 동네서.
[청중: 폭도들이?] 예. 그르니까 그때는 경찰들도 안 죽였제. 군인들도 안 죽
였제. 근디 동네사람들이 그게 죽인 거여.[35]

남로당 애들 (……) 끄집어 나온 놈들이 무슨 짓을 했느냐면 인민재판 한
다고 돌아댕기며 유지들 다 붙잡아다가 국민핵교 운동장에 세워놓고 인민재
판 한 거지. "이사람 죽여야 옳으냐? 살려야 옳으냐?" "옳소" 하면 그냥 죽여
버리고 (……) 이쪽은 가만히 있나? 걔들 갔으니까. 이쪽도 보복해 야지. 그
놈들 다 붙잡아다가 남로당들 붙잡아다가 또 죽였지. 서로 죽인 거여. 이쪽
은 저쪽 죽이고 저쪽은 이쪽 죽이고. 그 사람들 많이 죽었다고.[36]

그 인민군들을 이제, 패잔병을 죽이는 마을사람들, 또 그 마을 빨갱이라는
사람들이, 자기 평소에 원수진 사람들을 잡아다 죽이는 거, 이런 거는 뭐 봤
으니까. 그 인제 가해와 피해가 순환하는 과정, 그 인제 그런 인심의 변화,
뭐 그런 것들이 전쟁에서 가장 그랬던 거 같애요.[37]

전쟁 과정에서 좌와 우, 남과 북 어느 한쪽에게 피해를 입은 사람은 상대방
에 대한 증오와 적개심으로 불타게 된다. 특히 한국사회에서 인민군/좌익에
의한 피해와 북한사회에서 국군/우익에 의한 피해는 분단된 두 국가의 적대
성 속에서 절대화되어 왔다. 그러나 좌와 우, 남과 북 모두의 학살과 피해를

---

35) 안종운(남, 1938년생) 인터뷰, 2012년 2월 19일, 전라남도 함평군 해보면 광암리 마을
   회관.
36) 최광윤(남, 1938년생) 인터뷰, 2013년 2월 15일, 충청남도 홍성군 결성면 성남 중리
   마을회관.
37) 전상국(남, 1940년생) 인터뷰, 2013년 2월 17일, 강원도 춘천시 김유정 문학관.

보고 경험한 사람들은 일방의 잘못이라는 국가의 공식기억을 해체한다. 이들은 인민군/좌익과 국군/우익을 모두 우리 사람으로 일컬으며 전쟁의 아픈 역사를 성찰하고자 한다.

> 저기, 빨갱이들이 내려왔다 또 밀려가구 이랬잖아. 저 이 (……) 역사엘 보면. 국군. 국군이 또 이북을 또 점령했던 적이 있었잖아. 그랬는데, 이 빨갱이, 빨갱이들이 그 저기 군인, 군인들한테 인제 밀려 가는 거지. 이제 동네 빨갱이를 굴비 두릅 엮으듯이 끌어다 인제 죽이는 거야. 왜, 왜? 고발을 핸 (……) 가마이 생각해 보면 그 사람들두 불쌍한 사람이야. 왜? 목숨을 부지할래니까. 모 쪼끔 편하게 목숨 부지 헐라구 인제 갖다가 인제 뭐 요게, 야 동네 누가 부자야. 누가 많이 배웠어, 뭐 누가 어쨌어, 뭐 이러, 이러구 하며는 인제 그런거 인제 갖다 쏘쓰를 이제 준 건데, 이제 거기 인제 군인들한테 또 갖다 일르는 사람이 있어. (……) 저 놈이 빨갱이 노릇 했다구 또 이제 이르구, 그리 그래가주구 또 그냥- 굴비 두릅 엮듯이 결국은 다시 또 보복이 된 거야. 보복을 해가주구, 그 이북, 이, 이북으루 치구 올라 갈 때 또 얼마나 많이 죽였는지 알어? 우리, 우리 사람, 서로 우리 사람[38]

이들에게 누가 먼저 학살을 시작했는지, 누가 더 잔인했는지 잘잘못을 따지는 것은 무의미한 일이었다. 누가 먼저 시작했든지 인민군/좌익과 국군/우익세력은 한 민족으로서 할 수 없는 잔인한 행동을 서슴없이 자행했기 때문이다.

> 남북이 인제 이념화 돼서 갈라지는 과정에서, 난 그래서 둘 다 피해자라는 입장이죠. 난 지금도 철저하게, 남과 북은 절대 피해자라는 그런 생각 속에 있는 것이, 그럴 수에 없는 것이 (……) 그 살아가는 과정에서 자기가 사는 모습 속에, 사는 모습 속에, 피해 받은 것도 있지만, 가해한 것도 숨어들 있을 거예요. 그런데 사람들이 지금은 가해한 거를 알더라도, 그걸 알아야 되

---

38) 이선옥(여, 1944년생) 인터뷰, 2012년 2월 23일, 강원도 원주시 문막읍 반계 4리 경로당.

는데, 자기도 전쟁 속에서 가해한 걸 알아서 인식을 해야 되는데, 그거를 알려고 하지 않는 거. 숨길려고 하는 거. 이게 인제 이념화되는데 가장 이제 무서운 것이 아닌가.[39]

우리가 가장 경계해야 할 것은 전상국의 지적처럼 정전협정이 체결된 지 60년이 된 지금, 전쟁이 우리 모두의 상처였고, 우리 모두가 피해자이면서 동시에 가해자였다는 사실을 망각하고 그것을 숨기며 이념화하고 있다는 사실이다. 이제 우리가 해야 할 일은 좌익피해담을 통해 증오를 확대재생산하면서 한국사회의 갈등과 대립을 조장하는 것에서 벗어나, 전쟁을 우리 모두의 아픈 역사로 보듬어 안고 전쟁의 상처를 치유하기 위해 노력하는 것이다.

5. 맺음말

대한민국 국가권력은 한국전쟁 시기 국군/우익과 미군에 의한 학살에 대해서는 침묵할 것을 강요하는 한편, 빨갱이 담론과 전쟁피해를 직결시켰다. 그리고 그것을 공식기억으로 전유하였다. 그 과정에서 좌익세력은 피해를 주도한 세력으로 더욱 '악마화'되었다. 그러나 한국사회가 민주화되면서 국가의 공식기억에 도전하는 다양한 체험담이 쏟아져 나오기 시작했다.

2012~2013년 건국대학교 한국전쟁체험담 조사팀은 전국에서 전쟁체험담을 채록하였다. 이 글은 이렇게 채록된 자료에 근거해서 국가가 공식기억으로 만들어놓은 것과는 다른 방식으로 이야기를 풀어내는 구술자들의 체험담을 유형화하는 한편, 그것이 갖는 함의를 분석해보고자 하였다.

한국전쟁기의 좌익피해담 재구성 방식은 세 가지 유형으로 나누어볼 수 있다. 첫째는 공비에 의한 학살로 은폐되었던 국군의 민간인 학살에 대해 "우리

---

39) 전상국(남, 1940년생) 인터뷰, 2013년 2월 17일, 강원도 춘천시 김유정 문학관.

를 죽인 것은 빨갱이가 아니다"라고 당당하게 밝히고, 진상규명 운동을 전개하는 방식이다. 피학살자 유족들은 학살의 주체를 국군이라고 분명히 밝힘으로써 국가의 공식기억에 도전하였다.

둘째는 자신들의 실제 경험을 통해 패륜적이고 잔인무도한 빨갱이의 이미지를 역전시키고, "빨갱이도 우리와 같은 인간"이라는 사실을 역설하는 방식이다. 특히 어린 시절 전쟁을 경험한 사람들은 어린이의 순수한 시선으로 공식기억의 경계를 넘어서고 있었다.

셋째는 좌익과 우익세력의 학살을 모두 경험하고, 그것을 성찰하고 반추하는 과정을 통해 "전쟁은 우리 모두의 상처"라는 것을 지적하는 방식이다. 좌우의 학살을 모두 경험한 사람들은 좌익세력에게 전쟁과 학살의 책임을 일방적으로 전가하는 방식에서 벗어나 전쟁을 우리 모두의 상처로 보듬자고 제안함으로써 국가의 공식기억을 해체해나가고 있었다.

한국전쟁기의 학살과 피해는 국군과 우익 뿐 아니라 인민군과 좌익세력에 의해서도 대대적으로 발생하였다. 그럼에도 불구하고 이 글에서 좌익 피해담을 문제 삼고자 하는 것은 한국사회에서는 인민군과 좌익세력에게 모든 책임이 전가되고, 그것이 좌우와 남북의 증오와 대립을 재생산하는 중요한 기제가 되고 있기 때문이다. 이 문제를 근본적으로 성찰하지 않는 한 우리는 전쟁 트라우마와 전쟁 트라우마의 재생산 과정에서 벗어날 수 없다. 오히려 한국전쟁 체험담을 조사하는 과정에서 일부 구술자들은 국가의 공식기억에서 벗어나 '동족상잔'이라는 전쟁의 본질에 다가섰고, 그것을 치유해나갈 것을 제안하였다.

전쟁 트라우마를 극복하기 위해서는 먼저 학살과 피해에 대한 정확한 진상규명 작업이 이루어지고, 책임자의 사과와 피해자에 대한 배상이 이루어져야 한다.40) 그러나 치유는 진상규명과 사과, 배상만으로 끝나지 않는다. 좌익세

---

40) 김동춘, 『이것은 기억과의 전쟁이다』, 사계절, 2013, 403~420쪽 참조.

력 혹은 책임자에게만 책임을 전가하는 방식이 아니라, 우리 모두의 가슴 아픈 역사로서 학살과 가해/피해의 문제를 보듬어 안고 끊임없이 복기하고 성찰하는 재교육 과정이 필요하다. 그럴 때 전쟁은 이데올로기의 영역에서 우리 삶의 영역으로 정당하게 돌아올 것이다.

참고문헌

〈기본 자료〉

안종운(남, 1938년생) 인터뷰, 2012년 2월 19일, 전라남도 함평군 해보면 광암리
    마을회관.

윤춘열(남, 1938년생) 인터뷰, 2012년 2월 19일, 전라남도 함평군 해보면 광암리
    마을회관.

전상국(남, 1940년생) 인터뷰, 2013년 2월 17일, 강원도 춘천시 김유정 문학관.

채홍달(남, 1949년생) 인터뷰, 2012년 3월 9일, 경상북도 문경시 산북면 석봉리
    민간인 학살 현장

채홍연(여, 1938년생) 인터뷰, 2012년 3월 10일, 경상북도 문경시 산북면 채홍달
    자택.

최광윤(남, 1938년생) 인터뷰, 2013년 2월 15일, 충청남도 홍성군 결성면 성남중리
    마을회관.

이도자(여, 1940년생) 인터뷰, 2012년 3월 9일, 경상북도 문경시 가은읍 이국희
    자택.

이국희(여, 1935년생) 인터뷰, 2012년 3월 9일, 경상북도 문경시 가은읍 이국희
    자택.

이종희(여, 1931년생) 인터뷰, 2013년 2월 17일, 강원도 춘천시 방곡면 방곡노인회관
    할머니방.

김문정(여, 1939년생) 인터뷰, 2012년 4월 7일, 강원도 홍천군 야시대리 김문정
    자택.

이선옥(여, 1944년생) 인터뷰, 2012년 2월 23일, 강원도 원주시 문막읍 반계 4리
    경로당.

〈단행본 및 논문〉

김경학 외, 『전쟁의 기억: 마을공동체의 생애사』, 한울아카데미, 2005.

김귀옥 외, 『전쟁의 기억, 냉전의 구술』, 선인, 2008.

김동춘, 『전쟁과 사회』, 돌베개, 2006.

김동춘, 『이것은 기억과의 전쟁이다』, 사계절, 2013.

김보영, 「정전협정과 전쟁의 유신:」, 『역사와 현실』 제88호, 한국역사연구회, 2013.

김성례, 「국가폭력과 성정치학」, 『흔적』 제2호, 문화과학사, 2001.

박명림, 『한국전쟁의 발발과 기원』, 나남, 1996.

박찬승, 『마을로 간 한국전쟁』, 돌베개, 2010.

브루스커밍스, 『한국전쟁의 기원 (상)·(하)』, 청사, 1987.

윌리엄 스톡, 김형인 외 옮김, 『한국전쟁의 국제사』, 푸른역사, 2001.

유임하, 「정체성의 우화―반공 증언수기집과 냉전의 기억 만들기」, 『겨레어문학』
　　　제39집, 겨레어문학회, 2007.

이수정, 「6.25전쟁과 기억의 정치」, 『한국문화인류학』 제44권 1호, 한국문화인류학
　　　회, 2011.

이수정, 「국가 판타지와 가족의 굴레: 월북자 가족의 남한 국민되기」, 『비교문화연
　　　구』 제16집 1호, 서울대학교 비교문화연구소, 2010.

이지선, 「한국전쟁에 관한 역사교과서 서술 분석―공식 기억의 변화과정을 중심으로」,
　　　성균관대학교 석사학위논문, 2013.

정병준, 『한국전쟁』, 돌베개, 2006.

진실·화해를위한과거사정리위원회, 「문경 석달 사건」, 『2007년 상반기 조사보고
　　　서』, 2007.

최정기 외, 『전쟁과 재현: 마을공동체와 그 대면』, 한울, 2008.

허만호·김민서, 「전시 민간인 피해에 대한 국가책임 한계」, 『민군 관련사건 연구논문
　　　집』 제1집, 국방부 군사편찬연구소, 2006.

좌익가문 여성의 삶을 통해 본 통합서사
- 수동댁 전쟁체험 구술담을 중심으로 -

 박 현 숙

1. 머리말

좌우 이념갈등은 민족상잔의 아픔, 한국전쟁을 발발시켰고, 우리나라를 세계 유일의 분단국가로 만들었다. 한국전쟁 휴전협정을 맺은 지도 어느새 62년의 세월이 흘렀다. 한국사회 내 이념갈등은 분단의 긴 세월만큼이나 지속적으로 심화되면서 시민사회 스스로 통일담론을 형성할 기반조차 마련하지 못하고 있다. 우리는 오랜 세월 이념갈등 속에서 서로에게 상처와 아픔을 주며 분단서사 안에 갇혀 있다. 현재 한국사회 내 심각한 분열의 중심에 서 있는 남남갈등과 세대갈등 역시 좌우 이념갈등이 주요한 원인으로 작용하고 있다. 이제는 한국사회 내 분단서사의 고착화 현상을 우려해야 할 시점이다. 사회 갈등과 분열의 분단서사를 완화시키고 사회 통합을 위한 다양한 대안을 찾아야 한다. 포용과 화해의 서사 즉 통합서사를 활용한 다양한 활동이 하나의 대안이 될 수 있다.[1]

---

[1] 김종군은 '통합서사'의 개념을 '분단체제 속 한국 사회 구성원들이 갖는 이념적 적대 정서에서 기인한 분단서사를 완화시키는 일련의 인간 활동으로, 사회를 통합시키는 장

 좌익가문 여성의 삶을 통해 본 통합서사: 박현숙 | 215

본고에서는 통합서사적 가치를 지닌 한 여성의 전쟁체험 구술담에 주목하고자 한다.

여성이 겪은 전쟁에 관한 기록과 연구는 최근까지 꾸준히 이루어지고 있다. 기존의 여성 전쟁체험담 연구는 이념과 무관한 평범한 여성들이 겪은 전쟁의 양상을 역사 · 사회 · 구술사 · 문학 영역에서 다양한 관점으로 접근하였다.[2] 그리고 점차 이념과 직접적인 관련을 지닌 여성 빨치산에 관한 연구와[3] 좌익관련 유족에 관한 연구까지[4] 세분화된 연구가 진행되고 있다.

한국전쟁체험 구술은 대체로 한 개인의 생애사 가운데 전쟁이라는 특수한 시기에 겪은 고난담으로 진술되는 경우가 많다. 이때 전쟁체험은 개인의 일생 전반에 걸친 고난의 역사 중 하나로 인식된다. 그런데 본고에서 연구대상으로 삼은 여성, 수동댁의 전쟁체험 구술 자료는 분단과 전쟁이 개인 일부의 역사가 아닌 일생 전반에 걸쳐 영향을 미친 생애의 역사라는 점에서 자료적 가치가 있다. 이 구술 자료를 통해 지속적으로 반복되는 비극적 역사가 한

치'라고 정의한 바 있다(「통합서사의 개념과 통합을 위한 문화사적 장치」, 『통일인문학』 제61집, 건국대 통일인문학연구단, 2015, 9쪽). 그리고 정운채는 상대방을 미워하거나 배척하지 아니하고 그 덕을 기리고 화합하는 서사를 '통일서사'라 명명한 바 있다(「정몽주의 암살과 복권에 대한 서사적 이해」, 『통일인문학』 제53집, 건국대학교 인문학연구원, 2012, 398쪽).

2) 이임하, 『여성, 전쟁을 넘어 일어서다』, 서해문집, 2004; 김귀옥 외, 『전쟁의 기억 냉전의 구술』, 선인, 2008; 함한희, 「한국전쟁과 여성」, 『역사비평』 여름호(통권 91호), 역사비평사, 2010; 신동흔, 「한국전쟁 체험담을 통해 본 역사 속의 남성과 여성」, 『국문학연구』 제26호, 국문학회, 2012; 김종군, 「한국전쟁 체험담 구술에서 찾는 분단 트라우마 극복 방안」, 『문학치료연구』 제27집, 한국문학치료학회, 2013; 박현숙, 「여성 전쟁체험담의 역사적 트라우마 양상과 대응방식」, 『통일인문학』 제57집, 건국대학교 인문학연구원, 2014.

3) 최기자, 「여성주의 역사쓰기를 위한 여성 '빨치산' 구술생애사 연구」, 한양대학교 대학원, 석사학위논문, 2001; 한정훈, 「한 여성 빨치산의 구술생애담을 통해 본 정체성의 서사」, 『한국문학이론과 비평』 제50집, 한국문학이론과 비평학회, 2011.

4) 이령경, 「한국전쟁 전후 좌익관련 여성유족의 경험 연구」, 성공회대학교 시민사회복지대학원 석사논문, 2003. 염미경, 「여성의 전쟁과 기억」, 『정신문화연구』 제28권 제4호(통권 101호), 2005.

개인의 삶에 어떠한 영향을 미치는지, 또 개인은 역사의 문제적 상황 속에서 어떤 선택과 대응방식으로 대처해 나가는지, 그 삶의 태도를 살필 수 있다. 따라서 본고에서는 화자와 가족들의 심층 구술 자료를 기반으로 좌우 이념갈등의 한국현대사를 관통하여 살아온 평범한 여성, 수동댁의 삶을 다각적이고 입체적으로 조명하기로 한다.[5] 그래서 비극적·분단적 상황을 극복해낼 수 있는 통합서사로서의 가치를 발견하고자 한다.

2. 좌익가문의 배경

수동댁은 해남윤씨 가문의 집성촌, 강진군 대구면 수동마을에서 태어나고 성장하였다. 해남윤씨 가문은 강진의 대표적인 양반가문으로 식민지 시기 사회주의 노선에 기반하여 민족해방운동에 참여했고 해방이후에도 사회주의 노선을 견지함으로써 좌우익 대립구도 속에서 '좌익 또는 빨갱이가문'으로 낙인찍혔다.[6]

화자의 고향 강진 수동마을은 윤가현과 윤순달 두 인물에 의해 역사의 변화를 주도해 나갔다.[7] 윤가현의 부친 윤재평은 3.1운동에 적극 참여하였다.

---

5) 본고에서는 제보자들의 실명은 비공개를 원칙으로 한다. 따라서 성을 제외한 이름은 기호 형태로 처리하되, 연구 대상자는 택호(宅號)인 '수동댁'으로 지칭하기로 한다. 다만, 공식문서에 기재된 인물에 대해서는 구술 정보의 신뢰성과 객관성을 확보하기 위하여 실명을 공개하기로 한다.

6) 염미경, 「양반가문의 한국전쟁 경험」, 『호남문화연구』 제29집, 전북대학교 호남학연구원, 2001, 219쪽.

7) 1920년대는 3.1운동의 실패 이후 독립운동이 문화적 민족주의자와 급진적 민족주의로 분열되는 시기였다. 문화적 민족주의자들은 자치운동을 통해 일본이 허용하는 범위 내에서 교육과 문화, 산업의 발전을 주장했다. 급진적 민족주의자들은 공산주의자들과 사회주의자들로 구성되어서 민족해방운동을 전개했다. 부르주아지 민족주의자들은 3.1 운동을 이끌었지만, 이들의 자치운동은 그 한계를 드러냈으며, 곧 사회주의 사상이 만연해져 1925년에는 조선공산당이 결성되었다. 공산주의자들은 1926년 6.10만세 운동을 이끌었으며, 이것은 전국적으로 학생들의 동맹휴학과 데모를 불러일으켰다. 학생들의 저항은 1926년 이후에도 계속되어 1929년 광주학생운동이 일어났다(윤택림, 『인류학자

그리고 윤재평의 장남 윤정현은 윤순달의 부친으로 일찍이 주민들 교육에 관심을 갖고 윤재평에게 물려받은 논 60두럭의 재산을 내놓고 1920년 대구면에 교육기관 만오숙(晩悟塾)을 설립하였다. 그리고 윤정현의 막내 동생이자 윤순달의 삼촌인 윤가현은 식민지체제 하에서 항일운동, 사회주의운동에 적극적으로 참여하며 수동마을에 1928년경 야학을 세워 마을사람들에게 평등한 세상에 대한 희망을 키워주었다.[8] 윤가현은 1929년 11월 3일에 일어난 광주학생운동에 적극 동조하여 1930년 3월 대구보통학교 동맹휴업을 주도한 혐의로 징역 10개월의 징역을 선고 받는다. 그리고 1934년에는 전남운동협의회 일로 또 징역을 선고 받는 등 지속적인 일제의 탄압에도 굴하지 않고 항일운동을 펼쳐나갔다.

윤가현의 한 살 어린 조카 윤순달은 1919년 학생운동에 가담했다가 학교에서 퇴학을 당한다. 해방이전부터 철저한 공산주의자였던 그는 1934년 20세의 나이에 조선공산당 재건동맹원으로 활약했고, 26세 때는 경성콤그룹 전남책임자가 된다. 1949년부터 박헌영 계열로 승승장구하면서 남로당 조직부장 대리 직책까지 맡는다.[9] 삼촌 윤가현은 고향 수동마을에서, 그리고 조카 윤순달은 중앙에서 사회주의 노선에 기반한 활발한 활동을 펼쳐나갔다.

한국전쟁 발발 직전 이승만 정부는 남한 내 좌익출신들을 관리할 목적으로 1945년 6월 5일 관변단체 국민보도연맹을 조직하였다. 그런데 조직원 상당

의 과거여행』, 역사비평사, 2003, 207쪽).

8) 동아일보(1929년 1월 1일자) 신문기사에 따르면 1923년 1월 13일 성전 수양노동남녀학교(이영찬 설립), 1925년 6월 10일 병영 하고진흥야학원(박점수 설립), 1927년 5월 5일 군동 금사야학(조정구 설립) 등이 잇따라 창립되는 등 1920년대 말까지 강진에 11개 야학과 8개 공립학교 등 20여 개의 각종 교육기관이 들어섰다고 보도하고 있다.

9) 윤순달은 1952년에는 남로당 소속 빨치산 부대를 총 지휘하는 요직인 조선노동당중앙위원회 연락소부소장 직책까지 올라 지리산 유격대를 총 관할하였다. 그리고 이후 조선노동당중앙위원회 연락부부장에 임명되기도 하였다. 윤순달은 월북하였는데, 박헌영이 정부 전복 음모를 꾸몄다는 혐의로 체포되자 윤순달도 숙청되어 60년 징역형과 전 재산 몰수 선고를 받았다(「강진일보」 2012년 7월 3일자부터 연재된 '강진인물사2' 참조).

수는 보도연맹에 가입하면 정부로부터 보호도 받고 쌀과 고무신, 비료 같은 생필품을 받을 수 있다고 하여 가입하기도 하였다. 한국전쟁이 발발하자 이 승만 정부는 과거 좌익에 가담했던 사람들이 인민군과 합류하게 될 경우 전세가 분리하다고 판단하여 보도연맹 가입자들을 제거하라는 명령을 내렸다. 이로 인하여 수동마을 주민 26명이 총살과 수장을 당했다. 인민군이 전남지역 일대를 점령하자, 우익에 대한 대대적인 인민재판으로 우익계열 마을주민들이 희생되었다. 그러자 9.28 수복이후 경찰은 인민군 부역자를 색출한다는 명목 하에 수동마을에 대대적인 보복이 일어났다. 그리하여 수동마을은 6.25를 전후해 3개월 동안 54명의 주민이 목숨을 잃었다. 이때 수동댁도 친정 혈육들을 잃었다. 좌우 이념갈등 역사의 소용돌이 속에서 수많은 무고한 목숨을 앗아간 슬픈 반목의 역사를 안고 있는 강진 수동마을의 역사가 곧 수동댁 개인의 역사가 되었다.

수동댁의 시댁 가문 역시 전라남도 보성지역의 대표적인 사회주의 활동 가문이다. 화자의 시댁은 전라남도 보성군 회천면 봉강마을의 영광정씨 집안이다.[10] 시댁가문의 역사 또한 수동마을 해남윤씨 가문과 매우 닮아있다.

화자의 시부(媤父)인 정각수는 박남훈, 박창주 등과 함께 상해임시정부 외교책 문창범에게 거액을 희사하고 창씨개명을 거부하는[11] 등 민족해방운동에 참여하였다. 영광정씨 가문의 인물 중 정해두는 해남윤씨 윤가현과 마찬가지로 항일 비밀 학생조직 성진회에 깊숙이 참여하였다가 광주학생운동을 주동한 혐의로 3년간의 옥고를 치른다. 이 가문의 종손 정해룡은 민족혼을 고취시키고 민족 인재를 양성하기 위하여 무상교육기관 '양정원'을 설립하였다.[12] 교육기관은 물론 인쇄업(보성인쇄소), 양조업(벌교국자제조), 광산업

---

10) 화자의 시댁 영광정씨 가문의 내용은 봉강 정해룡 막내아들 정△△과 마을 주민의 여러 차례 인터뷰와 「민족21」 102호(2009년 9월호)에 수록된 "봉강 정해룡 집안의 5대 100년에 걸친 항쟁과 수난사"를 참조하였다.

11) 「민족21」 102호, 2009년 9월호, 163쪽.

12) 인자 양정원은 정해룡 그 해룡 선생님이 순수하니 사비를 들여서 자기 동네 집 앞에다

(울산 철광석 탄광) 등을 운영하였다. 아들 정△△의 증언에 의하면 이러한 사업은 독립자금 마련을 위한 목적이었다고 한다. 1940년 춘궁기에는 굶주리는 민(民)이 많아지자 곳간을 열어 빈민을 구제하였다. 정각수의 차남 정해진은 윤순달과 마찬가지로 해방이전부터 사회주의 활동을 적극적으로 해왔다. 경성제국대학 예과를 졸업하고 동경제국대학 철학과 대학원을 졸업한 후 국제공산당에 가입한 정해진은 보성지역의 사회주의 노선에 큰 영향을 끼친다. 전남 빨치산 도당부위원장이었던 김선우 역시 정해진의 영향을 받아 사회주의 운동에 참여한 것으로 전해진다.[13]

인민군이 보성을 점령하자 정씨일가는 정해룡을 비롯한 일가 친족들은 인민위원회, 여맹, 청년동맹, 농민동맹 등 주요직책을 맡아 조직 활동을 하였다. 그리고 정해진은 해남윤씨 가문의 윤순달과 마찬가지로 주로 서울에서 활동하였는데, 서울시 인민위원회 선전부장으로 활동하다가 인천시 인민위원장을 맡는다. 연합군의 인천상륙작전으로 인민군이 후퇴를 시작되자 정씨일가 친족들은 자수를 하거나 입산을 선택한다. 그리고 정해진은 어머니에게 큰 아들을 맡기고 아내 전예준과 한 살배기만 데리고 월북한다. 정해진은 훗날 조선노동당 대남사업부 부부장의 직책에 있었다고 조카 정△△은 전한다. 수동댁의 시댁가문은 대부호의 집안이 전 재산을 독립자금으로 내놓고, 옥고를 치르며 적극적인 항일운동, 민족해방운동에 앞장섰지만 북으로 간 가족이 있고, 많은 일가친족들이 사회주의 활동을 한 이유로 하루아침에 몰락한 내력을 지닌 좌익가문이다.

가 소위 말하자면 설립을 한 교육기관이었거든. 어떻게 보면은 일본 놈들이 조깐 감시의 대상도 되었다고 봐야지, 그때는. 그래서 인자 이름 자체가 양정원이거든, 이름 자체가. 그래서 인자 본관 어르신이 순수하니 지금 그 동서동이란 마을 뒤 자기 산에서 그 놈을 솔나무를 전부 비어다가 치목을 목수들을 해서 작업을 해서 그것이 세운 것이, 그것이 양정원이제 한경준: 가명, 남, 2013년 5월 22일 보성군 회천면 봉강리 마을회관, 박현숙외 조사).

13) 김선우는 해방 전 인천 한 군수공장에 정해진과 함께 취업하여 노동운동을 하였다.

3. 이념갈등의 역사가 빚은 분단서사적 상황

좌우 이념갈등의 대립으로 발발한 한국전쟁은 수동댁 한 평생의 삶을 관통한다. 수동댁은 한 순간도 비극적 역사의 소용돌이 속에서 자유로울 수 없었다. 개인의 선택과는 무관하게 역사의 시류에 휩쓸려 필연적으로 놓여진 수동댁의 분단서사적 상황을[14] 살펴보자.

3.1. 혈육의 죽음; '넘 집 지어주고 돈 받어 드린 거밖이 없는디 그렇게 데리다 죽여부러'[15]

수동댁은 1933년 해남윤씨 집성촌 강진군 대구면 수동마을에서 태어났다. 11살에 모친을 잃고 부친과 형제들과 살아간다. 수동댁이 성장한 수동마을은 2장에서 살펴보았듯이 윤가현, 윤순달의 사회주의 운동 영향을 크게 받아 '한국의 모스크바'로 불릴 만큼 좌익성향이 강한 마을이었다. 이념 갈등과 대립으로 인한 깊은 상흔을 지금까지 고스란히 안고 있는 마을이다. 해남윤씨 좌익인사들의 영향인지 수동댁의 직계가족 중에는 넷째 오빠가 적극적으로 학생운동에 가담하였다. 수동댁은 여자도 배워야한다는 넷째 오빠의 적극적 지지로 강진에서 초등학교를 졸업하고 광주 수피아여중에 진학할 수 있었다. 수동댁이 학교에서 생활하다 보면 넷째 오빠의 정학, 퇴학 소식이 수시로 들려왔다. 넷째 오빠는 학생운동으로 퇴학조치를 당한 뒤 상경하였고, 그로 인해 수동댁은 학업을 중단하고 수동마을로 귀향하였다. 그리고 얼마 후 수동마을은 이념 대립과 보복의 역사로 피에 물든 비극의 마을이 되고 만다. 이승

---

14) 정운채(앞의 논문, 386쪽)는 '분단서사'를 인물이 애착심으로부터 증오심으로 돌변하면서 상대방과의 관계를 철저히 단절적으로 파악하고 있는 것으로 명명한 바 있다. 본고에서는 분단체제 속에서 이념갈등으로 인해 적대적 정서를 갖고 증오, 미움, 원망, 단절, 배제의 서사를 형성하고 선택할 수 있는 부정적 상황에 놓인 상태를 '분단서사적 상황'이라고 명명한다.

15) 1950년에서 1953년의 상황으로 수동댁이 17세에서 22세까지의 경험이다.

만 정부의 예비검속을 시작으로 하여 한국전쟁 발발 후 인민군 주둔, 그리고 다시 9.28 수복을 거치면서 좌·우익의 전세가 역전될 때마다 수많은 마을 사람들이 희생되었다.

이승만 정부의 예비검속 명령으로 수동댁의 부친과 큰오빠가 끌려가 억울한 죽임을 당했다. 아버지는 농사 밖에 모르던 농부였고, 큰오빠는 집을 짓고 번 돈을 꼬박꼬박 아버지에게 갖다 주며 집안 생계를 책임졌던 성실한 목수였다. 그런데 아침식사를 하고 있던 어느 날, 경찰들이 찾아와서 부친에게 어디 좀 같이 가자며 데리고 가버렸다. 그것이 수동댁이 본 아버지의 마지막 모습이다. 아침 한 술 뜨다말고 나간 아버지는 끝내 가족에게 돌아오지 못하고 산에서 죽임을 당했다.[16]

> (1) 발발하기 직전이여 그랑께. 그랑께 인자 큰오빠가 말하자믄 어즈께나 데려갔다 그러믄 소문이 나드만. 마량 앞, 마량 쪽에다가 포구로 해서 그 사람들을 싣고 가서 배에다. 배로 싣고 가서 포구로 해서 그 인자 물이 든께 물이 든께는 그 송장이 막 엎어져 들어오드래요. 마량으로 마량으로. 그란다고 해서 인자 올케가 애가 나고 오빠가 갔응께. 갔는디 없드래. 안 들와. 나 가부러가꼬. 물이 빠징께 나가꼬 다시는 안들어옹께 없고. 인자 그냥 오드라고.[17]

---

16) 그때 뭔 일이 났냐 그라믄. 아부지 큰오빠, 아부지가 그냥 **이 오빠 오기 전에지 그랑께. 큰오빠는 직업이 목수 일을 했어요. 그랑께 돈만 벌어서 집 갖다 주믄 이자 나는 아부지가 농사지어서 먹고살고. 인자 그때는 나도 귀하고 그랬는디. 그라고 살다가 아부지가 인자 그때 그전에 돌아가셨지. 아부지가 은제 돌아가셨냐 그라믄. 우리 아부지 내가 다섯 째 딸이나 된디 그란디 농사지어서 우리 식구들 먹고 살고 그랬는디 무단히, 그랑께 그때 우리집만 그랬잖아 동네가 아주 쓸어. 무조건 데려간 거여. (…중략…) 그라고는 우리 아부지 농사백이 몰른디 데려가고 그래서 아부지는 어디로 갔냐 그러믄 강진서 장흥으로 넘어가는 어디문 재라고 하드만. 거그다가 또 그래서 찾아왔어. 긴가 아닌가. 찾아왔어. [조사자 : 농사만 짓던 아버지를 경찰이 데리고 간 이유는 뭐예요?] 느그들 자식들은 다 좌익 했응께 죽어라 그러제. [조사자 : 자식들이 좌익활동 했기 때문에?] 응. 그랑께는 우리 식구만 그러잖아. 인자 거그 관련된 사람들, 관련 안 된 사람들도 젊은 사람들은 막 데려가드만. 우리 동네 사람들 다 데려갔어.

(2) 수동마을이 바닷가거든요 신작로만 건너면 바로 바닷간데. 거기에서 그 수장 당했던, 아까 뭐 그 경로당에서 철사줄로. 거기는 이렇게 사람을 묶고 발목에다가 돌 달아가지고 바로 그냥 배에 실어서 수장을 시키는 거예요. 산 사람을. 뭐 군인 경찰 입장에서는 수류탄 쏘는 것도 수고스럽고 수류탄도 아깝고 하니까 그냥 수장시켜요. 그래서 아까 바닷가니까 밀물이 들어오면 막 시체들이 떠밀려 오고. 와서 이제 떠밀려왔다 그럼 동네사람 나가서 혹시 내 남편, 내 오빠, 내 동생 아닌가 하고 이제 찾으러가고 했는데 결국 큰외숙은 못 찾았다 하잖아요. 갔는데 큰외숙모님이 가셨는데 못 찾았다고 하드라고. 그런 비극을 어머니는 집안에서 당하신 거죠.18)

(1)은 수동댁의 증언이고 (2)는 수동댁 아들이 마을 어른들과 모친에게 목격담을 전해들은 내용이다. 증언에 의하면 경찰들이 무기를 쓰는 것도 아까워 수동마을 주민들을 철사로 몸을 묶고 돌을 매단 뒤 바다에 던져 수장시켰다는 것이다. 목수였던 수동댁 큰오빠도 이렇게 배에 실려 바다로 끌려가 수장을 당했다. 밀물 때가 되면 수장된 시신들이 떠올라 밀려들고, 하루아침에 가족을 잃은 마을사람들이 바닷가로 몰려가 가족의 시신이라도 찾겠다고 시신 한 구 한 구 들추며 얼굴을 확인하였다. 수동댁의 올케도 나가서 일일이 확인을 하였지만 끝내 남편의 시신을 찾지 못하였다.

수동댁은 인터뷰 중 '그랗게 갑갑헌 것이 우리 큰오빠가 아무것도 몰라. 저넘 집 지서주고 돈 받어 오믄 아부지 드린 거 밲이 없는디. 그렇게 데리다 죽여부러. 그것이 질로 억울해 죽겄어'라고 몇 번을 되뇌인다. 가족이 제대로 재판 한 번 받지 못하고 죽임을 당한 것도 억울한데, 시신조차 수습 못한 가족들은 그 한을 평생 가슴에 묻고 살아간다.

예비검속 때 각 지방 경찰과 우익단체에 할당제가 떨어졌다. 인원수를 채우기 위해 좌익경력이 전혀 없는 사람까지도 보도연맹에 가입시켰다.19) 윤

---

17) 수동댁(여, 1933년생); 보성군 회천면 봉강리 자택 (2013. 5. 22), 박현숙외 조사.
18) 정□□(남, 1964년생); 보성군 회천면 봉강리 모친 자택 (2013. 5. 22), 박현숙외 조사.

순걸의 증언에 의하면 마을사람들 중에는 보도연맹에 가입하지 않으면 공산당이라는 협박에 못 이겨 가입한 사람도 많았다.[20] 이렇게 확보된 연맹원 수가 전국적으로 30-35만 명에 달했다. 그 중 80%정도는 사상과 이념은 물론 좌우익이 무엇인지도 모르는 일반 민간인들이었다.[21] 서로 약간의 다툼만으로도 공산주의자로 둔갑되어 죽임을 당했다는 증언에서 당시 분단서사로 인해 무고한 양민이 얼마나 많은 피해를 입었는지 알 수 있다. 수동댁은 좌익 활동한 가족이 있다는 이유로 부친과 큰오빠를 한꺼번에 잃어야 했다. 그리고 부친과 큰오빠 상실의 아픔을 치유할 겨를도 없이 또다시 한국전쟁 때 학생운동을 했던 넷째 오빠마저 처참하게 잃는다. 수동댁을 중학교에 진학시켰던 넷째 오빠가 서울에서 강진까지 전쟁의 참상으로 처참하게 죽은 시체들을 넘으며 걸어서 찾아왔다. 수동댁이 넷째 오빠를 본 것이 그날이 마지막이었다. 수동댁은 오빠가 도주하다가 강진에서 장흥으로 넘어가는 재에서 오빠가 죽었다는 소식을 듣게 된다. 그런데 오빠 시신을 찾으러 갈 수가 없었다고 한다. 그때는 처녀의 몸으로 함부로 다닐 수는 없는 무서운 시대였다는 것이다.[22]

---

19) 이승만 정권의 조치로 전국적으로 20만 명에서 50만 명의 민간인 학살이 이루어진 것으로 집계된다.

20) 그때 보도연맹 안들은 뭐 공산당으로 몬다 그렇게 너나할 것 없이 보도연맹 다 들었어. 그 사람들 다 잡아갔지. (…중략…) 그래갖고 그중에서 인자 뭣이 불거지믄 또 잡어가고. 글안한 사람은 내주고. 그런 식으로 해갖고 보도연맹 가입한 사람은 많이 죽어부렀어. (…중략…) 하이튼 물에, 후퇴험시로 배에 싣고 나가갖고 물에다 빠쳐 죽여분 놈도 있고 총살한 놈도 있고. 뭐 으르게 된 건지 똑똑이 몰라. 나가서 소식없으믄 인제 죽었구나 그런 거지. (…중략…) 그랑께 그때 말이 그랬어. 쪼꼼 뭐 비우상하고 그러믄 어크러분다고. 너 이 자식 어크러분다고 그랬어. (…중략…) 아이 어떤 사람 인자 싸우거나 그러믄 인자 어크러분다 그라고. 그라고 인자 어크러불고 양맹이주 한장이믄 충분해. 양맹이 한 장으로 공산당으로 보고해 부리믄 끝난다 이거여. 그때 말이 한참 그랬어 그렇게 험한놈으 세상이여(윤순걸(남, 1933년생); 강진군 대구면 수동리 자택 (2013. 3. 27), 김종군·박현숙외 조사).

21) 「한겨레21」 제364호, 2001년 6월 28일자.

22) **이 오빠가 그랬지 그것은. 첨에 동중학교 들어서 다니다가 자꾸 잡어가싸니께는 학교

수동댁이 처음 구술할 때는 아침식사를 하다가 끌려가 총살당한 부친의 시신을 강진에서 장흥으로 넘어가는 재에서 찾았다고 하였다. 그렇게 수동댁이 부친의 시신을 찾은 것으로 공식화되어 있었다. 그러나 수동댁의 아들이 모친에게 들은 이야기를 조사자에게 다시 설명할 때 수동댁은 불쑥 그때 찾은 시신은 부친이 아니었다고 진술한다.

> 수동댁아들: 외할아부지는 강진으로 데려다가 으디 산에다 죽였으까. 강진서 장흥 가는 질목에다 죽였다고 허드라고.
> 수동댁: <u>그서 찾아 왔는디 아녀. 내 보기에는 아부지가 저런 옷을 안 입었는데 그때 그냥 그런 것 저런 것 못 가려 인자. 작은어머니가 그걸 찾으러 갔는디 거서 암말도 안 했는디 아부지가 아닌 거 같애 옷이. 아부지는 [조사자 : 아부지를 보고 왔는데 아닌 것 같은 거예요?] 옷이. 당목 외당목 가는 적삼을 입었는디 아니드라고. 그서 암말도 안했어. 작은어머니 거까지 가서 개렸는디 또 아니라고 하믄 성가시럽고. 죽은 송장인디. 너무나 아주 무섭고 벌벌 떨리고 상께 서런 지도 모르고,</u> **이 외숙이 거그 강진서 장흥가다 죽었다고 해서 찾으러 갈 생각을 못해 내가. 그리고 인제 그때믄 처녀 몸이라 여그서나 으디 함부로 못, 무서서 못 댕겨.

수동댁의 숙모가 부친의 시신을 찾아왔는데, 수동댁이 보기에는 시신이 입고 있는 옷이 부친의 옷이 아니었다는 것이다. 수동댁이 시신의 옷을 보고 부친이 아님을 직감했지만 사실대로 말하지 않았다고 한다. 어차피 송장인데 자신이 아니라고 하면 숙모가 애써 찾아왔는데 다시 찾으러 가려면 성가실 것 같아 말하지 않았다는 것이다. 그런데 아주 무섭고 벌벌 떨려서 서러운 줄도 모르겠더라는 뒤의 말이 진짜 이유일 게다. 부친의 시신이 아닌 줄 알면

서 퇴학맞았제. 그래갖고 인자 사범학교를 들어가서 댕기다가 또 잡아가쌍께 또 어드로. 서울 가부렀어. 서울 간다고 갔어. 나는 집으로. 그랬는디 나 집에 와서 있응께는 그 이듬해 여름인가 봄인가 외숙이 왔당게. **이 외숙이. 서울, 서울 갔는디. 그서 내가 막 "오빠 오빠 언제, 어츠게 왔어, 어츠게 왔어?" 그랑께는 그 송장들을 막 북고 하이튼 서울서 거까지 걸어 왔대요. 우리 수동까지. 그래서 보고 그때 보고 마지막.

서 부친이라고 믿어야 살 수 있는 세상, 형제의 죽음 앞에서조차 슬픔에 목 놓아 울 수도, 시신을 수습해 올 수도 없는 너무나 공포스럽고 잔혹한 세상이 바로 분단이었고, 전쟁이었다. 한국전쟁을 전후해 3개월 동안 가족을 네 명이나 참혹하게 잃은 수동댁에게 전쟁이라는 엄혹한 분단 현실은 치유될 수 없는 너무나 깊은 상처와 한을 남겼다.

3.2. 실명한 남편과의 결혼; '나 한 사람 없는 복 잡으시오'[23]

이념갈등의 전쟁 상황 속에서 가족 4명을 잃은 수동댁의 비극적 서사는 서막에 불과했다. 집안의 남성이 대부분 세상을 떠난 상황에서 수동댁과 올케는 조카들을 거느리고 힘겹게 살아갔다. 그런데 어느 날 경찰이 찾아와 올케를 데리고 가더니 올케에게 좌익 활동을 했다면서 2년 6개월 형량을 집행했다. 그러나 실상은 수동댁이 인민군치하에서 여성동맹위원회 활동을 한 적은 있었어도 올케는 어떤 활동도 하지 않았다. 그렇지만 올케는 남편의 좌익 활동 이력으로 인해 억울하게 옥살이를 해야만 했다. 수동댁은 가족들의 죽음과 올케의 옥살이로 해체 위기에 놓인 가정을 지키고 어린 조카들과 동생을 부양하였다.

수동댁의 올케는 감방에서 만난 보성 영광정씨 좌익가문의 광주댁과 함께 수동댁의 혼인을 주선하였다.

> 장개왔는디 장날이여 대덕 장날인디 거그는 대덕장날 걸어서 넘어와서 장받아 묵었거든 우리가. 그란디 세상에 장날 장에를 대덕서 내려갖고 거그를 걸어서 온다고 내 귀로 누가 말을 해주드라고, 신랑이 요롱게 이렇게 사람을 잡고 오드란다.
> (…중략…) 할아부지들 모여 신랑이 거가 있고. 할아부들 모여 인자 오라고 해서 갔어. 강께는

---

23) 이 시기는 수동댁의 22세에서 47세까지의 경험적 상황이다.

"니가 갈란다 해서 왔다는디 그것이 참말이냐?"

그라드라고. 그서

"나 그릏게 한눈은 본다고 해서 그랬지, 둘다 다 안본지는 몰랐어요"

그랬는디 그라고 돌아와부렀는데.

저녁에 종가지가 따러갔거든 거. 종가지가 따러왔거든 장개 올 때. 저녁에
그냥 막 종구씨가 와갖고는 그 여가지 거그까지 그 차려서 온 그 손해배상을
내라고 허는 거야. [청자: 뭣을?] 손해배상을. [조사자: 손해배상] 여그서 거
까지 장개왔다고 손해배상을. 그랑께 우리 올케는. [청자: 시집 안 갈라므는
경비랑 뭐 다 내놓란 것 아니여. 시집을 안 온다 그라믄] 이. 그랑께 인자
<u>우리 올케는 나 죽은 거 볼라냐고 막 깐딱하믄 앞가슴을 치고 달라 들어 나한
테 그냥.</u> 그전에도. 화이라고 나 죽은 거 볼라냐고.

수동댁이 올케에게 소개받은 신랑감은 보성 영광정씨 가문의 서자였다. 수
동댁은 대덕 장날 신랑감이 오는데, 앞이 안 보여서 다른 사람의 도움을 받아
서 걸어오더라는 소리를 듣게 된다. 수동댁은 신랑감이 한 쪽 눈만 안 보인다
고 하여 결혼을 승낙했는데 막상 대면한 신랑감은 양쪽 눈을 모두 실명한 사
람이었다. 주선자 광주댁은 한국전쟁 당시 입산하여 빨치산 활동중 토벌대와
의 총격 과정에서 두 눈을 실명한 신랑감의 결혼을 성사시키기 위해 속인 것
이었다. 수동댁의 집안이 발칵 뒤집혔다. 수동댁은 집안어른들에게 신랑감이
한 쪽 눈은 본다고 하여 승낙했지, 둘 다 안 보이는지는 몰랐다고 대답하고
파혼을 요청했다. 그러나 신랑감은 저녁까지 집안어른 집에서 기다렸고, 신
랑감 동행자는 영광정씨 가문에서 혼례 준비해 준 모든 경비를 모두 배상하
라고 완강하게 버텼다. 거기에다 혼인을 주선했던 올케는 수동댁에게 달려들
어 앞가슴을 치면서 자신이 죽는 걸 보려고 이러냐면서 원망을 쏟아내었다.
이런 상황에서 결정권은 다시 수동댁에게 주어졌다. 수동댁은 고심 끝에 집
안어른들에게 "나 가게요. 나 한 사람 없는 복 잡으시오."하며 혼인을 승낙하
였다.

해남윤씨 가문과 영광정씨가문의 혼맥은 오래전부터 가문 대 가문의 결합으로 이루어져 왔다. 보성 영광정씨 정해룡의 조부와 부친도 해남윤씨 가문과 혼맥을 이었다.[24] 그러나 처참한 이념갈등의 전쟁 속에서 부친과 형제들을 살육당한 수동댁 혼인에는 가문도 없었고, 가족도 없었다. 가문은 혼인을 수동댁 개인 선택의 문제로 돌렸고, 올케는 시누이 앞날의 행복보다 자신의 신의를 더 중요시 여겼다.

당시 수동댁은 결혼을 승낙하면 어떤 상황에 놓일지 모를 리 없다. 그러나 자신의 미래가 달린 매우 중요한 결정임에도 떠밀리듯 외롭게 홀로 결정을 내렸다. 수동댁은 그 결정으로 영광정씨 가문에서는 바깥집이라 불리는 후실의 며느리, 서자의 아내 그리고 시각장애인의 아내로서의 만만치 않은 분단 서사적 상황에 놓이게 된다.

3.3. 간첩이 된 남편; '아니 세상에, 이게 얼마만 이오?'[25]

한국전쟁은 1953년 휴전협정으로 표면적으로는 종식되었지만 수동댁의 삶에서는 전쟁으로 인한 분단서사적 상황이 지속되었다.

수동댁 결혼 이전의 보성 영광정씨 가문의 좌익 이력을 보면, 월북한 큰댁 조카 정해진은 북한에서 고위직에 있고, 집안사람들은 좌익 활동을 하다가 상당수가 죽임을 당했다. 남편의 직계가족 삼 남매도 모두 빨치산 활동을 했다. 남편의 형은 한국전쟁 이전부터 사회주의 활동을 하다가 인천소년형무소에서 복역 중 탈옥하여 화순 모후산으로 들어가 빨치산이 되고, 9.28 수복 이후까지 활동하다가 토벌대에 체포되어 총살당했다. 남편의 누이는 모후산 전투과정에서 사살되었다. 그리고 남편은 한국전쟁기에 보성군 회천면 조선

---

24) 염미경(앞의 논문, 224쪽)에 따르면 강진지역 해남윤씨 가문이 강진지역 외부의 타 가문과 혼인할 경우 주로 영광과 장흥에 기반을 둔 양반가문을 선택했다고 한다.
25) 이 시기는 수동댁의 47세에서 55세까지의 경험적 상황이다.

민주주의청년동맹위원회 선전부 지도원으로 활동하다가 빨치산이 되었고, 일림산에서 교전 중 두 눈을 실명하였다. 그 시절, 집안에 월북가족이나 좌익 활동 이력을 가진 가족 구성원이 단 한 명만 있어도 국가기관의 다각적 통제와 감시로 하루하루 지옥 같은 삶을 살아야 했다. 그런데 월북가족에, 많은 좌익 활동가가 있었던 집안이야, 그 가족들의 고통이 오죽했겠는가.[26]

휴전협정 이후 27년이 지난 1980년 11월 10일 갑자기 들이닥친 경찰에 의해 앞을 못 보는 수동댁 남편이 검거되었다.[27] 보성가족간첩단 사건이 벌어진 것이다. 이 사건으로 시댁가문의 몰락이라는 가문의 역사와 삶에서 이념의 굴레에 얽힌 또 하나의 시련이라는 개인의 역사가 수동댁 앞에 마주하게 된다.

한국전쟁 당시 월북했던 정해진이 1965년과 1967년 두 번 남파하였다. 정해진은 남파하여 1965년 형 정해룡과 조카 정○○을 만난 후, 1967년 5월 재차 남파하여 수동댁의 남편까지 만난다.

어느 날 밤 막 잠자리에 들려던 참인데 밖에서 누가 부르는 소리가 났다. 일어나 보니 큰댁 조카(정해룡)가 찾아온 것이었다. 급히 볼 일이 있으니 따

---

[26] 정보부에서, 인자 내가 제일 나이 많고 인자 그라니까 여하간 육이오 후로부터서 내가 사십 넘도록까지 경찰들이, 경찰들이 오다가 아니믄 정보부에서 온다 했다가 요시찰이나 하러. 뜬금없이 찾아와서 뭐 이것저것 물어. 나보다도 잘 암서로 와서 다 물어. (청중 웃음) 어디 간첩사건 났다네 그럼 단박에 찾아오고. 뭐 소식없냐고. 사십이 넘도록까지 나 그라고 살았어(윤순걸(남, 1933년생); 강진군 대구면 수동리 자택 (2013. 3. 27), 김종군 · 박현숙외 조사).

[27] 1980년 11월. 광주비극의 소식이 전해진 직후라서 우리 마을에도 음산한 분위기가 감돌던 때였다. 어느 날 아침 세수를 끝낸 후 마루에 앉아 있는데, 이웃 아주머니가 "뭔 찝차가 두 대나 올라온다요."라고 말을 했다. 워낙 시골구석이라 관공서 차량이 찾는 일은 드문 일이었다. 좀 이상하다는 생각은 들었지만 "볼 일이 있겠지"라는 생각으로 우리집 문 밖에서 맞는지 시동 끄는 소리가 가까이서 났다. "정**씨 맞소?" "예, 그렇습니다만" "수사기관에서 왔소. 잠시 따라갑시다." 몇 사람이 나를 붙들어 차에 태웠다. 나는 그날로 서울 수사기관에 끌려갔다 (정**, '월간중앙 복간 1주년 기념 논픽션 공모 우수작 "통일에 거는 광명천지"', 「월간중앙」 169호, 1990년 2월호, 531쪽).

라 나오라고 했다. 나는 큰조카의 부축을 받으며 마을 뒤로 향했다.

　잠시 후, "**아재, 나요, 나 해진이가 왔소."

　너무나도 뜻밖의 목소리였다. 9.28 수복 후 북으로 가서 산다는 소문만 들었던 작은 조카의 목소리였던 것이다.

　"아니 세상에, 이게 얼마 만이오? 어떻게 여길 찾았소?"

　조카들과 나는 꿈같은 혈육의 만남에 한 동안 흐느끼며 서로를 부둥켜안 았다.[28]

　위 인용문은 수동댁 남편의 수기 내용 중 한국전쟁 이후 월북했던 조카와 숙부의 해후 장면이다. 수동댁 남편은 앞 못 보는 사정으로 기본적인 생활능 력까지 박탈당한 삶 속에서 생활 걱정으로 나날을 보낼 무렵, 급작스럽게 찾 아온 월북 가족과 해후하게 된다. 그날 밤이 이슥하도록 남북에 있는 가족들 이야기를 주고받았다. 상봉의 기쁨과 현실적 두려움이 격렬하게 교차하는 가 운데 새벽이 되기 전에 작은 조카는 떠났다. 수동댁 남편은 북의 고위인사가 된 조카의 갑작스런 방문 사실을 큰조카와 함께 철저히 비밀에 붙였다. 그래 서 12년의 세월이 흘러 사건이 터지기까지 수동댁과 가족들은 까마득히 모르 고 있었다.

　수동댁 남편의 수기에 따르면 밤낮없이 조사를 받았는데 조사 전에는 항상 구타를 당했고, 고문의 고통을 이기지 못하고 사실 이상의 진술을 요구하는 수사기관의 구미에 맞게 허위진술까지 하였다고 한다.[29] 결국 수동댁 남편 은 1심에서 사형을 선고 받았고, 항소와 상고를 거쳐 형량은 15년에서 12년 으로 경감되었다. 시각장애인임에도 불구하고 국가는 그에게 1년 이상 독방 에서 생활하도록 하였다.

　남편이 간첩단 사건으로 감옥살이를 하는 동안 수동댁의 수난도 만만치 않

---

28) 정**, 「월간중앙」 169호, 1990년 2월호, 531쪽.

29) 정**의 수감생활은 박현숙의 「빨치산을 통해 본 분단체제 강화기의 국가폭력」(『식민/ 이산/분단/전쟁의 역사와 코리언의 트라우마』, 선인, 2015, 230쪽)에서 일부 다루고 있다.

았다. 동네사람들이 수동댁 가족을 바라보는 눈빛이 달라졌고, 길에서 만나도 피하기만 하고 말을 걸어도 못들은 척 지나가 버렸다. 수동댁 가족은 간첩가족으로 낙인 찍혀 동네에서 따돌림을 당했다.[30]

수동댁은 한국사회에서 사람들이 입에 담기조차 꺼려하는 보도연맹, 빨치산, 간첩과 같은 불행한 분단의 역사를 한 순간도 빗겨가지 못하고 무수한 분단서사적 상황 속에서 살아야했다.

4. 이념의 굴레에 맞서 통합서사로 나아간 삶

4.1. 현실 마주하기와 수용하기

전후 반공이데올로기가 한국사회를 지배하는 동안, 좌익가족들은 연좌제에 묶여 수많은 차별과 억압을 받아야 했다. 간첩활동이나 북에 있는 가족과의 연결에 대한 지속적인 의심으로 수시로 경찰과 형사의 방문을 받아야 했다.[31] 수동댁은 이러한 극단의 고통 상황에서도 절망과 포기, 분노와 원망의 분단서사보다는 극복의 통합서사로 대응해 왔다.

> ⑴ 나는 육이오래믄 지긋지긋해. 우리 아부지를 빨갱이가 붙잡아가가지구. [조사자 : 그래서 어떻게 하셨어요?] 그전에 우리아부지가 대한도총단에 다녔었거든. 빨갱이 잡으러 다니는 데. 그래가지고서네 우리 아부지를 그 빨갱이들한테 붙잡아가가지구, 그 전에 뭐 광나루 다리래나 어디루해서 뭐 끌고가가지구 저거 해서, (…중략…) 그래서 을마나 뚜드러 팼는지 다 죽어가드래. 그래가지구 인천 바다에 가서 쏴 죽였다고 그러드래. (…중략…) 나는 육이오래므는. 나는 진짜 살았으믄 우리 아부지가 유학까지 보냈을거구.[32]

---

30) "남도 제일 지주집안 4대의 민족해방운동 肉眼이 아닌 心眼으로 본 통일의 불빛", 「민족21」 91호, 2008년 10월 1일자.

31) 윤택림, 앞의 책, 216쪽.

(2) [조사자 : 그러면 그 올케분도 좌익활동을 하셨어요?] 안했어. [조사자 : 안했는데 무작정 데려가서 형을 집행했어요?] 안했는데 그랬지. 애기들하고 벌어먹고 산디. 논밭 보기도 성가신디 어츠게. 그라고 운명이여. 데려강께 따라간 거지 뭐 끌려간 거지. [조사자 : 그래가지구 끌려가서 어땠다는 얘기 올케한테 직접 못 들으셨어요?] 안 해 그런 말은. [조사자 : 아예 말을 일절 안 해?] 나도 들어. 물어보도 안 허고. 왔응께 사는 거지[33)]

(1)은 한국전쟁 당시 좌익계열 사람들에게 부친이 인천바다에서 총살당한 사연을 가진 화자의 서사이다. (1)의 화자는 전쟁체험담 구술 과정에서 '6.25라면 지긋지긋하다' '6.25라면 아주 이가 갈린다'는 표현을 반복적으로 사용하면서 분노의 감정을 표출하였다. 또한 부친이 그때 살았으면 자신을 유학까지 보냈을 거라는 구술 말미의 표현에서는 학업에 대한 열망이 부친의 부재로 인해 좌절된 아쉬움과 원망의 정서를 드러낸다. 전쟁을 체험한 많은 화자들이 (1)의 화자와 유사한 정서를 드러내는 경우가 많다. 이러한 원망과 분노, 피해의식의 정서가 지속될수록 분단서사가 내면화될 가능성이 크다.

수동댁도 (1)의 화자와 유사하게 한국전쟁 전후로 발생한 이념대립으로 부친을 포함한 4명의 혈육을 처참하게 잃은 가족 비극사가 있다. 총살, 수장 등 죽음의 방식이 너무나 처참하고 비통한 경험이다. 게다가 올케의 억울한 옥살이로 인한 생계부양자로서 힘겨웠던 나날까지 떠올리면 그 억울함에 원망과 분노의 정서가 내면화 될 만도 하다. 그런데 수동댁은 (1)의 화자와는 다른 방식으로 분단서사적 상황에 대응한다. 조사자가 올케가 좌익 활동하여 옥살이를 한 것인지 물었더니 화자는 안했는데 그렇게 되었다고 대답했다. 그런 뒤 이어서 하는 말이 '운명이여. 데려강께 따라간 거지. 끌려간 거지'라고 말한다. 갈등과 대립의 그 시절에 당한 억울함 또한 운명이라는 거다. 부친과 형제들의 억울한 죽음에 대해서도 마찬가지 입장을 견지한다. 올케가

---

32) 허**(여, 1941년생); 전남 나주시 궁원리 마을회관 (2012. 2. 13), 심우장외 조사.
33) 수동댁(여, 1933년생); 보성군 회천면 봉강리 자택 (2013. 5. 22), 박현숙외 조사.

형량을 마치고 집으로 돌아왔을 때도 억울한 옥살이에 대해 화자 자신은 일절 물어보지도 않았고, 올케도 말하지 않았다. 침묵을 통해 서로의 눈물을 닦아주고 있는 것이다. '왔응께, 사는 거지'라는 수동댁의 담담한 짧은 한 마디는 긴 설명이 필요 없이 서로가 겪었을 맘고생을 알아주고 보듬어준다. 이 침묵은 체념이나 공포가 아니다. 힘겨운 오늘을 견뎌낼 최소한의 힘이고 위로이다.

> 아이고 못 살어, 못 살어. 답답해서. 그냥 생각하믄 그냥 답답해서 못 산디 그래도 그래도 살어야돼, 그래도 살어야돼, 내가 택헌 길잉게, 그래도 살어야돼, 안 죽을라믄 살어야제, 못 죽응게 산다 그리고 산 것이라고 살었는디 요새는 없응게는 심심해 죽겄어. 혼자 있응게. 막 저런디 뭣 없으믄 물어보고 부서졌으믄 물어보고 다 고쳐. 손수 고칠만한 것은 다 고쳐. 본 사람같이도 다 해 인자. 그랑께 영리했대요. 공부를 잘 했대요.

수동댁은 시각장애인 남편과의 결혼생활에서도 이러한 삶의 태도를 견지한다. 수동댁 입장에서는 매사에 앞 못 보는 남편의 눈이 되고, 수족이 되어줘야 하는 상황이 답답할 수밖에 없다. 게다가 집안일부터 생계부양자로서의 경제활동까지 모두 혼자 감당해야 했다. 이런 상황에서는 결혼을 주선한 올케를 원망하거나 부모가 생존에 없어서 이런 혼사가 이루진 것이라는 피해의식, 또는 이렇게 살아서 뭐하냐는 허무의식을 가질 법도 하다. 그러나 수동댁의 대응은 과거보다는 현재의 삶에 무게를 둔다. 시각장애인 남편이 하는 일모두가 답답하지만, 같이 살고자 한다면 원망은 해법이 아니라는 거다. 수동댁은 어떻게든 살아내야 하기에 현실을 받아들이며, 각자 할 수 있는 일들을 찾아서 하고, 못 하는 것은 배우고 익혀서 작지만 자신의 역할을 찾아 나가도록 남편을 지지해 주었다. 가족 한 사람의 일방적인 희생이 아닌 아주 작은 몫이라도 자신의 위치에서 함께 해나게 함으로써 희생적 관계를 의지적 관계로 변화시켜 나갔다. 화자의 아들은 부모님이 상경할 때 보면, 표면적으로는 모친이 부친을 부축하여 길을 안내하고 부친은 그저 따르기만 하는 것 같지만 실제로는 앞이 안 보이는 부친이 모든 동선을 알고 있어서 모친에게 알려주는 것이고, 부친이 안계시면 모친은 길도 못 찾는다고 증언한다. 이 일화만으로도 아내의 일방적인 희생 관계일 것 같은 이 부부 관계가 실제로는 상호보완적, 의지적 관계임을 알 수 있다. 이러한 관계가 하루아침에 이루어질리가 없다. 참혹한 과거에 얽매여 피해의식에 사로잡혀 있기보다는 현실을 받아들이고, 힘겨운 현실 상황에서 좌절과 비난보다는 나아가기 위한 노력과 지지의 시간들이 있었기에 가능했을 것이다. 그리고 수동댁에게 참혹한 과거를 뒤로 한 채 힘겨운 오늘을 견뎌낼 수 있었던 가장 큰 동력은 자신에 대한 믿음이다.

> **이 오빠 공부를 잘했어. 거그서 일제 때 곡괭이 들고 구령붙이고 그랬어 전교생 앞에서. 그랑께는 내가 학교에 들어강께 아주 잉꽁갱내짱, 잉꽁갱 윤**이 여동생이라 그 말이여. 막 오글오글 모여갖고 막 공부를 잘 해놓께. 그랑께는 여그서는 여그 머리가 좋다고 해서 모두. 근디 나는 생각헐 때
> '당신들만 좋은 것이 아니요'
> 나 항상 그라고 살았어.
> '당신들만 좋은 것이 아니요'

수동댁은 남편이 두 눈을 모두 실명했다는 사실을 알고 난 뒤 결혼을 원치 않았지만, 그래도 스스로가 선택한 결혼이니까 살아야 한다고 말한다. 이는 자신이 마음만 먹으면 살아낼 수 있다는 의지의 표명이다.

위 인용문은 수동댁이 넷째 오빠에 대해 회고한 내용이다. 수동댁 오빠는 공부를 잘 했고, 전교생을 진두지휘할 정도로 리더십도 뛰어났다. 그래서 수동댁이 수피아여중에 입학했을 때, 오빠 친구들이 윤** 여동생이라며 관심을 많이 보였을 정도로 학교에서 오빠의 위상이 높았다는 거다. 수동댁은 똑똑하고 리더십 강했던 오빠에 대해 자긍심을 보였다. 그런데 오빠의 위상 속

에는 수동댁 자신의 높은 자존감을 내포되어 있다. 오빠를 칭찬하는 주변사람들을 향한 '당신들만 좋은 것이 아니요'라는 내면의 소리에서 그녀의 높은 자존감이 드러난다. 오빠 못지않게 머리 좋은 자신에 대한 자부심 표출은 머리가 좋은데도 공부를 하지 못한 억울함을 토로하고자 함이 아니다. 그 자부심은 어떤 어려움이 닥쳐도 이겨낼 수 있는 자신에 대한 믿음이고 힘의 원천임을 말하는 거다. 바깥집이라 불리는 서모의 며느리, 시각장애인·서자·간첩의 아내라는 위치에서 한 평생 편견의 따가운 시선과 마주할 때마다 분단서사의 길을 선택하지 않고, 묵묵히 현실을 받아들이며 극복의 서사로 나아갈 수 있었던 것은 바로 자신의 대한 믿음이 있었기에 가능했을 것이다.

4.2. 삶의 주체적 선택과 결단

수동댁은 억압과 통제로 인한 분단서사적 상황에서도 위축되기 보다는 삶의 주체자로서 적극적으로 맞서는 방식으로 대응하였다.

수동댁은 스스로가 선택하고 결정한 사안에 대해서는 끝까지 책임지는 자세를 견지한다. 1955년 봄에 결혼식을 올린 수동댁은 생계에 나설 수 없는 남편을 대신해 여성으로서 하기 힘들다는 논농사 일, 시어머니의 병 구환, 출산 후 자녀 양육까지 모든 일을 수동댁 혼자 도맡아하였다. 그런데 수동댁은 자발적으로 생계부양자가 되었고, 가족들에게 헌신하였다. 그러면서도 주어진 상황에 얽매이지 않고 스스로 상황을 만들어 나갔다. 보성에서 시어머니, 시각장애인 남편, 상급학교 진학을 앞둔 자녀, 부모 품이 필요한 어린 자녀, 모든 가족 구성원이 수동댁만 바라보고 있을 때, 그녀는 상급학교 진학을 앞둔 자녀들 교육을 위해 두 집 살림을 감행한다. 시어머니와 시각장애인 남편, 어린 자녀는 보성에 두고 중·고등학교 진학 자녀들만 데리고 광주로 나가기로 결정한 것이다. 당시 집안은 남편이 이익금으로 자녀의 교육비라도 보태려고 천오백 평이나 되는 전답을 모두 처분하여 투자한 일이 잘못되어 모든 재산을 날린 상황이었다. 하루 끼니를 먹고 살기도 버거운 상황에서 수동댁의 결단은 거침없고 단호하였다.

> 저 애들 오남매 키울 때여. 학교도 보내야 쓰고 묵고 살아야 쓰고. (…중략…) 그랑께 아무리 생각해도 내가 여가 있으믄 저것들을 키워서 넘의 집 보내는 거밲이 없어. 여그는. 남의집살이. 그래서 내가 생각도 못하고 <u>당신이 이랄 적에 내말 안 들고 안 해주믄 나 안 될 거니께 알아서 해. 그라고 돈 오만, 방 한나만 광주다 얻어 주믄 내가 나가서 새끼들 학교 보낼란다고 내가 그랬어.</u> 그랑게 을마나 똥줄이 탔제이. 어서 돈을 주라고 헐거여이. 그래갖고 그리 했어. 큰아들이. 우리 큰아들이 광주를 델꼬 나갔지.

수동댁은 자식들을 남의집살이 시키지 않으려면 공부를 시켜야 한다고 판단했다. 그래서 남편에게 광주에서 방 하나 얻을 수 있는 돈만 마련해 오라고 했다. 나머지는 수동댁이 어떻게든 책임질 작정이다. 재산을 모두 날려버린 남편은 사상적 동지이자 죽마고우로 결성된 육인회 친목모임 친구들에게 도움을 받아 수동댁에게 오 만원을 마련해 주었다. 수동댁은 그 돈으로 광주에 방을 구하고 행상을 시작하였다. 처음에는 플라스틱 바구니를 이고 곳곳에 발품을 팔아 판매하였고, 나중에는 옷 장사를 하였다. 행상을 다니면서도 주말이면 시골에 내려가서 시어머니와 남편 생활에 필요한 생필품과 음식을 마련해 두었다. 수동댁은 자신의 선택에 매번 최선을 다했기에 후회는 없었다. 그래서인지 수동댁은 자녀 오남매 모두 대학까지 공부를 시키고 집안도 다시 일으켜 나갔다.

수동댁의 노력으로 집안이 어느 정도 안정을 찾아갔지만 역사의 운명은 그녀의 삶이 평탄하도록 내버려 두지 않았다. 남편이 보성가족간첩단 사건에 연루된 것이다. 서슬퍼런 신군부 시절에 터진 간첩단 사건인 만큼 움츠려들고 위축될 법도 하지만 수동댁은 남편과 가정을 지키기 위해 더욱 단단해졌다.

수동댁은 민주화실천가족운동협의회(이하 민가협) 회원 활동을 적극적으로 하였다.34) 보성과 서울을 오가며 열성적으로 양심수 석방운동을 펼쳤다. 수동댁은 부부교사였던 아들내외를 대신하여 손녀딸을 양육하였는데, 그때도 손녀딸을 데리고 집회에 참석할 정도로 남편 석방운동에 열의와 정성을 다하였다. 수동댁이 손녀딸과 참석한 집회현장 사진이 88년 한겨레 창간호에 실리기도 하였다. 많은 사람들은 국가폭력 피해를 받으면 당사자는 물론 가족들마저 더 큰 불이익과 보복 당할 것이 두려워 움츠려들고 숨기려 한다. 그렇지 않으면 정부정책에 적극적으로 협력하여 자신들은 정권에 반대하지 않는다는 것을 증명해 보이려는 전향적 태도를 보이기도 한다. 그러나 수동댁은 이와 달리 정면으로 대항하는 방식을 선택하였다. 그 때문에 국가기관의 감시와 통제는 더욱 심해지고, 가족들의 고통이 가중되었지만, 흔들림 없이 주체적 선택과 책임지는 태도를 견지하였다. 수동댁의 열성적인 남편 석방 운동을 덕분인지 12년형을 선고받은 남편이 8년의 장기복역을 마치고 가족의 품으로 돌아왔다.

동일한 사건 앞에서 큰댁의 몇 몇 가족은 바깥집 며느리로 불리던 수동댁과는 다른 삶을 살기도 했다. 이념갈등으로 빚어진 비극의 역사 앞에서 자식들의 비극적 죽음을 지켜봐야 했던 큰댁 큰 동서, 그리고 '역사의 죄인이 되지 말라'는 가훈이 주는 중압감, 국가기관의 지속적인 감시와 통제, 가족들의 죽음, 가문의 불행 등 비극적 역사의 소용돌이를 겪은 공포와 두려움에서 끝

---

34) 팔십년 도에 그때 갑자기 인제 정보부에서 들이닥쳐가지고 이 양반 아버지하고 해서 끌려가신 거예요. 남산, 광주 안기부로. 그래서 남산까지 가신 거지요. 그서 칠 년 사셨지요. 아버지는 팔년 팔 개월 사시고. 근데 그때 또 어머니가 고생 많이 하셨지. 우리는 서울로 가서 살 때고. 어머니가 생활하셔서 우리 학교 다니고. 큰누나도 이제 취직해서 다니고 형도 인제 졸업하고. 인제 우리는 그 덕분에 살았고 (…중략…) 어머니가 민가협에 많이 나가셨어요. 그래서 그 민가협이 양심수 석방운동도 하고. 그때 가면은 양심수라 하면 우리가 말 그대로 자기 양심에 따라서 정치나 사상을 하고 싶어 하는 양반들 아니었어요. 근데 거기 가보면 초기에는 팔십년대 전두환 정권 땐데 그 얼마나 공포스럽고 서슬 퍼럴 때 아니예요(정□□; 남, 1964년생); 보성군 회천면 봉강리 모친 자택 (2013. 5. 22), 박현숙와 조사).

내 벗어나지 못한 두 명의 큰댁 조카는 결국 현실을 감당하지 못하고 정신질환을 앓고 말았다. 분단의 역사적 경험은 사람들에게 감당하기 어려운 고통과 상처를 남긴다. 이처럼 감당하기 힘든 역사 앞에서 누구나 중심을 잡고 살아가기가 쉽지 않지만 수동댁은 적극적으로 맞서 나갔고, 주체적으로 삶을 선택해 나갔다.

4.3. 소통하고 화합하기

윤택림이 만난 좌익지도자 아내들에게 남편은 금기시된 과거이며, 반공이데올로기하의 억압된 기억 저편으로 묻어버려야 할 존재였다. 남편의 기억은 현재 살아남은 자식들의 생존과 미래에 부정적인 것이었기 때문에 더욱더 묻어버려야 할 기억이었다.[35] 그러나 수동댁은 자신과 자녀의 삶에서 남편을 외면하고 배제하지 않았다. 오히려 자신과 남편이 살아온 삶을 자녀들과 함께 공유하고, 소통하는 통합의 서사를 선택하였다.

이념갈등으로 대립이 극심한 한국사회에서 '간첩'은 입에 담기에도 두렵고 공포스러운 단어이다. 남편이 연루된 보성가족간첩단 사건은 분단 현실에서 자손 대대로 부정적 영향을 미칠 수 있음에도 수동댁은 그와 관련된 일들을 자녀들과 공유하며 인고의 세월을 함께 견뎌내 왔다.[36] 수동댁이 엄혹한 세월을 버티고 살아낼 수 있었던 힘의 근원에는 자신의 고단한 삶의 무게를 말하지 않아도 알아주는 가족들의 알아차림이 있었다.

수동댁 남편은 아내가 자신에게 시집와서 얼마나 힘겨운 삶을 살아 왔는지 알아주고, 이해하며 아내와 소통하였다. 아내가 홀로 생계를 책임져야 하는

---

35) 윤택림, 앞의 책, 246쪽.

36) 정**와 같이 빨치산 활동을 했던 구빨치산 김**(남, 1932)는 분단, 전쟁의 역사에 대해 수동댁의 개방적이고 소통적인 대응방식과는 사뭇 다르게 폐쇄적으로 대응한다. 인터뷰를 할 때 옆에 있던 아내를 방에 들여보내며 자신의 빨치산 경험담을 듣지 못하게 하였다. 그리고 자녀들에게 한 번도 자신의 이야기를 들려준 적이 없다고 하였다.

힘겨운 상황에 대해 아파하는 마음과 감사의 마음을 전할 줄 알았다. 그와 동시에 아내가 혼자 지기에는 너무나 버거운 생계의 짐을 함께 나누어 질 수 없는 자신의 처지에 대한 원망과 미움의 감정도 드러내었다. 그럴 때면 아내는 고생하고 밤늦게 들어오는 어머니를 위해 보리를 삶아서 상을 차려 놓은 큰아들, 다른 집 보다 더 착실함을 보이는 아이들 이야기를 하며 남편을 위로하고 마음을 닦아주었다.[37] 힘겨울 때 그 힘겨움을 알아주는 것만으로도 버거움의 무게는 줄어드는 법이다.

수동댁 남편은 한 인터뷰에서 의술이 발달하여 잃어버린 두 눈 중 한 눈만이라도 다시 살아나면 아내와 아이들의 얼굴이 가장 먼저 보고 싶다고 말한다. 그날이 통일되는 날과 겹치면 더 좋겠다는 말도 덧붙인다.[38] 수동댁 남편은 평생 자신의 사상을 삶의 지표로 삼고 신념대로 살아온 사람이다. 그럼에도 가족들 앞에서는 사상을 앞세우기 보다는 소통을 더 중시하였다. 이런 모습은 자녀들의 증언에서도 자주 확인할 수 있다. 일례로 자녀들이 반공궐기대회 원고작성으로 고민을 하면 부친이 직접 반공궐기대회 원고를 작성해 주었다고 한다. 그 원고 덕에 도대회까지 나가서 입상하였다. 아들은 부친에게 원고에 적힌 내용이 진심이었냐고 물었더니 부친은 끝내 대답하지 않았다고 한다. 이처럼 수동댁 남편은 고문 앞에서도 꺾지 않은 자신의 사상과 신념에 관해서도 가족들 앞에서는 유연하게 대응하였다. 아내에게 고마우면 고맙다고, 미안하면 미안하다고 표현할 줄 아는 남편, 어머니의 고생을 알아주는 자녀들이 있었기에 수동댁은 힘겨운 나날을 견뎌내고 가족들의 든든한 버팀

---

37) 아내의 고통을 알면서도 어찌 해 볼 도리가 없는 내 자신이 죽고 싶도록 미워지는 때도 많았다. 너무도 외로이 식구들의 생계를 꾸려가는 아내를 생각하면 하늘이 원망스럽기도 했다. (…중략…) 나는 그날 밤 아내의 얼굴을 어루만지며 하염없이 울었다. 아내와 아이들에 대한 깊은 사랑이 새록새록 느껴지는 밤이었다(정**, 「월간중앙」 169호, 1990년 2월호, 530쪽).

38) 의술이 발달해 잃어버린 두 눈을, 아니 한 눈만이라도 찾아 아내와 아이들 그리고 세상을 한 번 보고 싶다. 그날이 통일되는 날과 겹친다면 더없이 좋겠다(「민족21」 91호, 2008년 10월 1일자).

목이 될 수 있었을 것이다.

자녀들 역시 소통과 통합의 서사를 지향한다. 모친의 고생, 가족들에게 일상화가 되어버린 국가기관의 감시와 통제, 가족들에게 주어진 이 모든 고통이 부친의 사상에서 비롯되었다. 가족들이 이 정도의 고통을 받게 되면 부친에 대한 원망심이 가슴 한 켠에 크게 자리할 법도 하다.

> 아버지가 좌익을 해갖고 연좌제에 해당이 돼야갖고 좀 우리가 활동을 허드래도 감시를 했기 때민에 그게 참 불안혀요. 감시를. 내 마음은 아버지가 원망스러운데 게 있어. 사실상. 왜 좌익을 그려셨는고, 그거 뭐 확실히 알지도 못허면서 공산주의 좋다고 지지해 놓고 결국 우리들헌테 희생을 주고, (…중략…) 내가 아무것도 모르는디, 감시를 허니까 굉장히 괴롭고 그래요. 통틀어서 말하자면 그 과정이야 이로 다 말할 수 없지마는 뼈저리게 느낀 것은 공산당 아부지가 살림을 모른 척 하니까 굶주린 거, 학교 문제, 적대시, 아까도 말했지만 이쪽 세상이 되면 이쪽에서 복수허고, 이것이 두렵고, 또 감시를 당했고.[39]

위 인용문은 부친의 과거 좌익 활동 이력으로 인한 가족들의 고통을 호소하는 화자의 인터뷰 일부이다. 화자는 인터뷰 내내 부친의 좌익 이력으로 인해 당했던 감시의 고통, 복수에 대한 두려움, 불안감, 좌익사상에 대한 혐오감을 표출하였다. 그는 부친의 사상적 선택에 대해서 제대로 알지도 못하는, 쓸데없는 것으로 치부해 버렸다. 그리고 자신이 겪고 있는 가난과 인간관계의 어려움마저도 모두 부친의 좌익 활동 탓이라 여기며 부친에 대한 원망과 미움의 정서를 직접적으로 드러냈다. 화자가 표출하는 공포, 불안, 원망, 억울함과 같은 부정적 정서는 화자의 상황을 고려하면 십분 이해되고 공감되는 부분이다. 그런데 수동댁 가족들은 위 화자와 유사한 상황임에도 남편, 부친

---

39) 서**(남, 76세); 전라남도 담양군 용면 두장리 (2012. 1. 30), 박현숙외 조사.

이 살아온 삶에 대해 원망하거나 부정하지 않는다. 부친의 사상이 틀린 것이 아니라 남들과 다르다는 것, 다름을 인정하지 않는 세상에 대한 안타까움이 있을 뿐이다.

교복, 내가 교복입고, 까만 교복입고, 아버지 재판 받는 걸 거기로 가서 봐요. (…중략…) 중죄인이니까 그 당시에 중죄인이지. 이 위에까지 막 포승줄로, 그니까 (…중략…) 들어오셔가지고 이 위에 결박한 게 다 보여. 그니까 그런 그 수의 입은 그런 모습을 이 대한민국 교복을 입은 고등학생이 바라봤을 때, 뭐 화딱지 나는 일이잖아요. 그거 '왜 내 아버지, 내 아버지는 저런 모습을 자식들에게 보일까?' 라고 원망도 할 수 있고. 그런데 아까도 말했듯이, 어찌 된 영문인지 정말 내 양심껏, 아직까지, 그때 당시도, 한 번도 '왜 아버지는 저런 모습을 자식들한테 보여? 왜 우리를 이렇게 힘들게 만들어?', 그런 원망을 해본 적이 없어요, 진정으로. (…중략…) 저 집안하고 가까이 지냈다가는 자기들도 불똥이 튈 수 있으니까, 마음은 있어도 일부러 멀리할 수밖에 없는 거예요. 그런 그것을 우리는 알아요. (…중략…) 왜 저렇게 무서워하는 것을 원망 안 하고 살았어요. 그러니까 그때는 그런 시대였으니까, 가까이 했다가는 뭔 봉변을 당할지 모르니까, 그래 이해를 했어요.

수동댁 남편이 보성가족간첩단 사건으로 재판을 받을 때, 당시 고등학생이었던 막내아들은 교복을 입은 채 재판정에 입회하여 재판 전 과정을 지켜보았다. 막내아들은 수의를 입고 포승줄에 결박당한 부친의 모습에 가슴이 무너져 내렸을지언정 부친이 왜 그런 모습을 자식들에게 보이는지 원망을 해본 적은 없다고 하였다. 또한 평소에 친하게 지내던 친인척과 이웃들이 사건 이후 가족들을 피했을 때도, 모친이 북에서 받은 돈으로 오남매를 대학까지 보냈다는 소문을 들었을 때도 그들을 원망하지 않았다. 당시, 이적행위를 한 가문과 가까이 지냈다가는 언제 봉변을 당할지 모르는 그런 시대였기 때문에 이해했다는 것이다. 하지만 아무리 시대가 그랬다하더라도 가족에 대한 서로의 신뢰감, 그리고 소통과 화합의 정서가 없이는 쉽지 않은 대응방식이다.[40]

가족들은 남편과 부친의 사상을 존중하였고, 그로 인해 가족들이 당하는 고통은 부친이 꿈꾸는 세상과 현 세상의 이상이 서로 맞지 않기 때문이라 받아들이고 함께 고통을 감내하였다. 수동댁의 첫 인터뷰 자리에는 막내아들이 동참하였는데, 그는 부모가 살아온 삶에 대해 비교적 상세히 알고 있었다. 다른 자녀들을 개별적으로 인터뷰를 했을 때도 마찬가지였다. 이는 자녀들이 부모가 살아온 삶의 궤적을 자주 듣고 자란 영향일 것이다. 수동댁 가족들은 서로의 삶에 대해 자주 소통하면서 자연스럽게 가족 간의 이해와 공감의 서사를 형성해 나갔다. 그리고 감당하기 힘겨운 역사적 시련 앞에서도 서로 믿고 의지하는 포용과 화합의 서사로서 어려운 상황을 극복해 나가고 있다.

5. 맺음말

지금까지 한 평생 좌우 이념갈등 속에서 시련을 겪으며 살아온 수동댁의 삶을 살펴보았다. 수동댁의 파란만장한 인생은 "친정이나 시댁이나 태어나서 이쪽 가족도 다 죽어 불고, 요리 와서도 다 죽어불고, 파란만장한. 빨치산 봉사 만나가지고 감옥에 들어가불고. 그래갖고 자식들 키우고. 남편은 그 와중에 또 북하고 선이 닿아가지고 그렇드만은. 암 것도 모르고 그러고 있다가 또 그냥 거기 집이고 뭐이고…."라던 청중의 말로 정리할 수 있다.

수동댁은 파란만장한 비극적 삶의 주인공이다. 그렇지만 삶이 결코 비극적으로 귀결되지 않도록 삶을 주체적으로 이끌어온 강인한 여성이다. 이념갈등

---

40) 수동댁 자녀들은 인터뷰에서 시각장애인 부친이 외출할 때면 반드시 누군가의 어깨에 손을 얹고 길안내를 받아야 했는데, 길 안내 어깨는 어머니→장남→장녀→차남→차녀→며느리→손녀에게 자연스럽게 이어졌다고 하였다. 모든 가족은 어깨내주기를 당연시 여겼다. 수동댁 가족에게 '어깨 짚기'는 역사적 아픔의 공유와 공감이고 이해와 소통의 과정이다. 자칫 분단서사로 내면화될 수 있는 가족사에서 이들의 '어깨'는 가족 간의 소통과 공감, 화합의 상징이라 할 수 있다.

의 역사적 사건에 직면할 때마다 어김없이 찾아온 분단서사적 상황에서 수동댁은 언제나 통합서사를 지향하였다. 극단적 비극 상황에서도 수동댁이 통합서사로 나아갈 수 있었던 근원에는 현실의 상황을 수용하고 감당하는 수동댁 내면의 힘과 주체적 삶의 태도 그리고 서로의 삶에 대한 소통과 이해, 격려와 위로로 화합하는 가족의 힘이 존재한다.

> 지금 딱 생각하믄 내가 질 편하고 내가 웃음이 나올 때가 언제였냐 그라믄 **(손녀) 키울 때, **(손녀) 키울 때 젤 그, 우리 손녀 키울 때. 항상 웃었어. **(손녀) 키울 때 젤 좋았다. 한 다섯 시나 되믄,
> "할머니, 할머니."
> "왜?"
> "왜 엄마 안와?"
> "내가 아냐 느그 엄마 안온 것을. 엄마 보고 물어봐라."
> 아주 피곤해 죽겄응게 인자 그래 말투가. 그래도 그것들 키울 때 질 좋았어. 나는 이렇게 가다가도 어디 애기만 보믄 웃음이 나와 이뻐서. 그랑께 내가 오남매 낳서 잘 키웠지.

위 인용문은 인터뷰 말미에 수동댁이 한 말이다. 세상에서 가장 좋았던 때가 손녀딸 키울 때였다고 한다. 그리고 오남매를 낳아서 잘 키웠다는 자화자찬에서 자신의 삶에 대한 자부심을 느낄 수 있다. 아무리 파란만장한 역사적 삶을 살아왔어도, 그녀가 자신의 생애를 뒤돌아보며 기억해낸 서사는 좌익도, 빨갱이도, 간첩도 아니다. 그저 예쁜 손녀딸을 키우던 평범한 할머니의 서사이고, 오남매를 잘 키워낸 어머니의 서사이며 행복의 서사이다. 이처럼 수동댁의 서사는 식민·전쟁·분단이라는 특수한 비극적 한국현대사를 관통하면서도 가치중립적 태도로써 화해와 치유의 서사를 지향하고 있다. 그리고 상처받은 치유자로서 인류보편적 공명을 획득할 수 있는 서사이다.

앞으로 우리의 과제는 수동댁의 서사와 같이 통합서사의 요건을 두루 갖춘

가치 있는 자료를 생애담 및 다양한 문학작품을 통해 발굴하고 이를 통해 수많은 갈등과 반목의 분단서사 극복과 화합 그리고 치유의 길을 모색해 나가야 할 것이다.

참고문헌

〈신문 및 잡지〉
「강진일보」, 2012년 7월 3일자.
「민족21」 91호, 2008년 10월 1일자.
「민족21」 102호, 2009년 9월 1일자.
「한겨레21」 제364호, 2001년 6월 28일자.
「월간중앙」 169호, 1990년 2월호.

〈단행본 및 논문〉
김귀옥 외, 『전쟁의 기억 냉전의 구술』, 선인, 2008.
김귀옥, 「한국전쟁기 남성 부재와 시집살이 여성」, 『역사비평』 겨울호(통권 101호), 역사비평사, 2012.
김종군, 「한국전쟁 체험담 구술에서 찾는 분단 트라우마 극복 방안」, 『문학치료연구』 제27집, 한국문학치료학회, 2013.
김종군, 「구술을 통해 본 분단 트라우마의 실체」, 『통일인문학』 제51집, 건국대 통일인문학연구단, 2011.
김종군, 「통합서사의 개념과 통합을 위한 문화사적 장치」, 『통일인문학』 제61집, 건국대 통일인문학연구단, 2015.
신동흔, 「한국전쟁 체험담을 통해 본 역사 속의 남성과 여성」, 『국문학연구』 제26호, 국문학회, 2012.
박현숙, 「여성 전쟁체험담의 역사적 트라우마 양상과 대응방식」, 『통일인문학』 제57집, 건국대학교 인문학연구원, 2014.
박현숙, 「빨치산을 통해 본 분단체제 강화기의 국가폭력」, 『식민/이산/분단/전쟁의 역사와 코리언의 트라우마』, 선인, 2015.
염미경, 「여성의 전쟁과 기억」, 『정신문화연구』 제28권 제4호(통권 101호), 2005.
염미경, 「양반가문의 한국전쟁 경험」, 『호남문화연구』 제29집, 전북대학교 호남학연구원, 2001.
윤택림, 『인류학자의 과거여행』, 역사비평사, 2003, 207쪽.
이령경, 「한국전쟁 전후 좌익관련 여성유족의 경험 연구」, 성공회대학교 시민사회복지대학원 석사논문, 2003.
정운채, 「정몽주의 암살과 복권에 대한 서사적 이해」, 『통일인문학』 제53집, 건국대학교 인문학연구원, 2012.